HEYNE <

Nora Roberts

Sommersehnsucht

Roman

Aus dem Amerikanischen
von Katrin Marburger

WILHELM HEYNE VERLAG
MÜNCHEN

Die Originalausgabe BED OF ROSES erschien 2009
bei Berkley Books, New York

MIX
Papier aus verantwortungsvollen Quellen
FSC® C014496

Penguin Random House Verlagsgruppe FSC® N001967

Vollständige Taschenbuchausgabe 05/2022

Neumarkter Str. 28, 81673 München
Printed in Germany
Umschlaggestaltung: t. mutzenbach design
unter Verwendung von Shutterstock.com
(Ron Dale, Rusya007, kzww, Owlsome, New Africa)
Satz: KCFG – Medienagentur, Neuss
Druck und Bindung: GGP Media GmbH, Pößneck
ISBN: 978-3-453-42593-4

www.heyne.de

Für Freundinnen

Und daran glaube ich, dass jede Blume
Die Atemluft genießt, die sie empfängt.
Wordsworth

Liebe ist wie Freundschaft, die Feuer gefangen hat.
Bruce Lee

Prolog

In Emmas Augen war es die Romantik, die das Frausein zu etwas Besonderem machte. Die Romantik ließ jede Frau schön und jeden Mann zu einem Prinzen werden. Eine Frau, deren Leben voller Romantik war, lebte wie eine Königin, da ihrem Herz Wertschätzung entgegengebracht wurde.

Blumen, Kerzenlicht, lange Spaziergänge bei Mondschein in einem verschwiegenen Garten … allein die Vorstellung entlockte ihr einen Seufzer. Bei Mondschein in einem verschwiegenen Garten zu *tanzen* war nach ihren Maßstäben der Gipfel der Romantik.

Sie konnte es sich lebhaft vorstellen – der Duft von Sommerrosen, die Musik, die aus den offenen Fenstern eines Ballsaals herüberwehte. Wie das Licht sämtliche Umrisse silbern färbte, genau wie im Film. Wie ihr Herz klopfen würde (genau wie jetzt, da sie sich das Ganze ausmalte).

Sie sehnte sich danach, bei Mondschein in einem verschwiegenen Garten zu tanzen.

Sie war elf.

Weil sie genau vor sich sehen konnte, wie es sein sollte – sein *würde* –, beschrieb sie ihren besten Freundinnen die Szenerie in allen Einzelheiten.

Wenn die drei Freundinnen bei der vierten übernachteten, redeten sie stundenlang über alles Mögliche, hörten Musik oder schauten sich Filme an. Sie durften so lange aufbleiben, wie sie wollten, sogar die *ganze* Nacht. Obwohl das noch keine von ihnen geschafft hatte. Noch nicht.

Schliefen sie bei Parker, dann durften sie, sofern das Wetter es erlaubte, bis Mitternacht auf der Terrasse vor deren Zimmer sitzen oder spielen. Im Frühling, ihrer liebsten Jahreszeit dort, liebte Emma es, auf dieser Terrasse zu stehen, den Duft der Gärten von Brown Estate einzuatmen und auf das grüne Gras zu blicken, falls der Gärtner an jenem Tag den Rasen gemäht hatte.

Mrs Grady, die Haushälterin, brachte ihnen Kekse und Milch, manchmal auch kleine Törtchen. Hin und wieder kam Mrs Brown, um zu sehen, was sie so trieben.

Meistens waren die vier Freundinnen jedoch unter sich.

»Wenn ich erst mal eine erfolgreiche Geschäftsfrau bin und in New York lebe, habe ich keine Zeit mehr für Romantik.« Laurel, deren sonnengelbes Haar nach einer Behandlung mit Kool-Aid Getränkepulverkonzentrat – Limonengeschmack – grün gestreift war, ließ ihren Sinn für Mode an Mackensies hellrotem Schopf aus.

»Aber du *brauchst* Romantik«, beharrte Emma.

»Nö.« Mit der Zunge zwischen den Zähnen flocht Laurel eine weitere Strähne von Macs Haar zu einem langen, dünnen Zopf. »Ich werde so wie meine Tante Jennifer. Sie erzählt meiner Mutter, sie hätte keine Zeit zum Heiraten, und sie bräuchte keinen Mann, um vollständig zu sein und so. Sie lebt in der Upper East Side und geht mit Madonna auf Partys. Mein Papa sagt, sie ist eine Emanze. Also werde ich eine Emanze und gehe mit Madonna auf Partys.«

»Von wegen.« Mac schnaubte verächtlich. Der kurze Ruck an ihrem Zopf brachte sie nur zum Kichern. »Tanzen macht Spaß, und ich finde, Romantik ist okay, solange du dadurch nicht verblödest. Meine Mutter hat nichts als

Romantik im Kopf. Höchstens noch Geld. Wahrscheinlich beides. Nach dem Motto, wie kann sie Romantik und Geld gleichzeitig kriegen.«

»Das ist aber keine echte Romantik.« Doch Emma rieb bei diesen Worten mit der Hand über Macs Bein. »Romantik ist, wenn man füreinander etwas tut, weil man verliebt ist. Ich wünschte, ich wäre schon alt genug, um verliebt zu sein.« Sie seufzte tief. »Das muss sich echt gut anfühlen.«

»Wir sollten mal einen Jungen küssen und sehen, wie das ist.«

Alle starrten wie gebannt auf Parker, die bäuchlings auf ihrem Bett lag und zuschaute, wie ihre Freundinnen Friseur spielten. »Wir könnten uns einen Jungen aussuchen und ihn dazu bringen, uns zu küssen. Wir sind fast zwölf. Wir müssen es ausprobieren und sehen, ob es uns gefällt.«

Laurel kniff die Augen zusammen. »So als Experiment?«

»Aber wen sollen wir küssen?«, fragte Emma.

»Wir machen eine Liste.« Parker rollte sich auf dem Bett herum, um ihr neuestes Notizbuch vom Nachttisch zu nehmen. Auf dem Umschlag war ein Paar rosa Spitzenschuhe abgebildet. »Wir schreiben alle Jungs auf, die wir kennen, und dann, von welchen wir uns vorstellen können, sie zu küssen. Und warum, oder warum nicht.«

»Das klingt nicht wirklich romantisch.«

Parker schenkte Emma ein kleines Lächeln. »Aber irgendwo müssen wir anfangen, und eine Liste ist immer hilfreich. Also, Verwandte können wir, glaube ich, nicht nehmen. Ich meine, so jemanden wie Del.« Das war ihr Bruder. »Oder einen von Emmas Brüdern. Außerdem sind Emmas Brüder viel zu alt.«

Sie schlug eine neue Seite in ihrem Notizbuch auf. »Also …«

»Manchmal stecken sie einem die Zunge in den Mund.«

Macs Kommentar rief allgemeines Gequieke, Würgen und noch mehr Gekicher hervor.

Parker rutschte vom Bett herunter, um sich neben Emma auf den Boden zu setzen. »Okay, wenn wir die Hauptliste fertig haben, können wir sie aufteilen. In Ja und Nein. Dann suchen wir aus der Ja-Liste aus. Wenn wir den Jungen, den wir ausgewählt haben, dazu bringen, uns zu küssen, müssen wir erzählen, wie es war. Und wenn er uns die Zunge in den Mund steckt, müssen wir wissen, wie das ist.«

»Was, wenn wir einen aussuchen und er uns nicht küssen will?«

»Em?« Während sie den letzten Zopf zuband, schüttelte Laurel den Kopf. »Einer der Jungs will dich ganz bestimmt küssen. Du bist echt hübsch, und du sprichst mit ihnen, als wäre das ganz normal. Manche Mädchen sind völlig durchgeknallt, wenn sie mit Jungs zusammen sind, aber du nicht. Außerdem kriegst du schon Brüste.«

»Jungs mögen Brüste«, verkündete Mac altklug. »Und wenn er dich nicht küssen will, küsst du ihn eben. Ich glaube sowieso nicht, dass das alles so besonders ist.«

Nach Emmas Meinung war es das sehr wohl – zumindest *sollte* es besonders sein.

Sie fertigten die Liste an, und allein das brachte sie zum Lachen. Laurel und Mac spielten vor, wie der eine oder andere Junge auf ihren Vorschlag reagieren könnte, und dabei kugelten sie sich auf dem Fußboden, bis Mr Fish, der Kater, aus dem Zimmer stolzierte, um sich in Parkers Wohnzimmer zusammenzurollen.

Als Mrs Grady mit Keksen und Milch hereinkam, steckte Parker das Notizbuch rasch weg. Dann beschlossen sie zu spielen, sie wären eine Mädchenband, worauf sie alle in

Parkers Kleiderschrank und Kommoden wühlten, um das richtige Outfit für die Bühne zu finden.

Sie schliefen auf dem Fußboden ein oder auf dem Bett, zusammengerollt oder ausgestreckt.

Emma erwachte vor Sonnenaufgang. Im Zimmer war es dunkel, bis auf den Schimmer von Parkers Nachtlampe und den Strahl des Mondlichts, das durch die Fenster hereinfiel.

Irgendjemand hatte sie mit einer leichten Decke zugedeckt und ihr ein Kissen unter den Kopf geschoben, wie immer, wenn sie bei einer Freundin übernachteten.

Das Mondlicht lockte sie an, und noch halb im Traum ging sie zur Terrassentür und trat hinaus. Kühle Luft voller Rosenduft strich ihr über die Wangen.

Sie schaute über die Gärten, in denen alles silbern geråndert war und in denen der Frühling in sanften Farben und weichen Formen lebte. Beinahe konnte sie die Musik hören und sich zwischen den Rosen und Azaleen tanzen sehen, zwischen den Pfingstrosen, die ihre Blütenblätter und ihren Duft noch in dichten Kugeln festhielten.

Beinahe konnte sie die Gestalt ihres Partners vor sich sehen, der sie im Tanz herumwirbelte. In einem Walzer, dachte sie seufzend. Es sollte ein Walzer sein, wie in einem Märchenbuch.

Das war Romantik, dachte sie und schloss die Augen, um die Nachtluft einzuatmen.

Eines Tages, gelobte sie sich, würde sie wissen, wie das war.

1

Vor lauter Einzelheiten schwirrte Emma der Kopf. Da viele von ihnen nur verschwommen waren, warf sie bei ihrer ersten Tasse Kaffee einen Blick in ihren Terminkalender. Eine Beratung folgte auf die andere, und das gab ihr beinahe ebenso einen Kick wie der starke, schwarze Kaffee. Genüsslich lehnte sie sich auf dem Stuhl in ihrem gemütlichen Büro zurück, um die Randnotizen zu lesen, die sie sich zu jedem Kunden gemacht hatte.

Erfahrungsgemäß half ihr die Persönlichkeit eines Paars – genauer gesagt die der Braut – dabei, den Ton eines Beratungsgesprächs festzulegen, die Richtung, die das Paar einschlagen wollte. In Emmas Augen waren Blumen das Herzstück einer Hochzeit. Ob eine Feier elegant oder unkonventionell, pompös oder schlicht war, die Blumen brachten die Romantik ins Spiel.

Es war ihre Aufgabe, den Kunden so viel Herz und Romantik zu bieten, wie sie es wünschten.

Sie seufzte, reckte sich und betrachtete dann lächelnd die Vase mit kleinen Röschen auf ihrem Schreibtisch. Der Frühling, dachte sie, war das Beste. Die Hochsaison der Hochzeiten begann – das bedeutete arbeitsreiche Tage und lange Abende, an denen sie Entwürfe ausarbeitete, Blumen arrangierte, neue Kreationen erschuf, nicht nur für die Hochzeiten dieses Frühjahrs, sondern auch für die des nächsten.

Sie liebte die Beständigkeit ebenso wie die Arbeit selbst.

Dies hatte Vows ihr und ihren drei besten Freundinnen gegeben: Beständigkeit, eine Arbeit, die sie befriedigte und die persönliche Erfüllung für sie bedeutete. Sie durfte jeden Tag mit Blumen spielen, mit Blumen leben, regelrecht in Blumen schwimmen.

Nachdenklich betrachtete sie ihre Hände, die kleinen Macken und winzigen Schnitte. An manchen Tagen waren es für sie Kriegsnarben, an anderen Ehrenabzeichen. Heute Morgen wünschte sie nur, sie hätte daran gedacht, eine Maniküre einzuplanen.

Sie warf einen Blick auf die Uhr und rechnete. Dann sprang sie auf. Sie machte einen Umweg über ihr Schlafzimmer, um sich die scharlachrote Kapuzenjacke zu schnappen, deren Reißverschluss sie über dem Pyjama zuzog. Sie hatte noch Zeit, zum Haupthaus hinüberzugehen, bevor sie sich anziehen und auf den Tag vorbereiten würde. Im Haupthaus würde Mrs Grady Frühstück bereithalten, so dass Emma sich nicht selbst darum kümmern musste.

Ihr Leben, dachte sie, während sie im Laufschritt nach unten eilte, war voll von solchen Annehmlichkeiten.

Auf dem Weg durchs Wohnzimmer, das ihr als Empfangs- und Beratungszimmer diente, ließ sie den Blick kurz durch den Raum schweifen. Vor der ersten Beratung würde sie die Blumen auffrischen. Aber waren die »Stargazer«-Lilien nicht wunderschön aufgegangen?

Sie verließ das Haus, das einst das Gästehaus des Brownschen Anwesens gewesen war und nun ihre Wohnung sowie das Blumenstudio Centerpiece beherbergte – ihren Bereich der Hochzeitsagentur Vows.

Draußen atmete sie die Frühlingsluft ein. Und erschauerte. Verflixt, warum konnte es nicht wärmer sein? Es war

April, Himmel nochmal! Narzissenzeit. Wie fröhlich die Stiefmütterchen aussahen, die sie eingetopft hatte. Sie hatte keine Lust, sich von einem kalten Morgen – jetzt begann es auch noch zu nieseln – die Laune verderben zu lassen.

Sie zog die Schultern hoch, steckte die Hand, die nicht den Kaffeebecher hielt, in die Tasche und machte sich auf den Weg zum Haupthaus.

Rings um sie herum erwachte alles zu neuem Leben. Wenn man genau hinschaute, konnte man die ersten Anzeichen von Grün an den Bäumen sehen, einen Hauch, aus dem einmal zarte Blüten von Hartriegel und Kirschen entstehen würden. Die Narzissen dort wollten aufblühen, wie es die Krokusse bereits getan hatten. Vielleicht würde es noch einmal Schnee geben, doch das Schlimmste war überstanden.

Bald würde es Zeit sein, in der Erde zu buddeln, ein paar ihrer Schönheiten aus dem Gewächshaus zu holen und zur Schau zu stellen. Sie lieferte die Sträuße, die Girlanden und Kränze, doch wenn es darum ging, eine ergreifend schöne Kulisse für eine Hochzeit bereitzustellen, war Mutter Natur unschlagbar.

Und die kam nirgends so gut zur Geltung wie auf Brown Estate.

Die Gärten, die selbst jetzt eine Augenweide waren, würden bald vor Farben, Blüten, Düften explodieren und die Menschen einladen, die verschlungenen Pfade entlangzuschlendern oder auf einer Bank zu sitzen, sich in der Sonne oder im Schatten auszuruhen. Parker, die ein Händchen dafür besaß, Leute einzuspannen, hatte Emma beauftragt, sich um die Gärten zu kümmern, so dass sie sich dort jedes Jahr austoben konnte, indem sie etwas Neues anpflanzte oder das Team der Landschaftsgärtner beaufsichtigte.

Die Terrassen und Veranden schufen fantastische Räume im Freien, die für Hochzeiten und andere Veranstaltungen perfekt geeignet waren. Ein Empfang am Pool oder auf einer Terrasse, Zeremonien unter der Rosenlaube oder der Pergola oder vielleicht unten am Teich unter einer Trauerweide.

Alles da, dachte sie.

Dann das Haus selbst. Gab es etwas Anmutigeres, Schöneres? Das wundervolle Zartblau, die warmen Akzente in Gelb und Cremeweiß. Die verschiedenartigen Dachlinien, die Bogenfenster, die durchbrochenen Balkongeländer trugen zu seinem eleganten Charme bei. Und der Säulenvorbau am Eingang war dafür geschaffen, mit üppigem Grün geschmückt oder kunstvoll mit verschiedenen Farben und Materialien dekoriert zu werden.

Als Kind war das Anwesen für sie ein Märchenland gewesen, mitsamt Schloss.

Jetzt war es ihr Zuhause.

Sie steuerte auf das Poolhaus zu, in dem ihre Geschäftspartnerin Mac wohnte und ihr Fotostudio eingerichtet hatte. Noch bevor sie es erreicht hatte, ging die Tür auf. Emma lächelte und winkte spontan dem schlaksigen Mann mit dem wirren Haar und der Tweedjacke zu, der herauskam.

»Morgen, Carter!«

»Hallo, Emma.«

Carters und ihre Familie waren befreundet, fast so lange sie denken konnte. Jetzt war Carter Maguire – ehemals Professor in Yale und mittlerweile Englischlehrer an ihrer früheren Highschool – mit einer ihrer besten Freundinnen verlobt.

Das Leben war nicht nur schön, dachte Emma. Es bettete sie echt auf Rosen.

Von diesem Gedanken beflügelt, tanzte sie förmlich auf Carter zu, zog ihn am Jackettaufschlag zu sich herunter und balancierte gleichzeitig auf den Zehenspitzen, um dem Freund einen schmatzenden Kuss zu verpassen.

»Wow«, sagte er und wurde ein bisschen rot.

»He.« Mit verschlafenen Augen und in der Dämmerung rot leuchtendem Haarschopf lehnte Mac sich an den Türrahmen. »Versuchst du, mit meinem Kerl anzubandeln?«

»Schön wär's. Ich würde ihn dir sofort abspenstig machen, aber du hast ihm ja hoffnungslos den Kopf verdreht.«

»Stimmt genau.«

»Tja.« Carter schenkte beiden ein verwirrtes Lächeln. »Das ist wirklich ein schöner Start in den Tag. Die Besprechung mit den Kollegen, zu der ich unterwegs bin, wird sicher nicht halb so angenehm.«

»Melde dich krank.« Mac schnurrte regelrecht. »Ich hätte noch was Angenehmes für dich.«

»Hm. So. Na ja. Tschüss dann.«

Emma sah ihm grinsend nach, als er zu seinem Wagen eilte. »Gott, er ist so süß.«

»Allerdings.«

»Und sieh dich nur an, du Glückspilz.«

»Verlobter Glückspilz. Willst du meinen Ring nochmal sehen?«

»Ooooh«, seufzte Emma gehorsam, als Mac mit den Fingern wackelte. »Aaaah.«

»Gehst du frühstücken?«

»Hatte ich vor.«

»Warte.« Mac beugte sich ins Haus, schnappte sich eine Jacke und zog dann die Tür hinter sich zu. »Ich hatte bisher nur einen Kaffee, also ...« Während sie in Gleichschritt verfielen, runzelte Mac die Stirn. »Das ist mein Becher.«

»Willst du ihn sofort zurückhaben?«

»Ich weiß, warum ich an diesem ungemütlichen Morgen so gute Laune habe. Aus demselben Grund, warum ich auch keine Zeit zum Frühstücken hatte. Man nennt das ›Zusammen duschen gehen‹.«

»Der Glückspilz ist auch ein elender Angeber.«

»Und stolz darauf. Warum bist du so gut gelaunt? Hast du einen Mann im Haus?«

»Leider nicht. Aber ich habe heute fünf Beratungen anstehen. Ein toller Start in die Woche, der sich nahtlos an den schönen Abschluss der letzten anschließt – die Hochzeit zum Tee, die wir gestern hatten. Das war echt süß, oder?«

»Unser sechzigjähriges Brautpaar, umgeben von den Kindern und Enkeln. Nicht nur süß, sondern auch beruhigend. Für beide war es der zweite Anlauf, und doch sind sie bereit, es noch einmal zu versuchen, zu teilen und sich zu verbinden. Mir sind ein paar geniale Aufnahmen gelungen. Na, jedenfalls glaube ich, dass das verrückte Paar es schaffen wird.«

»Apropos verrücktes Paar, wir müssen unbedingt über deine Blumen sprechen. Bis Dezember mag es noch lange hin sein, aber die Zeit vergeht schnell, wie du weißt.«

»Ich habe mich noch nicht einmal in Sachen Verlobungsfotos entschieden. Geschweige denn mich nach Kleidern umgeschaut oder über Farben nachgedacht.«

»Mir stehen leuchtende Farben gut«, sagte Emma und klimperte mit den Wimpern.

»Dir steht sogar Sackleinen. Von wegen elender Angeber.« Mac öffnete die Tür zum Windfang, und da Mrs Grady aus dem Winterurlaub zurück war, dachte sie daran, die Schuhe abzustreifen. »Sobald ich das Kleid gefunden habe, machen wir ein Brainstorming zu dem Rest.«

»Du bist die Erste von uns, die heiratet. Die ihre Hochzeit hier feiert.«

»Ja. Es wird interessant zu sehen, wie wir damit klarkommen, die Hochzeit auszurichten und gleichzeitig mitzufeiern.«

»Du weißt, dass du dich in Sachen Logistik auf Parker verlassen kannst. Wenn jemand es schafft, dass alles glattgeht, dann sie.«

Sie traten in die Küche – und ins Chaos.

Während die unparteiische Maureen Grady resolut und mit gelassener Miene am Herd werkelte, zankten sich Parker und Laurel quer durch den Raum.

»Es muss sein«, beharrte Parker.

»Blödsinn, Blödsinn, Blödsinn!«

»Laurel, das ist Business. Im Business dient man dem Kunden.«

»Soll ich dir sagen, wie ich die Kundin bedienen will?«

»Lass es.« Parker, die ihr üppiges braunes Haar zu einem Pferdeschwanz zurückgebunden hatte, trug bereits ein kundentaugliches Kostüm in Nachtblau. Ihre Augen, die beinahe die gleiche Farbe hatten, blitzten vor Ungeduld. »Sieh mal, ich habe bereits eine Liste zusammengestellt – ihre Vorlieben, die Anzahl der Gäste, ihre Farben, ihre Blumenauswahl. Du musst nicht einmal mit ihr sprechen. Ich vermittle.«

»Soll ich dir sagen, was du mit deiner Liste machen kannst?«

»Die Braut …«

»Die Braut ist eine dumme Kuh, eine Zimtzicke, eine quengelige Göre … die mir vor fast einem Jahr sehr deutlich zu verstehen gegeben hat, dass sie meine Dienste weder braucht noch wünscht. Die Braut kann mich mal. Von meiner Torte kriegt sie jedenfalls nichts, jetzt wo sie kapiert hat, wie dämlich sie war.«

In Baumwoll-Pyjamahose und Top, worin sie geschlafen hatte, das Haar noch vom Schlaf verwuschelt, ließ Laurel sich in der Frühstücksecke auf einen Stuhl fallen.

»Du musst dich beruhigen.« Parker bückte sich, um einen Aktenordner aufzuheben. Den vermutlich Laurel auf den Boden geworfen hatte, dachte Emma.

»Alles, was du brauchst, steht hier drin.« Parker legte den Ordner auf den Tisch. »Ich habe der Braut schon zugesichert, dass wir ihr entgegenkommen, also …«

»Also entwirfst und backst du von jetzt bis Samstag eine vierstöckige Torte, dazu eine Bräutigamstorte und eine Auswahl von Desserts. Für zweihundert Personen. Ohne jegliche Vorbereitung, und obwohl du am Wochenende noch drei andere Feiern und in drei Tagen eine Abendveranstaltung hast.« Laurel verzog aufmüpfig das Gesicht, nahm den Ordner und ließ ihn absichtlich wieder auf den Boden fallen.

»Jetzt bist du kindisch.«

»Dann bin ich eben kindisch.«

»Mädels, eure kleinen Freundinnen sind zum Spielen gekommen«, flötete Mrs Grady mit vergnügt blitzenden Augen.

»Oh, ich höre meine Mama rufen«, sagte Emma und machte Anstalten, wieder zu gehen.

»Wehe!« Laurel sprang auf. »Hört euch das an. Die Folk-Harrigan-Hochzeit. Samstag, Abendveranstaltung. Ihr erinnert euch bestimmt daran, wie die Braut bei der bloßen Vorstellung, Icing könnte ihre Hochzeitstorte oder irgendein Dessert liefern, die Nase gerümpft hat. Wie sie für mich und meine Vorschläge nur Verachtung übrighatte und darauf bestand, ihre Cousine, Chefkonditorin in New York, die in Paris gelernt und schon Torten für bedeutende Anlässe entworfen habe, werde sämtliche Desserts übernehmen. Wisst ihr noch, was sie zu mir gesagt hat?«

»Äh.« Emma trat von einem Bein aufs andere. »Nicht den genauen Wortlaut.«

»Aber ich. Sie hat gesagt, und zwar mit diesem spöttischen Grinsen, sie sei sicher, ich käme bei den meisten Feiern ganz passabel zurecht, aber für ihre Hochzeit wolle sie nur das Beste. Das hat sie mir ins Gesicht gesagt.«

»Das war unhöflich, keine Frage …«, begann Parker.

»Ich bin noch nicht fertig«, presste Laurel zwischen den Zähnen hervor. »Jetzt, um kurz vor zwölf, ist ihre tolle Cousine anscheinend mit einem ihrer Kunden durchgebrannt. Skandal, Skandal, zumal besagter Kunde die tolle Cousine kennengelernt hat, als er sie mit dem Entwurf einer Torte für seine Verlobungsfeier beauftragen wollte. Die beiden gelten als vermisst, und plötzlich will die Braut, dass ich einspringe und ihren großen Tag rette.«

»Und genau das tun wir hier. Laurel …«

»Dich habe ich nicht gefragt.« Laurel machte eine wegwerfende Handbewegung in Parkers Richtung und wandte sich an Mac und Emma. »Ich frage diese beiden.«

»Wie? Hast du etwas gesagt?« Mac schenkte ihr ein strahlendes Lächeln. »Entschuldige, ich muss vom Duschen noch Wasser im Ohr haben. Ich verstehe kein Wort.«

»Feigling. Em?«

»Äh …«

»Frühstück!« Mrs Grady ließ einen Finger in der Luft kreisen. »Alles hinsetzen. Eiweißomeletts auf getoastetem Graubrot. Setzt euch, setzt euch. Esst.«

»Ich esse erst, wenn …«

»Setzen wir uns doch erst mal«, unterbrach Emma Laurels nächste Schimpfkanonade und bemühte sich um einen beruhigenden Tonfall. »Lass mir eine Minute Zeit zum Überlegen. Setzen wir uns und ... oh, Mrs G., das sieht fantastisch aus!« Sie schnappte sich zwei Teller – die ihr wie Schilde vorkamen –, ging zur Frühstücksecke hinüber und rutschte auf die Bank. »Lasst uns daran denken, dass wir ein Team sind«, begann sie.

»*Du* wirst ja nicht beleidigt und bekommst zu viel Arbeit aufgehalst.«

»Aber ich kenne das. Whitney Folk ist ein echter Brautzilla. Ich könnte von meinen persönlichen Alpträumen mit ihr berichten, aber das hebe ich mir für einen anderen Tag auf.«

»Ich könnte auch ein paar beisteuern«, warf Mac ein.

»Ach, kannst du wieder hören?«, bemerkte Laurel.

»Sie ist unhöflich, anspruchsvoll, verzogen, schwierig und einfach schrecklich.«

Emma fuhr fort: »Wenn wir eine Veranstaltung planen, ist es normalerweise so, dass wir einem Paar helfen, einen Tag ins rechte Licht zu rücken, der am Anfang des ewigen Glücks steht – trotz aller Probleme, die auftauchen können, und trotz der Schrullen mancher Paare. Aber bei diesen beiden? Ich würde mich wundern, wenn das zwei Jahre hält. Sie war unhöflich zu dir, und ich glaube nicht, dass es Verachtung war, sondern eher Selbstgefälligkeit. Ich mag sie nicht.«

Offenbar dankbar für die Unterstützung warf Laurel Parker ein ebenfalls selbstgefälliges Grinsen zu und begann zu essen.

»So viel dazu. Aber wir sind ein Team. Und Kundinnen, auch selbstgefällige Biester, müssen bedient werden. Das sind gute Gründe dafür, dass du mitmachst«, sagte Emma, während Laurel sie finster ansah. »Aber es gibt noch einen besseren. Du zeigst ihrem ungehobelten, knochigen Hintern, was eine wirklich geniale Konditorin zuwege bringen kann, und zwar unter Zeitdruck.«

»Auf die Tour hat Parker es auch schon versucht.«

»Oh.« Emma kostete ein Streifchen von ihrem Omelett. »Aber es stimmt.«

»Ich könnte ihre männerklauende Cousine in Grund und Boden backen.«

»Keine Frage. Ich persönlich finde, sie sollte zu Kreuze kriechen. Wenigstens ein bisschen.«

»Zu Kreuze kriechen gefällt mir.« Laurel überlegte. »Und betteln.«

»Ich könnte versuchen, von beidem etwas zu bekommen.« Parker hob ihre Kaffeetasse. »Ich habe ihr auch mitgeteilt, dass wir dafür, dass wir ihr so kurzfristig entgegenkommen, ein zusätzliches Entgelt verlangen müssen. Ich habe fünfundzwanzig Prozent angesetzt. Sie hat zugesagt, als würde sie nach einer Rettungsleine greifen, und vor Dankbarkeit geweint.«

In Laurels glockenblumenblaue Augen trat ein Strahlen. »Sie hat geweint?«

Parker nickte und sah Laurel mit hochgezogener Augenbraue an. »Also?«

»Das mit dem Weinen erwärmt mir das Herz, aber sie muss nehmen, was sie von mir bekommt, und damit zufrieden sein.«

»Absolut.«

»Sag mir nur, wofür du dich entscheidest, wenn du so weit bist«, sagte Emma. »Dann arbeite ich die Blumen und den Tischschmuck ein.« Sie schenkte Parker ein mitfühlendes Lächeln. »Um wie viel Uhr hat sie dich wegen dieser Sache angerufen?«

»Heute Nacht um zwanzig nach drei.«

Laurel streckte den Arm aus und tätschelte Parker die Hand. »Du Ärmste.«

»Das ist mein Job. Wir stehen das durch. Wie immer.«

Ja, sie standen es immer durch, dachte Emma, während sie die Blumenarrangements in ihrem Wohnzimmer auffrischte. Und sie hoffte, dass es immer so bleiben würde. Sie warf einen Blick auf die Fotografie, die sie in einem schlichten weißen Rahmen aufbewahrte: Drei kleine Mädchen, die in einem sommerlichen Garten Heiraten spielten.

Sie war an jenem Tag die Braut gewesen, hatte den Strauß aus Unkräutern und Wildblumen in der Hand gehalten und den Spitzenschleier getragen. Und war ebenso entzückt gewesen wie ihre Freundinnen, als der blaue Schmetterling auf dem Löwenzahn in ihrem Strauß landete.

Mac war natürlich auch dabei gewesen. Mit der Kamera hatte sie den Moment eingefangen. Für Emma war es durchaus ein kleines Wunder, dass sie aus ihrem einstigen Lieblingsspiel aus dem Reich der Fantasie ein florierendes Geschäft gemacht hatten.

Heute verwendete sie keine Löwenzahnblumen mehr, dachte sie, als sie die Kissen aufschüttelte. Doch wie oft hatte sie denselben verzückten, staunenden Ausdruck im Gesicht einer Braut gesehen, wenn sie ihr einen Strauß reichte, den sie für sie gebunden hatte? Nur für sie …

Emma hoffte, die Besprechung, die gleich beginnen sollte, würde in einer Hochzeit im kommenden Frühjahr enden, mit genau dieser staunenden Miene der Braut. Sie legte ihre Ordner, Alben und Bücher bereit und trat vor den Spiegel, um ihre Frisur, ihr Make-up und den Sitz von Jackett und Hose zu überprüfen.

Das Repräsentieren, dachte sie, war eine Hauptaufgabe von Vows.

Sie wandte sich vom Spiegel ab, um mit einem fröhlichen »Hochzeitsagentur Vows, Blumenstudio Centerpiece« ans Telefon zu gehen. »Ja, hallo, Roseanne. Natürlich erinnere ich mich an Sie. Hochzeit im Oktober, stimmt's? Nein, es ist nicht zu früh für diese Entscheidungen.«

Während sie sprach, holte Emma ein Notizbuch aus dem Schreibtisch und schlug es auf. »Wir können für nächste Woche einen Beratungstermin ausmachen, wenn Ihnen das recht ist. Können Sie ein Foto von Ihrem Kleid mitbringen? Super. Und falls Sie die Kleider der Brautjungfern schon ausgesucht haben oder ihre Farben … Mm-hm. Ich helfe Ihnen bei all diesen Dingen. Wie wäre es am Montag um zwei?«

Sie trug den Termin ein, warf dann einen Blick über die Schulter, weil sie ein Auto kommen hörte.

Eine Kundin am Telefon, eine weitere, die gleich vor der Tür stand.

Gott, sie liebte den Frühling!

Emma führte ihre letzte Kundin dieses Tages durch den Ausstellungsbereich, wo sie in Regalen Blumenarrangements und Sträuße aus Seide sowie verschiedene Muster zeigte.

»Den habe ich mir ausgedacht, nachdem Sie mir das Foto von Ihrem Kleid gemailt und mir Ihre Vorlieben in Sachen Farben und Blumen genannt hatten. Ich weiß, dass Sie gesagt haben, Sie hätten am liebsten einen großen Wasserfallstrauß, aber …«

Emma nahm den Strauß aus Lilien und Rosen, der mit einem perlenbesetzten Band zusammengebunden war, aus dem Regal. »Ich wollte einfach nur, dass Sie den sehen, bevor Sie Ihre endgültige Entscheidung treffen.«

»Er ist schön, und meine Lieblingsblumen sind auch darin. Aber er kommt mir, wie soll ich sagen, nicht groß genug vor.«

»Zum Schnitt Ihres Kleides, dem schmalen Rock und der schönen Perlenstickerei an der Corsage könnte der modernere Strauß umwerfend aussehen. Ich möchte, dass Sie genau das bekommen, was Sie wollen, Miranda. Dieses Beispiel kommt Ihren Vorstellungen näher.« Emma nahm einen Wasserfallstrauß aus dem Regal.

»Oh, der ist wie ein Garten!«

»Ja, genau. Lassen Sie mich Ihnen ein paar Fotos zeigen.« Sie öffnete die Mappe auf der Theke und nahm zwei Bilder heraus.

»Das ist ja mein Kleid! Mit den beiden Sträußen.«

»Meine Partnerin Mac kann genial mit Photoshop umgehen. Die Bilder geben Ihnen eine gute Vorstellung davon, wie die beiden Stilrichtungen zu Ihrem Kleid aussehen. Es gibt keine schlechte Wahl. Es ist Ihr Tag, und jedes Detail soll genau so sein, wie Sie es sich wünschen.«

»Sie haben Recht ...« Miranda studierte die beiden Fotos. »Der große Strauß, hm, erdrückt das Kleid irgendwie. Der andere dagegen – der ist wie dafür gemacht. Er ist elegant, aber immer noch romantisch. Er ist doch romantisch, oder?«

»Ich finde schon. Die Lilien mit dem Hauch von Rosa gegen die weißen Rosen, dazu die Akzente in Hellgrün. Der Fall des weißen Bandes, der Schimmer der Perlen. Ich dachte, wenn Ihnen das gefällt, könnten wir für Ihre Brautjungfern nur die Lilien nehmen, vielleicht mit einem rosa Band.«

»Ich denke …« Miranda trat mit dem Musterstrauß vor den altmodischen Drehspiegel, der in der Ecke stand. Ihr Lächeln erblühte wie die Blumen, als sie sich eingehend betrachtete. »Er sieht aus, als hätten ihn ein paar richtig kreative Feen erschaffen. Und er gefällt mir sehr.«

Emma machte sich eine entsprechende Notiz in ihrem Buch. »Das freut mich. Von nun an arbeiten wir um die Sträuße herum, in einer Art Spirale. Ich stelle besondere Vasen auf den Haupttisch, so dass die Sträuße nicht nur frisch bleiben, sondern während des Empfangs auch Teil der Dekoration werden. Für Ihren Strauß zum Werfen habe ich gedacht, wir nehmen nur weiße Rosen, aber kleinere als diese.« Emma griff zu einem weiteren Musterstrauß. »Gebunden mit rosa und weißen Bändern.«

»Das wäre perfekt. Es ist alles viel einfacher, als ich gedacht habe.«

Zufrieden machte Emma sich weitere Notizen. »Die Blumen sind wichtig, aber sie sollten auch Freude bereiten. Es gibt keine schlechte Wahl, denken Sie daran. Nach allem, was Sie mir erzählt haben, würde ich den Geist der Hochzeit mit moderner Romantik umschreiben.«

»Ja, genau so etwas schwebt mir vor.«

»Ihre Nichte, das Blumenmädchen, ist fünf, nicht wahr?«

»Gerade fünf geworden, im letzten Monat. Sie ist schon ganz aufgeregt bei der Vorstellung, dass sie Rosenblütenblätter im Mittelgang verstreuen darf.«

»Das kann ich mir vorstellen.« Emma strich den Gedanken an einen Pomander – eine Blumenkugel – von der Liste, die sie im Kopf hatte. »Wir könnten dieses elegante Körbchen nehmen, mit weißem Satin ausgeschlagen und mit Babyrosen verziert, von denen wieder die rosa und weißen Bänder herabhängen. Je nachdem, was für ein Kleid sie trägt und was Ihnen gefällt, können wir es schlicht halten oder Bänder über ihren Rücken fallen lassen.«

»Bänder, auf jeden Fall. Die Kleine ist ein richtiges Mädchen. Sie wird begeistert sein.« Melinda nahm das Muster des Haarkranzes, den Emma ihr reichte. »Oh, Emma. Der ist wie eine kleine Krone! Wie für eine Prinzessin.«

»Genau.« Als Melinda sich den Kranz aufsetzte, lachte Emma. »Ein fünfjähriges Mädchen wird damit im siebten Himmel schweben. Und Sie werden zeitlebens ihre Lieblingstante sein.«

»Sie wird so süß aussehen. Ja, ja – zu allem. Körbchen, Haarkranz, Bänder, Rosen, Farben.«

»Schön! Sie machen es mir leicht. Jetzt wären da noch die Mütter und Großmütter. Wir könnten Sträußchen zum Anstecken oder fürs Handgelenk machen, mit den Rosen, den Lilien oder beidem. Aber …«

Lächelnd setzte Miranda den Haarkranz wieder ab. »Jedes Mal, wenn Sie ›aber‹ sagen, kommt etwas Fantastisches. Also, aber?«

»Ich dachte, wir könnten den klassischen Tussie-Mussie etwas moderner aufpeppen.«

»Ich habe keine Ahnung, was das ist.«

»Ein Tussie-Mussie ist ein kleines Sträußchen wie dieses, das man in einem Halter trägt, damit die Blumen frisch bleiben. An den Plätzen der Mütter und Großmütter würden wir Präsentationsständer aufstellen, so dass ihre Tische gleichzeitig ein bisschen mehr geschmückt sein würden als die anderen. Wir würden die Lilien und Rosen verwenden, *en miniature*, aber vielleicht mit umgekehrten Farben. Rosa Rosen, weiße Lilien, dazu ein Hauch von Zartgrün. Oder, falls das nicht zu ihren Kleidern passt, ganz in Weiß. Klein, nicht so empfindlich. Ich würde so etwas wie diesen ganz schlichten silbernen Halter verwenden, nichts mit Verzierungen. Dann könnten wir das Hochzeitsdatum eingravieren lassen oder Ihre Namen oder die der Brautjungfern.«

»Damit hätten sie praktisch ihre eigenen Sträuße. Wie eine Miniaturausgabe von meinem. Oh, meine Mutter wird ...«

Als Mirandas Augen sich mit Tränen füllten, streckte Emma die Hand nach der Taschentücherbox aus, die sie stets griffbereit hatte.

»Danke. Genau so will ich es haben. Über die Monogramme muss ich noch nachdenken. Das möchte ich auch gern mit Brian besprechen.«

»Es ist noch reichlich Zeit.«

»Aber ich will diese Sträußchen. Mit umgekehrten Farben, denke ich, weil es dadurch mehr ihre eigenen werden. Ich setze mich mal kurz hierhin.«

Emma ging mit Miranda zu der kleinen Sitzecke und stellte die Taschentücherbox in Reichweite. »Das wird schön.«

»Ich weiß. Ich sehe es schon vor mir, und dabei haben wir noch nicht einmal mit den Blumenarrangements und Centerpieces und, oh, allem anderen angefangen. Aber ich sehe es vor mir. Ich muss Ihnen etwas sagen.«

»Nur zu.«

»Meine Schwester – meine erste Trauzeugin ... Sie hat uns bedrängt, Felfoot zu buchen. Es war immer *die* Location in Greenwich, wissen Sie, und es ist schön.«

»Es ist fantastisch, und die machen ihre Sache immer ausgezeichnet.«

»Aber Brian und ich haben uns einfach in diesen Ort verliebt. Das Äußere, das Ambiente, die Art und Weise, wie Sie vier zusammenarbeiten. Es fühlte sich für uns richtig an. Jedes Mal, wenn ich herkomme oder mich mit einer von Ihnen treffe, weiß ich, dass wir Recht hatten. Wir bekommen eine traumhafte Hochzeit. Entschuldigung«, sagte Miranda und betupfte sich erneut die Augen.

»Sie müssen sich nicht entschuldigen.« Emma nahm sich selbst ein Taschentuch. »Ich fühle mich geschmeichelt, und nichts macht mich glücklicher, als eine Braut hier sitzen zu haben, die Freudentränen weint. Wie wäre es mit einem Glas Champagner zur Beruhigung, bevor wir mit den Ansteckstäußchen beginnen?«

»Ernsthaft? Emmaline, wenn ich nicht so wahnsinnig in Brian verliebt wäre, würde ich glatt um Ihre Hand anhalten.«

Lachend stand Emma auf. »Ich bin gleich zurück.«

Kurz darauf verabschiedete Emma ihre aufgeregte Braut und setzte sich, auf angenehme Weise müde, mit einer kleinen Tasse Kaffee in ihr Büro. Miranda hatte Recht, dachte sie, während sie die Details in den Computer eingab. Sie würde eine traumhafte Hochzeit haben. Ein Blumenmeer im modernen Stil mit einem romantischen Touch. Dazu Kerzen und der schimmernde Glanz von Bändern und Gazestoffen. Rosa- und Weißtöne, hier und da ein wenig Blau und Grün als interessanten Kontrast. Blankes Silber und klares Glas setzten Akzente. Langgezogene Linien und das lustige Funkeln von Lichterketten.

Als sie den Vertrag mit Angabe der Einzelposten aufsetzte, gratulierte sie sich zu diesem höchst produktiven Tag. Und da sie den größten Teil des folgenden Tages mit der Arbeit an den Blumenarrangements für die Abendveranstaltung zubringen würde, die Mitte der Woche anstand, nahm sie sich vor, zeitig schlafen zu gehen.

Sie würde der Versuchung widerstehen hinüberzugehen, um zu sehen, was Mrs G. zum Abendessen zubereitet hatte.

Stattdessen würde sie sich selbst einen Salat machen, vielleicht ein paar Nudeln. Dann würde sie es sich mit einem Film oder einem Stapel Zeitschriften gemütlich machen und ihre Mutter anrufen. Nachdem sie alles erledigt hatte, konnte sie einen entspannten Abend genießen und um elf Uhr im Bett liegen.

Als sie den Vertrag ausdruckte, gab ihr Telefon die zwei raschen Klingeltöne von sich, die signalisierten, dass jemand ihre Privatnummer gewählt hatte. Sie warf einen Blick auf das Display und lächelte.

»Hallo, Sam.«

»Hallo, Schöne. Warum sitzt du zu Hause, wenn du doch mit mir ausgehen solltest?«

»Ich arbeite.«

»Es ist nach sechs. Pack den Krempel ein, Schätzchen. Adam und Vicki geben eine Party. Wir können vorher irgendwo was essen gehen. In einer Stunde hole ich dich ab.«

»He, warte mal. Ich habe Vicki gesagt, dass es mir heute Abend nicht passt. Ich war komplett ausgebucht und muss noch ungefähr eine Stunde arbeiten, bevor …«

»Aber du musst was essen, oder? Und wenn du den ganzen Tag gearbeitet hast, hast du es verdient, spielen zu gehen. Komm, spiel doch mit mir.«

»Das ist süß, aber …«

»Zwing mich nicht, allein auf die Party zu gehen. Wir schauen da kurz rein, trinken was, amüsieren uns ein bisschen und gehen wieder, wann immer du willst. Brich mir nicht das Herz, Emma.«

Emma verdrehte die Augen zur Decke und sah ihren Plan, sich früh schlafen zu legen, den Bach hinuntergehen. »Zum Abendessen schaffe ich es nicht, aber ich könnte mich gegen acht dort mit dir treffen.«

»Ich kann dich um acht abholen.«

Und dann darauf spekulieren, mit reinzukommen, wenn du mich nach Hause bringst, dachte Emma. Und das kommt nicht infrage. »Wir treffen uns dort. Dann kannst du noch bleiben, wenn ich gehen muss und du dich gerade gut amüsierst.«

»Wenn ich nichts Besseres kriegen kann, nehme ich das. Dann sehen wir uns auf der Party.«

2

Sie mochte Partys, rief Emma sich ins Gedächtnis. Sie mochte es, Leute zu treffen und sich zu unterhalten. Sie liebte es, die passenden Klamotten auszusuchen, sich zu schminken, ihr Haar zurechtzumachen.

Sie war ein Mädchen.

Sie mochte Adam und Vicki – ja, sie hatte die beiden einander sogar vorgestellt, vor vier Jahren, als sich gezeigt hatte, dass sie und Adam besser nur Freunde waren als ein Liebespaar.

Vows hatte ihre Hochzeit ausgerichtet.

Sie mochte auch Sam, dachte sie seufzend, als sie vor dem modernen zweistöckigen Haus anhielt und ihren Schminkspiegel herunterklappte, um ihr Make-up zu überprüfen.

Sie ging gern mit Sam aus – zum Essen, auf eine Party, in ein Konzert. Das Problem war der Sparkometer, der Funkenüberspringer. Bei ihrer ersten Begegnung hatte Sam auf der Skala glatt die Sieben erreicht, mit steigender Tendenz. Außerdem fand sie ihn clever, witzig, und ihr gefiel sein ebenmäßiges gutes Aussehen. Doch durch den Kuss bei ihrem ersten Date war er auf dem Sparkometer bis zur erbärmlichen Zwei abgestürzt.

Nicht seine Schuld, gestand sie sich ein, während sie aus dem Wagen stieg. Es fehlte einfach das gewisse Etwas. Sie hatte es probiert. Noch ein paar Küsse – küssen gehörte zu ihren Lieblingsbeschäftigungen. Doch sie waren nie über die Zwei hinausgekommen, und das war noch großzügig bemessen.

Es war nicht leicht, einem Mann zu sagen, dass man nicht die Absicht hatte, mit ihm zu schlafen. Gefühle und Egos standen auf dem Spiel. Sie hatte es trotzdem getan. Das Problem bestand in ihren Augen darin, dass Sam ihr nicht wirklich glaubte.

Vielleicht würde sie auf der Party jemanden finden, dem sie ihn vorstellen konnte.

Sie trat ein, in die Musik, die Stimmen, die Lichter – und spürte, wie sich augenblicklich ihre Stimmung hob. Partys waren einfach ihr Ding.

Schon auf den ersten Blick entdeckte sie ein Dutzend Leute, die sie kannte.

Sie küsste Wangen, erwiderte Umarmungen und ging weiter, immer noch auf der Suche nach dem Gastgeberpaar. Als sie eine entfernte angeheiratete Cousine erspähte, winkte sie ihr zu. Addison, überlegte sie, und signalisierte ihr, dass sie später zu ihr kommen würde, um Hallo zu sagen. Single, lebenslustig, atemberaubend schön. Ja, sie konnte sich vorstellen, dass Addison und Sam sich gut verstehen würden.

Auf jeden Fall würde sie die beiden einander vorstellen.

Sie fand Vicki in der Küchenecke des großzügigen Wohnbereichs, wo sie sich mit Freunden unterhielt, während sie ein Tablett mit Partysnacks auffüllte.

»Emma! Ich dachte nicht, dass du es noch schaffst.«

»Ich bin auch schon fast wieder weg. Du siehst super aus.«

»Du auch. Oh, danke!« Vicki nahm den Strauß gestreifter Tulpen in Bonbonfarben entgegen, den Emma ihr reichte. »Sind die schön.«

»Ich bin in ›Verdammt, es ist doch Frühling‹-Stimmung. Diese Blumen haben mir bestätigt, dass ich Recht habe. Kann ich dir irgendwie helfen?«

»Kommt nicht infrage. Warte, ich hole dir ein Glas Wein.«

»Ein halbes. Ich muss noch fahren, und ich kann wirklich nicht lange bleiben.«

»Ein halbes Glas Cabernet.« Vicki legte die Blumen auf die Arbeitsplatte, damit sie die Hände frei hatte. »Bist du allein gekommen?«

»Eigentlich bin ich hier lose mit Sam verabredet.«

»Oh«, erwiderte Vicki gedehnt.

»Nicht wirklich, nein.«

»Oh.«

»Hör mal, lass mich das machen«, sagte Emma, als Vicki eine Vase für die Blumen herausholte. Während sie sich um den Strauß kümmerte, fuhr sie mit gesenkter Stimme fort: »Was hältst du denn von Addison und Sam?«

»Sind die beiden zusammen? Ich wusste gar nicht …«

»Nein. Ich spekuliere nur. Ich glaube, sie würden sich mögen.«

»Klar. Ich denke schon. Aber ihr seht so gut zusammen aus. Du und Sam.«

Emma gab ein unverbindliches Grunzen von sich. »Wo ist Adam? Ich habe ihn in dem Gewühl noch nicht entdeckt.«

»Wahrscheinlich draußen auf der Veranda, mit Jack ein Bierchen trinken.«

»Jack ist hier?«, fragte Emma betont beiläufig und machte sich weiter an den Blumen zu schaffen. »Ich muss ihm Hallo sagen.«

»Sie haben über Baseball geredet, als ich sie zuletzt gehört habe. Du weißt ja, wie sie sind.«

Das wusste sie allerdings. Jack Cooke kannte sie schon über zehn Jahre, seit er und Parkers Bruder Delaney sich in Yale ein Zimmer geteilt hatten. Und Jack hatte viel Zeit auf dem Anwesen der Browns verbracht. Schließlich war er nach Greenwich gezogen, wo er sein kleines, exklusives Architekturbüro eröffnet hatte.

Er war ein Fels in der Brandung gewesen, erinnerte sie sich, als Parkers und Dels Eltern beim Absturz eines Privatflugzeugs ums Leben gekommen waren. Und als sie und ihre Freundinnen beschlossen hatten, ihr Geschäft zu gründen, hatte Jack sich als ihr Lebensretter erwiesen: Er hatte die Pläne für den Umbau des Poolhauses und des Gästehauses entworfen, so dass sie den Erfordernissen des Betriebs entsprachen.

Er gehörte praktisch zur Familie.

Ja, sie musste ihm unbedingt Hallo sagen, bevor sie ging.

Mit ihrem Glas Wein in der Hand drehte sie sich um, gerade als Sam hereinkam. Er sah *so* klasse aus, dachte sie. Groß und gut gebaut, mit einem ständigen Zwinkern in den Augen. Vielleicht ein *bisschen* zu geleckt mit dem stets perfekt gestylten Haar und der stets genau passenden Garderobe, aber …

»Da ist sie ja. Hallo, Vic.« Sam überreichte Vicki eine sehr schöne Flasche Cabernet – genau das Richtige – und küsste sie auf die Wange, dann schenkte er Emma ein warmes, sehr warmes Lächeln. »Genau die, nach der ich gesucht habe.«

Er umfing sie in einem überschwänglichen Kuss, der auf ihrer Skala kaum den angenehmen Bereich streifte.

Es gelang ihr, ein paar Zentimeter zurückzuweichen und ihm ihre freie Hand auf die Brust zu legen, für den Fall, dass er auf die Idee kam, sie erneut zu küssen. Sie lächelte zu ihm auf, lachte ihn dann freundlich an. »Hallo, Sam.«

In diesem Moment kam Jack von der Veranda herein, das dunkelblonde Haar vom leichten Abendwind zerzaust, die Lederjacke offen über den ausgeblichenen Jeans. Als er Emma sah, zog er die Augenbrauen hoch, und seine Mundwinkel hoben sich. »Hallo, Em. Ich will nicht stören.«

»Jack.« Emma schob Sam noch ein paar Zentimeter weiter von sich. »Du kennst Sam, oder?«

»Klar. Wie geht's?«

»Gut.« Sam drehte sich so, dass er Emma den Arm um die Schultern legen konnte. »Und dir?«

»Kann nicht klagen.« Jack nahm eins von den Chips und tunkte es in die Salsa. »Wie läuft's drüben bei euch?«, fragte er Emma.

»Wir haben viel zu tun. Im Frühjahr dreht sich alles um Hochzeiten.«

»Oder um Baseball. Neulich habe ich deine Mutter getroffen. Sie ist immer noch die schönste Frau, die je erschaffen wurde.«

Emmas ungezwungenes Lächeln wurde warm wie die Sonne. »Stimmt.«

»Sie weigert sich immer noch, deinen Vater meinetwegen zu verlassen, aber ich gebe die Hoffnung nicht auf. Na ja, bis später mal. Sam.«

Als Jack davonging, wandte Sam sich um. Da Emma das Spielchen kannte, drehte sie sich ebenfalls zur Seite – so vermied sie es, zwischen Sam und der Küchentheke in die Falle zu geraten. »Ich hatte ganz vergessen, wie viele gemeinsame Freunde Vicki, Adam und ich haben. Ich kenne fast jeden hier. Ich muss mal mit ein paar Leuten plaudern. Oh, und dann ist da noch jemand, den du unbedingt kennenlernen musst.«

Fröhlich nahm sie Sam bei der Hand. »Du kennst meine Cousine Addison noch nicht, oder?«

»Ich glaube nicht.«

»Ich habe sie seit Monaten nicht mehr gesehen. Komm, wir suchen sie, damit ich dich ihr vorstellen kann.«

Damit zog sie ihn mitten ins Partygetümmmel.

Jack schnappte sich eine Handvoll Nüsse, während er sich mit ein paar Freunden unterhielt. Und beobachtete, wie Emma den Nachwuchsmanager durch die Menge dirigierte. Sie sah … echt umwerfend aus, dachte er.

Umwerfend und sexy waren nicht nur ihre dunklen Augen, die Kurven, der goldbraune Teint, die Lockenpracht und die vollen Lippen. Die waren mörderisch genug. Doch hinzu kamen noch die Wärme und der Glanz, die von ihr auszugehen schienen. Sie war wirklich ein Prachtexemplar.

Und, so erinnerte er sich, sie war die kleine Schwester ehrenhalber seines besten Freundes.

Auf jeden Fall begegnete man ihr selten, ohne dass entweder die Freundinnen, jemand aus ihrer Familie oder andere Leute bei ihr waren. Oder, so wie jetzt, irgendein Typ.

Wenn eine Frau aussah wie Emmaline Grant, war immer irgendein Typ dabei.

Aber Anschauen war erlaubt. Er war ein Mann, der Linien und Kurven schätzte – an Gebäuden wie an Frauen. Seiner Ansicht nach war Emma architektonisch ziemlich perfekt. Also knackte er Nüsse, tat so, als würde er der Unterhaltung lauschen und beobachtete, wie Emma durch den Raum glitt.

Es sah beiläufig aus, bemerkte er, wie sie stehen blieb, Menschen begrüßte, innehielt, lachte oder lächelte. Doch er hatte sie im Laufe der Jahre genau studiert. Sie verfolgte eine bestimmte Absicht.

Da seine Neugier geweckt war, entfernte Jack sich unauffällig von seinen Freunden und schloss sich einer anderen Gruppe an, um Emma im Blick zu behalten.

Der »irgendein Typ« – Sam – strich ihr betont häufig über den Rücken oder legte ihr den Arm um die Schultern. Sie hingegen lächelte ihn oft an oder sah unter diesen dichten Wimpern lachend zu ihm auf. Aber ihre Körpersprache – und er hatte ihren Körper genau studiert – signalisierte keinerlei Empfänglichkeit.

Er hörte, wie sie »Addison!« rief, gefolgt von ihrem prickelnden Lachen, bevor sie stürmisch eine sehr gut aussehende Blondine umarmte.

Sie quasselten strahlend drauflos, wie Frauen es tun, hielten einander auf Armeslänge von sich, um sich zu betrachten, bevor sie einander – zweifellos – versicherten, wie gut sie aussähen.

Du siehst blendend aus. Hast du abgenommen? Deine Frisur ist ganz toll. Seinen Beobachtungen zufolge gab es bei diesem weiblichen Ritual einige Varianten, doch das Thema blieb stets das Gleiche.

Dann drehte Emma sich so, dass der »irgendein Typ« und die Blondine einander gegenüberstanden.

Da fiel bei ihm der Groschen. Er bemerkte es an der Art, wie Emma dezent ein paar Zentimeter zurückwich und dann winkte, bevor sie dem Typen kurz den Arm tätschelte. Sie wollte ihn loswerden und dachte, die Blondine würde ihn ablenken.

Als sie sich in Richtung Küche verdrückte, prostete Jack ihr mit seinem Bier zu.

Gut gemacht, Emmaline, dachte er. Gut gemacht.

Er verabschiedete sich zeitig. Um acht Uhr hatte er ein Arbeitsfrühstück, und sein Tag war vollgepackt mit Baustellenbesichtigungen und Bauabnahmen. Irgendwo dazwischen – oder am folgenden Tag – musste er sich etwas Zeit am Zeichenbrett freischaufeln, um ein paar Ideen für die Erweiterung von Macs Studio auszuarbeiten. Das hatte sie sich gewünscht, da Carter und sie jetzt verlobt waren und zusammenlebten.

Er hatte schon eine Vorstellung davon, wie er das machen konnte, ohne die Linienführung und die Gestalt des Hauses zu beeinträchtigen. Doch er wollte das Ganze auf dem Papier festhalten und ein wenig damit herumspielen, bevor er Mac irgendetwas zeigte.

So richtig hatte er sich noch nicht an den Gedanken gewöhnt, dass Mac heiraten würde – und dann auch noch Carter. Carter musste man einfach gernhaben, dachte Jack. Er war zwar kaum auf Jacks Radar aufgetaucht, als er, Del und Carter zusammen in Yale gewesen waren. Doch man musste ihn gernhaben.

Außerdem brachte er Macs Augen wirklich zum Strahlen. Das zählte viel.

Mit laut aufgedrehtem Radio spielte er im Kopf verschiedene Ideen für den Anbau durch, so dass Carter ein Arbeitszimmer bekommen würde, in dem er … tun konnte, was immer Englischlehrer auch in ihren Arbeitszimmern taten.

Als er heimfuhr, kam der Regen, der im Laufe des Tages gekommen und gegangen war, in Form leichten Schneefalls zurück. April in Neuengland, dachte er.

Seine Scheinwerfer streiften den Wagen, der am Straßenrand angehalten hatte, und die Frau, die mit in die Hüften gestemmten Händen vor der geöffneten Motorhaube stand.

Er parkte an der Seite, stieg aus, schob dann die Hände in die Taschen und schlenderte hinüber zu Emma. »Lange nicht gesehen.«

»Verdammt. Er ist mir einfach verreckt. Ausgegangen.« Frustriert fuchtelte sie mit den Armen, so dass Jack vorsichtshalber einen Schritt zurücktrat, um nicht die Taschenlampe an den Kopf zu bekommen, die sie in der Hand hielt. »Und es schneit. Siehst du das?«

»Ja, stimmt. Hast du die Tankanzeige überprüft?«

»Benzin habe ich noch genug. Ich bin ja nicht bekloppt. Es ist die Batterie oder der Vergaser. Oder irgend so ein Schlauch oder Riemen.«

»Das grenzt die Möglichkeiten ja enorm ein.«

Emma schnaubte verächtlich. »Verdammt, Jack, ich bin Floristin, keine Automechanikerin.«

Jack musste lachen. »Der war gut. Hast du die Pannenhilfe angerufen?«

»Das wollte ich, aber ich dachte, ich sollte wenigstens mal einen Blick da reinwerfen, für den Fall, dass es etwas Einfaches, leicht Verständliches ist. Warum machen sie den Krempel da drin für die Autofahrer nicht einfach und leicht verständlich?«

»Warum haben Blumen komische lateinische Namen, die kein Mensch aussprechen kann? Fragen über Fragen. Lass mich mal schauen.« Er streckte die Hand nach der Taschenlampe aus. »Mein Gott, Emma, du bist eiskalt.«

»Ich hätte mir was Wärmeres angezogen, wenn ich gewusst hätte, dass ich an diesem dämlichen Abend mitten im Schneesturm am Straßenrand herumstehen müsste.«

»Es schneit doch kaum.« Jack zog seine Jacke aus und reichte sie ihr.

»Danke.«

Sie hüllte sich hinein, während er sich unter die Motorhaube beugte. »Wann warst du das letzte Mal zur Inspektion?«

»Keine Ahnung. Irgendwann.«

Jack warf ihr aus seinen rauchgrauen Augen einen sarkastischen Blick zu. »›Irgendwann‹ scheint ›noch nie‹ zu bedeuten. Deine Batteriekabel sind korrodiert.«

»Was heißt das?« Emma trat näher und steckte ebenfalls den Kopf unter die Motorhaube. »Kannst du das reparieren?«

»Kann ich schon ...«

Er wandte den Kopf zu ihr, und sie blickte ihn ebenfalls an. Er sah nur noch ihre samtbraunen Augen, und für einen Moment verschlug es ihm die Sprache.

»Was?«, fragte sie, und ihr Atem strich warm über seine Lippen.

»Was?« Was zum Teufel machte er hier? Er richtete sich auf, raus aus der Gefahrenzone. »Was ... was ich tun kann, ist, dir Starthilfe zu geben, damit du nach Hause kommst.«

»Oh. Okay. Das ist gut.«

»Dann musst du das Ding da in die Werkstatt schaffen lassen.«

»Klar. Wird sofort gemacht. Versprochen.«

Emmas Stimme zitterte ein bisschen, was ihn daran erinnerte, dass es kalt war. »Steig schon mal ins Auto, und ich hol das Überbrückungskabel. Aber lass den Motor nicht an. Rühr da drin überhaupt nichts an, bevor ich es dir sage.«

Er stellte seinen Wagen so hin, dass er Schnauze an Schnauze mit ihrem stand. Als er sein Überbrückungskabel herausholte, stieg Emma wieder aus. »Ich will sehen, was du tust«, erklärte sie. »Für den Fall, dass ich es mal selbst machen muss.«

»Okay. Also, Überbrückungskabel, Batterien. Du hast einen positiven und einen negativen Pol. Die darfst du nicht verwechseln, denn wenn du die Kabel falsch anschließt, dann …«

Er klemmte ein Kabel an die Batterie, gab dann ein ersticktes Geräusch von sich und begann zu zittern. Anstatt zu kreischen, lachte Emma jedoch nur und knuffte ihn in den Arm. »Idiot. Ich habe Brüder, ich kenne eure Spielchen.«

»Deine Brüder hätten dir mal zeigen sollen, wie man einem Wagen Starthilfe gibt.«

»Ich glaube, das haben sie sogar, aber ich habe nicht zugehört. So ein Kabel habe ich auch im Kofferraum, und noch anderes Zeug für den Notfall. Aber ich habe noch nie was davon gebraucht. Unter deiner Motorhaube glänzt es mehr als unter meiner«, fügte sie hinzu, als sie stirnrunzelnd seinen Motor betrachtete.

»Wahrscheinlich glänzt sogar der Höllenschlund mehr als dein Motor.«

Emma schnaubte. »Jetzt wo ich ihn gesehen habe, kann ich dir nicht widersprechen.«

»Steig mal ein und mach ihn an.«

»Mach wen an?«, erwiderte Emma. »Kleiner Scherz.«

»Haha. Wenn er angeht, mach ihn nicht wieder aus.«

»Verstanden.« Im Auto hielt Emma die Hände mit gedrückten Daumen hoch und drehte den Schlüssel um. Der Motor hustete und spuckte, dass Jack zusammenzuckte. Dann erwachte er brummend zum Leben.

Emma steckte den Kopf zum Fenster heraus und sah ihn strahlend an. »Es hat geklappt!«

Jack schoss der Gedanke durch den Kopf, dass sie mit diesem Lächeln hundert verreckte Batterien wieder zum

Leben erwecken könnte. »Wir lassen ihn noch ein paar Minuten Saft holen, dann fahre ich hinter dir her, bis du zu Hause bist.«

»Das brauchst du nicht. Es ist ein Umweg für dich.«

»Ich fahre hinter dir her, damit ich weiß, dass du nicht unterwegs wieder liegenbleibst.«

»Danke, Jack. Gott weiß, wie lange ich da draußen gestanden hätte, wenn du nicht vorbeigekommen wärst. Ich habe mich schon dafür verflucht, dass ich zu dieser dämlichen Party gefahren bin, obwohl ich heute Abend eigentlich nur mit einem Film abhängen und früh ins Bett gehen wollte.«

»Warum bist du dann hingefahren?«

»Weil ich schwach bin.« Emma zuckte die Achseln. »Sam wollte partout nicht allein gehen, und, na ja, ich liebe Partys. Also dachte ich, es könnte nicht schaden, ihn dort zu treffen und ein Stündchen zu bleiben.«

»Hm. Wie ist es mit ihm und der Blondine gelaufen?«

»Wie bitte?«

»Die Blondine, der du ihn untergejubelt hast.«

»Ich habe ihn ihr nicht untergejubelt.« Emmas Blick wich aus, dann sah sie ihn wieder an. »Na schön, habe ich doch, aber nur, weil ich dachte, sie würden einander mögen. Und so war es auch. Diese gute Tat war es wert, dass ich heute Abend da rausgefahren bin. Nur dass ich dann mit einer Panne am Straßenrand gelandet bin, ist unfair. Und es ist mir ein bisschen peinlich, dass du mich durchschaut hast.«

»Ach was. Ich war beeindruckt. Das und die Salsa waren für mich das Beste an dem ganzen Abend. Ich nehme jetzt die Kabel ab. Schauen wir mal, ob die Batterie genügend aufgeladen ist. Wenn alles klar ist, warte, bis ich in meinem Wagen sitze, bevor du losfährst.«

»Okay. Jack? Du hast was gut bei mir.«

»Ja, stimmt«, erwiderte Jack grinsend, bevor er zu seinem Wagen ging.

Als ihr Motor weiterlief, schloss er ihre Motorhaube, dann seine. Sobald er das Überbrückungskabel wieder in seinen Kofferraum geworfen hatte, setzte er sich ans Steuer und gab ihr per Lichthupe das Zeichen zum Aufbruch.

Er folgte ihr durch das hauchzarte Schneegestöber und versuchte, nicht an den Moment unter der Motorhaube zu denken, als ihr Atem seine Lippen warm gestreift hatte.

Nachdem sie die private Zufahrt zum Brown Estate erreicht hatte, hupte sie freundschaftlich. Jack bremste und blieb stehen. Dann sah er zu, wie ihre Rücklichter im Dunkel leuchteten und hinter der Kurve verschwanden, die zum Gästehaus führte.

Eine Weile saß er noch da, bevor er den Wagen wendete und nach Hause fuhr.

Im Rückspiegel sah Emma, wie Jack am Beginn der privaten Zufahrt anhielt. Sie zögerte und fragte sich, ob sie ihn hätte bitten sollen, noch auf einen Kaffee mitzukommen, bevor er umkehrte und heimfuhr.

Wahrscheinlich hätte sie – das war schließlich das mindeste, aber jetzt war es zu spät. Und zweifellos war es auch besser so.

Es war keine gute Idee, allein und spätabends einen Freund der Familie zu sich einzuladen, der auf ihrer Liste eine glatte Zehn erreichte. Schon gar nicht, wenn sie noch Schmetterlinge im Bauch hatte von einem lächerlichen Moment unter einer Motorhaube, bei dem sie sich beinahe blamiert und ihn angebaggert hätte.

Das konnte nicht gutgehen.

Sie wünschte, sie könnte bei Parker, Laurel oder Mac vorbeischauen und ihr Gefühlschaos mit ihnen besprechen, am besten mit allen dreien. Aber auch das konnte nicht gutgehen. Über manche Dinge konnte man nicht einmal mit den besten Freundinnen der Welt reden. Vor allem, da klar war, dass Jack und Mac einander einmal nähergekommen waren.

Sie vermutete, dass Jack ziemlich vielen Frauen näherkam.

Nicht, dass das in ihren Augen gegen ihn sprach, dachte sie, während sie den Wagen parkte. Sie war gern mit Männern zusammen. Sie hatte gern Sex. Und manchmal führte eins zum anderen.

Außerdem, wie sollte man die Liebe seines Lebens finden, wenn man nicht danach Ausschau hielt?

Sie stellte den Motor ab, biss sich auf die Lippen und drehte den Schlüssel wieder herum. Der Motor gab ziemlich unglückliche Geräusche von sich, schien unentschlossen, sprang jedoch schließlich an.

Das musste ein gutes Zeichen sein, entschied sie und machte ihn wieder aus. Doch sie würde den Wagen in die Werkstatt bringen, sobald sie konnte. Sie musste Parker nach einem Automechaniker fragen, denn Parker wusste alles.

Im Haus holte sie sich eine Flasche Wasser, um sie mit nach oben zu nehmen. Dank Sam und der blöden Batterie würde sie es nicht mehr schaffen, zur rechtschaffenen Zeit von elf Uhr schlafen zu gehen, aber um Mitternacht konnte sie im Bett sein. Was bedeutete, dass sie keine Ausrede haben würde, sich um den Frühsport zu drücken, den sie für den nächsten Morgen geplant hatte.

Keine Ausrede, ermahnte sie sich.

Sie stellte das Wasser auf ihren Nachttisch neben die kleine Vase mit Freesien und begann sich auszuziehen. Jetzt erst merkte sie, dass sie immer noch Jacks Jacke anhatte.

»Oh, verdammt.«

Sie roch so gut, dachte sie. Nach Leder und Jack. Und das war kein Duft, der ihr ruhige Träume bescheren würde. Sie ging mit der Jacke durch den Raum und legte sie über eine Stuhllehne. Jetzt musste sie ihm die Jacke zurückbringen, aber darüber würde sie sich später Gedanken machen.

Vielleicht fuhr ja eins der Mädels in die Stadt und konnte sie ihm vorbeibringen. Es war nicht feige, diese Aufgabe jemand anderem zu übertragen. Es war effizient.

Mit Feigheit hatte das nichts zu tun. Sie sah Jack ständig. *Ständig*. Sie sah nur nicht ein, wieso sie extra fahren sollte, wenn jemand anders ohnehin in die Richtung musste. Bestimmt hatte er auch noch eine andere Jacke. Es war nicht so, dass er genau diese sofort brauchte. Wenn sie so wichtig wäre, warum hatte er sie dann nicht gleich wieder mitgenommen?

Es war seine eigene Schuld.

Und hatte sie nicht gesagt, darüber würde sie sich später Gedanken machen?

Sie zog ein Nachthemd an und ging ins Bad, um mit ihrem abendlichen Ritual zu beginnen. Make-up abnehmen, Gesichtswasser und Feuchtigkeitscreme auftragen, Zähne putzen und Haare bürsten. Die Routine und ihr hübsches Badezimmer halfen ihr normalerweise, sich zu entspannen. Sie liebte die fröhlichen Farben, die freistehende Badewanne, das Regal mit den grünen Flaschen, in denen die Blumen standen, die sie gerade da hatte.

Im Moment waren es Mini-Narzissen, um den Frühling

zu feiern. Doch ihre heiteren Gesichter schienen sie anzugrinsen. Irritiert knipste sie das Licht aus.

Sie setzte ihr Ritual fort, indem sie den kleinen Berg Kissen und die bestickte Tagesdecke aus ihrem Bett räumte und die Kopfkissen aufschüttelte. Sie schlüpfte unter die Decke und kuschelte sich hinein, um die glatte, weiche Bettwäsche auf der Haut zu spüren, den verträumten Duft der Freesien einzuatmen, der in der Luft lag, und …

Mist! Sie konnte immer noch seine Jacke riechen.

Seufzend warf sie sich herum auf den Rücken.

Na und? Sie hatte also unzüchtige Gedanken an den besten Freund des Bruders ihrer besten Freundin. Na und? Das war kein Verbrechen. Unzüchtige Gedanken waren etwas ganz Vernünftiges und Normales. Ja, sie waren sogar ziemlich gut. Gesund. Und sie *liebte* unzüchtige Gedanken.

Warum sollte eine normale Frau keine unzüchtigen Gedanken an einen umwerfenden Mann haben, der sexy war, einen tollen Körper hatte und dazu ein Paar Augen wie Rauch, der von Nebel eingehüllt wurde?

Sie wäre ja verrückt, wenn sie keine hätte.

Sich nun entsprechend zu verhalten, *das* wäre verrückt. Doch die Gedanken zu haben, war ihr gutes Recht.

Sie fragte sich, was er getan hätte, wenn sie unter der Motorhaube die letzten Zentimeter an ihn herangerückt wäre und ihm einen Kuss aufgedrückt hätte?

Er wäre gleichfalls sofort näher gerückt, nahm sie an. Schließlich war er ein Mann. Und dann hätten sie dort am Straßenrand in dem leichten Schneefall ein paar sehr interessante, heiße Minuten verbracht. Erglühende Körper, klopfende Herzen, dazu der Schnee, der auf sie herabrieselte, und …

Nein, nein, jetzt romantisierte sie das Ganze. Warum

machte sie das? Warum wurde aus gesundem Lustempfinden bei ihr immer gleich eine Romanze? Das war ihr Problem, das sicherlich in der wundervoll romantischen Liebesgeschichte ihrer Eltern begründet lag. Wie konnte sie nicht auch das wollen, was ihre Eltern hatten?

Schluss damit, befahl sie sich. Mit Jack würde sie kein ewiges Glück finden. Sie sollte bei der Lust bleiben.

Sie hätten also ganz erhitzt und eng umschlungen da am Straßenrand gestanden. Aber. Nach dem spontanen und zweifellos funkensprühenden Kuss wären sie ganz verlegen und befangen miteinander umgegangen.

Dann hätten sie sich beieinander entschuldigen müssen oder versuchen, das Ganze ins Lächerliche zu ziehen. Alles wäre komisch und verkrampft gewesen.

Die schlichte Wahrheit lautete, dass es zu spät war, der Lust nachzugeben. Sie waren Freunde, es war fast, als gehörten sie zu einer Familie. Mit Freunden oder Familienangehörigen bandelte man nicht an. Sie war besser dran, erheblich besser dran, wenn sie ihre Gedanken für sich behielt und weiter nach dem Richtigen Ausschau hielt. Nach der großen Liebe.

Der Liebe, die ein Leben lang hielt.

3

Voller Widerwillen und Selbstmitleid trottete Emma zum privaten Fitness-Studio im Haupthaus hinüber. Dessen Design spiegelte Parkers Effizienz und sicheren Geschmack – und beides verabscheute Emma in diesem Moment.

Über den Flachbildschirm flimmerte das Programm von CNN, während Parker, das Headset ihres Handys im Ohr, auf dem Elliptical Trainer ihre Kilometer herunterspulte. Emma warf den Fitnessgeräten einen finsteren Blick zu, während sie ihr Sweatshirt auszog. Sie kehrte den Geräten den Rücken zu, ebenso wie dem Liegerad, dem Gestell mit den Hanteln, dem Regal voller DVDs mit fröhlichen oder ernsthaften Lehrern, von denen sie sich durch eine Stunde Yoga oder Pilates führen, mit dem Gymnastikball quälen oder mit Tai Chi verschrecken lassen konnte.

Sie rollte eine der Matten auseinander und setzte sich darauf, weil sie ein paar Aufwärmübungen machen wollte. Und legte sich einfach hin.

»Morgen.« Parker warf ihr einen Blick zu, während sie weitertrabte. »Spät geworden?«

»Wie lange bist du schon auf dem Ding?«

»Willst du es haben? Ich bin gleich fertig. Ich komme gerade ans Abkühlen.«

»Ich hasse diesen Raum. Eine Folterkammer mit glänzendem Fußboden und hübschem Anstrich ist immer noch eine Folterkammer.«

»Nach zwei, drei Kilometern fühlst du dich besser.«

»Warum?« Aus ihrer liegenden Position warf Emma die Hände in die Luft. »Wer sagt das? Wer hat entschieden, dass Leute plötzlich an jedem gottverdammten Tag Kilometer schinden müssen, oder dass es gut für sie ist, sich völlig unnatürlich zu verrenken? Ich glaube, das sind die Leute, die diese grässlichen Geräte verkaufen, und diejenigen, die all die hübschen kleinen Outfits entwerfen wie das, was du gerade trägst.«

Mit zusammengekniffenen Augen musterte Emma Parkers halblange schiefergraue Hose und das kesse rosa-graue Top. »Wie viele von diesen hübschen kleinen Outfits besitzt du?«

»Tausende«, erwiderte Parker trocken.

»Siehst du? Und wenn sie dich nicht überzeugt hätten, Kilometer zu schinden und dich völlig unnatürlich zu verrenken – und dabei auch noch gut auszusehen –, dann hättest du auch nicht so viel Geld für diese hübschen kleinen Outfits ausgegeben. Das hättest du stattdessen für einen guten Zweck spenden können.«

»Aber in dieser Yogahose sieht mein Hintern klasse aus.«

»Das stimmt. Außer mir sieht das bloß keiner – wozu also der Aufwand?«

»Für meine persönliche Zufriedenheit.« Parker verlangsamte ihr Tempo und blieb stehen. Dann sprang sie ab und zog eines der Alkoholtücher heraus, um das Gerät abzuwischen. »Was ist los, Em?«

»Hab ich dir doch gesagt. Ich hasse diesen Raum und alles, wofür er steht.«

»Ja, das hast du gesagt. Aber diesen Tonfall kenne ich. Du bist gereizt, und das bist du fast nie.«

»Ich bin so oft gereizt wie jeder andere auch.«

»Nein.« Parker nahm ihr Handtuch, tupfte sich das Gesicht ab und trank aus ihrer Wasserflasche. »Du bist fast immer fröhlich, optimistisch und verträglich, sogar wenn du rumzickst.«

»Wirklich? Gott, das muss ja langweilig sein.«

»Nur ganz selten.« Parker ging zur Bowflex-Kraftstation hinüber, an der sie ein paar Oberkörperübungen machte, die bei ihr leicht und spielerisch aussahen. Emma wusste jedoch, dass sie beides nicht waren. Als sie erneuten Widerwillen verspürte, setzte sie sich auf.

»Ich bin total gereizt. Gestern Abend ...«

Sie brach ab, als Laurel hereinkam, das Haar hochgebunden, den durchtrainierten Körper in Sport-BH und Radlerhose gekleidet. »Ich schalte CNN ab«, verkündete sie, »weil mir egal ist, was die da reden.« Sie schnappte sich die Fernbedienung und wechselte vom Fernsehprogramm auf harte, dröhnende Rockmusik.

»Dann mach wenigstens leiser«, verlangte Parker. »Emma wollte uns gerade erzählen, warum sie heute Morgen total gereizt ist.«

»Em ist nie total gereizt.« Laurel holte sich eine Matte und rollte sie auf dem Fußboden aus. »Das nervt.«

»Siehst du?« Da sie schon auf dem Boden lag, beschloss Emma, dass sie ebenso gut ein paar Dehnübungen machen konnte. »Meine besten Freundinnen, und all die Jahre habt ihr zugelassen, dass ich herumlaufe und die Leute nerve.«

»Wahrscheinlich nervst du nur uns.« Laurel begann mit einer Reihe Crunches. »Wir sind schließlich öfter mit dir zusammen als irgendjemand sonst.«

»Das ist wahr. In diesem Fall könnt ihr mich mal. O Gott, o *Gott*, macht ihr beiden das wirklich jeden Tag?«

»Parker schon, sie ist nämlich besessen. Ich tendiere eher zu dreimal die Woche. Viermal, wenn ich gut drauf bin. Heute habe ich eigentlich frei, aber mir ist für die weinende Braut was eingefallen, und das hat mir einen Kick gegeben.«

»Hast du irgendwas, das du mir zeigen kannst?«, wollte Parker wissen.

»Siehst du, sie ist besessen.« Laurel wechselte zu Roll-Ups. »Später. Jetzt will ich erst hören, warum Em gereizt ist.«

»Wie machst du das bloß?«, fuhr die total gereizte Emma sie an. »Es sieht aus, als würde dich jemand an einem unsichtbaren Seil hochziehen.«

»Stählerne Bauchmuskeln, Baby.«

»Ich hasse dich.«

»Wer könnte dir das verdenken? Daraus schließe ich, dass ›gereizt‹ gleichbedeutend mit ›Mann‹ ist«, fuhr Laurel fort. »Also raus damit. Ich will alle Details.«

»Eigentlich ...«

»Himmel, was ist das denn? Ladies' Day im Brownschen Kraftraum?« Mac schlenderte herein und streifte ihr Kapuzensweatshirt ab.

»Ich glaube eher, es ist Crazy Day.« Laurel unterbrach ihre Übungen. »Was machst *du* denn hier?«

»Ich komme durchaus manchmal her.«

»Du siehst dir manchmal ein Foto von dem Raum an und betrachtest das als Workout.«

»Ich habe ein neues Kapitel aufgeschlagen. Für meine Gesundheit.«

»Quatsch mit Soße«, entgegnete Laurel grinsend.

»Okay, ich geb's zu. Ich bin mir ziemlich sicher, dass ich mich für ein trägerloses Brautkleid entscheiden werde. Deshalb brauche ich hammermäßige Arme und Schultern.« Mac wandte sich zum Spiegel um und beugte die Arme. »Sie sind schon ganz gut, aber es reicht noch nicht.« Seufzend schlängelte sie sich aus ihrer Jogginghose. »Und ich werde echt so eine besessene, oberpingelige Braut. Grauenhaft.«

»Aber eine besessene, oberpingelige Braut, die in ihrem Hochzeitskleid umwerfend aussieht. Hier«, sagte Parker. »Schau mal, was ich mache.«

Mac runzelte die Stirn. »Ich sehe es, aber ich glaube nicht, dass ich das mag.«

»Du musst einfach ruhige, gleichmäßige Bewegungen machen. Ich stelle den Widerstand etwas niedriger ein.«

»Willst du damit sagen, ich bin ein Weichei?«

»Ich versuche nur, das Gejammer und Gestöhne zu vermeiden, das du von dir geben würdest, wenn du auf meinem Level anfängst. Ich mache das dreimal die Woche.«

»Du hast echt super Arme und Schultern.«

»Außerdem habe ich aus sicherer Quelle gehört, dass mein Hintern in dieser Hose klasse aussieht. Also, ruhige und gleichmäßige Bewegungen. Fünfzehn Wiederholungen, das Ganze dreimal.« Parker gab Mac einen aufmunternden Klaps. »Hoffentlich war das jetzt die letzte Unterbrechung. Emma, komm aufs Parkett, du hast das Wort.«

»Auf dem Parkett liegt sie doch schon«, bemerkte Mac.

»Scht. Emma ist heute Morgen gereizt, weil ...«

»Gestern Abend bin ich zu Adam und Vicki – den MacMillians – gefahren. Das war eigentlich nicht geplant, weil ich gestern vollkommen ausgebucht war und heute ebenfalls. Es war ein richtig guter Tag, vor allem die letzte Beratung, und ich war gerade dabei, meine Notizen und die Verträge zusammenzuschreiben. Dabei habe ich mir überlegt, noch eine Kleinigkeit zu Abend zu essen, mir einen Film reinzuziehen und früh schlafen zu gehen.«

»Und wer hat dann angerufen und dich überredet, mit ihm auszugehen?«, fragte Mac, während sie sich stirnrunzelnd durch das erste Set quälte.

»Sam.«

»Sam ist der scharfe Computerfreak. Das ist bei ihm kein Widerspruch, trotz – oder vielleicht wegen – seiner Buddy-Holly-Brille.«

»Nein.« Emma sah Laurel kopfschüttelnd an. »Das ist Ben. Sam ist der Werbefachmann mit dem Wahnsinnslächeln.«

»Mit dem du nie wieder ein Date haben wolltest«, ergänzte Parker.

»Ja. Es war auch eigentlich kein Date. Ich habe zum Abendessen Nein gesagt und auch dazu, dass er mich zu Hause abholt. Aber … okay, in Sachen Party habe ich nachgegeben und habe eingewilligt, ihn dort zu treffen. Ich habe ihm schon vor zwei Wochen ganz unverblümt gesagt, dass ich nicht mit ihm schlafen würde. Ich fürchte nur, er glaubt mir nicht. Aber Addison war da, eine meiner Cousinen väterlicherseits, dritten Grades, glaube ich. Sie ist klasse, und genau sein Typ. Also habe ich die beiden einander vorgestellt, und das war gut.«

»Wir sollten ein Eheanbahnungspaket anbieten«, schlug Laurel vor und begann mit Beinhebern. »Selbst wenn wir es nur für die Typen lancieren, die Emma loswerden will, könnten wir unseren Umsatz verdoppeln.«

»Loswerden klingt so negativ. Ich dirigiere um. Im Übrigen war Jack auch da.«

»Unser Jack?«, fragte Parker.

»Ja, und das war ein Glück für mich, wie sich zeigen sollte. Ich habe mich zeitig verdrückt, und auf halbem Weg nach Hause gibt mein Wagen den Geist auf. Hustet, spuckt und geht aus. Dazu schneit es, es ist dunkel, ich *friere*, und dieser Straßenabschnitt ist natürlich völlig verlassen.«

Da die Beinheber nicht so schlimm aussahen, rollte Emma sich herum, um Laurels Bewegungen zu imitieren.

»Du musst dir OnStar installieren lassen«, empfahl Parker. »Ich gebe dir mal Infomaterial.«

»Findest du das nicht ein bisschen unheimlich?« Mac keuchte ein wenig, während sie sich durch das dritte Set arbeitete. »Dass die dann immer genau wissen, wo du bist. Und ich glaube wirklich, dass sie dich hören können, auch wenn du nicht den Knopf drückst. Sie belauschen dich.«

»Weil sie es ganz toll finden, Leuten zuzuhören, die völlig schief zur Musik im Radio singen? Das muss ihnen den Tag verschönern. Wen hast du angerufen?«, wandte Parker sich wieder an Emma.

»Es ergab sich, dass ich überhaupt niemanden anzurufen brauchte. Jack kam nämlich vorbei. Er guckt kurz nach, sagt, es ist die Batterie, und gibt mir Starthilfe. Oh, und er hat mir seine Jacke geliehen, und ich habe dann vergessen, sie ihm zurückzugeben. Anstatt einen schönen, ruhigen Abend zu verbringen, weiche ich also Sams Lippen aus, versuche, ihn umzudirigieren und stehe in der Eiseskälte am Straßenrand. Und das, obwohl ich eigentlich nur einen großen Salat und einen Liebesfilm wollte. Jetzt muss ich meinen Wagen in die Werkstatt schaffen und zu Jack fahren, um ihm die Jacke zurückzugeben. Dabei ersticke ich heute in Arbeit. Ich schaffe es einfach nicht. Also bin ich gereizt, weil …«

Sie ging in Deckung, nur ein wenig, indem sie sich herumrollte, um mit dem anderen Bein zu arbeiten. »Ich habe nicht gut geschlafen, vor lauter Grübeln darüber, wie ich das heute alles schaffen soll, und weil ich mir Vorwürfe gemacht hab, dass ich mich überhaupt zum Ausgehen überreden lassen habe.«

Sie seufzte. »Jetzt wo ich das alles gesagt habe, scheint es die ganze Aufregung gar nicht wert zu sein.«

»Autopannen sind immer nervig«, erklärte Laurel. »Wenn man mitten in der Nacht oder im Schnee liegenbleibt? Total ätzend. Es ist dein gutes Recht, gereizt zu sein.«

»Jack musste natürlich betonen, dass es meine eigene Schuld war. Schlimmer noch ist, dass er Recht hat, denn, ja, es lag daran, dass ich den Wagen nicht in der Werkstatt hatte. Noch nie. Und das war ärgerlich. Trotzdem hat Jack mir den Tag gerettet – *und* mir die Jacke gegeben. Und dann ist er mir noch bis nach Hause nachgefahren, um sicherzugehen, dass ich heil ankomme. Na ja, das ist alles abgehakt. Aber jetzt muss ich mich darum kümmern, dass jemand den Wagen durchcheckt und so – was die in der Werkstatt eben so machen. Das meiste davon könnten wahrscheinlich die Jungs aus meiner Verwandtschaft erledigen, aber ich möchte mir nicht noch einmal anhören müssen, wie ich das Auto vernachlässigt habe, bla bla bla. Also, Parker, wohin soll ich es bringen?«

»Ich weiß, ich weiß!« Keuchend unterbrach Mac ihre Wiederholungen. »Du solltest es zu dem Typen bringen, der letzten Winter für mich den Wagen meiner Mutter abgeschleppt hat. Zu dem, den Del so mag. Jeder, der Linda unverblümt sagen kann, sie soll die Klappe halten, wenn sie drauflosschimpft, kriegt meine Stimme.«

»Dem kann ich nur zustimmen«, sagte Parker. »Und er

ist von Delaney Brown anerkannt. Im Hinblick darauf, wer seine Autos anrühren darf, hat Del eine Macke. Kavanaugh's heißt der Laden. Ich gebe dir Telefonnummer und Adresse.«

»Malcolm Kavanaugh ist der Inhaber«, fügte Mac hinzu. »Echt scharfer Typ.«

»Ehrlich? Tja, vielleicht ist eine defekte Batterie doch gar nicht so schlecht. Ich versuche, den Wagen nächste Woche hinzubringen. Fährt in der Zwischenzeit jemand in die Stadt, irgendwo in die Nähe von Jacks Büro? Ich muss heute wirklich hierbleiben.«

»Gib ihm die Jacke am Samstag zurück«, schlug Parker vor. »Er steht auf der Liste für die Abendveranstaltung.«

»Oh. Gut.« Voller Abscheu betrachtete Emma den Elliptical Trainer. »Da ich schon mal hier bin, kann ich ebenso gut ein bisschen schwitzen.«

»Was ist mit mir?«, warf Mac ein. »Sehe ich schon gut aus?«

»Die Verbesserung ist erstaunlich. Jetzt Bizeps-Curls«, befahl Parker. »Ich zeig's dir.«

Bis neun war Emma geduscht, angezogen und genau dort, wo sie sein wollte. An ihrem Arbeitstisch, umgeben von Blumen.

Um die Goldene Hochzeit ihrer Eltern zu feiern, wollten die Kunden, dass Emma die Hochzeit und den Empfang im Garten hinter dem Haus nachstellte. Und dann sollte sie das Ganze noch toppen.

Sie hatte Kopien von Schnappschüssen aus dem Hochzeitsalbum an eine Pinwand geheftet, ein paar Konzeptentwürfe und Diagramme hinzugefügt, auch eine Liste von Blumen, Gefäßen, Accessoires. An einer weiteren Pinwand hatte sie Laurels Zeichnung von der schlicht-eleganten dreistöckigen Hochzeitstorte befestigt, die ringsum mit hellgelben Narzissen und zartrosa Tulpen dekoriert war. Daneben hing ein Foto des Tortenaufsatzes, den die Familie bestellt hatte, eine Replik des Brautpaars an seinem Hochzeitstag, naturgetreu bis hin zu der Spitze, die den wadenlangen Glockenrock des Brautkleids säumte.

Fünfzig gemeinsame Jahre, dachte Emma, während sie die Fotos studierte. All die Tage und Nächte, Geburtstage und Weihnachtsfeiern. Die Geburten, die Todesfälle, die Streitereien und das Gelächter.

Für sie war das romantischer als windgepeitschte Heidelandschaften und Märchenschlösser.

Sie sollten ihren Garten bekommen. Eine Welt voller Gärten.

Sie begann mit Narzissen, die sie in lange, moosumrandete Tröge pflanzte. Dazwischen mischte sie Tulpen und Hyazinthen. Hier und da fügte sie Ranken von Immergrün hinzu. Ein halbes Dutzend Mal füllte sie einen Handwagen und rollte ihn zurück zu ihrem Kühlhaus.

Sie mischte kannenweise Blumendünger und Wasser und füllte damit hohe Glaszylinder. Sie entfernte die Blätter von Stielen, schnitt diese unter fließendem Wasser an und begann, Lerchensporn, Levkojen, Löwenmäulchen, luftige Wolken von Schleierkraut und filigranen Spargelfarn zu arrangieren. Zarte und leuchtende Farben ordnete sie in verschiedener Höhe an, um die Illusion eines Frühlingsgartens zu erzeugen.

Die Zeit lief.

Sie machte eine Pause, gerade lange genug, um ihre Schultern zu rollen, den Hals kreisen zu lassen und die Finger zu beugen und zu strecken.

Dann nahm sie den Blumenhalter aus Schaumstoff, den sie eingeweicht hatte, und umhüllte ihn mit Zitronenblättern, um einen Sockel zu erhalten, den sie anschließend mit Blattglanz einsprühte.

Sie sammelte Rosen in einen Eimer und entfernte auch hier die Blätter und Dornen von den Stielen. Sie fluchte nicht einmal, als sie sich beim Kürzen der Stängel in den Finger schnitt. So entstand die erste von fünfzig Nachbildungen des Straußes, den die Braut vor fünfzig Jahren in der Hand gehalten hatte.

Emma arbeitete sich von innen nach außen vor und befestigte peinlich genau jeden einzelnen Stängel mit Klebeband. Stiele säubern, kürzen, in den Strauß binden – und sich dabei an den verschiedenfarbigen Rosen freuen, welche die Braut ausgewählt hatte.

Hübsch, dachte Emma, fröhlich. Und als sie den Halter in die gedrungene Glasvase steckte, dachte sie: wunderschön.

»Jetzt nur noch neunundvierzig.«

Sie beschloss, zuvor eine Pause einzulegen.

Nachdem sie säckeweise Pflanzenabfälle hinaus zu ihren Kompostbehältern geschleppt hatte, schrubbte sie sich am Waschbecken ihres Arbeitstisches das Grün von den Fingern und unter den Fingernägeln ab.

Um sich für den Fleiß des Morgens zu belohnen, nahm sie eine Diätcola und einen Teller Nudelsalat mit hinaus auf ihre seitliche Veranda. Ihre Gärten konnten mit dem, den sie gerade erschuf, nicht mithalten – noch nicht. Doch ihr glückliches Paar hatte damals in Süd-Virginia geheiratet. Lasst mir noch ein paar Wochen Zeit, sinnierte sie, und freute sich am Anblick der grünen Spitzen, die aus den Zwiebeln der Frühlingsblumen sprossen, und am wieder austreibenden Laub der mehrjährigen Pflanzen.

Angesichts des blauen Himmels und der beinahe milden Temperaturen war der Schnee vom Vorabend nur noch Erinnerung.

Sie erspähte Parker, die mit einer Gruppe von Leuten über eine der Terrassen des Haupthauses ging – potenzielle Kunden des Tages, die herumgeführt wurden. Parker gestikulierte in Richtung der Pergola und der Rosenlaube. Die Kunden würden sich die Fülle der Rosen und die üppige Blüte der Glyzinie vorstellen müssen, doch Emma wusste, dass die Vasen, die sie mit Stiefmütterchen und rankendem Immergrün bepflanzt hatte, sich sehr gut machten. Am Teich, der von Seerosenblättern gesprenkelt war, begannen die Weidenbäume eben zu ergrünen.

Sie fragte sich, ob das angehende Brautpaar ebenfalls eines Tages eine Floristin damit beschäftigen würde, fünfzig Sträuße zu binden, um ihrer Hochzeit zu gedenken. Würden sie Kinder haben, Enkel, Urenkel, die sie so sehr liebten, dass sie ihnen diese Feier schenkten?

Mit leisem Stöhnen wegen ihrer Muskeln, die vom Frühsport und der Arbeit des Vormittags schmerzten, legte sie die Füße auf den Stuhl, der ihr gegenüberstand, hob das Gesicht zur Sonne und schloss die Augen.

Sie roch die Erde, den Duft von Mulch, hörte einen Vogel, der seine Lebensfreude in den Tag hineinsang.

»Du musst aufhören, dermaßen zu schuften.«

Ruckartig fuhr Emma auf – war sie eingeschlafen? – und blinzelte Jack an. Ohne einen klaren Gedanken fassen zu können, sah sie zu, wie er eine gedrehte Nudel von ihrem Teller stibitzte und sich in den Mund schob. »Lecker. Hast du noch mehr davon?«

»Was? O Gott!« Voller Panik sah sie auf die Uhr und atmete erleichtert auf. »Ich bin eingenickt, aber nur für ein paar Minuten. Ich muss noch neunundvierzig Sträuße binden.«

Jacks Brauen über den rauchgrauen Augen zogen sich zusammen. »Habt ihr eine Hochzeit mit neunundvierzig Bräuten?«

»Hm, nein.« Emma schüttelte den Kopf, um die Spinnweben loszuwerden. »Eine Goldene Hochzeit, und für jedes Jahr eine Nachbildung des Original-Brautstraußes. Was machst du hier?«

»Ich brauche meine Jacke.«

»Oh, ja. Tut mir leid, dass ich gestern Abend vergessen habe, sie dir zurückzugeben.«

»Kein Problem. Ich hatte einen Termin ganz in der Nähe.« Jack nahm sich eine weitere Nudel. »Hast du noch was davon? Ich habe das Mittagessen verpasst.«

»Ja, klar. Ein Mittagessen bin ich dir mindestens schuldig. Setz dich. Ich hole dir einen Teller.«

»Angenommen, und gegen eine Dosis Koffein hätte ich auch nichts einzuwenden. Warm oder kalt.«

»Kein Problem.« Während sie Jack musterte, schob Emma die Haare zurück, die sich aus ihren Haarklammern gelöst hatten. »Du siehst ein bisschen fertig aus.«

»Stressiger Vormittag. Und in etwa einer Dreiviertelstunde muss ich noch eine Baustelle besichtigen. Du lagst genau zwischen den beiden, daher …«

»Sehr praktisch. Bin gleich wieder da.«

Ja, er war fertig, dachte Jack und streckte die Beine aus. Nicht so sehr von der Arbeit oder der Auseinandersetzung, die er am Morgen mit einem Bauinspektor gehabt hatte. Womit er besser zurechtgekommen wäre, wenn er nicht unter Schlafmangel gelitten hätte. Sich im Bett nur hin- und herzuwälzen und zu versuchen, erotische Träume von einer

Dame mit glutvollen Augen zu verbannen, würde jeden fertigmachen.

Und natürlich musste er dann auch noch so dumm und masochistisch sein und bei ihr vorbeifahren, mit der Ausrede, er brauche seine Jacke.

Wer hätte gedacht, wie sexy sie aussah, wenn sie in der Sonne eingeschlafen war?

Er wusste es jetzt. Und es würde ihm keine sanfteren Träume bescheren.

Irgendwie musste er sich das aus dem Kopf schlagen. Er sollte sich mit einer Blondine oder einer Rothaarigen verabreden. Ein paar Dates mit verschiedenen Blondinen und / oder Rotschöpfen, bis es ihm gelang, Emma wieder auf die »Zutritt verboten«-Liste zu setzen.

Wohin sie gehörte.

Jetzt kam sie wieder heraus, mit seiner Jacke über dem Arm und einem Tablett in den Händen.

Sie war, dachte er, von einer Schönheit, die einem Mann einfach die Kehle zuschnürte. Und wenn sie lächelte, so wie jetzt, durchzuckte es ihn wie ein Blitz.

Er musste ein »Zutritt verboten«-Schild in seinem Kopf aufstellen.

»Ich habe etwas vom Olivenbrot meiner Tante Terry mitgebracht«, erzählte Emma. »Das schmeckt super. Und ich habe mich für die kalte Koffeinspritze entschieden.«

»Die tut's auch. Danke.«

»Kein Problem. Schön, dass mir bei meiner Pause jemand Gesellschaft leistet.« Emma setzte sich wieder. »Woran arbeitest du gerade?«

»Ich jongliere mit verschiedenen Aufträgen.« Jack biss in das Brot. »Du hast Recht. Es schmeckt super.«

»Tante Terrys Geheimrezept. Du hast gesagt, du hättest einen Auftrag hier in der Nähe?«

»Ein paar. Der eine, zu dem ich gleich hinfahre, ist eine unendliche Geschichte. Die Kundin fing vor zwei Jahren damit an, dass sie die Küche umgebaut haben wollte, was zu einer Komplettrenovierung des Haupt-Badezimmers führte. Darin stehen jetzt ein japanisches Tauchbecken, ein in den Boden eingelassener Whirlpool und eine Dampfdusche, die groß genug für sechs Freunde ist.«

Emma wackelte mit den Brauen über diesen Wahnsinnsaugen und aß einen Bissen Pasta. »Schick.«

»Ich habe immer darauf gewartet, dass sie fragen würde, ob wir den Anbau noch ein wenig erweitern könnten, über das lange Schwimmbecken. Doch jetzt konzentriert sie sich mehr auf die Außenanlagen. Sie hat entschieden, dass sie am Pool gern eine Sommerküche hätte. So etwas hat sie in einem Magazin gesehen. Jetzt kann sie nicht mehr ohne leben.«

»Das geht ja auch nicht.«

Lächelnd aß Jack noch etwas. »Sie ist sechsundzwanzig. Ihr Mann ist achtundfünfzig, schwimmt im Geld und erfüllt seiner Frau mit Freuden jeden spleenigen Wunsch. Und davon hat sie eine ganze Menge.«

»Ich bin sicher, er liebt sie, und wenn er es sich leisten kann, warum soll er sie nicht glücklich machen?«

Jack zuckte nur die Achseln. »Mir soll's recht sein. So gehen mir das Bier und die Nachos nicht aus.«

»Du bist zynisch.« Emma stach mit der Gabel in seine Richtung, bevor sie noch mehr Pasta aufspießte. »Du siehst in ihr nur das Betthäschen, das seine Trophäe ist, und in ihm nur den mittelalten Vollidioten.«

»Das tut wahrscheinlich seine erste Frau – für mich sind es einfach Kunden.«

»Ich finde, in der Liebe oder beim Heiraten sollte das Alter keine Rolle spielen. Es geht um zwei Menschen und darum, was sie füreinander empfinden. Vielleicht fühlt er sich durch sie jung und vital, und sie hat etwas Neues in ihm geweckt. Wenn es nur der Sex wäre, warum hätte er sie dann heiraten sollen?«

»Ich sage nur, dass eine Frau, die aussieht wie sie, große Überzeugungskraft besitzt.«

»Das mag sein, aber wir haben hier schon viele Hochzeiten ausgerichtet, bei denen der Altersunterschied erheblich war.«

Jack wackelte mit seiner Gabel und spießte genau gleichzeitig mit Emma noch mehr Pasta auf. »Eine Hochzeit ist keine Ehe.«

Emma lehnte sich zurück und trommelte mit den Fingern. »Okay, du hast Recht. Aber die Hochzeit ist der Auftakt, der symbolische, rituelle Beginn der Ehe. Also …«

»Sie haben sich in Las Vegas trauen lassen.«

Mit ausdrucksloser Miene aß Jack weiter und beobachtete, wie Emma versuchte, nicht zu lachen.

»Viele Leute heiraten in Las Vegas. Das heißt nicht, dass sie nicht viele glückliche und erfüllte Jahre miteinander verbringen können.«

»Von einem Elvis-Imitator, der auch noch Transvestit war.«

»Das denkst du dir jetzt aus. Aber selbst wenn nicht, zeigt diese … Wahl, dass die beiden Sinn für Spaß und Humor haben. Und ich glaube zufällig, dass dies für eine erfolgreiche Ehe sehr wichtig ist.«

»Gut gekontert. Super Pasta.« Jack warf einen Blick

hinüber zu der Terrasse, auf der Parker mit den potenziellen Kunden saß. »Das Geschäft scheint zu brummen.«

»Diese Woche fünf Events hier vor Ort und eine Brautparty, die wir außerhalb ausgerichtet haben.«

»Ja, zu der Feier am Samstagabend komme ich auch.«

»Bist du ein Freund von Braut oder Bräutigam?«

»Vom Bräutigam. Die Braut ist ein Monster.«

»O Gott, das stimmt.« Lachend lehnte Emma sich zurück. »Sie hat mir ein Bild vom Brautstrauß ihrer besten Freundin mitgebracht. Nicht, weil sie den kopieren wollte, was sie ganz bestimmt nicht vorhatte. Ihr Strauß hat einen völlig anderen Stil, aber sie hat die Rosen gezählt und mir gesagt, sie wolle in ihrem Bouquet mindestens eine Rose mehr. Sie hat mich gewarnt, sie werde nachzählen.«

»Und das wird sie. Außerdem kann ich dir so ziemlich garantieren, dass sie einen Fehler finden wird, ganz gleich, wie gut du gearbeitet hast.«

»Ja, das haben wir uns auch schon gedacht. Das gehört eben zu unserem Job hier. Man bekommt Monster und Engel und alles, was dazwischen liegt. Aber heute muss ich nicht an diese Braut denken. Heute ist ein glücklicher Tag.«

Jack wusste, dass sie das aufrichtig meinte. Sie sah entspannt aus, und es ging ein Strahlen von ihr aus. Aber das war eigentlich immer so. »Weil du fünfzig Sträuße binden musst?«

»Ja, genau, und weil ich weiß, dass sie der Braut von vor fünfzig Jahren gefallen werden. Fünfzig Jahre. Kannst du dir das vorstellen?«

»Ich kann mir von gar nichts vorstellen, dass es fünfzig Jahre dauert.«

»Das stimmt nicht. Du musst dir doch vorstellen, dass die

Häuser, die du baust, fünfzig Jahre stehen. Hoffentlich noch viel länger.«

»Punkt für dich«, räumte Jack ein. »Aber dabei geht es ums Bauen.«

»Bei der Ehe auch. Dabei baut man Leben. Das erfordert Arbeit, Sorgfalt, Pflege. Und unser Jubelpaar ist der Beweis dafür, dass es gelingen kann. Aber jetzt muss ich zu ihnen zurückkehren. Meine Pause ist vorbei.«

»Meine auch. Ich bringe dir das ins Haus.« Jack nahm das Tablett und hievte es im Aufstehen hoch. »Arbeitest du heute allein? Wo sind deine Elfen?«

»Die kommen morgen. Dann herrscht hier das Chaos, weil wir mit den Blumen für die Feiern am Wochenende anfangen. Heute gibt es hier nur mich, ungefähr dreitausend Rosen und himmlische Ruhe.« Emma hielt Jack die Tür auf.

»Drei*tausend?* Im Ernst? Da fallen dir ja die Finger ab.«

»Ich habe sehr starke Finger. Und notfalls kommt eine der Helferinnen für ein paar Stunden vorbei und hilft mir, die Stiele zu entblättern.«

Jack stellte das Tablett auf die Arbeitsplatte in Emmas Küche und dachte wie immer, wenn er bei ihr war, dass es in ihrer Wohnung duftete wie auf einer Wiese. »Viel Glück dabei. Danke fürs Mittagessen.«

»Gern geschehen.« Emma brachte Jack zur Tür, wo er stehen blieb.

»Was ist mit deinem Auto?«

»Oh. Parker hat mir den Namen eines Automechanikers, einer Werkstatt, gegeben. Kavanaugh's. Da rufe ich mal an.«

»Der ist gut. Ruf bald an. Wir sehen uns am Samstag.«

Auf dem Weg zu seinem Wagen stellte Jack sich vor, wie

Emma zu ihren Rosen zurückging. Wie sie stundenlang dasaß, in den Duft der Blumen getaucht, und Stiele von Dornen befreite, dann … tat, was sie eben tun musste, entschied er, um zu erschaffen, was die Frauen in der Hand hielten, die den großen Sprung wagten.

Dann dachte er wieder daran, wie sie ausgesehen hatte, als er zu ihr gekommen war, wie sie in der Sonne gesessen hatte, das Gesicht den Strahlen zugewandt, die Augen geschlossen. Ihre üppigen Lippen hatten sich ganz leicht zu einem Lächeln verzogen, als ob sie von etwas sehr Schönem träumte. Und all das Haar, das sie hochgesteckt hatte, so dass man ihre schlanken, silbernen Ohrgehänge sehen konnte.

Kurz, aber intensiv hatte er daran gedacht, sich einfach hinunterzubeugen und seine Lippen auf diesen Mund zu legen. Er hätte ganz unschuldig tun und einen Scherz über Dornröschen machen können. Emma hatte Sinn für Humor, also hätte sie das vielleicht spaßig gefunden.

Sie konnte jedoch auch launisch sein. Es kam nicht oft vor, aber manchmal war sie schlecht drauf.

Das spielte ohnehin jetzt keine Rolle, erinnerte er sich, da er diese Gelegenheit verpasst hatte. Die Schar Blondinen und Rotschöpfe war eine bessere Idee, als an dieser zunehmend lästigen Stelle zu kratzen, die juckte, wenn es um Emma ging.

Freunde waren Freunde, und Geliebte waren Geliebte. Aus einer Geliebten konnte eine Freundin werden, aber wenn man eine Freundin zu seiner Geliebten machte, begab man sich auf gefährliches Terrain.

Er war schon fast auf der Baustelle angekommen, als er merkte, dass er seine Jacke auf Emmas Veranda vergessen hatte.

»Mist!«

Jetzt wirkte er wie einer dieser Idioten, die absichtlich etwas bei einer Frau vergessen, um eine Entschuldigung zu haben, noch einmal zurückzukommen und zu versuchen, bei ihr zu punkten. So war es aber nicht.

Oder?

Mist. Vielleicht doch.

4

Um Viertel nach zwei am Samstag hatte Emma ihre Truppen aufgestellt, um die Veranstaltungsräume zu verwandeln – von der fröhlichen Karibik-Deko der Hochzeit, die tagsüber stattgefunden hatte, zu dem Event, das Emma insgeheim »Paris explodiert« nannte.

»Alles muss raus.« Emma rollte auf die Zehenspitzen ihrer schnellen Turnschuhe. »Die Braut will alle übrig gebliebenen Körbe, Vasen und Centerpieces haben. Wir helfen ihr, alles einzuladen, was nicht schon an Gäste verschenkt worden ist. Beach und Tiffany, ihr nehmt die Kränze und Girlanden ab, drinnen und draußen. Fangt mit dem Säulenvorbau an, dann macht innen weiter. Tink, wir beide fangen mit dem Umbau im Großen Saal an. Wenn der Säulenvorbau für den neuen Schmuck parat ist, sagt mir Bescheid. Die Suiten von Braut und Bräutigam sind bereits umdekoriert. Die neue Braut soll um halb vier zum Frisieren, Schminken und Ankleiden kommen, und für Fotos in ihrer Suite. Also müssen um zwanzig nach drei Eingang, Foyer, und Treppenhaus fertig sein, der Große Saal um vier. Terrassen, Pergola und Veranden um Viertel vor fünf, Ballsaal um Viertel vor sechs. Wenn ihr noch Hilfe braucht, ruft mich oder Parker. Auf geht's.«

Mit Tink an der Seite flitzte Emma los wie ein geölter Blitz. Sie wusste, dass Tink zuverlässig war, wenn sie wollte

– was in etwa fünfundsiebzig Prozent der Fälle so war. Und Emma musste ihr alles nur einmal zeigen oder erklären. Sie war eine begabte Floristin – wiederum, wenn sie wollte. Und sie war in Emmas Augen beinahe unheimlich stark.

Klein und drahtig, das wild zurechtgestutzte pechschwarze Haar zur Feier des Frühlings mit bonbonrosa Strähnen verziert, ging Tink wie ein Wirbelwind auf die Dekoration am Kaminsims los.

Sie nahmen Blumenschmuck ab, packten ihn in Kisten, rissen anderen herunter, hievten schwere Sachen hoch und schleppten Kerzen in Mango-orange und Gischtweiß fort, dazu Kränze aus Bougainvilleen, Töpfe mit Farn und Palmen.

Tink ließ das Kaugummi knallen, ohne das bei ihr nichts ging, und zog die Nase kraus, so dass der silberne Ring darin aufblitzte. »Wenn die Leute Palmen und den ganzen Kram wollen, warum gehen sie dann nicht an den Strand?«

»Wenn sie das täten, würden wir nicht dafür bezahlt, den Strand nachzubauen.«

»Das ist ein Argument.«

Als sie ihr Zeichen bekam, verließ Emma den Saal, um sich dem Säulenvorbau zu widmen. Sie drehte, drapierte und wand kilometerweise weißen Tüll, hektarweise weiße Rosen, um einen wahrhaft königlichen Eingang für die Braut und ihre Gäste zu schaffen. Bunte Töpfe mit Hibiskus und Orchideen wichen riesigen weißen Vasen mit einem ganzen Wald von Flieder.

»Brautpaar Eins und alle Gäste sind weg«, berichtete Parker, die in ihrem schlichten grauen Anzug vor ihr stand – den BlackBerry in der Hand, den Piepser an der Tasche eingehakt und den Ohrhörer eingestöpselt. »Mein Gott, Emma, das sieht fantastisch aus.«

»Ja, es wird so langsam. Wegen des Flieders hat sie gemeckert, die Monsterbraut findet ihn zu schlicht, aber ich habe ein Bild gefunden, das sie überzeugt hat.« Sie trat einen Schritt zurück und nickte. »Okay, ja. Ausgezeichnet.«

»Sie kommt in zwanzig Minuten.«

»Das schaffen wir.«

Emma eilte ins Haus, wo Tink und Tiffany im Treppenhaus beschäftigt waren. Mehr Tüll, mehr weiße Rosen, mit Lichterketten verschlungen. Alle fünfundzwanzig Zentimeter hingen lange Rosengirlanden herab. Perfekt.

»Okay, Beach, du übernimmst die Deko am Eingang und an den Geschenktischen. Wir können auch schon die ersten Arrangements für den Großen Saal herbeischleppen.«

»Ich kann dir Carter holen.« Parker klopfte auf ihren Piepser. »Ich habe ihn zum Helfen im Ballsaal angeheuert, aber ich kann ihn mal entbehren.«

»Praktisch, dass Mac mit zwei so starken, hilfsbereiten Armen liiert ist. Ich nehme ihn.«

Mit dem hoch aufgeschossenen Carter und ihrer kleinen, gedrungenen Beach schaffte Emma Töpfe, Vasen, Körbe, Grünzeug, Kränze, Girlanden und Kerzen heran.

»Die MB rückt an«, ertönte Parkers Stimme in Emmas Headset. Emma schnaubte. MB, die Monsterbraut.

Sie legte letzte Hand am Kaminsims an, der üppig mit weißen und silbernen Kerzen, weißen Rosen und lavendelblauem Lisianthus geschmückt war. Dann flitzte sie los, um die Außendekoration in Angriff zu nehmen.

Sie stellte noch mehr Flieder in noch mehr Vasen, schleppte riesige silberne Körbe voller Lilien in Eierschalen- und Schneeweiß heran, behängte die weiß verhüllten Stühle im Mittelgang mit Blumenkegeln, von denen silberne Bänder herabfielen, und kippte Wasser in sich hinein wie eine Verdurstende.

»Mann, ist das etwa das Beste, was du zu bieten hast?«

Emma rieb sich ihr schmerzendes Kreuz und drehte sich zu Jack um.

Er stand da, die Hände in die Taschen eines traumhaften grauen Jacketts gesteckt. Die Augen schützte er gegen die gleißende Sonne mit einer Oakley-Sonnenbrille.

»Tja, sie wollte es schlicht.«

Lachend schüttelte Jack den Kopf. »Es sieht fantastisch aus und irgendwie edel französisch.«

»Ja.« Emma zeigte mit dem Finger auf ihn. »Genau meine Absicht. Warte!« Panik sprang in ihrer Brust hoch wie ein Terrier, der einen Knochen schnappen will. »Was machst du eigentlich hier? Wie viel Uhr ist es? So weit können wir doch nicht hinten liegen. Parker hätte …« Sie brach ab, als ihr Blick auf ihre Armbanduhr fiel. »Oh, Gott sei Dank. Du bist echt früh dran.«

»Ja. Parker hat Del gegenüber erwähnt, da ich ohnehin käme, könnte ich vielleicht zeitig hier sein und noch mit anpacken. Dafür stehe ich jetzt bereit.«

»Komm mit. Tink! Ich brauche die Sträuße. Mach das hier fertig, zehn Minuten, dann fang mit dem Ballsaal an.«

»Bin dabei.«

»Du kannst mir helfen, die Sträuße aufzuladen. Ich gehe jetzt rüber, um sie zu holen«, sagte Emma in ihr Headset. »Schmeiß der Braut eine Beruhigungspille in den Champagner, Parker. Noch schneller kann ich nicht. Zehn Minuten. Mac soll die Braut hinhalten.«

Im Laufschritt eilte sie zu dem Lieferwagen, den sie für ihre Transporte benutzte, und sprang ans Steuer.

»Macht ihr so was oft?«, fragte Jack. »Die Braut unter Drogen setzen?«

»Nein, niemals, aber manchmal würden wir gerne. Und

ehrlich, wir würden damit allen einen Gefallen tun. Diese Braut will ihren Strauß, und sie will ihn jetzt, denn wenn sie ihn nicht *umwerfend* findet, lässt sie hier die Puppen tanzen. Laurel kam vorhin kurz vorbei und hat gesagt, Mac hätte ihr erzählt, die MB hätte ihre Friseurin zum Weinen gebracht und sich mit der EBJ angelegt. Parker hat die Wogen natürlich wieder geglättet.«

»MB?«

»Überleg mal«, schlug Emma vor und sprang aus dem Wagen, um in ihre Werkstatt zu düsen.

Genau das tat Jack, während er ihr folgte. »Miese Blödschnepfe. Monsterblödschnepfe. Nein, Monsterbraut.«

»Bingo!« Emma zerrte die Tür zu ihrem Kühlhaus auf. »Alles, was rechts steht, kommt mit. Ein Wasserfall-Rosenstrauß, zwölf Brautjungfernsträuße, genau abzählen.« Sie klopfte auf eine der Kisten. »Weißt du, was das ist?«

»Ein Strauß. Irgendwas Violettes. Sieht eigentlich ziemlich cool aus. Ich habe noch nie so was gesehen.«

»Es ist Kohl.«

»Ach, hör auf.«

»Zierkohl, violett und grün gemischt. Die Farben der Braut sind Violett und Silber. Wir haben viele silberne Akzente gesetzt und Farbnuancen von Zartlila bis zu dunklem Aubergine gewählt, dazu viel Weiß und Grün in den Arrangements.«

»Das ist ja der Hammer. Kohlsträuße. Du hast ihr aber nicht gesagt, was das ist.«

»Erst, nachdem sie sich in sie verliebt hatte. Okay, also Sträuße, Ansecksträußchen, Ansteckblumen, beide Pomander – sie hat zwei Blumenmädchen. Zwei Diademe aus weißen Rosen und Lavendel, dann noch Blumenhalter. Alles doppelt und dreifach überprüft. Lass uns alles einladen.«

»Kommt es eigentlich jemals vor, dass du keine Blumen mehr sehen kannst?«, fragte Jack, während sie die in Schachteln verpackten Sträuße hinaustrugen.

»Niemals. Riechst du diesen Lavendel? Diese Rosen?«

»Klar, bei dem Duft. Also, du gehst mit einem Typen aus. Erstes Date oder irgendein besonderer Anlass, und er bringt dir Blumen mit. Dann denkst du doch nicht: Oh, Blumen. Super.«

»Ich würde denken, dass er sehr aufmerksam ist. O Gott, jeder Muskel in meinem Körper lechzt nach einem Glas Wein und einem heißen Bad.« Emma streckte sich, während Jack die Türen des Laderaums schloss. »Okay, hauen wir die Braut vom Hocker. Oh, warte. Deine Jacke. Die du mir geliehen hast. Sie ist im Haus.«

»Ich hole sie später. Und, hat sie eine Rose mehr bekommen als ihre Freundin?«

Für einen Augenblick wusste Emma nicht, wovon Jack sprach; dann fiel ihr wieder ein, dass sie ihm von den Sträußen erzählt hatte. »Zehn mehr. Sie wird noch einen Kniefall vor mir machen, bevor ich mit ihr fertig bin. Ja, Parker, ich bin unterwegs.« Noch während Emma sprach, meldete sich ihr Piepser. »Was ist denn jetzt? Kannst du das mal lesen? Ich komme beim Fahren nicht dran. Das Ding ist an meinem Rock eingehakt, direkt unter der Jacke auf deiner Seite.«

Jack hob den Saum der Jacke, und seine Finger streiften ihre Haut über der Taille, als er den Piepser schräg hielt. Ah-oh, dachte Emma und schaute stur geradeaus.

»Da steht TDMB! Mac.«

»TDMB?« Seine Fingerknöchel lagen immer noch dort, genau über ihrer Taille. Sehr verwirrend. »Ah … Tod der Monsterbraut!«

»Willst du was antworten? Vorschläge zur Methode vielleicht?«

Emma gelang ein Lächeln. »Nicht jetzt. Danke.«

»Schöne Jacke«, stellte Jack fest und schob den Piepser zurück an seinen Platz.

Vor dem Haus hielt Emma an. »Wenn du mir hilfst, den ganzen Kram hochzuschleppen, verrate ich Parker nichts und tue dir auch sonst nichts, wenn du dich vor der Hochzeit auf ein Bierchen in den Großen Saal verdrückst.«

»Abgemacht.«

Zusammen mit ihr trug Jack Kisten ins Foyer. Dort blieb er einen Augenblick stehen und schaute sich um. »Ihr macht gute Arbeit. Wenn sie keinen Kniefall vor dir macht, ist sie ein noch größerer Idiot, als ich dachte.«

»Scht!« Emma unterdrückte ein Lachen und verdrehte die Augen. »Du weißt nicht, wer von ihren nächsten Angehörigen oder den Hochzeitsgästen jetzt schon hier herumläuft.«

»Sie weiß, dass ich sie nicht ausstehen kann. Ich hab's ihr gesagt.«

»Oh, Jack.« Nun musste Emma doch lachen, während sie die Treppe hinaufging. »Du darfst aber nichts tun oder sagen, das sie verärgert. Denk an den Zorn Parkers, bevor du sprichst.«

Emma balancierte ihre Kiste in der Hand und öffnete die Tür zur Suite der Braut.

»Da sind Sie ja. Endlich! Emmaline, wirklich, wie soll ich denn meine formalen Hochzeitsbilder machen, wenn ich meinen Strauß nicht habe? Und jetzt liegen meine Nerven völlig *blank*. Sie wussten, dass ich den Strauß rechtzeitig sehen wollte, damit Sie noch etwas ändern könnten, wenn ich es wollte. Wissen Sie, wie spät es ist? Ja?«

»Tut mir leid, ich habe kein Wort verstanden. Ich bin vollkommen sprachlos. Whitney, Sie sehen einfach atemberaubend aus.«

Das zumindest stimmte. Ein Rock mit meterweise Stoff, Unmengen von Perlen und Glassteinchen, die auf der Schleppe funkelten, die Korsage, das gekonnt nachgedunkelte Haar hochgesteckt und von einer Tiara gekrönt – die Monsterbraut war wirklich umwerfend.

»Danke, aber das mit dem Strauß hat mich echt fix und fertig gemacht. Wenn er nicht perfekt ist …«

»Ich denke, er ist genau, was Sie sich erhofft hatten.« Vorsichtig hob Emma den üppigen Wasserfall weißer Rosen aus der Schachtel. Im Geiste machte sie einen Luftsprung, als sie sah, wie die Braut die Augen aufriss, doch ihr Ton blieb sachlich. »Ich habe die Temperatur gesenkt, damit die Rosen erst teilweise geöffnet sind. Und nur ein Hauch von Grün und silbernen Perlen, um die Rosen zu betonen. Ich weiß, dass Sie von silbernen Bändern gesprochen haben, aber ich glaube wirklich, sie würden von den Blumen und der Form des Straußes ablenken. Ich kann sie allerdings im Handumdrehen anbringen, wenn Sie dies immer noch wünschen.«

»Mit dem Silber würde es mehr funkeln, aber … Vielleicht haben Sie Recht.« Die Braut streckte die Hand nach dem Strauß aus.

Neben ihr presste die Brautmutter die Hände wie zum Gebet zusammen und führte sie an die Lippen.

Immer ein gutes Zeichen.

Whitney drehte sich und betrachtete sich in dem bodentiefen Spiegel. Und lächelte. Emma trat neben sie, um ihr etwas ins Ohr zu flüstern. Worauf das Lächeln noch breiter wurde.

»Zählen können Sie später«, schlug Emma vor. »Jetzt übergebe ich Sie an Mac.«

»Versuchen wir es mal zwischen den Fenstern hier drüben, Whitney. Das Licht ist wundervoll.« Hinter dem Rücken der Braut reckte Mac für Emma beide Daumen in die Höhe.

»So, meine Damen«, fuhr Emma fort. »Jetzt sind Sie dran.«

Sie verteilte Sträuße, Ansteckssträußchen und Blumenhalter, dann beauftragte sie die Mutter des Bräutigams, sich um die Pomander und Blumenmädchen zu kümmern. Schließlich zog sie sich wieder zurück und warf Jack einen Blick zu. »Puh.«

»Das ›Vielleicht haben Sie Recht‹? Von ihr ist das ein Kniefall.«

»Schon klar. Von jetzt an komme ich allein zurecht. Geh mal dein Bierchen trinken. Carter springt auch irgendwo hier herum. Verleite ihn doch zum Mitmachen.«

»Ich versuche es, aber er ist eine harte Nuss.«

»Die Ansteckblumen«, sagte Emma und wandte sich schon wieder zum Gehen. »Dann muss ich im Ballsaal nach dem Rechten sehen.« Sie schaute auf ihre Uhr. »Wir sind genau in der Zeit, also danke – ich wäre zu spät dran, wenn du mir nicht beim Einladen und Transportieren geholfen hättest.«

»Ich kann die Ansteckblumen hochbringen. Dann hätte ich Gelegenheit, Justin zu sehen und ein paar schlechte Witze darüber zu machen, wie er jetzt an die Kette gelegt wird.«

»Gute Idee. Mach das.« Emma beschloss, die paar Minuten, die sie dadurch gewann, dafür zu nutzen, einen Schlenker durch den Großen Saal hinaus auf die Terrasse zu machen.

Nachdem sie an der einen oder anderen Dekoration ein wenig herumgezupft hatte, war sie zufrieden und stieg die Treppe zum Ballsaal hinauf, wo ihr Team schon weit vorangekommen war. Emma schob die Ärmel hoch und stürzte sich in die Arbeit.

Zwischendurch brachte Parker sie regelmäßig auf den neuesten Stand und begann, ihr den Countdown ins Ohr zu zählen.

Es trudeln immer noch Gäste ein. Die meisten sitzen auf der Terrasse.

Die formalen Fotos vor der Hochzeit sind fertig. Mac ist unterwegs.

In zwei Minuten werden die Großeltern hineingeleitet. Ich bringe die Jungs runter. Laurel, mach dich bereit für die Übergabe.

»Verstanden«, erwiderte Laurel trocken. »Em, die Torte ist fertig zusammengesetzt und kann jederzeit auf den Tisch gestellt werden.«

Jungs an Laurel übergeben, verkündete Parker einen Augenblick später, als Emma einen Ständer mit Hortensien fertigstellte.

Bruder des Bräutigams begleitet Mutter hinein. BM steht bereit. Begleitung ist der Bruder der Braut. Brautjungfern werden aufgestellt. Musikwechsel auf mein Signal.

Emma ging zurück zu den Eingangstüren, schloss für zehn Sekunden die Augen und öffnete sie dann wieder, um den gesamten Raum in sich aufzunehmen. Sie atmete einmal tief ein und wieder aus.

Paris explodiert, dachte sie, das allerdings ziemlich bombastisch. Nuancen von Weiß, Silber, Violett, dazu grüne Akzente als Kontrast. Das Ganze strömte, spross und schimmerte unter einem perfekten Aprilhimmel. Sie beobachtete, wie der Bräutigam und sein Gefolge ihre Plätze vor einer Pergola einnahmen, die förmlich in Blumen ertrank.

»Kinder, es läuft. Die sind hin und weg. Ihr seid fertig. Ab in die Küche, holt euch was zu essen und zu trinken.«

Als sie wieder allein war, machte Emma einen letzten Rundgang durch den Raum, während Parker einer Brautjungfer nach der anderen das Signal zum Losgehen gab: *Jetzt!* Seufzend massierte sie sich das Kreuz und den Nacken, auch die Hände. Und ging, um sich ihre hochhackigen Schuhe anzuziehen, gerade als Parker der Brautmutter ihr Zeichen gab.

Jack wusste nicht, wie die Mädels das jedes Mal hinbekamen. Er war hin und wieder angeheuert worden, um bei einer Veranstaltung mit anzupacken. Um Sachen hochzuhieven und herbeizuschleppen, den Barkeeper zu spielen, im Notfall sogar, um Tische abzuräumen. Da die Bezahlung stets köstliches Essen, Drinks und Musik mit einschloss, machte ihm das nie etwas aus.

Doch er wusste immer noch nicht, wie die Freundinnen das alles schafften.

Parker gelang es jedes Mal, überall gleichzeitig zu sein, und das so dezent, dass Jack vermutete, niemand bemerkte, wie sie in einem Moment dem Trauzeugen des Bräutigams seine Rede soufflierte und im nächsten der Brautmutter ein Päckchen Taschentücher reichte, während sie im selben Augenblick das Auftragen der Speisen im Großen Saal befehligte wie ein General seine Truppen in der Schlacht.

Mac tauchte ebenso raffiniert ständig überall auf, machte Schnappschüsse von der Hochzeitsgesellschaft und den Gästen oder ließ das Brautpaar zwischendurch rasch posieren.

Laurel ging ein und aus, vermutlich auf Anweisungen durch das Headset, das sie wie jede der Freundinnen trug. Vielleicht auch durch Telepathie gelenkt. Für ausgeschlossen hielt Jack das nicht.

Und dann natürlich Emma, sofort zur Stelle, wenn ein Gast Wein aufs Tischtuch verschüttete oder wenn der gelangweilte Ringträger begann, eins der Blumenmädchen zu knuffen.

Jack bezweifelte, dass irgendjemand bemerkte oder begriff, dass hier vier Frauen waren, die im wahrsten Sinne des Wortes die Fäden in der Hand hielten, alle Bälle jonglierten und einander zuspielten, anmutig und geschickt wie die Quarterbacks der National Football League.

Ebenso wie er glaubte, dass niemandem klar war, was für eine Logistik und was für ein exaktes Timing es erforderte, die Gäste aus dem Großen Saal in den Ballsaal zu führen. Er hielt sich im Hintergrund, während Emma mit ihrem Team und Laurel zum Kopf der Tafel ausschwärmten, um die Sträuße und Blumenhalter einzusammeln.

»Brauchst du noch Hilfe?« erkundigte er sich.

»Hm? Nein, danke, es geht schon. Tink, sechs auf jeder Seite, die Körbe ans Ende. Alles andere bleibt noch zwei Stunden an Ort und Stelle, bevor wir abschmücken und einladen. Beach und Tiff, löscht die Kerzen, dimmt die Deckenleuchter runter.«

»Den kann ich nehmen«, sagte Tink, als Emma zum Brautstrauß griff.

»Eine zerdrückte Rose, und die Braut läuft Amok. Besser, sie geht mir an die Kehle als dir. Gehen wir, der erste Tanz beginnt.«

Während die Blumen die Hintertreppe hinaufgeschafft wurden, nahm Jack die Haupttreppe. Mitten im ersten offiziellen Tanz schlüpfte er in den Ballsaal. Das Brautpaar hatte das seiner Ansicht nach abgedroschene und überstrapazierte »I Will Always Love You« ausgewählt. Ihre Gäste standen unterdessen in dem blumenübersäten Ballsaal oder saßen an einem der Tische, die strategisch geschickt um die Tanzfläche herum gruppiert worden waren.

Die Terrassentüren standen offen und luden die Gäste ein, nach draußen zu schlendern. Jack dachte, dass er genau das tun würde, sobald er ein Glas Wein ergattert hatte.

Als er sah, wie Emma wieder hinaushuschte, änderte er seinen Plan und ging mit zwei Gläsern Wein die Hintertreppe hinunter.

Sie saß auf der zweiten Stufe und fuhr hoch wie eine Sprungfeder, als sie seine Schritte hörte. »Ach, das bist nur du.« Sie sank wieder auf die Treppe.

»Nur ich bringe dir ein Glas Wein.«

Seufzend ließ Emma ihren Kopf kreisen. »Wir von Vows trinken aus Prinzip nicht im Dienst. Aber … die Standpauke halte ich mir morgen. Gib her.«

Jack setzte sich neben sie und reichte ihr das Glas. »Wie läuft es?«

»Das sollte ich dich fragen. Du bist ein Gast.«

»Aus Sicht des Gastes ist es ein Bombenerfolg. Alles sieht super aus, schmeckt super, duftet super. Die Leute amüsieren sich und haben keine Ahnung davon, dass das Ganze nach einem Zeitplan abläuft, bei dem einem Schweizer Zugschaffner Tränen der Bewunderung kommen würden.«

»Genau so soll es sein.« Emma trank einen Schluck und schloss die Augen. »O Gott, ist das gut.«

»Wie benimmt sich die MB?«

»Ach, sie ist gar nicht so übel. Es ist schwer herumzuzicken, wenn alle dir sagen, wie schön du aussiehst und wie sehr sie sich für dich freuen. Übrigens hat sie tatsächlich die Rosen in ihrem Strauß gezählt und war total glücklich darüber. Parker hat ein paar kritische Situationen ausgebügelt, und Mac hat für ihre Fotos vom Brautpaar sogar ein anerkennendes Nicken geerntet. Wenn sie jetzt noch mit Laurels Torte und den Desserts zufrieden ist, würde ich sagen, wir haben alle Klippen umschifft.«

»Hat Laurel diese kleinen Crèmes brûlées gemacht?«

»Oh, ja.«

»Du schießt den Vogel ab. Deine Blumen kommen super an.«

»Wirklich?«

»Ich habe ein paarmal Leute nach Luft schnappen hören – vor Begeisterung.«

Emma ließ die Schultern kreisen. »Dann war es die Mühe wert.«

»Hier.«

Jack schob sich eine Stufe höher, setzte sich rittlings hinter Emma und grub ihr die Finger in die Schultern.

»Das brauchst du nicht … ach, egal.« Emma lehnte sich zurück in seine Hände. »Mach weiter.«

»Du hast regelrechten Beton da drin, Em.«

»Tja, das kommt von meiner Sechzig-Stunden-Woche.«

»Und von den dreitausend Rosen.«

»Oh, wenn wir die anderen Veranstaltungen mitzählen, können wir die Zahl verdoppeln. Mindestens.«

Jack knetete mit den Daumen ihren Nacken, dass sie aufstöhnte. Als es ihm prompt im Bauch zu kribbeln begann, merkte er, dass er sich gerade keinen Gefallen tat. »Und … wie ist die Goldene Hochzeit gelaufen?«

»Es war wunderschön, wirklich. Vier Generationen. Mac hat ein paar traumhafte Fotos gemacht. Beim ersten Tanz des Jubelpaares ist kein Auge trocken geblieben. Für mich eine der schönsten Feiern, die wir je hatten.«

Emma seufzte erneut. »Du musst aufhören. Von dem Wein und deinen magischen Händen schlafe ich sonst noch hier auf der Treppe ein.«

»Bist du noch nicht fertig?«

»Noch lange nicht. Ich muss den Strauß zum Werfen holen und beim Servieren der Torte helfen. Dann kommen noch die Seifenblasen, die wir hoffentlich draußen machen können. In einer Stunde fangen wir an, den Großen Saal abzuschmücken, all die Centerpieces und Blumenarrangements in Kisten zu verpacken.«

Unter Jacks Händen wurde ihre Stimme ganz belegt und ein bisschen schläfrig. »Hm … das muss alles verladen werden, und die Geschenke. Auch die Blumenarrangements von draußen. Morgen haben wir eine Nachmittagsveranstaltung, also schmücken wir auch den Ballsaal ab.«

Jack folterte sich selbst, indem er mit den Händen über ihre Oberarme und wieder hinauf zu den Schultern strich. »Dann solltest du dich entspannen, solange du noch kannst.«

»Und du solltest oben sein und mitfeiern.«

»Mir gefällt es hier.«

»Mir auch. Mit deinem Wein und deiner Massage im Treppenhaus übst du aber einen schlechten Einfluss auf mich aus. Ich muss wieder nach oben und Laurel auf ihrem Wachposten ablösen.« Emma griff nach hinten und tätschelte Jack die Hand, bevor sie aufstand. »Anschneiden der Torte in dreißig Minuten.«

Jack erhob sich ebenfalls, als Emma sich auf den Weg nach oben machte. »Was für eine Torte?«

Emma blieb stehen und wandte sich um, so dass sie auf

gleicher Höhe mit ihm stand. Ihre Augen, diese tiefen Samtaugen, blickten ganz schläfrig, passend zu ihrer Stimme. »Laurel nennt sie Frühling in Paris. Sie ist von einem himmlischen, ganz zarten Lavendelblau, verziert mit weißen Rosen, Fliederzweigen, Schleifen aus dieser weichen Milchschokolade und …«

»Ich meinte eher, was darin ist.«

»Oh, ihre Genoveser Torte mit italienischer Buttercreme. Die darfst du dir nicht entgehen lassen.«

»Womöglich übertrifft sie noch die Crème brûlée.« Emma duftete wie Blumen. Welche, konnte er nicht sagen. Sie war ein geheimnisvolles, üppiges Bouquet. Ihre Augen waren dunkel, weich und tiefgründig, und ihre Lippen … Würden sie nicht mindestens ebenso köstlich schmecken wie Laurels Torte?

Ach, zum Kuckuck.

»Okay, das hier ist wahrscheinlich nicht ganz korrekt, also entschuldige ich mich schon im Voraus.«

Wieder fasste er Emma an den Schultern und zog sie sanft an sich. Für einen Moment weiteten sich die dunklen, weichen, tiefgründigen Augen vor Überraschung, bevor er die Lippen auf ihren Mund legte.

Weder fuhr Emma zurück, noch tat sie das Ganze lachend als Scherz ab. Stattdessen gab sie den gleichen Laut von sich wie zuvor, als er ihr den Nacken massiert hatte – nur ein wenig kehliger.

Ihre Hände umklammerten seine Hüften, und ihre sinnlichen Lippen öffneten sich.

So wie sie duftete, so schmeckte sie auch – geheimnisvoll und zutiefst weiblich. Dunkel, warm und sinnlich. Als ihre Hände seinen Rücken hinaufwanderten, nahm er sich mehr. Nur noch ein bisschen.

Dann verlagerte er sein Gewicht und nahm sich noch mehr, und ihre Kehle schnurrte vor Lust.

Jack dachte daran, sie sich einfach zu schnappen und sie in das nächstbeste dunkle Zimmer zu schleppen, um zu vollenden, was er aus einer spontanen Eingebung heraus begonnen hatte.

Da meldete sich der Piepser an ihrer Taille, und beide zuckten zusammen. Emma gab einen erstickten Laut von sich und brachte ein »Oh. Hm« hervor. Hastig löste sie den Piepser von ihrem Bund und starrte darauf. »Parker. Äh, ich muss los. Ich muss … los«, sagte sie. Dann wandte sie sich um und stürzte die Treppe hinauf.

Wieder allein, ließ Jack sich auf die Treppe sinken und trank in zwei großen Schlucken seinen vergessenen Wein aus. Er beschloss, den Rest des Empfangs zu schwänzen und stattdessen draußen einen langen Spaziergang zu machen.

Emma konnte nur froh sein, dass sie zu viel zu tun hatte, um nachzudenken. Sie half, ein Malheur aufzuwischen, bei dem der Ringträger und einige Schoko-Eclairs eine Rolle spielten, brachte der Braut den Strauß zum Werfen, veränderte die Dekoration auf dem Tortentisch, um das Servieren zu erleichtern, und begann schließlich mit dem Abschmücken des Großen Saals.

Sie verpackte Centerpieces und andere Blumenarrangements transportfertig, half beim Verladen und achtete darauf, dass jedes Teil dem richtigen Empfänger zugeordnet wurde.

Als die letzte Seifenblase in die Luft gepustet und der letzte Tanz beendet war, begann sie, die gleiche Arbeit auf den Veranden und Terrassen zu erledigen.

Von Jack entdeckte sie keine Spur.

»Alles okay?«, erkundigte sich Laurel.

»Was? Ja, klar. Alles ist super gelaufen. Ich bin nur müde.«

»Nicht nur du. Wenigstens wird die Feier von morgen gegenüber der heutigen ein Kinderspiel. Hast du Jack gesehen?«

»Was?« Emma zuckte zusammen wie ein Dieb beim Schrillen einer Alarmanlage. »Warum?«

»Ich habe ihn aus den Augen verloren. Eigentlich hatte ich vor, ihn mit Gebäck zu bestechen, damit er beim Abbau hilft. Ich schätze, er hat sich verdrückt.«

»Wahrscheinlich. Hab nicht drauf geachtet.«

Glatt gelogen. Warum belog sie ihre Freundin? Das konnte kein gutes Zeichen sein.

»Parker und Mac verabschieden die letzten Gäste«, fuhr Laurel fort. »Dann machen sie den Sicherheitscheck. Soll ich dir helfen, das Zeug zu dir rüberzuschaffen?«

»Nein, ich habe schon alles.« Emma lud den Rest der übrig gebliebenen Blumen auf, die sie wieder kühl stellen musste. Den Großteil davon würde sie dem örtlichen Krankenhaus spenden, den Rest auseinandernehmen und daraus kleinere Arrangements herstellen, die sie zu Hause und bei ihren Freundinnen aufstellen würde.

Sie schloss die Türen des Lieferwagens. »Bis morgen früh.«

Dann fuhr sie heim und führte die ganze Prozedur noch einmal umgekehrt durch, indem sie Blumen und Girlanden in ihr Kühlhaus brachte.

Egal wie sehr sie ihrem Kopf befahl, ruhig und unbeeindruckt zu bleiben, konnte sie nur einen einzigen Gedanken fassen.

Jack hatte sie geküsst.

Was bedeutete das?

Warum sollte es etwas bedeuten?

Ein Kuss war nichts als ein Kuss. Der Laune eines Augenblicks entsprungen. Nichts weiter.

Sie machte sich bettfertig und versuchte, sich einzureden, dass es nichts weiter bedeutete.

Doch wenn ein Kuss den Pulsschlag hochjagte und die Skala sprengte, war es schwer, »nichts weiter« darin zu sehen.

Es war etwas anderes, gestand sie sich ein. Und sie wusste nicht, wie sie damit umgehen sollte. Das war frustrierend, weil sie *immer* wusste, was zu tun war, wenn es um Männer, Küsse und überspringende Funken ging. Sie wusste es einfach.

Sie kletterte ins Bett, und da sie ohnehin nicht würde schlafen können, nahm sie sich vor, einfach im Dunkeln dazuliegen, bis ihr eine Lösung in den Sinn kam.

Doch dann fiel sie ihrer schieren Erschöpfung zum Opfer und war binnen Sekunden eingeschlafen.

5

Emma brachte die Veranstaltung am Sonntag und ihre Beratungsgespräche am Montag hinter sich und nahm kleine Änderungen am Blumenschmuck für anstehende Feiern vor, da die Bräute es sich anders überlegt hatten.

Sie sagte die Dates mit zwei supernetten Männern ab, da sie nun keine Lust mehr hatte, mit ihnen einen Abend zu verbringen. Stattdessen machte sie an diesen Abenden Inventur und bestellte Bänder, Nadeln, Behälter, Schalungen.

Und fragte sich, ob sie Jack anrufen und eine unverfängliche, fröhliche Bemerkung über den Kuss machen sollte – oder war es besser, so zu tun, als wäre nichts geschehen?

Sie schwankte zwischen diesen beiden Möglichkeiten und einer dritten, die darin bestand, zu ihm zu fahren und über ihn herzufallen. Am Ende tat sie nichts, außer sich vor lauter Grübeln Knoten ins Hirn zu machen.

Genervt von sich selbst erschien sie früh zu einer Teambesprechung am Nachmittag. Sie nahm die Abkürzung durch Laurels Küche, wo ihre Freundin gerade einen Teller mit Keksen neben eine kleine Obst- und Käseplatte stellte.

»Ich habe keine Diät-Cola mehr«, verkündete Emma und öffnete den Kühlschrank, um sich eine zu nehmen. »Mir ist fast alles ausgegangen, weil ich immer vergesse, dass meine Autobatterie so tot ist wie Discomusik.«

»Hast du die Werkstatt angerufen?«

»Wenigstens daran habe ich vor zehn Minuten gedacht. Auf fachmännisches Nachfragen des Typen habe ich zugegeben, dass ich den Wagen schon vier Jahre besitze, aber nie damit zur Inspektion gegangen bin, dass ich mich auch nicht erinnern kann, wann der letzte Ölwechsel war oder ob überhaupt mal einer gemacht wurde. Irgendwann ist mal was mit einem Computerchip gemacht worden und noch was, woran ich mich auch nicht erinnere. Darauf hat er gesagt, er lässt den Wagen abschleppen und macht ihn.«

Mit einem leichten Schmollmund ließ Emma den Verschluss zischen und trank direkt aus der Dose. »Ich hatte das Gefühl, ich halte mein Auto als Geisel, und er würde es jetzt befreien. Bei ihm habe ich mich noch mehr wie ein Idiot gefühlt als bei Jack. Ich will einen Keks.«

»Bedien dich.«

Emma griff zu.

»Jetzt bin ich ohne Auto, bis der Typ beschließt, mir meins zurückzugeben. Wenn er das überhaupt macht – da bin ich mir noch nicht sicher.«

»Du bist seit einer Woche ohne Auto, weil deine Batterie tot ist.«

»Stimmt. Aber ich hatte das Gefühl, ein Auto zu haben, weil es da stand. Wahrscheinlich muss ich mit dem Lieferwagen zum Lebensmittelgeschäft fahren, und zu den zigtausend anderen Orten – alles, was ich vor mir hergeschoben habe. Aber ich traue mich nicht, weil mir eingefallen ist, dass ich den Lieferwagen noch ein Jahr länger besitze als das Auto. Womöglich gibt er als Nächstes den Geist auf.«

Laurel warf ein paar hübsche pastellfarbene Minzbonbons auf das Tablett. »Ich weiß, es klingt verrückt, aber vielleicht kann die Werkstatt ja auch den Lieferwagen durchchecken, wenn du das Auto wieder hast.«

Emma knabberte an ihrem Keks. »Das hat der Typ von der Werkstatt auch vorgeschlagen. Ich brauche Trost. Wie wär's, wenn wir heute Abend schön essen und einen Film gucken?«

»Hast du kein Date?«

»Hab ich abgesagt. Ich bin nicht in Stimmung.«

Laurel pustete sich eine Haarsträhne aus den Augen, um Emma besser entgeistert anstarren zu können. »*Du* bist nicht in Stimmung für ein Date?«

»Ich muss morgen früh raus. Sechs handgebundene Sträuße, dazu der Brautstrauß, das macht sieben. Das bedeutet locker sechs, sieben Stunden Arbeit. Tink kommt für einen halben Tag, was meine Arbeitszeit reduziert, aber dann ist noch der ganze Rest für die Feier am Freitagabend zu erledigen. Und ich habe fast den ganzen Morgen damit verbracht, die Blumen zu konservieren.«

»Das hat dich noch nie aufgehalten. Bist du sicher, dass mit dir alles in Ordnung ist? Du wirkst ein kleines bisschen daneben.«

»Nein, mir geht's gut. Prima. Es ist nur ... mir ist gerade nicht nach Männern.«

»Damit kann ich ja wohl nicht gemeint sein.« Delaney Brown kam herein und hob Emma hoch, um ihr einen schmatzenden Kuss aufzudrücken. »Mhm. Zuckerkeks.«

Emma lachte. »Nimm dir selbst einen.«

Er nahm sich einen vom Tablett und grinste Laurel an. »Betrachte es als Teil meiner Bezahlung.«

Aus Erfahrung holte Laurel einen Gefrierbeutel und begann, ihn mit Keksen zu füllen. »Bist du bei der Besprechung dabei?«

»Nein, ich musste nur ein paar rechtliche Sachen mit Parks durchgehen.«

Da Del schon einmal da war und die Kaffeekanne dort stand, bediente er sich.

Mit Parker hatte er das dunkelbraune Haar und die dunkelblauen Augen gemeinsam. Die Gesichtszüge der Geschwister, die Laurel fein genannt hätte, waren bei ihm nur ein wenig schärfer ausgeprägt. In dem rauchgrauen Nadelstreifenanzug, den italienischen Schuhen und der Hermès-Krawatte war er jeder Zoll der erfolgreiche Anwalt, der Ableger der Browns aus Connecticut.

Da sie das Tablett fertig vorbereitet hatte, band Laurel ihre Bäckerschürze ab und hängte sie an einen Haken.

Del lehnte sich an die Arbeitsplatte. »Ich habe gehört, die Hochzeit der Folks am letzten Wochenende war ein voller Erfolg.«

»Kennst du die?«, fragte Emma.

»Die Eltern der Braut sind meine Klienten. Ich hatte aber noch nicht das Vergnügen – auch wenn Jack sagt, das sei übertrieben –, die neue Mrs Harrigan kennenzulernen.«

»Das kommt noch, wenn sie wegen ihrer Scheidung bei dir Schlange stehen«, sagte Laurel.

»Optimistisch wie immer.«

»Sie ist ein Alptraum. Heute Morgen hat sie Parker eine Liste mit Kritikpunkten geschickt. Per E-Mail aus Paris. Von ihrer Hochzeitsreise.«

»Du machst Witze!« Emma starrte Laurel entgeistert an. »Es war perfekt. Alles war perfekt.«

»Der Champagner hätte kälter sein können, die Bedienungen schneller, der Himmel blauer und das Gras grüner.«

»Sie ist einfach eine Zicke. Nachdem ich ihr zehn Rosen mehr gegeben habe. Nicht eine, sondern *zehn.*« Emma schüttelte den Kopf. »Na, egal. Jeder der Gäste, der ein echter Mensch war, weiß, dass es perfekt war. Das kann sie uns nicht mies machen.«

»So ist es recht.« Del prostete ihr mit seinem Kaffee zu.

»Apropos Jack, hast du ihn gesehen? Ich meine, also, siehst du ihn demnächst?«

»Ja, morgen. Wir fahren in die Stadt, zum Spiel der Yankees.«

»Vielleicht könntest du ihm seine Jacke mitnehmen. Er hat sie hier vergessen. Oder ich habe vergessen, sie ihm zurückzugeben. Na, egal. Also, ich habe seine Jacke, und wahrscheinlich braucht er sie. Ich kann sie holen. Sie liegt in meinem Büro. Ich hole sie schnell.«

»Ich kann selbst in dein Büro gehen und sie mitnehmen.«

»Gut. Das wäre super. Also, wenn du ihn ohnehin triffst.«

»Kein Problem. Jetzt muss ich los.« Del nahm die Tüte und schwenkte sie leicht vor Laurel. »Danke für die Kekse.«

»Zusammen mit dem, den du gegessen hast, ist es ein Bäckerdutzend. Ziehe ich dir vom Lohn ab.«

Mit einem Grinsen für Laurel schlenderte Del hinaus.

Laurel wartete einen Augenblick und zeigte dann auf Emma. »Jack.«

»Was?«

»Jack.«

»Nein«, erwiderte Emma langsam und zeigte auf sich selbst. »Emma. Em-ma.«

»Lass den Quatsch. Ich kann genau durch dich hindurchsehen. Du hast in einer Minute dreimal ›also‹ gesagt.«

»Hab ich nicht.« Vielleicht doch. »Und wenn schon.«

»Was läuft da zwischen dir und Jack?«

»Nichts. Absolut nichts. Sei nicht albern.« Emma spürte, wie die Lüge ihr auf der Zunge brannte. »Du darfst niemandem etwas sagen.«

»Wenn ich niemandem etwas sagen darf, ist da nicht nichts.«

»Doch, es ist nichts. Wahrscheinlich nicht. Nur eine Überreaktion von mir. Verdammt.« Emma schluckte den halben Keks, den sie noch im Mund hatte, auf einmal hinunter.

»Du isst wie ein normaler Mensch. Irgendetwas stimmt nicht im Emma-Universum. Raus damit.«

»Schwöre zuerst. Du sagst nichts zu Parker oder Mac.«

»Du verhandelst ja knallhart.« Laurel fuhr sich mit der Fingerspitze diagonal über die Brust und zeigte zur Decke. »Ich schwöre.«

»Er hat mich geküsst. Oder wir haben uns geküsst. Aber er hat angefangen, und ich weiß nicht, was als Nächstes passiert wäre, weil Parker mich dann angepiepst hat. Ich musste los, dann ist er gegangen. Das war's.«

»Warte, ich habe plötzlich mein Gehör verloren, nachdem du gesagt hast, Jack hätte dich geküsst.«

»Hör auf. Das hier ist ernst.« Emma biss sich auf die Lippen. »Oder auch nicht. Oder doch?«

»Das sieht dir gar nicht ähnlich, Em. Du bist die Göttin des Umgangs mit Männern oder mit Situationen, in denen es knistert.«

»Ich *weiß*. Es ist nur – das hier ist Jack. Damit sollte ich eigentlich …« Emma fuchtelte mit den Armen. »Eigentlich gar nicht umgehen müssen. Aber ich bausche das Ganze zu sehr auf. Es war nur ein Moment, es waren die Umstände. Es hat nichts zu bedeuten. Jetzt ist es vorbei, also ist da überhaupt nichts.«

»Emma, du neigst dazu, Männer oder potenzielle Beziehungen in romantischem Licht zu betrachten, aber sie bringen dich niemals durcheinander. Jetzt bist du durcheinander.«

»Weil es Jack ist! Stell dir vor, du würdest hier stehen und backen, und dann würde Jack reinkommen und dich um den Verstand küssen. Oder Del. Dann wärst du auch durcheinander.«

»Der einzige Grund, aus dem einer der beiden hier reinkommt, ist, um Gebäck zu schnorren. Wie Del soeben bewiesen hat. Wann ist das passiert? An dem Abend, als du die Panne hattest?«

»Nein. Da wäre es fast schon passiert. Es gab einen Moment ... Ich glaube, weil da dieser Moment gewesen war, ist es einfach passiert. Während der Feier am Samstag.«

»Richtig, du sagtest ja, Parker hätte dich angepiepst. Und, wie war es? Welchen Wert hat er auf dem patentierten Emmaline-Grant-Sparkometer erreicht?«

Emma atmete hörbar aus, reckte den Daumen hoch und wischte mit der Hand durch eine imaginäre Linie. »Das Ding ist erst bis zum Anschlag ausgeschlagen, dann hat die Anzeige den Geist aufgegeben.«

Laurel schob die Lippen vor und nickte. »Ich habe mir immer gedacht, dass Jack so einer ist. Er hat so eine Ausstrahlung. Was hast du jetzt vor?«

»Keine Ahnung. Hab mich noch nicht entschieden. Das hat mich echt aus der Bahn geworfen. Ich muss erst meine Balance wiederfinden, bevor ich mir überlege, was ich jetzt mache. Oder auch nicht mache.«

»Dann musst du es mir sagen, und du musst mir auch Bescheid geben, wenn der Maulkorberlass nicht mehr gilt.«

»Okay. Aber bis dahin – kein Wort.« Emma nahm die Käseplatte. »Komm, machen wir einen auf Geschäftsfrau.«

Der Konferenzraum von Vows befand sich in der ehemaligen Bibliothek. Die Bücher waren geblieben und bildeten den Rahmen, der hier und da Platz für Fotos und Andenken ließ. Der Raum verströmte immer noch Wärme und Eleganz, auch wenn er jetzt geschäftlich genutzt wurde.

Parker saß an dem großen, mit Intarsien verzierten Tisch und hatte Laptop und BlackBerry bereitliegen. Da die Kundenbesprechungen und Führungen des Vormittags für heute beendet waren, hatte sie ihre Kostümjacke über die Rückenlehne des Stuhls gehängt. Mac saß ihr gegenüber, die langen Beine ausgestreckt. Sie trug zu ihrer Arbeit Jeans und Pulli.

Als Emma das Tablett auf den Tisch stellte, hievte Mac sich hoch, um sich ein Bündel Weintrauben zu schnappen. »Ihr kommt spät.«

»Del kam noch in der Küche vorbei. Bevor wir zum Geschäftlichen kommen, wer macht mit bei einem Abend mit Essen und Filmgucken?«

»Ich, ich!« Macs Hand flog in die Höhe. »Carter hat irgendeine Lehrerveranstaltung, und das erspart mir das Arbeiten, bis er zurückkommt. Ich habe heute voll durchgepowert.«

»Zufälligerweise steht nichts in meinem Kalender.« Laurel stellte den Keksteller neben die Käseplatte.

Parker griff nur zum Haustelefon und drückte eine Taste. »Hallo, Mrs G., können Sie heute Abend für uns vier Essen machen? Das wäre super. Danke.« Sie hängte auf. »Wir bekommen Hühnchen, genial.«

»Keine Einwände.« Mac biss in eine Traube.

»Also dann, der erste Punkt auf der Tagesordnung ist Whitney Folk Harrigan alias die Monsterbraut. Wie Laurel weiß, habe ich von ihr eine E-Mail bekommen, in der sie in Stichpunkten auflistet, was wir ihrer Ansicht nach verbessern könnten.«

»Zicke.« Mac beugte sich erneut vor, diesmal, um etwas

Ziegenkäse auf einen Rosmarinkräcker zu streichen. »Die Feier war echt vom Feinsten.«

»Einen Arschtritt vom Feinsten hätten wir ihr verpassen sollen«, bemerkte Laurel.

»Whitney meint, ohne dass die Rangfolge von Bedeutung wäre …« Parker schlug einen Ordner auf, um die E-Mail vorzulesen, die sie ausgedruckt hatte. »Der Champagner war unzureichend gekühlt, die Bedienung beim Abendessen war zu langsam, den Gärten fehlte es an Farben und Blüten, die Fotografin hat in ihren Augen der Hochzeitsgesellschaft ungebührlich viel Zeit gewidmet, wo doch die Braut mehr Aufmerksamkeit verdient hätte, und die Auswahl auf dem Desserttisch war nicht so groß oder so ansprechend angerichtet, wie sie es sich erhofft hatte. Sie schreibt weiter, dass sie sich während der Veranstaltung zeitweise von der Hochzeitsplanerin gehetzt und/oder vernachlässigt fühlte. Sie hofft, dass wir ihre Kritik in dem Geist auffassen, in dem sie geäußert wurde.«

»Worauf ich Folgendes antworte.« Mac streckte den Mittelfinger in die Höhe.

»Kurz und bündig.« Parker nickte. »Trotzdem habe ich ihr für ihre Anmerkungen gedankt und geschrieben, wir hofften, dass es ihr und Justin in Paris gefalle.«

»Arschkriecherei«, murmelte Laurel.

»Logisch. Ich hätte auch antworten können, Liebe Whitney, Sie sind ein Vollidiot. Was mein erster Gedanke war. Ich habe mich aber zusammengerissen. Allerdings habe ich Whitney zur Monsterzickenbraut hochgestuft.«

»Sie muss im Grunde zutiefst unglücklich sein. Im Ernst«, sagte Emma, als ihre Freundinnen sie ansahen. »Jeder, der eine Hochzeit, wie wir sie ihr geboten haben, so zerpflückt, muss von Natur aus unglücklich sein. Sie würde mir leidtun, wenn ich nicht so wütend wäre. Wenn ich aufhöre, wütend zu sein, werde ich Mitleid mit ihr haben.«

»Aber wütend, mitleidig oder leck mich, die Kehrseite ist, dass während der Veranstaltung vier neue Kunden die Besichtigungstour gebucht haben. Und ich rechne mit noch mehr.«

»Parks hat ›leck mich‹ gesagt.« Grinsend aß Mac noch eine Traube. »Sie ist echt sauer.«

»Ich komm drüber weg, vor allem, wenn wir dank des hervorragenden Jobs, den wir am Samstag gemacht haben, vier neue Events buchen können. Fürs Erste verbanne ich Whitney in meine neu eingerichtete Kammer des Verderbens, worin sie in allem zu fett aussieht, wo es nur gepunktete Muster gibt und die Farbauswahl sich auf Graubraun oder Leichenblass beschränkt.«

»Das ist echt gemein«, stellte Laurel fest. »Gefällt mir.«

»Weiter geht's«, fuhr Parker fort. »Del und ich haben uns wegen einiger rechtlicher und finanzieller Aspekte von Vows getroffen. Der Partnerschaftsvertrag muss bald erneuert werden. Dazu gehört auch der Prozentsatz, den die einzelnen Partner nach von Vows unabhängigen Events ins Geschäft einfließen lassen. Wenn irgendjemand über Änderungen am Vertrag – einschließlich des Prozentsatzes – sprechen möchte, bitte sehr.«

»Es funktioniert doch, oder?« Emma schaute in die Runde. »Ich glaube nicht, dass eine von uns am Anfang wirklich für möglich gehalten hätte, dass wir aus Vows so etwas machen. Nicht nur finanziell. Auch in dieser Hinsicht habe ich jetzt sicherlich mehr, als ich verdient hätte, wenn ich mein eigenes Geschäft eröffnet hätte. Aber ich spreche von dem Ruf, den wir uns – außer bei der Monsterzickenbraut – erarbeitet haben, jede Einzelne und alle zusammen. Der

Prozentsatz ist fair, und Tatsache ist, dass der Betrag, den Del für seinen Anteil an dem Anwesen verlangt, weitaus niedriger ist als er verlangen könnte. Wir alle tun eine Arbeit, die wir lieben, und das zusammen mit Menschen, die wir lieben. Und wir können gut davon leben.«

»Ich glaube, Emma will sagen, sie will unterschreiben.« Mac schob sich noch eine Traube in den Mund. »Für mich gilt das Gleiche.«

»Ich bin auch dabei«, schloss Laurel sich an. »Gibt es irgendeinen Grund, etwas zu ändern?«, fragte sie Parker.

»Nicht aus meiner Sicht, aber Del als Anwalt hat uns geraten, dass jede sich den Vertrag noch einmal durchliest und eventuelle Einwände oder Vorschläge äußert, bevor wir neu unterzeichnen.«

»Ich schlage vor, wir lassen Del die Papiere fertig machen, unterschreiben sie und machen eine Flasche Dom Pérignon auf.«

Mac zeigte zustimmend auf Emma. »Dito.«

»Und die Ja-Stimmen überwiegen«, verkündete Laurel.

»Ich sage ihm Bescheid. Außerdem habe ich mit unserem Buchhalter gesprochen.«

»Besser du als ich«, sagte Laurel.

»Viel besser.« Lächelnd trank Parker einen Schluck Wasser. »Wir hatten ein starkes erstes Quartal, und es sieht so aus, als würden wir unseren Nettogewinn im Vergleich zum Vorjahr um zwölf Prozent steigern. Er hat uns geraten, darüber nachzudenken, einen Teil des Gewinns wieder ins Geschäft zu stecken. Wenn also eine oder alle von euch in puncto zusätzlicher Ausstattung Bedarf, Wünsche oder selbstsüchtige Begehrlichkeiten hat – oder auch Ideen, was Vows als Ganzes gebrauchen könnte –, dann können wir überlegen, wofür wir unser Geld ausgeben sollten, und wie viel.«

Bevor jemand etwas sagen konnte, schoss Emmas Hand in die Höhe. »Ich habe schon darüber nachgedacht, vor allem, nachdem ich in meine Abrechnungen fürs letzte Quartal geschaut habe. Unsere bisher größte Veranstaltung steht im nächsten Frühjahr an – die Seaman-Hochzeit. Die Blumen allein werden die Kapazitäten meines Kühlhauses sprengen, also müssen wir für einige Tage noch eine Kühlvorrichtung mieten. Ich könnte mich aber auch nach einer günstigen gebrauchten umschauen, was langfristig lohnender sein könnte, als zu mieten.«

»Das ist gut.« Parker machte sich eine Notiz. »Erkundige dich nach Preisen.«

»Angesichts dieser Veranstaltung und unserem gestiegenen Umsatz«, fuhr Emma fort, »ist vielleicht jetzt der richtige Zeitpunkt, weitere Ausstattungsgegenstände anzuschaffen, die wir normalerweise mieten. Zum Beispiel die zusätzlichen Gartenmöbel. Wenn wir eine Veranstaltung im Freien haben, können *wir* die Möbel dem Kunden vermieten und das Geld einsacken. Und …«

»Du hast ja wirklich nachgedacht«, fiel Mac ihr ins Wort.

»Ja, habe ich. Da Mac ohnehin vorhat, anzubauen und den Bereich im ersten Stock zu erweitern, um die große Liebe dort unterzubringen, warum soll sie nicht gleichzeitig ihren Arbeitsbereich, das Studio, vergrößern? Sie braucht mehr Stauraum, ein echtes Ankleidezimmer anstelle des kleinen Badezimmers. Und wo ich schon dabei bin, der Windfang vor Laurels Küche ist echt überflüssig, da wir vor der Hauptküche einen haben. Wenn man den umbauen würde, könnte Laurel dort noch eine Behelfsküche einrichten, mit einem zusätzlichen Ofen, einem Kühlschrank und mehr Stauraum.«

»Wir überlassen Emma einfach das Wort«, warf Laurel ein.

»Und Parker braucht ein computergestütztes Sicherheitssystem, damit sie alle öffentlichen Bereiche des Hauses videoüberwachen kann.«

Parker wartete einen Augenblick. »Ich glaube, du hast den Anstieg unseres Nettogewinns bereits mehrfach verplant.«

»Geld auszugeben ist die angenehme Seite daran, es zu verdienen. Sei du nur Parker, damit wir nicht über die Stränge schlagen. Aber ich finde wirklich, dass wir zumindest einen Teil meiner Vorschläge in die Tat umsetzen sollten, und die anderen gehören auf die Liste der Sachen, die so bald wie möglich zu erledigen sind.«

»Also, als Parker sage ich dann mal, die Kühlvorrichtung ist sinnvoll. Schau mal, was du auftreiben kannst. Da wir mit Jack sprechen müssen, um zu sehen, wie sich das Ding bei dir unterbringen lässt, können wir ihn auch fragen, ob er zum Umbau bei Mac und in Laurels Windfang eine Idee hat.«

Während Parker sprach, machte sie sich weitere Notizen. »An die Anschaffung von Sitzgelegenheiten für draußen habe ich auch schon gedacht und bereits Erkundigungen zu den Preisen eingeholt. Ich bekomme noch Kostenvoranschläge, damit wir wissen, wo wir stehen, und dann können wir entscheiden, womit wir am sinnvollsten beginnen.«

Mit einem Nicken ging sie zum nächsten Punkt auf der Tagesordnung über.

»Jetzt zu den kommenden Veranstaltungen, die helfen, unsere Wunschträume zu bezahlen. Die ›Commitment Ceremony‹, also die Beziehungsfeier der beiden Frauen. Heute haben sie mir den Text für ihr Gelöbnis und die Zeremonie zukommen lassen. Feier am Freitagabend. Nach dem Werfen einer Münze ist jetzt Allison die Braut Eins. Sie erscheint um halb vier. Marlene, jetzt Braut Zwei, kommt um vier. Braut Eins nimmt die Suite der Braut, Braut Zwei die des Bräutigams. Da sie eine gemeinsame EBJ haben, pendelt diese zwischen den Suiten. Der Bruder von Braut Eins ist TZ, also geben wir ihm – und wenn nötig den beiden Brautvätern – den Salon im ersten Stock. Während der Zeremonie steht der TZ an der Seite der B-Eins, die EBJ an der von B-Zwei.«

»Warte.« Mac hielt einen Finger hoch, während sie die Details in ihr Laptop eintippte. »Okay.«

»Diese Damen wissen genau, was sie wollen, und halten sich an einen Plan. Für mich waren sie daher extrem einfach zu betreuen. BM-Eins und die Geschwister von B-Zwei sind nicht recht glücklich mit der formellen Bekräftigung dieser Beziehung, aber sie machen mit. Mac, für dich bedeutet es vielleicht etwas Arbeit, den Kunden die erhofften Bilder zu liefern, auf denen die Angehörigen mit zu sehen sind.«

»Kein Problem.«

»Gut. Emma, Blumen?«

»Sie wollten es unkonventionell, aber weiblich. Keine von beiden will einen Brautstrauß tragen, also haben wir für Allison einen Kopfschmuck ausgesucht, und Blumenkämme für Marlene. Einen Haarreif für die EBJ, die außerdem vier weiße Rosen trägt. Während der Zeremonie tauschen sie einzelne weiße Rosen aus, direkt nach dem Anzünden der Hochzeitskerze. Und jede gibt ihrer Mutter eine Rose. Weiße Ansteckrosen für die Männer. Das müsste sehr hübsch werden.«

Während sie an ihrer Diät-Cola nippte, scrollte Emma nach unten zu den Blumenarrangements. »Sie haben sich luftige Arrangements und Centerpieces gewünscht, die an eine Wiese erinnern. Ich verwende viel Schleierkraut und bunte Margeriten, Sommermargeriten und Gerbera, blühende Kirschzweige, Walderdbeeren und so weiter. Ganz wenig Tüll, und die Girlanden flechte ich wie Blumenkränze aus Gänseblümchen. Langhalsige Vasen für die Rosen während des Empfangs. Viele Lichterketten und Kerzen in Großem Saal und Ballsaal, auch hier Fortsetzung des natürlichen Looks. Alles wird schlicht und sehr reizvoll, denke ich. Wenn eine von euch mir beim Transport helfen kann, schaffe ich den Aufbau allein.«

»Ich kann helfen«, erklärte sich Laurel bereit. »Die Torte ist die Vanille-Biskuit mit Himbeermousse-Füllung, verziert mit italienischer Buttercreme. Auch hier wollten sie schlichte Blumen, genau wie bei Emma. Die muss ich erst gegen fünf an der Torte befestigen, also habe ich Zeit zum Aufbauen. Ansonsten wollen sie eine Auswahl an Keksen und Minzkonfekt.«

»Der Ablauf ist wie bei Veranstaltungen am Freitagabend üblich«, ergänzte Parker. »Bis auf das Werfen von Brautstrauß und Strumpfband. Probelauf am Donnerstagnachmittag. Sollte es also noch kleinere Unstimmigkeiten geben, klären wir sie dann. Jetzt zum Samstag«, fuhr sie fort.

Immer wenn Emma an ihre Eltern dachte, daran, wie sie sich kennengelernt und ineinander verliebt hatten, kam ihr das wie ein Märchen vor.

Es war einmal eine junge Frau aus Guadalajara, die quer über den Kontinent nach New York reiste, um im Geschäft ihres Onkels zu arbeiten und sich auf Wunsch um Haus und Kinder anderer Leute zu kümmern. Doch Lucia sehnte sich nach etwas anderem, nach einem schönen Heim anstelle des lauten Appartements, nach Bäumen und Blumen anstelle gepflasterter Straßen. Sie arbeitete hart und träumte davon, irgendwann etwas Eigenes zu haben, einen kleinen Laden vielleicht, in dem sie hübsche Dinge verkaufen würde.

Eines Tages erzählte ihr Onkel ihr von einem Bekannten, der kilometerweit weg in Connecticut lebte. Der Mann hatte seine Frau verloren, so dass sein kleiner Sohn keine Mutter mehr hatte. Der Mann hatte die Stadt verlassen, um ein ruhigeres Leben zu führen – und vielleicht, dachte Lucia, weil in dem Haus, in dem er mit seiner Frau gelebt hatte, die Erinnerungen zu schmerzlich waren. Da er Schriftsteller war, brauchte er Ruhe, und da er viel reiste, brauchte er jemanden, dem er seinen kleinen Jungen anvertrauen konnte. Die Frau, die diese Aufgabe in den drei Jahren seit dem traurigen Tod seiner Frau übernommen hatte, wollte zurück nach New York ziehen.

Also machte Lucia einen großen Sprung und zog aus der Stadt in das prachtvolle Haus von Phillip Grant und seinem Sohn Aaron.

Der Mann sah blendend aus wie ein Prinz, und sie sah, dass er seinen Sohn liebte. Doch in seinen Augen war eine Traurigkeit, die ihr Herz rührte. Das Kind hatte in den kurzen vier Jahren seines Lebens schon so viele Veränderungen durchgemacht, dass sie seine Scheu ihr gegenüber verstand. Sie kochte das Essen, hielt das Haus in Ordnung und kümmerte sich um Aaron, während der Mann sein Buch schrieb.

Sie gewann den Jungen lieb, und er sie auch. Er war nicht immer brav, doch dann wäre Lucia auch traurig gewesen. Abends unterhielten sie und Phillip sich oft über Aaron, oder über Bücher oder alltägliche Dinge. Wenn er geschäftlich unterwegs war, fehlten ihr diese Gespräche – fehlte er ihr.

Manchmal schaute sie aus dem Fenster, um Phillip beim Spiel mit Aaron zuzuschauen, und in ihrem Herzen war eine Sehnsucht.

Sie wusste nicht, dass er oft das Gleiche tat. Denn er hatte sich in sie verliebt, genau wie sie in ihn. Er traute sich nicht, es ihr zu sagen, aus Angst, sie würde ihn und den Jungen dann verlassen. Und sie wagte nicht, es ihm zu sagen, weil sie glaubte, er würde sie vielleicht fortschicken.

Doch eines Tages im Frühling, unter den überhängenden Zweigen eines blühenden Kirschbaums, als der kleine Junge, den sie beide liebhatten, auf der Schaukel spielte, nahm Phillip Lucias Hand. Und küsste sie.

Als die Blätter an den Bäumen sich herbstlich bunt verfärbten, heirateten sie. Und lebten glücklich zusammen bis zum heutigen Tage.

War es ein Wunder, dachte Emma, als sie am Sonntagabend ihren Lieferwagen in die zugeparkte doppelte Einfahrt zum Haus ihrer Eltern lenkte, dass sie eine geborene Romantikerin war? Wie konnte man mit dieser Geschichte, mit diesen Menschen aufwachsen und sich nicht für sich selbst das Gleiche wünschen?

Ihre Eltern liebten einander schon fünfunddreißig Jahre und hatten in dem ausladenden viktorianischen Gebäude vier Kinder großgezogen. Sie hatten sich dort ein gutes Leben aufgebaut, stabil und beständig.

Und sie hatte nicht die Absicht, sich mit weniger zufriedenzugeben.

Sie nahm das Blumengesteck, das sie gemacht hatte, aus dem Wagen und eilte den Weg hinauf zum Familienessen. Sie war spät dran, dachte sie, doch sie hatte den anderen schon gesagt, dass sie nicht pünktlich sein würde. Sie klemmte sich die Vase in die Armbeuge, stieß die Tür auf und betrat das Haus, das eine Sinfonie der Farben war, ohne die ihre Mutter nicht leben konnte.

Und als sie nach hinten ins Speisezimmer eilte, tauchte sie in den Lärm ein, der ebenso bunt war wie die Anstriche und Stoffe.

An der großen Tafel saßen ihre Eltern, ihre beiden Brüder, ihre Schwester, ihre Schwägerinnen, ihr Schwager, die Nichten und Neffen – und auf dem Tisch stand genug Essen, um diese kleine Kompanie zu verköstigen.

»Mama.« Sie ging zuerst zu Lucia und küsste sie auf die Wange, bevor sie die Blumen auf die Anrichte stellte und den Tisch umrundete, um auch Phillip einen Kuss zu geben. »Papa.«

»*Jetzt* ist es ein Familienessen.« Aus Lucias Stimme klangen immer noch die Hitze und die Musik aus Mexiko. »Setz dich, bevor diese kleinen Ferkel alles auffuttern.«

Emmas ältester Neffe gab ein Grunzen von sich und grinste, als sie neben ihm Platz nahm. Sie ergriff die Platte, die Aaron ihr reichte. »Ich verhungere gleich.« Zustimmend nickte sie, als ihr Bruder Matthew fragend eine Flasche Wein hochhielt. »Unterhaltet ihr euch, damit ich aufholen kann.«

»Zuerst die große Neuigkeit.« Emma gegenüber ergriff ihre Schwester Celia die Hand ihres Mannes. Noch bevor sie etwas sagen konnte, stieß Lucia einen Freudenschrei aus. »Du bist schwanger!«

Celia lachte. »So viel zur Überraschung. Im November erwarten Rob und ich unseren dritten – und absolut letzten – Nachwuchs.«

Alle gratulierten, und die Jüngste aus der Familie hämmerte begeistert mit ihrem Löffel auf ihren Hochstuhl, während Lucia aufsprang, um Tochter und Schwiegersohn zu umarmen. »Oh, es gibt keine schönere Neuigkeit, als wenn ein Baby unterwegs ist. Phillip, wir bekommen noch ein Baby.«

»Vorsicht. Als du mir das zum letzten Mal gesagt hast, kam neun Monate später Emma auf die Welt.«

Lachend ging Lucia zu ihm, um ihm von hinten die Arme um den Hals zu schlingen und die Wange an seine zu drücken. »Aber jetzt machen die Kinder die ganze Arbeit, und wir brauchen nur zu spielen.«

»Em hat ihren Beitrag noch nicht geleistet«, bemerkte Matthew und wackelte mit den Augenbrauen.

»Sie wartet auf einen Mann, der so gut aussieht wie ihr Vater und nicht so nervig ist wie ihr Bruder.« Lucia warf Matthew einen schelmischen Blick zu. »Die wachsen nicht auf den Bäumen.«

Feixend sah Emma ihren Bruder an und schnitt sich das erste Scheibchen Schweinebraten ab. »Und ich bin noch dabei, die Obstgärten abzuklappern«, sagte sie liebenswürdig.

Als alle eine Runde durch den Garten gingen, blieb sie mit ihrem Vater ein wenig zurück. Unter seiner Anleitung hatte sie eine Menge über Blumen und Pflanzen erfahren und sie lieben gelernt.

»Wie läuft's mit dem Buch?«, erkundigte sie sich.

»Mist.«

Sie lachte. »Das sagst du immer.«

»Weil es in diesem Stadium immer so ist.« Im Gehen legte Phillip ihr den Arm um die Taille. »Aber die Familienessen und das Wühlen in der Erde helfen mir, den Mist für eine Weile beiseitezuschieben. Wenn ich mich dann wieder dransetze, ist es doch nie so schlimm wie gedacht. Und wie geht's dir, meine Hübsche?«

»Gut. Richtig gut. Wir haben weiterhin viel zu tun. Anfang der Woche hatten wir eine Besprechung, weil unser Umsatz gestiegen ist, und ich konnte nur denken, was für ein Glück wir haben – *ich* habe –, weil ich eine Arbeit tue, die ich liebe, und das zusammen mit den besten Freundinnen, die ich je hatte. Du und Mama habt immer gesagt, wir sollten herausfinden, was wir lieben, dann würden wir gut und zufrieden arbeiten. So ist es bei mir.«

Sie wandte sich um, als ihre Mutter mit einer Jacke in der Hand über den Rasen kam.

»Es ist kühl, Phillip. Willst du dich erkälten, damit ich mir dein Gejammer anhören muss?«

»Du hast mich durchschaut.« Er ließ sich von seiner Frau in die Jacke hüllen.

»Gestern habe ich Pam gesehen«, erzählte Lucia. »Sie ist so aufgeregt wegen der Hochzeit. Für mich ist es auch schön, dass sich zwei der Menschen, die ich am liebsten mag, ineinander verliebt haben. Pam war mir immer eine gute Freundin und hat mich verteidigt, als manche es skandalös fanden, dass dein Vater die Haushaltshilfe geheiratet hat.«

»Die haben nicht erkannt, wie schlau das von mir war – jetzt bekomme ich die gleiche Arbeit umsonst.«

»Der praktisch denkende Yankee.« Lucia schmiegte sich an ihn. »So ein Sklaventreiber.«

Schau sie dir an, dachte Emma. Wie perfekt sie zusammenpassen. »Jack hat mir neulich gesagt, du wärst die schönste Frau aller Zeiten, und er warte nur darauf, mit dir durchzubrennen.«

»Erinnere mich dran, ihn zusammenzuschlagen, wenn ich ihn das nächste Mal sehe«, sagte Phillip.

»Er ist so ein Charmeur. Vielleicht lege ich es darauf an,

dass du um mich kämpfst.« Lucia hob das Gesicht zu Phillip.

»Wie wär's stattdessen mit einer Fußmassage?«

»Abgemacht. Emmaline, wenn du einen Mann findest, der dir eine gute Fußmassage gibt, schau genau hin. Diese eine Fähigkeit macht viele andere Mängel wett.«

»Ich werd's mir merken. Jetzt muss ich aber los.« Emma schloss beide in die Arme. »Hab euch lieb.«

Im Gehen warf sie noch einen Blick zurück und sah, wie ihr Vater unter den überhängenden Zweigen des Kirschbaums mit den noch fest geschlossenen Blüten ihre Mutter bei der Hand nahm.

Und sie küsste.

Nein, dachte sie, kein Wunder, dass sie die geborene Romantikerin war. Kein Wunder, dass sie das Gleiche – oder einen Teil davon – auch für sich wollte.

Sie stieg in den Lieferwagen und dachte an den Kuss auf der Hintertreppe.

Vielleicht war es nur ein Flirt oder Neugier. Vielleicht stimmte auch die Chemie zwischen Jack und ihr. Doch sie wollte verflucht sein, wenn sie jetzt so tat, als wäre nichts gewesen. Oder wenn sie Jack so tun ließ.

Es war Zeit, es anzupacken und damit klarzukommen.

6

In seinem Büro im ersten Stock des alten Stadthauses, das er sich umgebaut hatte, arbeitete Jack am Computer ein Konzept aus. Die Arbeit an der Erweiterung von Macs Studio erledigte er nach Geschäftsschluss, und da weder sie noch Carter es besonders eilig hatten, konnte er an dem Gesamtentwurf und an jedem kleinen Detail herumbasteln, hier abändern und dort korrigieren.

Da Parker nun einen zweiten Plan wünschte, der einen Anbau in Erdgeschoss und erstem Stock vorsah, musste er nicht nur Einzelheiten und Design neu überdenken, sondern das Gesamtkonzept. Seiner Ansicht nach war es klüger, alles auf einmal umzubauen, auch wenn er dafür seinen ersten Entwurf über den Haufen werfen musste.

Er spielte mit dem Fluss der Linien, dem Lichteinfall als Teil des erweiterten Raums, der das Studio bleiben würde. Wenn er das jetzige Bad und das Lager renovierte und die Grundfläche von beiden vergrößerte, erhielt er ein größeres Bad, in das er eine Dusche einbauen konnte – die würde bestimmt gut ankommen. Außerdem bekam Mac so den gewünschten Umkleidebereich für die Kunden, und ihr Lagerraum würde verdoppelt.

Carters Arbeitszimmer im ersten Stock …

Jack lehnte sich zurück, kippte etwas Wasser hinunter und versuchte, wie ein Englischlehrer zu denken. Was wünschte und brauchte er für seinen Arbeitsplatz? Die Einrichtung musste praktisch sein, vom Stil eher klassisch – typisch Carter. An der Wand Einbauschränke für Bücher. Besser an zwei Wänden.

Regale mit vorspringendem Mittelteil, entschied er und rückte an seinem U-förmigen Arbeitsplatz zur Seite, um per Hand eine rasche Skizze anzufertigen. Unterschränke zum Verstauen von Büromaterial und Schülerakten.

Nichts Poliertes, kein Hochglanz. Nicht für Carter.

Dunkles Holz, dachte er, altenglischer Stil. Aber großzügige Fenster, passend zum übrigen Gebäude. Eine Dachschräge, um die Linien aufzulockern. Ein paar Dachfenster. Diese Wand durchbrechen, um einen Erker zu erhalten. Das Ganze interessanter gestalten, eine Sitzecke schaffen.

Einen Ort, an den ein Typ flüchten konnte, wenn seine Frau sauer auf ihn war, oder wenn er einfach ein Mittagsschläfchen halten wollte.

Hier eine Terrassentür einbauen und eine Veranda anfügen, eine kleine. Wenn man mal einen Brandy und eine Zigarre genießen wollte. Das konnte vorkommen.

Jack hielt einen Augenblick inne und widmete sich wieder dem Spiel, das über den Flachbildschirm zu seiner Linken flimmerte. Während er im Hinterkopf weitere Pläne schmiedete, sah er zu, wie die Phillies die Red Sox vernichtend schlugen.

Mist.

Er wandte sich wieder der Zeichnung zu. Und dachte: Emma.

Fluchend fuhr er sich mit der Hand durchs Haar. Es wäre echt besser gewesen, sie nicht in seine Gedanken zu lassen. Er war gut darin, Dinge voneinander abzuschotten. Die Arbeit, das Baseballspiel, gelegentliches Umschalten, um nach anderen Spielständen zu sehen. Emma befand sich in einer anderen Abteilung, und die sollte eigentlich geschlossen bleiben.

Er wollte nicht an sie denken. Das taugte nichts. Er hatte einen Fehler gemacht, klar, aber es war nichts Weltbewegendes. Er hatte das Mädel geküsst, das war alles.

Aber was für ein Kuss, dachte er jetzt. Trotzdem nichts Ernstes, nur so ein Moment. Noch ein paar Tage, damit der Aufruhr sich wieder legte, und dann würde alles wieder normal sein.

Emma war nicht der Typ, ihm das übelzunehmen.

Außerdem hatte sie mitgemacht. Stirnrunzelnd kippte Jack noch mehr Wasser hinunter. Ja, allerdings. Worüber regte sie sich eigentlich so auf?

Sie waren erwachsene Menschen, und sie hatten einander geküsst. Ende der Fahnenstange.

Wenn sie glaubte, er werde sich entschuldigen, konnte sie lange warten. Sie würde mit der Sache klarkommen müssen. Und mit ihm. Er und Del waren enge Freunde, und auch mit den anderen Mädels des Quartetts verstand er sich gut, sehr gut. Hinzu kam, dass er durch die Umbaupläne, von denen Parker sprach, in den nächsten Monaten noch mehr Zeit auf dem Brownschen Anwesen verbringen würde.

Wieder strich er sich mit der Hand durchs Haar. Okay, also würden sie beide damit klarkommen müssen.

»Verdammt.«

Er fuhr sich mit den Händen durchs Gesicht und befahl sich dann, sich wieder auf die Arbeit zu konzentrieren. Stirnrunzelnd musterte er das Gerippe seines Entwurfs und kniff die Augen zusammen.

»Moment mal.«

Wenn er das Ganze anders ausrichtete, so dass das Arbeitszimmer aus dem übrigen Gebäude hervorspringen würde, könnte er hinter dem Haus eine teilweise überdachte Veranda einrichten. So würden Mac und Carter den Außenbereich bekommen, der ihnen fehlte, ganz privat, vielleicht mit einem kleinen Garten oder Gehölz. Dazu würde Emma etwas einfallen.

Das würde die Gestalt und die Linienführung des Gebäudes interessanter machen und ohne nennenswerte Mehrkosten die Nutzfläche vergrößern.

»Du bist ein Genie, Cooke.«

Als er die Idee genauer ausarbeiten wollte, klopfte es an der Hintertür.

Mit den Gedanken noch bei seiner Zeichnung stand Jack auf, um den Wohnbereich seiner Privaträume über seinem Architekturbüro zu durchqueren. In der Annahme, es würde Del oder einer seiner anderen Freunde sein – und in der Hoffnung, der Gast würde sein eigenes Bier mitbringen –, öffnete er die Tür zu seiner Küche.

Da stand sie im Schein der Außenbeleuchtung und duftete wie Wiesen im Mondlicht.

»Emma.«

»Ich will mit dir reden.« Damit fegte sie an ihm vorbei, warf ihr Haar zurück und drehte sich um die eigene Achse. »Bist du allein?«

»Äh … ja.«

»Gut. Was zum Teufel ist los mit dir?«

»In welchem Zusammenhang?«

»Bitte keine Scherze. Mir ist nicht nach Scherzen zumute. Du hast mit mir geflirtet, hast meinem Wagen Starthilfe gegeben, mir die Schultern massiert, meine Nudeln gegessen, mir deine Jacke geliehen, und dann …«

»Ich hätte dir auch nur im Vorbeifahren zuwinken können. Oder dich bibbern lassen, bis du blau geworden wärst. Und ich hatte Hunger.«

»Das passt ja alles«, versetzte Emma und marschierte wild gestikulierend durch seine Küche in die geräumige Diele. »Die Schultermassage und das ›und dann‹ hast du dezent weggelassen.«

Jack sah keine andere Möglichkeit als zu kontern: »Du sahst gestresst und verspannt aus. Und dagegen protestiert hast du auch nicht.«

Emma fuhr herum und kniff die braunen Samtaugen zusammen. »Und dann?«

»Okay, da war ein ›und dann‹. Du warst da, ich war da, also ›und dann‹. Ich bin weder über dich hergefallen, noch hast du versucht, dich zu wehren. Wir haben uns einfach …« *Geküsst* klang plötzlich zu bedeutend. »Abgeknutscht.«

»Abgeknutscht. Wie alt bist du? Zwölf? Du hast mich geküsst.«

»Wir haben uns geküsst.«

»Du hast angefangen.«

Jack lächelte. »Wie alt bist du? Zwölf?«

Emma gab ein unterdrücktes Zischen von sich, bei dem es ihm im Nacken kribbelte. »Du hast die Initiative ergriffen, Jack. *Du* hast mir Wein gebracht, *du* hast dich auf der Treppe an mich rangemacht mit deiner Schultermassage. *Du* hast mich geküsst.«

»Schuldig, in allen Punkten. Aber du hast meinen Kuss sofort erwidert. Und dann die Flucht ergriffen, als hätte ich dich gebissen.«

»Parker hat mich angepiepst. Ich habe *gearbeitet.* Du hast dich verdünnisiert und hast dich seitdem nicht mehr blickenlassen.«

»Verdünnisiert? Ich bin gegangen. Du bist davongerannt, als wären die Höllenhunde hinter dir her, und Whitney hat mich ohne Ende genervt. Deshalb bin ich gegangen. Und merkwürdigerweise habe ich einen Job, genau wie du, und habe die letzte Woche mit Arbeit zugebracht. Ich habe mich nicht verdünnisiert. Himmel, ich kann gar nicht glauben, dass ich so ein Wort verwende.« Jack musste einmal tief durchatmen. »Komm, setzen wir uns erst mal.«

»Ich will mich nicht setzen. Dazu bin ich zu wütend. Du kannst nicht einfach so was machen und dann abhauen.«

Da sie anklagend mit dem Finger auf ihn zeigte, richtete er gleichfalls den Finger auf sie. »Du bist abgehauen.«

»So meine ich das nicht, das weißt du ganz genau. Piepser, Parker, Arbeit.« Wieder warf Emma die Hände in die Luft. »Ich bin auch nirgendwo hingegangen. Ich musste nur los, weil die Monsterzickenbraut beschlossen hatte, sie müsse den Strauß zum Werfen erst begutachten, bevor sie sich dazu herablassen würde, ihn zu werfen. Und das musste natürlich sofort sein. Sie nervt jeden ohne Ende, aber einfach abgehauen bin ich nicht.«

Emma gab Jack einen leichten Schubs mit der Handfläche vor die Brust. »Du dagegen schon. Das war unhöflich.«

»Mein Gott. Willst du mir jetzt eine Standpauke halten? Ach, das tust du ja schon. Ich habe dich geküsst. Ich gestehe. Du hast so einen irren Mund, und den wollte ich – daran habe ich auch keinen Zweifel gelassen.« Jacks Augen funkelten, Gewitterwolken mit Donner und Blitzen. »Du hast nicht um Hilfe geschrien, also habe ich ihn mir genommen. Häng mich auf.«

»Es geht nicht um den Kuss. Ja, doch, aber dann auch wieder nicht. Es geht um das Warum und das Danach und das Was.«

Jack starrte Emma an. »Was?«

»Ja! Ich habe ein Recht auf eine vernünftige Antwort.«

»Wo, du vergisst das Wo, also ergänze ich es. Wo ist die vernünftige Frage? Finde sie, und ich tue, was ich kann, um dir eine vernünftige Antwort zu geben. Auf die Frage.«

Emma rauchte vor Zorn. Er hatte nicht gewusst, dass eine Frau so vor Zorn rauchen konnte. Gott, war das sexy.

»Wenn du nicht wie ein erwachsener Mensch mit mir reden kannst, dann ...«

»Zum Kuckuck.«

Wenn er einmal dafür verurteilt wurde, konnte es ebenso gut zweimal geschehen. Er packte Emma und riss sie an sich und auf die Zehenspitzen. Der Laut, den sie von sich gab, konnte der Anfang eines Was sein oder eines Warum, doch bevor sie das Wort aussprechen konnte, eroberte er ihren Mund. Er benutzte die Zähne, biss rasch und ungeduldig zu, so dass sie vor Überraschung – oder vor Hingabe – die Lippen öffnete. Er war nicht in der Stimmung, sich darüber Gedanken zu machen, nicht, als seine Zunge die ihre fand, nicht, als er ihren Geschmack mit allen Sinnen spürte, als ginge er ihm über ein Kabel ins Blut.

Seine Hände wühlten in der wilden Pracht ihres Haars, dass ihr Kopf in den Nacken sank.

Aufhören. Das wollte sie wirklich sagen. Wirklich tun. Doch sie fühlte sich wie von einem Sommerregen durchnässt, alles war heiß und feucht. Jeder vernünftige Gedanke schmolz dahin, als ihr Körper von Zorn über Schock zu fiebriger Erwiderung sprang.

Als Jack den Kopf hob, ihren Namen sagte, schüttelte sie nur den Kopf und zog ihn wieder an sich.

Für einen unbeherrschten Moment waren seine Hände

überall, aufwühlend, erregend, bis Emma kaum noch Luft bekam.

»Lass mich …« Er fummelte an den Knöpfen ihrer Bluse.

»Ja.« Sie hätte ihn so ziemlich alles tun lassen.

Als seine Hand auf ihrem rasenden Herzen lag, zog sie ihn auf den Boden.

Zarte Haut, feste Muskeln und ein Mund, der sich vor Hunger verzehrte. Sie bäumte sich unter ihm auf, rollte auf ihn. Riss sein T-Shirt hoch, um mit den Zähnen über seine Brust zu fahren. Aufstöhnend zerrte er sie wieder hoch, um von ihren Lippen, ihrer Kehle Besitz zu ergreifen, mit rasender Verzweiflung, die ihrem Drängen entgegenkam.

Halb von Sinnen drehte Jack sie auf den Rücken, bereit, ihr die Kleider vom Leib zu reißen. Dabei knallte ihr Ellbogen mit einem solchen Krachen auf den Boden, dass sie Sternchen sah.

»O Gott!«

»Was? Emma. Mist. Verdammt. Tut mir leid. Zeig mal.«

»Nein. Warte.« Benommen und verdattert gelang es Emma, sich aufzusetzen. In ihrem Arm kribbelte es. »Der Musikantenknochen. Haha. O Gott«, wiederholte sie.

»Tut mir leid. Hier.« Jack begann, ihren Unterarm zu massieren, um die prickelnden Nadelstiche zu vertreiben, die Emma vermutlich piesackten. Gleichzeitig kämpfte er darum, ruhig zu atmen, doch ein Prusten entfuhr ihm.

»Du lachst.«

»Nein, nein. Ich bin nur so verrückt vor Begehren, dass ich nicht mehr normal atmen kann.«

»Du lachst.« Mit dem Zeigefinger ihres unversehrten Arms piekte Emma ihn in die Brust.

»Nein. Ich kämpfe heldenhaft dagegen an.« Was er, so dachte Jack, vermutlich zum ersten Mal tat, während er gleichzeitig eine mächtige Erektion hatte. »Ist es besser? Ein bisschen?«, fragte er und machte den Fehler, Emma in die Augen zu sehen.

Darin blitzte das Lachen wie goldene Funken vor braunem Hintergrund. Jack verlor seinen Kampf, brach einfach zusammen und lachte lauthals los. »Tut mir echt leid.«

»Warum? Wo du doch solche Raffinesse an den Tag gelegt hast.«

»Ja, das sagen sie alle. Du bist diejenige, die den Boden gewählt hat, obwohl ich drei Meter weiter eine perfekte Couch stehen habe und oben ein fantastisches Bett. Aber nein, du kannst dich nicht einmal so lange beherrschen, bis ich uns zu einer weichen Unterlage gebracht habe.«

»Nur Schlappschwänze brauchen beim Sex eine weiche Unterlage.«

Mit einem trägen, sexy Lächeln wandte er ihr den Blick zu. »Ich bin kein Schlappschwanz, Mädel.« Er setzte sich auf. »Versuchen wir's nochmal.«

»Warte.« Emma klatschte ihm mit der Hand auf die Brust. »Mhm, gute Brustmuskeln, nur so nebenbei. Aber warte.« Sie hob ihren immer noch kribbelnden Arm und strich sich das Haar zurück. »Jack, was tun wir hier?«

»Wenn ich das erklären muss, mache ich was falsch.«

»Nein, im Ernst. Ich meine …« Emma sah hinunter auf ihre offene Bluse, den spitzenbesetzten weißen BH, der darunter hervorblitzte. »Sieh uns doch an. Sieh mich an.«

»Glaub mir, das habe ich die ganze Zeit getan. Tue es noch. Will es auch weiter tun. Du hast so einen Wahnsinnskörper. Ich will einfach nur …«

»Ja, schon kapiert. Danke gleichfalls. Aber, Jack, wir können nicht einfach … Wir sind aus der Spur geraten.«

»Aus meiner Sicht sind wir in der richtigen Spur, auf dem Weg nach Hause. Gib mir fünf Minuten, um unsere Sichtweisen miteinander in Einklang zu bringen. Eine. Gib mir eine Minute.«

»Wahrscheinlich würdest du keine dreißig Sekunden brauchen. Aber, nein«, fügte Emma hinzu, als Jack grinste. »Ehrlich. Das können wir nicht machen, nicht einfach so. Überhaupt nicht. Vielleicht.« Alles in ihr drängte, sprühte Funken, *wollte*. »Ich bin mir nicht sicher. Wir müssen nachdenken, überlegen, in uns gehen, vielleicht abwägen und uns den Kopf zerbrechen. Jack, wir sind Freunde.«

»Ich fühle mich auch ganz freundlich.«

Emmas Blick wurde weich, als sie die Hand ausstreckte, um sie Jack an die Wange zu legen. »Wir sind Freunde.«

»Das sind wir.«

»Mehr noch, wir haben Freunde, die befreundet sind. So viele Verbindungen. So gerne ich also sagen würde, ›was soll's, lass uns diese Couch ausprobieren, dann das Bett und die dritte Runde vielleicht auf dem Fußboden‹ …«

»Emmaline.« Jacks Augen waren dichter, dunkler Rauch. »Du bringst mich um.«

»Sex ist kein Kuss auf der Hintertreppe. Nicht einmal ein echt heißer Kuss auf der Hintertreppe. Also müssen wir nachdenken und so, bevor wir eine Entscheidung fällen. Ich weigere mich, nicht mehr mit dir befreundet zu sein, Jack, nur weil ich dich in diesem Moment am liebsten nackt vor mir hätte. Du bist mir wichtig, Jack.«

Jack seufzte tief. »Ich wünschte, das hättest du nicht gesagt. Du bist mir auch wichtig. Warst es schon immer.«

»Nehmen wir uns also ein bisschen Zeit, um über alles nachzudenken.« Emma rückte ein wenig von Jack ab und begann, ihre Bluse zuzuknöpfen.

»Du weißt nicht, wie schade ich es finde, mit anzusehen, was du da tust.«

»Doch. Ungefähr so schade wie ich. Nicht aufstehen«, sagte sie, während sie selbst sich erhob und ihre Handtasche nahm, die ihr heruntergefallen war, als Jack sie gepackt hatte. »Falls es dir ein Trost ist, ich werde eine fürchterliche Nacht damit verbringen, mir auszumalen, was geschehen wäre, wenn wir nicht innegehalten hätten, um nachzudenken.«

»Kein Trost, weil es mir genauso ergehen wird.«

»Tja.« Emma warf noch einen Blick zurück, als sie auf die Tür zuging. »Du hast angefangen.«

Am Morgen nach der prophezeiten fürchterlichen Nacht sehnte Emma sich nach der tröstenden Gesellschaft ihrer Freundinnen und nach Mrs G.'s Pfannkuchen. Sie verhandelte mit sich selbst. Die Freundinnen konnte sie haben, keine Frage, doch die Pfannkuchen gingen nur, wenn sie sich zuerst im verhassten hauseigenen Fitness-Studio quälte.

Sie warf sich in ihre Sportklamotten und machte sich widerwillig und ohne Koffeinspritze auf den Weg zum Haupthaus. Dabei machte sie einen Schlenker über Macs Studio. Ihr fiel kein vernünftiger Grund ein, wieso die Freundin nicht mit ihr leiden sollte.

Ohne zu überlegen trat sie ein und steuerte auf die Küche zu. Dort stand Mac, in Boxershorts aus Baumwolle und einem Tanktop, und lehnte sich mit breitem Grinsen an die Arbeitsplatte. Ihr gegenüber stand Carter in seiner Tweedjacke, in genau der gleichen Haltung und mit dem gleichen Grinsen.

Sie hätte anklopfen sollen, schoss es Emma durch den

Kopf. Sie musste daran denken, anzuklopfen, nun da Carter auch hier wohnte.

Mac sah zu ihr herüber und hob ihre Tasse zum Gruß. »Hallo.«

»Entschuldigt.«

»Ist dir schon wieder der Kaffee ausgegangen?«

»Nein, ich ...«

»Wir haben noch reichlich«, erklärte Carter. »Ich habe eine ganze Kanne gemacht.«

Emma warf ihm einen kläglichen Blick zu. »Ich weiß gar nicht, warum du *sie* heiraten musst und nicht mich.«

Carter bekam ein bisschen rote Ohren, doch er zuckte die Achseln. »Hm, vielleicht, wenn es mit uns nicht klappt ...«

»Er hält sich für besonders schlau«, warf Mac trocken ein. »Und damit hat er auch noch Recht.« Sie ging zu Carter hinüber und ruckte an seiner Krawatte.

In Emmas Augen war der Kuss zart und liebevoll. Die Art von Morgenkuss zwischen Liebenden, die wussten, es war noch Zeit, viel Zeit, für tiefergehende, heißere Küsse.

Dieses Zarte, Liebevolle erfüllte sie mit glühendem Neid.

»Ab in die Schule, Herr Professor. Erleuchte die jungen Geister.«

»Das habe ich vor.« Carter griff zu seiner Aktentasche und strich über Macs helles Haar. »Bis heute Abend. Tschüss, Emma.«

»Tschüss.«

Carter öffnete die Tür, warf noch einen Blick zurück und stieß sich am Türrahmen den Ellbogen an. »Verdammt«, brummelte er und zog die Tür hinter sich zu.

»Das passiert ihm ungefähr jedes dritte Mal, wenn er ... Was hast du?«, wollte Mac wissen. »Du bist ganz rot geworden.«

»Nichts.« Doch Emma hatte sich dabei ertappt, wie sie sich den eigenen Ellbogen rieb und sich erinnerte ... »Nichts. Ich wollte nur auf dem Weg in die Folterkammer bei dir reinschauen. Ich habe vor, bei Mrs G. um Pfannkuchen zu betteln, nachdem ich mich geschunden habe.«

»Gib mir zwei Minuten, um mich umzuziehen.«

Während Mac nach oben flitzte, tigerte Emma auf und ab. Es musste einen Weg geben, um Mac klipp und klar, aber geschickt zu erklären, was mit Jack passiert war. Was mit ihm passierte. Um sie um Befreiung von der Regel zu bitten, nie mit dem Ex einer Freundin zu schlafen.

Mac und Jack waren befreundet, das musste ein Argument sein. Ein weiterer, gewichtigerer Punkt war die Tatsache, dass Mac wahnsinnig und bis über beide Ohren in Carter verliebt war. Sie würde heiraten, um Himmels willen. Welche Freundin würde eine andere zwingen, sich an die Kein-Sex-mit-einem-Ex-Regel zu halten, wenn sie bald so einen Traumtypen heiraten würde?

Das wäre nur selbstsüchtig, engstirnig und gemein.

»Gehen wir, bevor ich es mir anders überlege.« In einer Kapuzenjacke, die über Sport-BH und Radlerhosen offen stand, kam Mac im Laufschritt in die Küche. »Ich spüre, wie meine Bi- und Trizepse wachsen. Bald habe ich richtige Killerarme.«

»Warum bist du so zu mir?«, klagte Emma.

»So? Wie denn?«

»Wir sind befreundet, seit wir *Babys* waren. Ich weiß nicht, warum du so stur sein musst, wenn du ihn doch gar nicht mehr willst.«

»Wen? Carter? Doch, den will ich. Du hattest heute Morgen noch keinen Kaffee, oder?«

»Wenn ich Kaffee trinke, wird mein Hirn wach genug,

um Gründe zu finden, nicht zum Frühsport zu gehen. Aber darum geht es nicht.«

»Okay. Warum bist du sauer auf mich?«

»Ich bin nicht sauer auf dich. Du bist sauer auf mich.«

»Dann sag Entschuldigung, und alles ist verziehen.« Mac öffnete die Tür und eilte hinaus.

»Warum sollte ich mich entschuldigen? Ich habe doch aufgehört.« Emma knallte die Tür hinter ihnen zu.

»Womit aufgehört?«

»Mit ...« Aufstöhnend presste Emma die Finger auf ihre Augen. »Das liegt am Koffeinmangel. Ich bin total verwirrt. Ich habe mitten drin angefangen. Oder vielleicht auch am Ende.«

»Jetzt will ich aber wissen, warum ich sauer auf dich bin, damit ich es richtig sein kann. Du Zicke.«

Emma holte tief Luft und hielt den Atem an. »Ich habe Jack geküsst. Oder er mich. Er hat angefangen. Dann hat er sich verdünnisiert, also bin ich zu ihm gefahren, um ihm die Meinung zu sagen, und er hat es wieder getan. Und dann ich. Dann rollten wir plötzlich auf dem Boden herum, und unsere Klamotten flogen nach und nach in die Ecke, bis ich mir den Ellbogen gestoßen habe. Richtig fest. Das hat mich wieder zur Besinnung gebracht. Also habe ich aufgehört, und du hast keinen Grund, sauer zu sein.«

Mac, der bei Emmas erstem Satz die Kinnlade heruntergefallen war, bekam den Mund immer noch nicht wieder zu. »Was? Was?« Sie schlug sich mit der flachen Hand aufs Ohr und schüttelte den Kopf, als müsse sie Wasser herausschütteln. *»Was?«*

»Ich sage nicht alles nochmal. Der Punkt ist, ich habe aufgehört und mich entschuldigt.«

»Bei Jack?«

»Nein – ja, auch. Aber ich meine, bei dir. Ich sage dir, es tut mir leid.«

»Warum?«

»Himmel nochmal, Mac. Die *Regel.*«

»Okay.« Mac blieb stehen, stemmte die Fäuste in die Hüften und starrte ins Leere. »Nein. Ich bin immer noch durcheinander. Also, versuchen wir Folgendes.« Mit beiden Händen machte sie übertriebene Wischbewegungen. »Da ist die Tafel, und es ist alles weggewischt. Lass uns von vorn beginnen. Du und Jack – puh, einen Moment, um das zu verdauen … Fertig. Du und Jack habt euch einen richtig schlabberigen Kuss gegeben.«

»Er war nicht schlabberig. Jack kann super küssen, das weißt du ganz genau.«

»Ach ja?«

»Und den Kuss bedaure ich auch nicht. Nicht wirklich, weil er völlig unerwartet passiert ist. Na ja, nicht völlig, weil es in meinem Bauch schon gekribbelt hat, als wir zusammen unter der Haube standen.«

»Unter der Haube? Was … Ach, das Auto. Himmel, nur jemand, der dich schon ewig kennt, kann die Hälfte von dem verstehen, was du sagst.«

»Aber ich habe nicht damit gerechnet, dass er mir ein Glas Wein bringt, als ich gerade eine kleine Pause mache und nichtsahnend auf der Hintertreppe sitze.«

»Wein. Hintertreppe«, murmelte Mac. »Die Monsterzickenbraut. Die Hochzeit.«

»Dann hat er mir die Schultern massiert – ich hätte es also *wissen* müssen, aber ich musste gehen. Ich musste zurück zur Feier, und dann stehen wir da, und er küsst mich. Dann hat Parker mich angepiepst, und ich musste los. Da habe ich auf einmal kapiert, was ich gemacht hatte. Es ist kein echter Verrat, wirklich. Du hast schließlich Carter.«

»Was habe *ich* damit zu tun?«

»Aber ich habe nicht mit ihm geschlafen, und das ist das Gute daran.«

Ein Vogel flatterte vorbei und zwitscherte wie verrückt. Ohne ihn zu beachten, stemmte Emma energisch die Hände in die Hüften und runzelte die Stirn. »Mit den Küssen habe ich nicht gerechnet, beide Male. Und das Herumrollen war nur im Eifer des Gefechts. Ich habe aufgehört, also habe ich – streng genommen – nicht gegen die Regel verstoßen. Trotzdem entschuldige ich mich.«

»Ich will deine Entschuldigung gern annehmen, wenn du mir endlich sagst, was ich mit der ganzen Sache zu tun habe.«

»Die Ex-Regel.«

»Die … Oh, die *Ex-Regel.* Aber verwirrt bin ich trotz … Moment. Du denkst, Jack und ich wären … Du denkst, ich hätte Sex mit Jack gehabt? Mit Jack Cooke?«

»Natürlich Jack Cooke.«

»Aber ich hatte nie Sex mit Jack.«

Emma knuffte sie in die Seite. »Hattest du doch.«

Mac knuffte zurück. »Nein, gar nicht. Ich muss schließlich wissen, mit wem ich Sex hatte und mit wem nicht, und Jack und ich haben es nie getan. Nicht einmal annähernd. Wir haben uns nicht miteinander auf dem Boden gewälzt und uns dabei ausgezogen.«

»Aber …« Emma war so verdutzt, dass sie kraftlos die Arme sinken ließ. »Aber als er anfing, mit Del nach Hause zu kommen, wenn am College Feiertage oder Ferien waren, da habt ihr beiden doch …«

»Geflirtet. Punkt. Ende der Fahnenstange. Wir sind nie

im Bett gelandet, auch nicht auf dem Boden, an der Wand oder auf einer sonstigen Unterlage, und wir waren auch nie kurz davor, uns nackt auszuziehen. Klar?«

»Ich dachte immer …«

Mac zog die Augenbrauen hoch. »Du hättest mich fragen können.«

»Nein, weil, *verdammt*, ich wollte mit ihm flirten, aber das hast du auch schon getan. Also konnte ich nicht, und dann habe ich mir mein Teil gedacht. Und als klar war, dass ihr wieder nur Freunde wart, trat die Regel in Kraft. Dachte ich.«

»Du bist die ganze Zeit in Jack verknallt gewesen?«

»Immer mal wieder. Ich habe das auf andere Bereiche umgelenkt oder unterdrückt, wegen der Regel. In letzter Zeit ist das allerdings schwieriger geworden. Mein Gott.« Emma schlug sich die Hände vors Gesicht. »Ich bin ein Idiot.«

»Du Schlampe.« Mit strenger Miene verschränkte Mac die Arme vor der Brust. »Du hättest beinahe Sex mit einem Mann gehabt, mit dem ich nie Sex hatte. Was bist du nur für eine Freundin?«

Emma ließ den Kopf hängen, und um ihren Mund zuckte es. »Ich habe doch gesagt, es tut mir leid.«

»Vielleicht verzeihe ich dir, aber nur, wenn du mir alles erzählst – zusammenhängend und in allen Einzelheiten.« Mac packte Emma am Arm und joggte mit ihr den restlichen Weg bis zum Haus. »Nach dem Kaffee, was bedeutet, nach dem Frühsport.«

»Wir könnten den Frühsport überspringen und gleich zum Kaffee übergehen.«

»Nein. Mir ist danach, mich auszupowern.« Mac ging voran durch den Nebeneingang des Haupthauses und zur

Treppe. Im dritten Stock kamen gerade Laurel und Parker aus dem Fitness-Studio. »Em hat Jack geküsst, und sie hatten beinahe Sex.«

»Was?«, erklang es wie aus einem Munde.

»Ich kann jetzt nicht darüber reden. Ich hatte noch keinen Kaffee. Ich kann nichts dazu sagen, solange ich noch keinen Kaffee hatte, und keine Pfannkuchen.« Mit einem angewiderten Grunzen stakste Emma zum Elliptical Trainer.

»Pfannkuchen. Ich sag Mrs G. Bescheid.« Laurel stürmte davon.

»Jack? Jack Cooke?«, wollte Parker wissen.

Mac beugte die Arme und ging zum Bowflex-Gerät. »Hab ich doch gesagt.«

Als sie in der Frühstücksecke saßen und Emma ihre erste Tasse Kaffee umklammerte, hob Mac die Hand. »Lass mich den ersten Teil erzählen, weil es dann schneller geht und du am Ende noch all deine Gehirnzellen übrig hast. Also, Emma war scharf auf Jack, dachte aber, Jack und ich hätten vor langer Zeit was laufen gehabt, einschließlich Sex. Also hat sie sich an die Kein-Sex-mit-einem-Ex-Regel gehalten und still vor sich hin gelitten.«

»Ich habe nicht gelitten.«

»Diesen Teil erzähle ich. Dann, während der Feier der Monsterzickenbraut, kam Jack mit der Nummer: ›Ach, du bist ja so im Stress, lass mich deine Schultern massieren‹. Und dann hat er sie voll abgeknutscht. Bis Parker sie angepiepst hat.«

»Das war also los mit dir. Danke, Mrs G.« Parker lächelte Mrs Grady zu und nahm sich einen Pfannkuchen vom Teller, den die Haushälterin auf den Tisch stellte.

»Gestern Abend, nachdem sie also über eine Woche gewartet hatte, ist sie zu ihm gefahren, um ihn zur Rede zu stellen. Eins führte zum anderen, und am Ende haben sie sich nackt auf dem Boden gewälzt.«

»Halb nackt. Ich war nicht einmal halb nackt. Vielleicht ein Viertel«, überlegte Emma. »Höchstens.«

»Heute Morgen hat sie sich bei mir dafür entschuldigt, dass sie beinahe Sex mit meinem angeblichen Ex gehabt hätte.«

»Recht hat sie«, warf Mrs Grady ein. »Keine Freundin spannt einer anderen den Mann aus, selbst wenn diese ihm den Laufpass gegeben hat.«

»Es ist einfach so passiert«, begann Emma und wurde unter Mrs Gradys kühlem Blick ganz klein. »Ich habe mich entschuldigt, und ich habe aufgehört, bevor wir richtig …«

»Weil du ein braves Mädel bist und ein gutes Herz hast. Iss mal ein bisschen Obst. Es ist frisch. Sex ist besser, wenn man gesund isst.«

»Ja, Madam.« Emma spießte ein kleines Stück Ananas auf.

»Ich kapiere nicht, wieso du überhaupt gedacht hast, Mac hätte mit Jack geschlafen.« Laurel kippte Sirup auf ihren Pfannkuchen. »Wenn es so gewesen wäre, hätte sie damit angegeben und darüber geredet, bis wir alle sie hingewünscht hätten, wo der Pfeffer wächst.«

»Hätte ich gar nicht.«

»Doch, damals schon.«

Mac überlegte. »Ja, stimmt. Damals schon. Ich habe mich weiterentwickelt.«

»Wie heiß ist denn die Kiste?«, wollte Parker wissen.

»Extrem. Schon vor der Hintertreppe ist das Pendel weit ausgeschlagen. Danach hat er einen neuen Rekord aufgestellt.«

Mit einem Nicken aß Parker weiter. »Er kann irre gut küssen.«

»Stimmt. Er … Woher weißt du das denn?« Als Parker nur lächelte, fiel Emma die Kinnlade herunter. »*Du?* Du und Jack? Wann? Wie?«

»Das ist ja widerlich«, brummelte Mac. »Noch eine beste Freundin, die sich an meinen angeblichen Ex ranmacht.«

»Zwei Küsse, in meinem ersten Jahr in Yale, nachdem wir uns auf einer Party über den Weg gelaufen waren und er mich zurück zum Wohnheim gebracht hat. Es war schön. Sehr schön. Aber so irre er auch küssen kann, es war zu sehr, als würde ich meinen Bruder küssen. Und so irre ich auch küssen kann, ich glaube, Jack hatte auch zu sehr das Gefühl, seine Schwester zu küssen. Deshalb haben wir es dabei belassen. Für dich und Jack war das offenbar kein Thema.«

»Wir sind weit entfernt davon, uns wie Bruder und Schwester zu fühlen. Warum hast du uns nie erzählt, dass du Jack geküsst hast?«

»Mir war nicht klar, dass wir jedes Mal Bericht erstatten sollen, wenn wir einen Mann geküsst haben. Aber ich könnte eine Liste machen.«

Emma lachte. »Das glaube ich gern. Laurel? Irgendwelche Vorkommnisse mit Jack zu berichten?«

»Ich finde es sehr ärgerlich und unfair, dass es da keine gibt. Nicht einmal im Geiste. Er hätte doch in der ganzen Zeit wenigstens einmal scharf auf mich sein können. Der Schuft. Wie sieht's bei Ihnen aus, Mrs G.?«

»Ein sehr schöner Kuss unter dem Mistelzweig zu Weihnachten, vor ein paar Jahren. Aber da ich eher der Typ für flüchtige Affären bin, habe ich ihn ziehen lassen, um ihm nicht das Herz zu brechen.«

»Ich würde sagen, Emma hat vor, ihn fertigzumachen, aber richtig.« Mac zog die Augenbrauen hoch. »Und er weiß kein Gebet gegen die fürchterlichen Kräfte der Emmaline.«

»Ich weiß nicht. Ich muss nachdenken. Es ist kompliziert. Er ist ein Freund. Unser Freund. Und er ist Dels bester Freund. Del ist dein Bruder«, sagte Emma zu Parker. »Für uns andere ist er auch beinahe einer. Und wir alle sind Freundinnen *und* Geschäftspartnerinnen. Del ist unser Anwalt, und Jack hilft uns, wenn wir ihn brauchen. Außerdem entwirft er für uns den Umbau. Da sind so viele Verbindungen; das verheddert sich alles.«

»Und nichts verheddert die Dinge so sehr wie Sex«, warf Mac ein.

»Genau. Was ist, wenn am Ende was zwischen uns läuft und es geht den Bach runter? Dann gehen wir nicht mehr unbefangen miteinander um. Also geht ihr anderen auch nicht mehr unbefangen miteinander um. Zwischen uns herrscht ein gutes Gleichgewicht, oder? Sex ist es nicht wert, unser Gleichgewicht zu zerstören.«

»Also lässt du es lieber bleiben«, bemerkte Mrs Grady kopfschüttelnd. »Ihr jungen Leute denkt einfach zu viel. Ich mache mal den Abwasch.«

Schmollend saß Emma über ihren Pfannkuchen. »Sie denkt, ich bin ein Idiot. Dabei will ich bloß niemandem wehtun.«

»Dann leg ein paar grundsätzliche Regeln fest. Was ihr beiden voneinander erwartet, und wie ihr mit Komplikationen umgehen wollt.«

»Was für grundsätzliche Regeln?«

Parker zuckte die Achseln. »Das musst du selbst entscheiden, Em.«

7

Mit beruhigender New-Age-Musik im Hintergrund erledigte Emma an ihrem Arbeitstisch einen Auftrag. Für die extern stattfindende Brautparty Mitte der Woche hatte sie etwas Fröhliches, Weibliches ausgesucht. Die Gerbera waren genau das Richtige.

Sie malte sich das fertige Arrangement aus, während sie die Stiele unter Wasser um zwei, drei Zentimeter kürzte. Frisch und hübsch, dachte sie und stellte die Gerbera in ihre Lösung aus Wasser, Blumenfrisch und Konservierungsmittel.

Sie trug die erste Ladung zum Kühlhaus, damit die Blumen dort wieder Feuchtigkeit aufnahmen. Als sie mit dem nächsten Schwung begann, hörte sie, wie Parker nach ihr rief.

»Hier hinten!«

Parker kam herein, warf einen Blick auf die Blumen, Blätter, Eimer, Gerätschaften. »Die McNickey-Brautparty?«

»Ja. Sieh dir nur die Farben dieser Gerbera an. Von zart bis kräftig leuchtend. Die werden perfekt.«

»Was machst du damit?«

»Sie sind für das Centerpiece, drei hohe, rund gearbeitete Gestecke in Töpfen, die ich mit Zitronenblättern verhülle. Ich arbeite ein paar Wachsblumen und Akazienblüten ein und schmücke das Ganze mit einen hauchzarten Band. Die

Kundin möchte noch ein paar andere Arrangements, etwas Aufwändigeres für den Eingangstisch, ein anderes mit Kerzen, das sie in ihren Kamin stellen möchte, und etwas Zartes, Duftendes, Hübsches fürs Bad. Ich muss alles vor meinem Beratungsgespräch um elf fertig haben. Es wird.«

»Es ist festlich und weiblich.« Parkers Blick schweifte über Emmas Arbeitsbereich. »Ich weiß, dass du ziemlich ausgebucht bist. Kannst du noch eine externe Veranstaltung reinquetschen?«

»Wann?«

»Nächsten Donnerstag. Ich weiß«, fuhr Parker fort, als Emma ihr einen abweisenden Blick zuwarf. »Die potenzielle Kundin hat unter unserer Hauptnummer angerufen, und da ich wusste, dass du bis über die Ellbogen in einer Lieferung steckst, habe ich das Gespräch nicht umgeleitet. Sie war bei der Folk-Harrigan-Hochzeit. Hat gesagt, sie wäre ja so begeistert von den Blumen gewesen – was gegen die Monsterzickenbraut ein weiterer Punkt für uns ist.«

»Das sagst du nur, um mich rumzukriegen.«

»Ja, stimmt. Sie hatte vor, nur ein paar Schnittblumen zu kaufen und in Vasen zu stellen, aber jetzt, da sie deine Arbeiten gesehen hat, ist sie davon besessen. Sie kann gar nicht fassen, wie schön sie waren.«

»Hör auf.«

»Wie wundervoll und kreativ und perfekt.«

»Verdammt, Parker.«

»Sie kann nicht mehr richtig essen oder schlafen oder sonst irgendwas, seit sie gesehen hat, was man mit Blumen machen kann.«

»Ich hasse dich. Was für eine Veranstaltung, und wie viel will sie?«

Parker gelang ein Lächeln, das selbstzufrieden und mitfühlend zugleich war. Diese Fähigkeit fand Emma beachtlich.

»Eine Babyparty, und was sie will, klingt ganz ähnlich wie das, was du hier machst. Bis auf die Blumen im Kamin. Sehr mädchenhaft – das Baby ist ein Mädchen. Sie will also viel Rosa. Hat mir aber gesagt, sie verlässt sich auf dein Urteil.«

»Das verkürzt die Sache. Ich muss sehen, was mein Großhändler machen kann. Und ich muss schauen, welche Termine ich nächste Woche habe.«

»Das habe ich schon. Dein Montag ist dicht, aber am Dienstagnachmittag hast du noch einen Block frei. Mit den Sachen für die Feier am Freitag beginnst du am Mittwoch, für die Samstagsfeier am Donnerstag. An den beiden Tagen kommt auch Tink, um dir zu helfen. Ist es also realistisch, dass ihr beiden das mit reinpackt? Es geht um ihre Schwiegertochter«, fügte Parker hinzu. »Und ihr erstes Enkelkind.«

Emma seufzte. »Du wusstest, dass du mich damit rumkriegst.«

»Ja, klar.« Parker klopfte Emma ungerührt auf die Schulter. »Notfalls kannst du dir Tiffany oder Beach herholen.«

»Tink und ich schaffen das schon.« Emma trug die nächste Ladung zum Kühlhaus und kam wieder, um den Auftrag zu beenden. »Ich rufe die Kundin an, sobald ich hier fertig bin, um sicherzugehen, dass wir wissen, was ihr vorschwebt. Dann vergewissere ich mich, ob ich es auch bekommen kann.«

»Ich habe dir ihre Telefonnummer auf den Schreibtisch gelegt.«

»Klar hast du das. Aber das wird dich noch teuer zu stehen kommen.«

»Was willst du dafür?«

»Die Werkstatt hat angerufen. Mein Wagen ist fertig, aber ich kann heute nicht hin, um ihn abzuholen. Und morgen ist fast genauso dicht.«

»Ich kümmere mich drum.«

»Das wusste ich.« In Anbetracht ihres vollen Terminkalenders massierte Emma sich den Nacken. »Die Stunde, die du mir dadurch einsparst, kann ich der werdenden Großmama widmen.«

»Ich rufe sie schon mal an, um sie nicht länger auf die Folter zu spannen, und sage ihr, dass du Kontakt mit ihr aufnimmst. Apropos Kontakt, hast du mit Jack gesprochen?«

»Nein. Ich bin noch in der Grübelphase. Würde ich jetzt mit ihm reden, dann würde ich nur anfangen zu denken, wie gerne ich ihm an die Wäsche gehen oder mir von ihm an die Wäsche gehen lassen würde. Woran ich jetzt natürlich auch denke, weil ich davon gesprochen habe.«

»Soll ich dich einen Augenblick allein lassen?«

»Sehr witzig. Ich habe ihm gesagt, wir müssen erst mal in Ruhe nachdenken, also denke ich in Ruhe nach.« Emma zog die Stirn kraus und erklärte im Gouvernantenton: »Sex ist nicht alles.«

»Da du mehr davon hast als ich – und Angebote für *noch* mehr –, verneige ich mich vor deinem erhabenen Wissen.«

»Das liegt daran, dass ich nicht so einschüchternd wirke.« Emma warf Parker einen raschen Blick zu. »Das sollte keine Beleidigung sein.«

»Ich habe kein Problem damit, einschüchternd zu wirken. Das spart Zeit. Auf welche«, fügte Parker mit einem Blick auf ihre Uhr hinzu, »ich jetzt achten muss. Ich treffe eine Braut in der Stadt. Mac muss etwas ausliefern. Ich beeile mich, damit ich sie noch erwische, dann kann sie mich an der Werkstatt rauslassen. Gegen vier müsste ich zurück sein. Vergiss nicht, dass wir heute Abend ein Beratungsgespräch haben. Achtzehn dreißig.«

»Steht in meinem Terminkalender.«

»Bis dann also. Danke, Emma. Ehrlich«, erklärte Parker im Hinausgehen.

Wieder allein, säuberte Emma ihren Arbeitsplatz, bevor sie zu ihrer antibiotischen Neosporin-Salbe griff, die sie benutzte wie andere Frauen Handcreme. Nachdem sie ihre neuesten Schrammen und Kratzer versorgt hatte, richtete sie alles für ihr Beratungsgespräch her.

Als sie mit der Auswahl von Blumenarrangements, Fotoalben und Magazinen zufrieden war, wählte sie die Nummer, die Parker ihr dagelassen hatte – und machte eine werdende Großmutter sehr glücklich. Im Gespräch machte sie sich Notizen, überschlug, wie viele Babyrosen und Mini-Calla-Lilien sie brauchen würde. Rosa für die Rosen, weiß für die Callas. Sie rechnete noch mehr, als sie im Geiste das größere Blumenarrangement entwarf. Auberginefarbene Callas, weiße Bianca-Rosen, rosa Sprayrosen.

Süß, weiblich, aber mit eleganten Akzenten – wenn sie die Kundin richtig verstand. Sie ergänzte ihre Notizen, kritzelte Zeit und Ort der Lieferung hin und versprach der Kundin, ihr im Laufe des Nachmittags per E-Mail einen Vertrag mit Angabe der einzelnen Posten zu schicken.

Sie schätzte ab, wie viel Zeit ihr noch blieb und rief eilig ihren Großhändler an, bevor sie nach oben flitzte, um sich aus den Arbeitsklamotten zu schälen und sich schick zu machen.

Während sie ihr Make-up auffrischte, überlegte sie, ob Jack wohl auch grübelte.

Spontan stürzte sie zu ihrem Computer, um ihm eine E-Mail zu schicken.

Ich denke immer noch. Und du?

Sie drückte auf »Senden«, bevor sie es sich anders überlegen konnte.

In seinem Büro sah Jack die Änderungen durch, die sein Partner vorgenommen hatte. Das neue Bauvorhaben war immer noch total beknackt, weil die Kunden es sich ständig anders überlegten. Sie wollten es imposant, dachte er, und das hatten sie auch bekommen. Sie hatten sich auch sechs Kamine gewünscht. Bis sie beschlossen hatten, dass sie neun brauchten. Und einen Aufzug.

Die letzten Änderungen betrafen die Überdachung des Swimmingpools für den Ganzjahresbetrieb und den Bau eines bedeckten Übergangs zwischen Pool und Haus.

Nicht schlecht, Chip, dachte Jack, während er gleichzeitig ein paar kleine Korrekturen vornahm. Er betrachtete das Ergebnis, dann die Zeichnungen des Baustatikers.

Gut, entschied er. Sehr, sehr gut. An der Erhabenheit des georgianischen Kolonialstils wurde nicht gerüttelt. Und die Kunden konnten im Januar ihre Bahnen im Pool ziehen.

Alle waren zufrieden.

Als Jack begann, eine E-Mail zu schicken, um den Kunden die Zeichnungen zur Ansicht vorzulegen, bemerkte er die Mail von Emma.

Er klickte sie an und las die eine Zeile.

Sollte das ein Witz sein?

Jeder Gedanke, der nicht um Emma kreiste – vor allem um eine nackte Emma –, war superanstrengend. Alles, was er an diesem Morgen getan hatte, ausnahmslos alles hatte doppelt so lange gedauert wie sonst, *weil* er dachte.

Doch es war sinnlos, ihr das zu sagen, entschied er. Wie sollte er also antworten? Er legte den Kopf schräg und lächelte, als er auf »Antworten« klickte.

Ich denke, du solltest heute Abend herkommen und nichts tragen als einen Trenchcoat und Ellbogenschützer.

Nachdem er auf »Senden« geklickt hatte, lehnte er sich zurück und stellte sich – sehr genau – vor, wie Emma in einem Trenchcoat aussehen würde. Und vielleicht richtig hochhackigen Schuhen, dachte er. In Rot. Und sobald er den Gürtel des Mantels gelockert hatte, würde er …

»Ich dachte, ich raff mich mal auf und schau bei dir rein.«

Jack, der im Geiste immer noch einen Trenchcoat – kurz und schwarz – öffnete, starrte Del an.

»He, wo bist du denn gerade?«

»Äh … nur an der Arbeit. Zeichnungen.« Mist. Beiläufig, so hoffte er jedenfalls, aktivierte Jack seinen Bildschirmschoner. »Musst du nicht arbeiten?«

»Ich bin unterwegs zum Gericht, und du hast besseren Kaffee.«

Del schlenderte zum Tresen, wo Kaffee und Geschirr standen, und bediente sich. »Bereit zu verlieren?«

»Was zu verlieren?«

»Heute ist Pokerabend, Kumpel, und ich habe das Gefühl, dass ich Glück habe.«

»Pokerabend.«

Mit hochgezogenen Brauen musterte Del ihn. »Sag mal, an was arbeitest du da? Du siehst aus, als kämst du gerade aus einer anderen Dimension.«

»Das zeigt nur, wie wahnsinnig ich mich auf die anstehende Arbeit konzentrieren kann. Genauso mache ich es auch heute Abend beim Pokern. Das Gefühl, dass du diesmal Glück hast, wird dir nicht reichen, um zu gewinnen.«

»Kleine Nebenwette. Einhundert.«

»Gebongt.«

Del prostete Jack zu und trank. »Wie steht's mit dem Umbau für das Kleeblatt?«

»Für Mac und Carter habe ich eine Idee, die mir gefällt. Ich will sie nur noch ein bisschen weiter ausarbeiten.«

»Gut. Bist du auch an Emma dran?«

»Was? Bin ich was?«

»Emma. Das zweite Kühlhaus.«

»Noch nicht. Das … dürfte nicht schwierig sein.« Warum war es das dann, fragte sich Jack. Warum hatte er das Gefühl, seinen besten Freund anzulügen?

»Etwas Einfaches ist okay. Jetzt muss ich den Anwalt machen.« Del stellte seinen Becher ab und ging zur Tür. »Bis heute Abend. Ach, und versuch, nicht zu heulen, wenn du mir meinen Hunderter gibst. Das ist peinlich.«

Jack zeigte ihm den Mittelfinger, so dass Del lachend hinausging.

Mit schräg gelegtem Kopf, um zu lauschen, ob Del auch nicht zurückkam, wartete Jack volle zehn Sekunden, bevor er seine E-Mail wieder aufrief.

Keine Antwort von Emma, bisher.

Wie konnte er vergessen, dass Pokerabend war? So etwas war in sein Hirn eingraviert. Pizza, Bier, Zigarren, Karten. Nur Männer. Eine Tradition, vielleicht ein Ritual, das er und Del noch zu ihren Collegezeiten ins Leben gerufen hatten.

Der Pokerabend war heilig.

Was, wenn Emma sagte, sie werde kommen? Sie werde heute Abend an seine Tür klopfen? Er dachte an Emma in Trenchcoat und roten Stöckelschuhen.

Er dachte an gute Freunde, kaltes Bier und ein heißes Kartenspiel.

Natürlich, dachte er, gab es nur eine Antwort. Wenn sie sich meldete und sagte, sie werde vorbeikommen, würde er es einfach erklären.

Er würde Del sagen, er habe plötzlich eine heftige Magengrippe.

Kein Mensch, ob lebendig oder tot, würde ihm das übelnehmen.

Als Mac in Richtung Greenwich fuhr, warf sie Parker einen Blick zu. »Also, jetzt sind wir beide unter uns. Was hältst du von Emma und Jack?«

»Sie sind beide erwachsen, Singles und gesund.«

»Hm-hm. Und was hältst du wirklich davon?«

Parker stieß einen Seufzer aus, der in einem widerstrebenden Lachen endete. »Dass ich es nie habe kommen sehen, und ich dachte, in solchen Dingen wäre ich gut. Und wenn es sich für mich so komisch anfühlt, muss es das für die beiden erst recht.«

»Unangenehm komisch?«

»Nein. Nein, nur seltsam. Da sind wir vier, und da die beiden Jungs – Jack und Del. Zusammen also wir sechs. Na ja, mit Carter sieben, aber das hier reicht zurück in die Zeit vor Carter. Wir sind mit dem Leben und der Arbeit der anderen verflochten, seit Jahren. Schon ewig, was uns vier und Del betrifft, und wie lange schon, seit zwölf Jahren, mit Jack? Wenn ein Mann für dich wie ein Bruder ist, bedeutet es eine Umstellung, zu kapieren, dass es nicht allen um dich herum genauso geht. Das ist beinahe so merkwürdig, wie wenn eine von uns Jack nicht ausstehen könnte.«

»Das ist ja Emmas Problem.«

»Hab ich gemerkt.«

»Es knistert heftig zwischen den beiden, und das ist toll, aber dann kühlt das Ganze ab. Vielleicht für den einen früher als für den anderen. Dann wird es unangenehm.« Mac schaute in die Spiegel, bevor sie die Spur wechselte. »Werden dadurch die Gefühle desjenigen verletzt, der noch heiß auf den anderen ist, oder fühlt er sich irgendwie verraten?«

»Gefühle sind Gefühle. Ich verstehe nicht, wie man einem anderen Vorwürfe machen kann wegen dem, was er empfindet.«

»Das tun die Leute aber. Und Emma ist in der Hinsicht ganz zart. Im Umgang mit Männern ist sie ein Genie – ich verbeuge mich ehrfurchtsvoll –, aber sie empfindet wirklich Mitleid mit ihnen, wenn sie … nichts für sie empfindet. Du weißt, was ich meine.«

»Ja.« Da sie sich der Werkstatt näherten, schlüpfte Parker wieder in die Schuhe, die sie im Wagen ausgezogen hatte. »Am Ende geht sie mit einem Typen ein zweites, drittes, viertes Mal aus, auch wenn sie schon beim ersten Date gemerkt hat, dass er sie nicht interessiert. Sie will seine Gefühle nicht verletzen.«

»Trotzdem hat sie mehr Dates als wir anderen drei zusammen. In der Zeit vor Carter«, fügte Mac hinzu. »Und es gelingt ihr fast immer, einen Mann abzuschütteln, ohne sein Ego zu verbeulen. Ich sage dir, sie ist ein Könner.«

»Das Problem ist, dass sie Jack näher steht. Sie liebt ihn.«

»Du denkst …«

»Wir *alle* lieben ihn«, schloss Parker.

»Ach, so meinst du das. Stimmt.«

»Es muss hart sein, eine Beziehung zu jemandem zu beenden, den man wirklich gern hat. Und wie ich Emma kenne, wird sie versuchen, den Teil hinter sich zu bringen, bevor die Beziehung richtig in Fahrt kommt. Jack wehzutun kommt für sie nicht infrage.«

Mac überlegte, während sie an einer Ampel wartete. »Manchmal wünsche ich mir, ich wäre so total nett wie Emma. Aber nicht sehr oft. Es ist zu viel Arbeit.«

»Du hast auch deine netten Augenblicke. Aber ich? Ich bin einschüchternd.«

Mac schnaubte. »O ja, ich habe eine Heidenangst vor dir, Parks.« Sie fuhr über die Ampel. »Aber wenn du den Umhang der Parker Brown von den Browns aus Connecticut anziehst, bist du schon unheimlich. Und wenn du ihn ein bisschen aufwirbeln lässt, fallen viele tot um.«

»Nicht tot. Vielleicht vorübergehend sprachlos.«

»Immerhin hast du Linda ausgeschaltet.« Linda war Macs Mutter.

»Das hast du selbst erledigt. Du hast dich gegen sie aufgelehnt.«

Mac schüttelte den Kopf. »Das hatte ich vorher auch schon. Vielleicht nicht so wie bei diesem letzten Mal, nicht so energisch. Aber wenn ich den Anfang gemacht habe, so hast du sie endgültig für mich fertiggemacht. Dazu kommt Carter und die Tatsache, dass er, auch wenn er noch so *liebenswürdig* ist, von ihrem Dünnpfiff nichts hören will – und außerdem der Umstand, dass meine Mutter von ihrem reichen Verlobten in New York verhätschelt wird. Mein Leben ist viel einfacher geworden.«

»Hat sie sich seitdem bei dir gemeldet?«

»Lustig, dass du fragst. Gerade heute Morgen, und es war, als wäre die hässliche Szene zwischen uns nie vorgefallen. Sie und Ari haben beschlossen, zum Heiraten durchzubrennen. Oder so ähnlich. Nächsten Monat jetten die beiden Verrückten zum Comer See und heiraten in der Villa von einem der lieben Freunde von Ari, sobald Linda alle Einzelheiten geplant hat – ich nehme an, das ist ihre Version des Durchbrennens.«

»O Gott, wenn du jetzt sagst, George Clooney, fahre ich hin.«

»Schön wär's. Aber ich glaube nicht, dass wir eingeladen werden. Sie hat nur angerufen, um mir unmissverständlich klarzumachen, dass sie für ihre Hochzeitsplanung etwas *viel* Besseres weiß als Vows.«

»Was hast du gesagt?«

»*Buona fortuna.*«

»Echt?«

»Ja. Hat sich gut angefühlt. Und war wirklich ernst gemeint. Ich wünsche ihr Glück. Wenn sie mit diesem Ari glücklich ist, lässt sie mich wenigstens in Ruhe. Also ...«

Mac bog einmal ab, noch einmal und fuhr auf den Parkplatz von Kavanaughs Werkstatt. »Alles ist gut. Soll ich warten, für alle Fälle?«

»Nein, fahr weiter. Wir sehen uns heute Abend im Haus zum Beratungsgespräch.«

Parker stieg aus und fasste ihre Aktenmappe fester, während sie auf die Uhr sah. Genau in der Zeit.

Sie musterte das langgestreckte Gebäude. In dem Teil, der an die große Werkstatt anschloss, schienen sich Büros zu befinden. Im Näherkommen hörte sie das Zischen von einer Art Kompressor und sah durch die offenen Türen der Werkstatt die Beine, Hüften und den größten Teil des Rumpfs des Mechanikers, der an einem Wagen auf einer Hebebühne arbeitete.

Sie erhaschte Blicke auf Regale, die vermutlich Ersatzteile und anderes Zubehör enthielten, dazu Gestelle mit Werkzeug. Behälter, Schläuche.

Sie roch Öl und Schweiß, was sie jedoch nicht störte. Arbeitsgerüche, produktive Duftnoten. Das schätzte sie, vor allem, da sie Emmas Wagen auf dem Parkplatz stehen sah, blitzsauber und glänzend.

Neugierig machte sie einen Schlenker zu ihm. Der Chrom funkelte in der Sonne, und durchs Fenster erkannte sie, dass der Wagen professionell gepflegt worden war.

Wenn er so gut fuhr wie er aussah, würde sie ihren bei der nächsten Inspektion auch hierherbringen statt zu ihrem Händler.

Sie ging über den Parkplatz zum Büro, um die Rechnung zu begleichen und den Schlüssel abzuholen.

Drinnen saß auf einem Hocker am kurzen Ende einer L-förmigen Theke eine Frau, deren Haar eher orange als rot war, und tippte mit zwei Fingern auf der Tastatur eines Computers.

Sie zog die Stirn kraus, und um ihren Mund zuckte es auf eine Weise, die Parker sagte, dass der Computer nicht ihr Freund war.

Dann hielt sie inne und musterte Parker über den Rand einer hellgrünen Brille. »Kann ich helfen?«

»Ja, danke. Ich möchte Emmaline Grants Wagen abholen.«

»Sie sind Parker Brown?«

»Ja.«

»Sie hat angerufen und gesagt, sie kommen ihn abholen.«

Als die Frau keine Anstalten machte, sich zu bewegen und nur weiter über ihre Brille hinwegstarrte, lächelte Parker höflich. »Möchten Sie meinen Ausweis sehen?«

»Nein. Sie hat gesagt, wie Sie aussehen, als ich gefragt hab, und Sie sehen so aus, wie sie gesagt hat.«

»Tja, wenn ich dann die Rechnung bekommen könnte?«

»Ich arbeite dran.« Die Frau rutschte auf dem Hocker herum und hackte erneut auf der Tastatur herum. »Sie können sich da hinsetzen. Ich brauch nicht mehr lang. Würde schneller gehen, wenn ich das Ganze einfach auf einen Rechnungsblock schreiben könnte, aber Mal will es unbedingt so haben.«

»In Ordnung.«

»Automaten sind durch die Tür da, falls Sie was trinken wollen.«

Parker dachte an ihre Kundin und die Entfernung zum Brautausstattungsgeschäft, an den Verkehr. »Sie haben gesagt, es dauert nicht lang.«

»Richtig. Ich sag nur … Was will diese Höllenmaschine von mir?« Mit langen, roten Fingernägeln fuhr die Frau sich durch das krause orange Haar. »Warum spuckt sie das verdammte Ding nicht einfach aus?«

»Darf ich mal …« Parker beugte sich über den Empfangstisch und warf einen Blick auf den Bildschirm. »Ich glaube, ich weiß, woran es liegt. Fahren Sie mit dem Zeiger hierhin und klicken Sie mit der Maus.« Sie tippte auf den Bildschirm. »Gut. Sehen Sie jetzt, wo ›Drucken‹ steht? Klicken Sie es an. Genau. Jetzt klicken Sie auf ›Okay‹.«

Parker richtete sich wieder auf, als der Drucker loslegte. »Na also.«

»Klicken Sie hier, klicken Sie da. Ich weiß nie, was ich zuerst anklicken muss.« Doch die Frau warf ihr einen Blick zu und lächelte zum ersten Mal. Ihre Augen waren von dem gleichen faszinierenden Grün wie ihre Brille. »Danke.«

»Kein Problem.«

Parker nahm die Rechnung und seufzte leise, als sie die Arbeiten überflog. Neue Batterie, Wartung, Einstellen des Zündzeitpunktes, Ölwechsel, Keilriemen, Rundumwechsel der Reifen, neue Bremsbeläge. »Ich sehe gar keine Berechnung der Autopflege.«

»Kostenlos. Neukunde. Ist umsonst.«

»Sehr nett.« Parker bezahlte, steckte ihr Exemplar der Rechnung in ihre Mappe und nahm den Schlüssel. »Danke.«

»Gern geschehen. Kommen Sie wieder, wenn es nötig ist.«

»Ganz bestimmt.«

Draußen ging sie zu Emmas Wagen und öffnete schon von weitem per Knopfdruck das Schloss.

»He, Moment mal!«

Sie hielt inne und wandte sich um. Sie erkannte die Beine, Hüften und den Rumpf wieder, die sie unter dem Fahrzeug in der Werkstatt erblickt hatte. Diesmal waren auch Brust und Schultern zu sehen. Der leichte Frühlingswind fuhr durch dunkles Haar – das einen Schnitt benötigte und entweder von der Arbeit oder aus Nachlässigkeit verwuschelt war. Parker fand, es passte zu den ausgeprägten, scharfen Gesichtszügen und den dunklen Bartstoppeln, die zeigten, dass der Typ seit ein, zwei Tagen keinen Rasierer mehr zur Hand genommen hatte.

All das erfasste sie mit einem Blick, ebenso wie den harten Zug um seinen Mund und das Aufblitzen der grünen Augen, das seinen Zorn verriet.

Sie hätte ihn von oben herab behandelt, wenn sie nicht gezwungen gewesen wäre, zu ihm aufzuschauen, als er vor ihr stehen blieb. Also legte sie den Kopf zurück, so dass sich ihre Blicke trafen, und sagte in ihrem kühlsten Ton: »Ja?«

»Glauben Sie, ein Schlüssel und ein Führerschein sind genug?«

»Wie bitte?«

»Ihre Batteriekabel waren vollkommen korrodiert, Ihr

Öl war eine Dreckbrühe. Ihre Reifen hatten zu wenig Luft, und Ihre Bremsbeläge waren fast völlig im Eimer. Aber ich wette, sich selbst schmieren Sie jeden Tag mit irgendeiner noblen Creme ein.«

»Verzeihung?«

»Nur Ihren Wagen zur Inspektion zu bringen ist Ihnen zu viel. Lady, dieses Auto war eine Schande. Wahrscheinlich haben Sie mehr Geld für Ihre Schuhe da ausgegeben als für die Wartung Ihres Wagens.«

Ihre Schuhe? Ihre Schuhe gingen ihn überhaupt nichts an. Doch ihr Ton blieb unverbindlich – beleidigend unverbindlich. »Ihre Leidenschaft für Ihre Arbeit in allen Ehren, aber ich bezweifle, dass es Ihrem Boss gefallen würde, wie Sie mit Kunden reden.«

»Ich bin der Boss, und ich habe kein Problem damit.«

»Verstehe. Sie haben ein interessantes Geschäftsgebaren, Mr Kavanaugh. Wenn Sie mich jetzt bitte entschuldigen.«

»Es gibt keine Entschuldigung dafür, wie Sie dieses Fahrzeug vernachlässigt haben. Ich habe es für Sie wieder zum Laufen gebracht, Ms Grant, aber …«

»Brown«, fiel sie ihm ins Wort. »Ich bin Ms Brown.«

Mit zusammengekniffenen Augen musterte Kavanaugh ihr Gesicht. »Dels Schwester. Hätte ich gleich sehen müssen. Wer ist Emmaline Grant?«

»Meine Geschäftspartnerin.«

»Schön. Geben Sie ihr weiter, was ich gesagt habe. Es ist ein gutes Auto. Es hat etwas Besseres verdient.«

»Verlassen Sie sich darauf.«

Parker streckte die Hand nach der Tür aus, doch er kam ihr zuvor und öffnete sie ihr. Sie stieg ein, legte ihre Tasche auf den Sitz neben sich und schnallte sich an. Und ließ dann die Luft zwischen ihnen mit einem »Danke« gefrieren.

Ein Grinsen huschte über sein Gesicht, blitzartig. »Sie meinen ›Zum Kuckuck mit Ihnen‹. Fahren Sie vorsichtig«, fügte er hinzu und schloss die Tür.

Parker drehte den Schlüssel um und war ein wenig enttäuscht, als der Motor schnurrte wie ein Kätzchen. Als sie im Davonfahren in den Rückspiegel blickte, sah sie, wie er mit eingeknickter Hüfte da stand und ihr nachschaute.

Grob, dachte sie, wirklich lächerlich grob. Doch von seinem Job verstand er offenbar etwas.

Als sie den Wagen in der Nähe des Brautsalons parkte, wo sie ihre Kundin treffen wollte, zog sie ihren BlackBerry hervor, um Emma zu mailen.

Em. Wagen ist fertig. Läuft besser denn je, seit du ihn hast, und sieht auch besser aus. Du schuldest mir mehr als die Rechnung. Besprechen wir heute Abend. P.

Zu Hause nutzte Emma die Zeit zwischen Terminen, um Verträge mit Auflistung der Einzelposten aufzusetzen. Sie liebte die Blumen, die ihre letzte Kundin, eine Dezemberbraut, ausgesucht hatte. Farben, Farben und nochmals Farben, dachte sie. Es würde eine Freude sein, im Winter mit all diesen warmen, leuchtenden Tönen zu arbeiten.

Sie schickte der Kundin den Vertrag zur Ansicht und sandte Parker eine Kopie für die Akten von Vows. Als sie eine E-Mail von Jack sah, lächelte sie. Und prustete los, als sie las, was er geschrieben hatte.

»Trenchcoat und Ellbogenschützer. Der ist gut. Mal sehen …«

Du musst dich zwischen meinen Ellbogenschützern aus roter Spitze und denen aus schwarzem Samt entscheiden. Ich kann dich auch überraschen. Ich probiere sie später mit meiner Sammlung von Trenchcoats an. Einen davon mag ich besonders. Er ist schwarz und glänzt ein bisschen, so dass er immer aussieht als wäre er … feucht.

Leider geht es heute Abend bei mir nicht. Aber so haben wir beide noch mehr Zeit zum Denken.

»Das dürfte dich eine Weile beschäftigen«, murmelte Emma und klickte auf »Senden«.

8

Um sechs Uhr kam Emma durch den Windfang in die Küche, gerade als Parker aus der Diele eintrat.

»Gutes Timing. Hallo, Mrs G.«

»Caesar's Salad mit gegrilltem Hühnchen«, verkündete Mrs G. »Setzt euch in die Frühstücksecke. Ich decke nicht im Speisezimmer ein, wenn ihr Mädels ständig rein- und rauslauft und im Essen herumstochert.«

»Ja, Madam. Ich habe über Mittag durchgearbeitet. Ich verhungere gleich.«

»Trinkt ein Glas Wein dazu.« Mrs G. deutete mit dem Kopf auf Parker. »Die da ist in schlechter Stimmung.«

»Ich habe überhaupt keine besondere Stimmung.« Trotzdem griff Parker zu einem der Gläser Wein, die Mrs G. einschenkte. »Deine Rechnung.«

Emma warf einen Blick auf die unterste Zeile und zuckte zusammen. »Aua. Aber wahrscheinlich habe ich das verdient.«

»Kann sein. Aber *ich* habe die Strafpredigt des Besitzers nicht verdient, der gedacht hat, ich wäre du.«

»Ah-oh. In welcher Klinik liegt er? Ich sollte ihm Blumen schicken.«

»Er hat überlebt, unversehrt. Teils weil ich in Eile war und keine Zeit hatte, ihn zu verletzen. Dein Wagen hat außerdem eine professionelle Pflege erhalten, innen und außen –

für Neukunden gratis. Das habe ich ihm zugute gehalten, wenn auch nur ein bisschen.«

Parker hielt inne und trank noch einen Schluck Wein. »Mrs G., Sie kennen doch jeden.«

»Ob ich will oder nicht. Setzt euch. Esst.« Als sie gehorchten, sank Mrs G. mit ihrem Glas Wein auf einen der Hocker an der Esstheke. »Du willst etwas über den jungen Malcolm Kavanaugh wissen. Ein bisschen wild ist er. Army-Zögling. Sein Vater ist in Übersee umgekommen, als er noch ein Junge war. Zehn oder zwölf, glaube ich. Daher das Wilde. Für seine Ma war es schwer, dafür zu sorgen, dass er nicht aus der Reihe tanzt. Früher hat sie bei Artie's gekellnert, dem Restaurant an der Avenue. Er – Artie – ist ihr Bruder, und als sie ihren Mann verloren hatte, ist sie hier hergezogen.«

Mrs Grady trank einen Schluck Wein und rutschte ein wenig zurück, um zu Ende zu erzählen. »Wie ihr vielleicht wisst, ist Artie Frank ein kompletter Vollidiot, und seine Frau ist versnobt und zimperlich. Soweit ich gehört habe, hat Artie beschlossen, die Erziehung des Jungen in die Hand zu nehmen, doch Malcolm hat alles getan, diese Hand am Gelenk abzuhacken. Und das war gut für ihn«, fügte Mrs G. genüsslich hinzu. »Er ist dann auf und davon, der Junge, um Auto- oder Motorradrennen zu fahren oder so. Hat, glaube ich, auch als Stuntman fürs Kino gearbeitet. Konnte gut davon leben, soweit ich gehört habe. Und er hat immer darauf geachtet, dass seine Ma auch ein Stück von dem Kuchen abbekam, den er verdiente.«

»Tja. Das spricht wohl für ihn«, räumte Parker ein.

»Bei einem Stunt wurde er verletzt und bekam zum Ausstieg eine Art Abfindung. Damit hat er die Werkstatt an der Route 1 erstanden, vor ungefähr drei Jahren. Und seiner

Ma hat er ein Häuschen gekauft. Sein Betrieb läuft ganz gut, soweit ich gehört habe, und er ist immer noch ein bisschen wild.«

»Ich nehme an, sein Betrieb läuft gut, weil er sich mit Motoren so gut auskennt und nicht, weil er so ausgezeichnet mit Kunden umgehen kann.«

»Hat dich ja ganz schön auf die Palme gebracht«, warf Emma ein.

»Ich komm drüber weg, solange er seinen Job gut macht.« Parker hob den Blick, als Laurel hereinkam. »Auf den letzten Drücker.«

»Kaffee und Kekse stehen bereit. Manche von uns haben keine Zeit, vor einer Beratung herumzusitzen, zu essen und zu tratschen.« Stirnrunzelnd fuhr Laurel sich mit den Fingern durchs Haar. »Und Wein trinkt ihr auch.«

»Parker hatte schlechte Laune, weil …«

»Hab ich alles schon gehört.« Laurel schenkte sich ein Glas knapp halb voll. »Ich will was Brandneues hören. Wie ist der aktuelle Stand mit Jack?«

»Ich glaube, wir haben virtuellen Sex. Wir sind aber noch am Anfang des Vorspiels, ich weiß also nicht, wohin das führt.«

»Cybersex hatte ich noch nie. Dafür habe ich noch nie jemanden gern genug gehabt.« Nachdenklich legte Laurel den Kopf schräg. »Und das klingt komisch. Ich mag einen Typen gern genug, um richtigen Sex mit ihm zu haben, aber nicht für virtuellen?«

»Weil es ein Spiel ist.« Emma stand auf, um Laurel die übrige Hälfte ihres Salats zu bringen. »Du kannst einen Mann gern genug haben, um mit ihm ins Bett zu gehen, aber vielleicht möchtest du trotzdem nicht mit ihm spielen.«

»Das ist eine schräge Logik.« Mit einem Nicken machte Laurel sich über den Salat her. »Wenn es um Männer geht, hast du immer eine schräge Logik.«

»Und sie hat Jack offenbar gern genug, um mit ihm zu spielen«, ergänzte Parker.

»Jack hat Sinn für Humor, was eines der Dinge ist, die ich schon immer an ihm mochte. Und attraktiv fand.« Emmas Lippen verzogen sich langsam zu einem gelösten Lächeln. »Mal sehen, wie es uns gefällt, Spielchen zu spielen.«

Im Salon, bei Kaffee und Laurels Makronen, führte Parker das Beratungsgespräch mit dem verlobten Paar und den beiden Müttern. »Wie ich Mandy und Seth bereits erklärt habe, schneidet Vows den Service exakt auf Ihre Bedürfnisse zu. So viel oder so wenig, wie Sie wünschen. Unser gemeinsames Ziel und das jeder Einzelnen von uns ist es, Ihnen die perfekte Hochzeit zu bieten. *Ihre* perfekte Hochzeit. Als wir das letzte Mal miteinander gesprochen haben, hatten Sie noch kein Datum ausgewählt, doch Sie hatten bereits entschieden, dass die Feier abends und draußen stattfinden soll.«

Emma hörte nur mit halbem Ohr hin, als über das Datum diskutiert wurde.

Sie fragte sich, ob Jack ihre E-Mail schon bekommen hatte.

Die Braut wollte es romantisch. Wollten sie das nicht alle, dachte Emma, wurde jedoch aufmerksam, als die Braut sagte, sie werde das Brautkleid ihrer Großmutter tragen.

»Ich habe ein Foto«, verkündete Mandy, »aber Seth darf es nicht sehen. Also ...«

»Seth, möchten Sie ein Bier?«

Seth sah Laurel an und grinste. »Ja, gern.«

»Dann kommen Sie doch mal mit. Ich besorge Ihnen eins. Wenn Sie ausgetrunken haben, sind wir bestimmt so weit, dass Sie wieder dabei sein dürfen.«

»Danke.« Mandy griff in einen großen Ordner, während Laurel Seth hinausgeleitete. »Ich weiß, es ist wahrscheinlich albern …«

»Überhaupt nicht.« Parker streckte die Hand nach dem Foto aus, und ihre höfliche Miene verwandelte sich in ein Strahlen. »Oh. Oh, das ist wundervoll. Es ist einfach hinreißend. Späte Dreißiger-, frühe Vierzigerjahre?«

»Sie sind gut«, sagte die Mutter der Braut. »Meine Eltern haben 1941 geheiratet. Meine Mutter war gerade achtzehn.«

»Schon als kleines Mädchen habe ich gesagt, wenn ich einmal heirate, ziehe ich Nanas Brautkleid an. Es muss noch angepasst und ein wenig ausgebessert werden, aber Nana hat es sorgfältig aufbewahrt.«

»Haben Sie schon an eine bestimmte Schneiderin gedacht?«

»Wir haben mit Esther Brightman gesprochen.«

Während sie weiter das Foto studierte, nickte Parker zustimmend. »Sie ist ein Genie, und genau, wen ich hierfür empfehlen würde. Mandy, Sie werden einfach umwerfend aussehen. Und wir könnten, wenn Sie wollen, die gesamte Hochzeit um dieses Kleid herum planen. Vintage-Glamour mit Klasse, stilvolle Romantik. Für den Bräutigam und sein Gefolge Frack statt des eher erwarteten Smokings.«

»Oh, wow. Würde ihm das gefallen?«, fragte Mandy ihre zukünftige Schwiegermutter.

»Ihm gefällt alles, was du willst, Liebes. Ich persönlich finde die Idee wundervoll. Wir bräuchten dann auch Vintage-Kleider oder den Vintage-Stil für die Brautjungfern.«

Emma betrachtete das Bild eingehend, als es bei ihr ankam. Fließend, dachte sie. Vom Art déco inspirierte Linien und ein Glanz, der verriet, dass es Seide war. Sie hob den Blick, um Mandy genau anzusehen, und entschied, dass die neue Braut in dem Kleid ebenso schön sein würde wie ihre Großmutter. »Ich kann eine Replik des Brautstraußes machen«, sagte sie halb zu sich selbst.

»Was?« Mandy brach mitten im Satz ab und wandte sich Emma zu.

»Der Strauß – wenn Sie möchten, kann ich ihn nachbilden. Sehen Sie, wie geschickt Ihre Großmutter war, wie klug, den langen, fließenden Linien des Kleides den übergroßen Wasserfall aus Calla-Lilien entgegenzusetzen. Haben Sie den Schleier und den Haarreif?«

»Ja.«

»Soweit ich es erkennen kann, ist er mit Maiglöckchen besetzt. Das kann ich auch machen, wenn es Ihnen zusagt. Ich wollte das nur erwähnen, bevor Seth zurückkommt. So haben Sie etwas zum Nachdenken.«

»Ich finde es ganz toll! Mama?«

»Meine Mutter wird in Tränen zerfließen. Genau wie ich. Ich finde es auch wundervoll.«

»Bei Ihrer Einzelberatung mit mir besprechen wir das genauer. Falls Sie unterdessen die Kleider der Brautjungfern aussuchen – wenn Sie mir Fotos von den Brautjungfern Ihrer Großmutter schicken könnten, damit ich mir Kopien mache? Oder Sie scannen sie ein und schicken sie mir per E-Mail. Dann kann ich sehen, was für Blumen sie dafür ausgesucht hat.«

Emma gab Mandy das Foto zurück. »Stecken Sie das lieber ein.«

»Mac, warum gibst du Mandy nicht einen Überblick über die Fotoarbeiten?«

»Zuerst möchte ich die Pose auf dem formellen Hochzeitsbild Ihrer Großmutter nachstellen. Heute Abend sollten wir uns aber darüber unterhalten, was Sie sich für Ihre Verlobungsfotos wünschen.«

Schritt für Schritt kamen sie voran, in einem Rhythmus, der sich im Lauf der Jahre entwickelt hatte. Während sie über Fotografie, Torten, Essen sprachen, notierte Emma sich Stichpunkte, die ihr helfen würden, sich ein Bild von der Braut zu machen, auch vom Bräutigam und von dem, was beiden vorschwebte.

Und wenn ihre Gedanken hin und wieder zu Jack abschweiften, erinnerte sie sich daran, dass sie in Multitasking ausgezeichnet war.

Bis sie und ihre Partnerinnen die Kundinnen zur Tür geleiteten, war sie bereit, sich kurz zu verdrücken, um zu sehen, ob Jack ihre E-Mail beantwortet hatte.

»Gut gemacht«, sagte sie. »Ich gehe mal heim und lege für die Veranstaltung einen Ordner an. Also …«

»Da ist noch etwas«, fiel Parker ihr ins Wort. »Als ich heute in dem Brautsalon war, habe ich Macs Kleid gefunden.«

»Du hast was?« Mac klimperte mit den Augenlidern. »*Mein* Kleid?«

»Ich kenne dich und weiß, wonach du suchst. Und da es direkt dort hing und rief, ich gehöre zu Mac, habe ich unsere Verbindungen ausgenutzt und es zur Ansicht mit nach Hause gebracht. Vielleicht irre ich mich, aber ich dachte, du willst es bestimmt wenigstens mal anprobieren.«

»Du hast für mich ein Brautkleid zur Anprobe mitgebracht?« Mit zusammengekniffenen Augen zeigte Mac auf Parker. »Sagst du nicht immer den Bräuten, es könne sein, dass sie hundert Kleider anprobieren, bevor sie das Richtige finden?«

»Ja. Aber du bist nicht wie die meisten Bräute. Du weißt sofort, was geht und was nicht. Wenn nicht, ist ja nichts passiert. Sollen wir mal gucken gehen? Es hängt oben in der Suite der Braut.«

»Oh, das *müssen* wir anschauen.« Aufgeregt ergriff Emma Macs Hand und zerrte daran. »Warte, wir brauchen Champagner. Woran Parker sicher schon gedacht hat.«

»Mrs G. müsste ihn inzwischen nach oben gebracht haben.«

»Champagner und ein potenzielles Brautkleid?«, überlegte Mac. »Worauf warten wir noch? Aber nicht beleidigt sein, wenn es mir nicht gefällt«, fügte sie hinzu, als sie die Treppe hinaufgingen.

»Ganz und gar nicht. Wenn du es nicht magst, ist das für mich nur ein weiterer Beweis dafür, einen wie viel besseren Geschmack ich habe.« Mit dem Hauch eines süffisanten Lächelns öffnete Parker die Tür zur Suite der Braut, wo Mrs Grady gerade Champagnerflöten füllte.

»Hab euch kommen gehört.« Und sie zwinkerte Parker zu, als Mac das Kleid am Kleiderhaken einfach nur anstarrte.

»Es ist schön«, murmelte sie. »Es ist …«

»Trägerlos, was dir stehen müsste, denke ich«, vollendete Parker den Satz. »Und die leichte A-Linie wird deiner Statur schmeicheln. Ich weiß, dass du zu etwas ganz Schmucklosem tendiert hast, aber ich glaube, damit liegst du falsch. Der hauchzarte Organza über der Seide gibt dem Ganzen einen romantischen Touch und macht die Linien weicher. Du bist eher eckig. Und die Rückseite?«

Parker nahm das Kleid vom Haken und drehte es um.

»Das ist klasse!« Emma drängte sich nach vorn. »Die gerüschte Schleppe, die aus dem Organza rauskommt! Fantastisch, gerade ein bisschen kokett. Und durch den Fall der Schleppe über deinen Hintern …«

»Bekommst du wenigstens mal einen«, ergänzte Laurel. »Probier es an, sonst tue ich es.«

»Lasst mir noch einen Augenblick Zeit. Das ist ein bedeutender Moment. Okay, jetzt ist es so weit.« Mac hakte ihren Hosenbund auf. Während sie sich auszog, ließ Emma einen Finger in der Luft kreisen.

»Dreh dich mit dem Rücken zum Spiegel. Du willst doch nicht sehen, wie du es anziehst. Du willst den Knalleffekt, sobald du drin bist.«

»Lässt die Kleider fallen, wo du gehst und stehst.« Kopfschüttelnd sammelte Mrs Grady alles auf. »So wie schon immer. Na ja, helft ihr hinein«, forderte sie die anderen auf und trat lächelnd einen Schritt zurück.

»Oh, gleich muss ich heulen.« Emma schniefte, während Parker den Verschluss des Kleides zumachte.

»Sie hatten es nicht in deiner Größe, deshalb ist es ein bisschen weit.«

»Dafür bin ich ja da.« Mrs Grady griff zu ihrem Nadelkissen. »Wir zuppeln hier und da ein bisschen herum, damit es besser an dir aussieht. Es ist eine Schande, dass du immer so ein hässliches Ding warst.«

»Beleidigen Sie mich ruhig, aber pieksen Sie mich nicht.«

»Das genügt fürs Erste.« Mrs Grady ging um Mac herum, um noch ein wenig an der Corsage zu zupfen und streckte dann die Hand aus, um Macs hellrotes Haar glattzustreichen. »Wir müssen mit dem arbeiten, was wir haben.«

»Zähl bis drei, Mac, dann dreh dich um und guck.« Emma presste beide Hände an die Lippen. »Schau dich nur an.«

»Okay.« Mac atmete tief ein, dann wieder aus und drehte sich zu dem Drehspiegel um, in dem sich vor ihren Augen schon so viele Bräute betrachtet hatten. Das Einzige, was sie sagen konnte, war: »Oh!«

»Und das sagt alles.« Laurel blinzelte ein paar Tränen weg. »Das ... ist es. In dem Kleid bist du es.«

»Es ist ... ich bin ... Heiliger Strohsack, ich bin eine Braut.« Macs Finger flatterten zu ihrem Herzen, als sie sich schräg stellte. »Oh, schaut euch die Rückseite an. Das sieht witzig und weiblich aus, und ich habe wirklich einen Hintern.« Im Spiegel flog ihr Blick zu Parker. »Parks.«

»Bin ich gut, oder bin ich gut?«

»Du bist die Beste. Das ist mein Brautkleid. Ach, Mrs G.«

Mrs Grady tupfte ihre Augen ab. »Ich vergieße nur ein Freudentränchen darüber, dass ich keine vier alten Jungfern am Hals haben werde.«

»Blumen in deinem Haar. Ein breites, mit Blumen besetztes Haarband anstelle eines Schleiers«, schlug Emma vor.

»Echt?« Mac schob die Lippen vor und musterte sich, stellte sich das vor. »Das könnte gehen. Das könnte gut gehen.«

»Ich zeige dir ein paar Ideen. Und zu den Linien des Kleides fände ich einen langstieligen Strauß schön, wahrscheinlich handgebunden. Vielleicht einen, der im Arm getragen wird.« Emma beugte einen Arm und demonstrierte mit der Hand, was sie meinte. »Oder einen Kaskadenstrauß, aber mit Wasserfalleffekt. Satte, warme Herbstfarben und ... aber ich eile mir selbst voraus.«

»Nein. Gott, wir planen meine Hochzeit. Ich glaube, jetzt brauche ich diesen Drink.«

Laurel nahm Macs Glas und kam zu ihr herüber. »Es sieht auf jeden Fall besser an dir aus als all unsere Hochzeitskostüme von früher.«

»Und noch dazu kratzt es nicht.«

»Dazu mache ich dir eine Wahnsinnstorte.«

»Oh, Mann, ich muss schon wieder flennen.«

»Dreht euch alle mal um«, befahl Mrs Grady und zog eine Kamera aus der Tasche. »Unser Rotschopf ist nicht die Einzige, die ein Foto machen kann. Hoch die Gläser. Brave Mädchen«, murmelte sie und fing den Augenblick ein.

Während die Damen Champagner tranken und über die Hochzeitsblumen diskutierten, machte Jack sich ein Bier auf und bereitete sich darauf vor, seine Freunde beim Texas Hold'em, einer Variante des Pokerspiels, über den Tisch zu ziehen.

Und versuchte, nicht an Emma und ihre letzte E-Mail zu denken.

»Da es Carters erster offizieller Pokerabend ist, lass uns versuchen, ihn nicht zu demütigen.« Del schlug Carter freundschaftlich mit der Hand auf die Schulter. »Sein Geld einzusacken ist eine Sache, ihn in Verlegenheit zu bringen eine andere.«

»Ich werde ganz zahm sein«, versprach Jack.

»Ich könnte einfach zuschauen.«

»Aber wo bleibt dabei der Spaß und der Gewinn? Für uns?«, fragte Del.

»Ha«, brachte Carter heraus.

Sie standen in Dels unterer Etage herum. In Jacks Augen der Traum eines Mannes: die uralte Bar, an der einst in Galway Pints serviert worden waren, dazu der Poolbillardtisch mit Schieferplatte und der Flachbildschirm des Fernsehers – ein Zusatzgerät zu dem noch größeren im Medienraum auf der anderen Seite des Hauses. Außerdem gab es eine alte Jukebox, Videospiele und zwei klassische Flipperautomaten. Ledersessel und Sofas, die einiges aushalten konnten. Und einen Pokertisch im Las-Vegas-Stil, der nur darauf wartete, dass es losging.

Kein Wunder, dass er und Del Freunde waren.

»Wenn du ein Mädel wärst«, sagte Jack zu Del, »würde ich dich heiraten.«

»Nein, du würdest nur mit mir in die Kiste springen und dich danach nie wieder melden.«

»Wahrscheinlich hast du Recht.«

Da Pizza herumstand, schnappte Jack sich ein Stück. Freunde auszunehmen machte hungrig. Während er aß, ging er im Geiste die Gruppe durch. Zwei Anwälte, der Lehrer, der Architekt, der Chirurg, der Landschaftsgestalter und – als er den letzten Spieler hereinkommen sah – der Automechaniker.

Interessante Truppe, dachte er. Von Zeit zu Zeit veränderte sie sich durch einen Neuzugang wie Carter, oder wenn einer von ihnen keine Zeit hatte. Die Tradition der Pokerabende hatte begonnen, als er und Del sich auf dem College kennengelernt hatten. Auch wenn die Gesichter wechselten, die Basis blieb die gleiche.

Essen, trinken, Lügen erzählen, über Sport reden. Und versuchen, Geld von den Freunden zu gewinnen.

»Wir sind alle da. Ein Bier, Mal?«, fragte Del.

»Unbedingt. Wie geht's?«, wandte Mal sich an Jack.

»Ganz gut. Der Neue da ist Carter Maguire. Carter, Malcolm Kavanaugh.«

Mal nickte. »Hallo.«

»Nett, dich kennenzulernen. Kavanaugh? Der Automechaniker?«

»Schuldig.«

»Du hast den Wagen meiner zukünftigen Schwiegermutter abgeschleppt.«

»Ja? Wollte sie das?«

»Nein. Linda Barrington.«

Mal kniff die Augen zusammen. »Okay. Ja. Der BMW Cabrio. Der 128i.«

»Äh, ich glaub schon.«

»Hübsche Karre. Interessante Frau.« Feixend erhob Mal sein Bier. »Viel Glück damit.«

»Die Tochter kommt nicht nach der Mutter«, warf Del ein.

»Da kannst du ja froh sein«, sagte Mal zu Carter. »Ich habe sie kennengelernt – die Tochter. Mackensie, oder? Heiße Braut. Sie macht dieses Hochzeitszeug, zusammen mit dem Cobalt, den ich gerade in der Werkstatt hatte.«

»Emma«, ergänzte Del.

»Genau. Die müsste man wegen Vernachlässigung eines Fahrzeugs verknacken. Ich habe deine Schwester getroffen, als sie den Wagen abgeholt hat«, wandte Mal sich an Del und grinste. »Noch ne heiße Braut. Auch wenn sie einen eiskalt abserviert.«

»Äh … Emma hat ihren Wagen nicht selbst abgeholt?«

Mal warf Jack einen Blick zu. »Nein, die andere. Ms Brown.« Er trank einen Schluck Bier. »So eine, die ›Verzeihung‹ sagt, aber ›leck mich‹ meint.«

»Typisch Parker«, bestätigte Del.

»Sieht die Autoquälerin genauso gut aus wie die anderen beiden?«

»Sie sehen alle gut aus«, murmelte Jack.

»Schade, dass ich sie verpasst hab.«

»Bevor ich Mal wegen unanständiger Gedanken an meine Schwestern – biologisch und ehrenhalber – eine reinhauen muss«, sagte Del, »lasst uns lieber Karten spielen.«

»Komme sofort.« Während die anderen zum Spieltisch hinübergingen, zog Jack sein Handy hervor, um seine E-Mails zu kontrollieren.

Es war fast Mitternacht, als Emma nach Hause kam. Sobald sie angefangen hatten, für Macs Hochzeit Pläne zu schmieden und Ideen auszutauschen, war die Zeit wie im Flug vergangen.

Sie hüpfte förmlich ins Haus, angeregt durch den Abend und nur ein ganz klein wenig beschwipst vom Champagner.

Macs Hochzeit.

Sie hatte schon vor Augen, wie absolut perfekt die Braut in ihrem Wahnsinnskleid aussehen würde, mit einem Wasserfall aus Blumen im Arm. Und sie, Parker und Laurel, die drei Brautjungfern. Rostrot für sie, Herbstgolden für Laurel und Kürbisorange für Parker. Und, oh, was für einen Blumenschmuck sie mit dieser reichen Palette an Herbstfarben machen würde.

Es würde eine Herausforderung sein, dachte Emma, als sie nach oben ging. Parker hatte zu Recht darauf hingewiesen, damit sie planen konnten, wie sie das Ganze machen konnten und würden. Eine Hochzeit zu betreuen war eine Sache. Sie zu betreuen und zugleich daran teilzunehmen eine ganz andere.

Sie würden zusätzliche Unterstützung brauchen, extra Helfer, doch sie würden das nicht nur schaffen – es würde der Knaller werden.

In dieser gehobenen Stimmung begann Emma mit ihrem abendlichen Ritual. Als ihr Bett aufgedeckt war, nickte sie und strich das Laken glatt. Nun hatte sie wirklich erwachsene Selbstbeherrschung an den Tag gelegt. Ein Abend mit Freundinnen – Geschäfte und Vergnügen –, und dennoch keine Vernachlässigung ihrer abendlichen Routine.

Der Beweis dafür, dass sie reif und vernünftig war.

Sie drückte sich beide Daumen und stürzte aus ihrem Schlafzimmer ins Büro, um ihre E-Mails aufzurufen.

»Da, ich hab's gewusst!«

Sie klickte Jacks letzte Nachricht an.

Was sind das denn für schmutzige Spielchen? Danke.

Ich liebe Überraschungen. Am liebsten mag ich das Auspacken. Ich freue mich also darauf, dir aus dem Mantel zu helfen. Beim Auspacken lasse ich mir gerne Zeit, um die Vorfreude zu steigern. Deshalb werde ich dich ganz langsam auspacken. Zentimeter für Zentimeter.

»Oh«, sagte Emma. »Mannomann.«

Und wenn ich fertig bin, will ich mir alles erst ganz genau ansehen. Bevor ich es anfasse. Zentimeter für Zentimeter.

Wann, Emma?

»Wie wär's mit jetzt gleich?«

Emma schloss die Augen und stellte sich vor, wie Jack sie aus dem glatten schwarzen Mantel schälte, den sie überhaupt nicht besaß. In einem Raum, der von Kerzenschein erhellt wurde. Leise Musik spielte, ein heißer Rhythmus, so dass man den Bass im Blut spürte.

Jacks Blick, gefährlich wie Höllenfeuer, glitt über sie, bis ihre Haut in Glut ertrank. Dann seine Hände, stark, sicher, langsam, die dem Weg der Hitze folgten und den Samt an ihren Ellbogen sanft herunterschoben, bis …

»Das ist albern.« Emma setzte sich auf ihrem Stuhl gerade hin.

Albern vielleicht, dachte sie, aber immerhin hatte sie es geschafft, sich scharfzumachen. Oder vielmehr er.

Das verlangte eine entsprechende Antwort.

Ich spiele gern, und es macht mir nichts aus, schmutzig zu werden.

Überraschungen sind etwas Feines, und selbst die Überraschung zu sein, kann noch besser sein. Wenn ich eine bin, mag ich es manchmal, langsam ausgepackt zu werden. Fingerspitzen, die geduldig die Schleife aufbinden, dann Hände, die behutsam, ganz behutsam die Verpackung öffnen, um an den Inhalt zu gelangen.

Manchmal will ich aber auch, dass die Finger, die Hände, die Verpackung einfach aufreißen. Schnell und gierig und vielleicht ein bisschen grob.

Bald, Jack.

Kein *Wenn* mehr, dachte sie.

Nur noch ein Wann.

Als ihre drei Gerbera-Gestecke fertig waren und Tink noch mitten in der Verarbeitung einer weiteren Lieferung steckte, warf Emma einen raschen Blick auf ihre Notizen und Entwürfe.

»Sechs handgebundene Sträuße, darunter den Strauß zum Werfen für die Hochzeit am Freitag. Sechs Gestecke auf einem Podest, achtzehn Centerpieces, eine Blumenkugel aus weißen Rosen, Kränze und Girlanden für die Pergola«, las sie murmelnd ihre Liste herunter. »Ich brauche dich morgen für mindestens drei Stunden. Vier wären besser.«

»Heute Abend habe ich ein Date, und es sieht gut für mich aus.« Während sie mit flinken Fingern weiterarbeitete, schnalzte Tink mit der Zunge. »Ich könnte gegen Mittag hier sein.«

»Wenn du bis vier bleiben kannst, müsste das reichen. Dann nochmal vier Stunden am Donnerstag. Fünf, wenn du willst. Am Donnerstag kommt auch Tiffany, und Beach kann den ganzen Freitag. Mit der Deko für die Feier am Freitag können wir um drei anfangen. Samstag kommt noch ein Doppelpack. Für die erste Feier müssen wir um acht anfangen. Morgens, Tink.«

Tink verdrehte die Augen und fuhr fort, Blumenstiele zu entdornen.

»Abschmücken nach der ersten Feier um halb vier, und um halb sechs muss für die zweite alles fertig sein. Am Sonntag haben wir eine große Veranstaltung, nur eine, die um vier beginnt. Also müssen wir um zehn oder halb elf anfangen.«

»Ich versuche, unterzubringen, was von meinem Leben noch übrig ist«, sagte Tink kläglich.

»Das schaffst du schon. Ich nehme die Sachen, die du schon fertig hast, mit ins Kühlhaus und hole das Zeug, das wir für die Gestecke brauchen.« Als Emma den ersten Blumenkübel hochhob und sich umdrehte, spazierte Jack herein.

»Oh … Hallo.«

»Auch hallo. Wie geht's, Tink?«

»Emma treibt ihre Sklaven an.«

»Ja, Tink wird hier nur missbraucht«, sagte Emma. »Du kannst sie ja trösten, während ich das hier ins Kühlhaus schleppe.«

Gott, dachte sie, in diesen Klamotten für die Arbeit im Freien sah er so *gut* aus – Stiefel, ausgeblichene Jeans, bis zum Ellbogen aufgekrempelte Hemdsärmel.

Sie wünschte, sie könnte nur einmal schnell abbeißen.

»Soll ich dir nicht helfen?« Jack hievte einen weiteren Kübel hoch und machte sich auf den Weg zum Kühlhaus.

»Diese Woche ist ein bisschen verrückt«, berichtete Emma

ihm. »Eine externe Feier mitten in der Woche und vier Veranstaltungen am Wochenende. Die Hochzeit am Sonntag ist monströs – im positiven Sinne.« Sie stellte ihren Kübel ab und gab Jack mit einer Geste zu verstehen, wo er seinen abladen sollte. »Jetzt muss ich ...«

In einer einzigen Bewegung wirbelte er sie herum und zog sie auf die Zehenspitzen hoch. Ihre Arme schlangen sich um seinen Hals, in einer Mischung aus Instinkt und Reaktion, während seine Lippen ihren Mund eroberten.

Der wilde, starke Duft der Blumen erfüllte die Luft, genau wie Lust und Begehren ihren Körper sättigten. Gieriges Drängen pochte in ihrem Blut.

Nicht nur einmal abbeißen, dachte sie, und auch nicht schnell. Sie wollte einen Riesenbissen nach dem anderen.

»Kann man die Tür von innen abschließen?«

Emma fuhr Jack mit den Fingern durchs Haar, um seinen Mund wieder an ihren zu ziehen. »Welche Tür?«

»Emma, du bringst mich um. Lass mich nur ...«

»Ach, die Tür. Nein. Warte. Verdammt. Nur noch einen.« Diesmal umfasste sie sein Gesicht und ließ sich einfach in den Kuss sinken, in den Duft, in die Gier. Dann beugte sie sich zurück.

»Wir können nicht. Tink. Und ...« Sie stieß einen bedauernden Seufzer aus, als sie sich umblickte. »Hier ist wirklich kein Platz.«

»Wann geht sie? Ich komme wieder.«

»Weiß ich nicht genau, aber ... Warte.«

Jetzt nahm er ihr Gesicht in die Hände, begegnete ihrem Blick. »Warum?«

»Ich ... Mir fällt kein guter Grund ein, aber das könnte daran liegen, dass ich bei dem Kuss eben Tausende von Gehirnzellen eingebüßt habe. Ich kann mich nicht erinnern, ob ich heute Abend noch Termine habe. Mein Kopf ist wie leergefegt.«

»Ich komme um sieben zurück. Ich bringe was zu essen mit. Es sei denn, du rufst mich an und sagst etwas anderes. Sieben Uhr, hier.«

»Okay. Gut. Ich schaue in meinen Kalender, sobald ich wieder klar denken kann. Aber …«

»Um sieben«, wiederholte er und küsste sie erneut. »Wenn wir reden müssen, reden wir.«

»Aber vielleicht geht das nur in kurzen Hauptsätzen und in Wörtern mit einer oder zwei Silben.«

»Lässt sich machen.« Sein Grinsen jagte ihr neue Glut mitten in den Bauch. »Brauchst du irgendwas aus dem Kühlhaus?«

»Ja, aber ich weiß nicht mehr, was. Lass mich kurz überlegen.« Emma fuhr sich mit den Händen durchs Haar und schloss die Augen. »Ach, ja. Die da, die da. Aber dann musst du wirklich gehen. Ich kann nicht arbeiten, wenn ich an dich denke, an das hier. An Sex. An irgendwas davon.«

»Erzähl mir davon. Um sieben«, wiederholte Jack und half ihr, die Blumen hinauszutragen.

»Ich, äh, komme darauf zurück«, sagte Emma zu ihm, als sie in ihrem Arbeitsbereich die Blumen abstellte. »Wenn ich nicht so … viel zu tun habe.«

»Super.« Die warmen grauen Augen ruhten noch einen Augenblick auf ihr. »Wir seh'n uns, Tink.«

»Ganz bestimmt.« Tink kürzte noch ein paar Stiele, während Jack ging, und schob sie dann in ihren Behälter. »Und, wann hat das mit dir und Jack angefangen?«

»Was? Oh. Tink.« Kopfschüttelnd wandte Emma sich ihren Regalen zu, um das passende Gefäß für das geplante Gesteck im Kamin auszusuchen. »Da ist nichts.«

»Wenn du mir jetzt erzählst, er hätte dich da drüben nicht abgeknutscht, sage ich, du bist eine Lügnerin.«

»Ich weiß nicht, wieso du ...« Albern, sagte Emma zu sich selbst und griff zu ihrem Blumensteckschaum. »Woher weißt du das?«

»Weil du noch ganz glasige Augen hattest, als du zurückkamst. Und Jack sah aus wie einer, der nur mal ein bisschen knabbern durfte, obwohl er viel lieber richtig reingebissen hätte.«

»Reingebissen. Haha.«

»Warum machst du es nicht? Jack ist erste Sahne.«

»Ich bin ... wir sind ... also, Sex bringt mich ja nicht durcheinander. Ich meine, über Sex zu reden. Wenn man richtigen Sex hat und das einen nicht wenigstens ein bisschen durcheinanderbringt, verpasst man irgendwas. Aber das hier bringt mich durcheinander.«

Während sie weiterarbeitete, nickte Tink weise. »Wenn aus einer Freundschaft eine Freundschaft mit Extras wird, hat das den Vorteil, dass man genau weiß, mit wem man die Hüllen fallen lässt.«

»Das ist ein Argument. Aber es könnte sein, dass man nicht mehr unbefangen ist, oder? Danach.«

»Nur, wenn einer von euch beiden sich schäbig benimmt.« Tink schnalzte erneut fröhlich mit der Zunge. »Mein Rat also – nicht schäbig sein.«

»Auf irgendeine seltsame Art ist das sogar weise.« Emma ließ den Schaum einweichen. »Ich muss mal was in meinem Terminkalender nachsehen.«

»Okay. Ich würde diese Nummer für heute Abend eintragen«, rief Tink ihr nach. »Dann bist du morgen die glückliche Blumenfee.«

Noch ein Argument, dachte Emma.

Sie schaute in ihren Kalender, den sie am Vorabend aufgeschlagen liegen gelassen hatte. Unter dem heutigen Datum hatte sie nach fünf Uhr ein großes X eingetragen, ihre Methode, sich daran zu erinnern, dass sie sich nicht zum Ausgehen überreden lassen durfte. Für ein Date stand zu viel Arbeit an.

Aber das hier war ja kein richtiges Date, entschied sie. Jack würde vorbeikommen, etwas zu essen mitbringen, und dann … sie würden sehen. Sie musste sich nicht umziehen, musste nicht überlegen, was sie anziehen sollte oder …

Wem wollte sie etwas vormachen? Natürlich würde sie sich Gedanken darüber machen, was sie anziehen sollte. Was immer auch mit Jack passieren würde, sie würde dabei keinesfalls ihre Arbeitsklamotten tragen und von Blumenstängeln und Blättern grüne Fingernägel haben.

Außerdem würde sie im Schlafzimmer frische Blumen und Kerzen brauchen. Und sie würde entspannter sein, wenn sie vorher ein schönes Schaumbad nehmen konnte. Die Auswahl der Garderobe war für einen solchen Abend entscheidend, und das galt nicht nur für das Darüber, sondern auch für das Darunter.

Sie klappte den Terminkalender zu.

Wenn sie es sich recht überlegte, bedeutete ein Date, das kein richtiges war, mehr Arbeit als ein richtiges.

Sie eilte zurück zu ihren Blumen. Sie musste die Arbeit von heute fertig machen und für die Kundin ihr Bestes geben. Dann brauchte sie massig Zeit, vor sieben, um alles perfekt zu machen, ohne dass man merkte, dass sie irgendwelchen Aufwand betrieben hatte.

9

Sie entschied sich für ein Kleid mit einem frechen Druck. Lässig, beschloss Emma, schlicht und beinahe lieb mit dem kleinen bauchfreien Pullover, den sie dazu aussuchte.

Und was sie darunter trug, war tödlich.

Zufrieden mit dem Ergebnis drehte sie sich ein letztes Mal vor dem Spiegel, bevor sie das Schlafzimmer genau unter die Lupe nahm. Kerzen für warmes, romantisches Licht. Lilien und Rosen für romantische Düfte. Den CD-Spieler auf leise stellen und schon eine CD mit ruhiger, romantischer Musik einlegen.

Die Kissen aufschütteln, die Rollos herunterziehen.

Es war, fand sie, eine weibliche Höhle der Verführung, und sie war echt stolz darauf.

Nun fehlte ihr nur noch der Mann.

Sie ging nach unten, um sich zu vergewissern, dass dort alles bereit war. Wein, Gläser, Kerzen, Blumen. Auch hier Musik, ebenfalls leise, aber flotter als der Mix, der oben wartete. Sie stellte die CD an, regulierte die Lautstärke und ging dann herum, um die Kerzen anzuzünden.

Sie würden etwas Wein trinken, dachte sie, und sich unterhalten. Dann etwas essen und noch mehr reden. Sie hatten nie Probleme gehabt, miteinander zu reden. Auch wenn sie wussten, worauf der Abend hinauslaufen würde – vielleicht auch, weil sie es wussten –, würden sie sich unterhalten und entspannen können, einfach die Zeit miteinander genießen, bevor sie …

Emma wirbelte herum, als die Tür aufging. Ihre Nerven lagen blank. Und Laurel kam herein.

»Hallo, Em, kann ich dich einspannen, um ein paar …« Laurel hielt inne und sah sich stirnrunzelnd im Zimmer um. »Du hast ein Date. Du hast ein Date mit Sex.«

»Was? Was ist los mit dir? Wie kommst du darauf, dass …«

»Wie lange kenne ich dich schon? Eine halbe Ewigkeit? Du hast neue Kerzen aufgestellt. Du hast Vorspiel-Musik an.«

»Ich stelle ständig neue Kerzen auf, und die Musik gefällt mir zufällig.«

»Zeig mal deine Unterwäsche.«

Emma stieß ein ersticktes Lachen aus. »Nein. Wobei soll ich dir helfen?«

»Das kann warten. Ich wette zwanzig Dollar, dass du verführerische Wäsche anhast.« Laurel kam herüber und zupfte am Oberteil von Emmas Kleid. Emma schlug ihre Hand weg.

»Lass das.«

»Du hast mit Nacht-der-Nächte-Badeschaum gebadet.« Laurel schnüffelte. »Das rieche ich.«

»Na und? Ich habe oft Dates. Manchmal auch mit Sex. Ich bin eine erwachsene Frau. Ich kann nichts dafür, wenn du seit einem halben Jahr keinen Sex mehr hattest.«

»Seit fünf Monaten, zwei Wochen und drei Tagen. Aber wer zählt denn?« Laurel hielt erneut inne, holte dann theatralisch Atem und zeigte auf Emma. »Du hast ein Sex-Date mit Jack.«

»Hör auf. Hörst du jetzt auf? Du machst mich wahnsinnig.«

»Wann kommt er? Was hast du vor?«

»Bald, und was ich vorhabe, überlege ich noch. Dass du hier bist, gehört jedenfalls nicht dazu. Überhaupt nicht. Geh jetzt.«

Laurel ignorierte die Aufforderung und verschränkte die Arme. »Ist es die weiße ›Ich bin ein braves Mädchen, aber ich kann auch böse sein‹-Unterwäsche oder die schwarze ›Die trage ich nur, damit du sie mir vom Leib reißt, großer Junge‹? Das muss ich wissen.«

Emma verdrehte die Augen zur Decke. »Die rote mit den schwarzen Rosen.«

»Möglicherweise müssen wir die Rettungssanitäter rufen. Falls du morgen funktionsfähig bist, kannst du mir drei kleine Gestecke machen? Einfach gemischte Frühlingsblumen? Ich habe eine Beratung, und ein paar frühlingshafte Blümchen würden das richtige Ambiente schaffen für das, was die Kundin meiner Ansicht nach will.«

»Klar. Jetzt ab nach Hause.«

»Ich geh schon, ich geh schon.«

»Bevor du nach Hause gehst, schaust du bei Mac rein, um es ihr zu erzählen, und du erzählst es Parker.«

Laurel blieb an der Tür stehen und warf das Haar zurück, das ihr über die Wange fiel. »Logisch. Und ich bitte Mrs G., dass sie uns morgen zum Frühstück Frittatas macht, damit wir uns stärken können, während du uns haarklein alles berichtest.«

»Ich habe morgen einen vollen Tag.«

»Ich auch. Also sieben Uhr, Essen und Sexbericht. Viel Glück heute Abend.«

Emma seufzte resigniert und beschloss, mit dem Weintrinken nicht auf Jack zu warten. Das Problem mit Freunden war, überlegte sie auf dem Weg in die Küche, dass sie einen zu gut kannten. Sex-Date, Vorspiel-Musik, verführerische Unterwäsche. Keine Geheimnisse unter …

Mit der Flasche in der Hand hielt sie inne. Jack war auch ein Freund. Jack kannte sie sehr gut. Würde er nicht … Was, wenn er …

»Oh, verdammt!«

Sie schenkte sich ein sehr großes Glas Wein ein. Bevor sie den ersten Schluck trinken konnte, hörte sie das Klopfen an der Tür.

»Zu spät«, murmelte sie. »Zu spät, um noch etwas zu verändern. Zeit zu sehen, was passiert, und damit klarzukommen.«

Sie stellte den Wein ab und ging zur Tür.

Jack hatte sich auch umgezogen, bemerkte sie. Khakihosen statt Jeans, ein frisches, gebügeltes Hemd statt des Chambrayhemdes. In der Hand hielt er eine große Tüte von ihrem Lieblings-Chinarestaurant und eine Flasche ihres Lieblings-Cabernets.

Süß, dachte Emma. Und sicherlich ein weiterer Vorteil davon, befreundet zu sein.

»Das mit dem Essen mitbringen hast du aber ernst gemeint.« Sie nahm ihm die Tüte ab. »Danke.«

»Du hast doch gern von allem ein bisschen – und das ist meistens ein sehr kleines Bisschen. Also habe ich eine Auswahl mitgebracht.« Er schloss die Hand um ihren Nacken und beugte sich herab, um sie zu küssen. »Nochmal hallo.«

»Auch nochmal hallo. Ich habe mir gerade ein Glas Wein eingeschenkt. Willst du nicht auch einen?«

»Gern. Wie ist die Arbeit gelaufen?«, fragte Jack, als er Emma in die Küche folgte. »Als ich vorhin da war, stecktest du gerade ziemlich tief drin.«

»Wir sind fertig geworden. Die nächsten Tage sind ziemlich vollgepackt, aber auch das werden wir schaffen.« Emma schenkte ein zweites Glas ein und reichte es Jack. »Was macht deine Sommerküche?«

»Die wird der Hammer. Ich weiß nicht, wie oft die Kunden sie benutzen werden, aber aussehen wird sie klasse. Ich muss mit dir über die Arbeiten hier reden. Dein zweites Kühlhaus. Als ich vorhin bei Parker war, habe ich ihr ein paar vorläufige Skizzen dagelassen, für die Umbauten drüben, und die Pläne für Mac sind fertig. Nachdem ich heute kurze Zeit in deinem Kühlhaus verbracht habe, ist mir klar, warum du ein zweites brauchst. Dein Kleid gefällt mir.«

»Danke.« Ohne Jack aus den Augen zu lassen, nippte Emma an ihrem Wein. »Ich glaube, wir haben noch mehr zu besprechen.«

»Womit willst du anfangen?«

»Ich denke immer, es ist eine ganze Menge, aber mir ist klargeworden, dass es letzten Endes auf zwei Dinge hinausläuft, und beide entspringen der gleichen Wurzel. Wir sind Freunde. Wir sind doch Freunde, oder, Jack?«

»Wir sind Freunde, Emma.«

»Also, das Erste ist, dass ich finde, Freunde sollten einander die Wahrheit sagen. Aufrichtig sein. Wenn uns – nach heute Abend – klar wird, dass es einfach nicht das ist, was wir erwartet hatten, oder wenn einer von uns das Gefühl hat, na ja, das war jetzt ganz nett, aber mir reicht es – dann müssen wir uns das sagen können. Ohne es uns übelzunehmen.«

Vernünftig, geradeheraus und ohne klebrige Ränder oder Stolperfallen. Perfekt. »Damit kann ich leben.«

»Die zweite Sache ist, Freunde zu bleiben.« Aus Emmas Worten klang Besorgnis, als sie Jack beobachtete. »Das ist das Wichtigste. Was immer auch geschieht, wie auch immer es läuft, wir müssen einander versprechen, dass wir Freunde bleiben. Nicht nur du und ich, sondern alle, mit denen wir verbunden sind. Wir können sagen, es ist nur Sex, Jack, aber Sex ist kein ›nur‹. Oder sollte es zumindest nicht sein. Wir mögen einander. Wir sind uns wichtig. Daran soll nichts etwas ändern.«

Jack strich ihr übers Haar. »Muss ich mit Blut schwören, oder genügt dir mein kleiner Finger?«, fragte er und brachte Emma damit zum Lachen. »Ich kann dir das versprechen, Emma. Weil du Recht hast. Freunde.« Er beugte sich herab, um sie auf die Wangen zu küssen, bevor er mit den Lippen leicht ihren Mund streifte.

»Freunde.« Emma wiederholte die Geste, so dass sie voreinander standen, die Lippen nur einen Hauch voneinander entfernt, und ihre Blicke ineinander versenkten. »Jack? Wie haben wir es all die Jahre geschafft, das nicht zu machen?«

»Gott, wenn ich das wüsste.« Wieder streifte er mit den Lippen ihren Mund, nahm dann ihre Hand. »Wir waren am Strand«, sagte er, während er sie zur Treppe führte.

»Was?«

»Wir waren für eine Woche an den Strand gefahren. Wir alle. Ein Freund von Del hatte uns sein Haus – ich vermute, das seiner Eltern – in den Hamptons zur Verfügung gestellt. Das war in dem Sommer, bevor du mit deinem Blumenladen angefangen hast.«

»Ja. Ich erinnere mich. Wir hatten eine tolle Zeit.«

»Eines Morgens früh konnte ich nicht schlafen, deshalb bin ich runter an den Strand gegangen. Und ich habe dich gesehen. Ganz kurz – eigentlich nur ein, zwei Sekunden lang – habe ich gar nicht erkannt, dass du es warst. Du hattest so ein langes Tuch um die Taille gebunden, in ganz bunten Farben, und es flatterte um deine Beine. Darunter trugst du einen roten Badeanzug.«

»Du …« Emma musste die Luft anhalten. »Du weißt noch, was ich anhatte?«

»Ja. Und ich weiß noch, dass dein Haar länger war als jetzt. Es fiel über deinen halben Rücken runter. All die wilden, wehenden Locken. Barfuß warst du. Goldbraune Haut, bunte Farben, wilde Locken. Mir blieb einfach das Herz stehen. Ich dachte: Das ist die schönste Frau, die ich je gesehen habe. Und ich wollte diese Frau, so wie ich noch nie zuvor eine gewollt hatte.«

Jack brach ab und drehte sich ein wenig zur Seite, während Emma ihn nur anstarrte. »Dann habe ich dich erkannt. Du bist weggegangen, am Strand entlang. Die Wellen schäumten über deine nackten Füße, deine Knöchel, deine Waden. Und ich wollte dich. Ich dachte, ich hätte den Verstand verloren.«

Viel länger würde Emma den Atem nicht mehr anhalten können. Viel länger würde sie nicht mehr klar denken können. Nicht mehr klar denken wollen.

»Wenn du zu mir gekommen wärst und mich so angesehen hättest wie jetzt, hättest du mich gehabt.«

»Du bist es wert, zu warten.« Jack küsste sie lange, ausgiebig, innig, ging dann mit ihr ins Schlafzimmer. »Schön«, sagte er, als er die Blumen, die Kerzen bemerkte.

»Selbst Freunde sollten sich ein bisschen Mühe geben, finde ich.« Da es sie beruhigen und das passende Ambiente schaffen würde, griff Emma zum Feuerzeug und ging durch den Raum, um die Kerzen anzuzünden.

»Noch schöner.« Jack lächelte, als sie die Musik anstellte.

Sie wandte sich zu ihm um, das Zimmer zwischen ihnen. »Ich will ehrlich zu dir sein, Jack – wie versprochen. Ich habe eine Schwäche für Romantik, für das ganze Drumherum, für die kleinen Gesten. Ich habe auch eine Schwäche für Leidenschaft, für das Ungestüme, Rasende. Ich nehme dich so oder so. Und heute Abend kannst du mich nehmen, wie immer du willst.«

Als er diese Worte hörte, von Emma dort im Kerzenschein, war Jack vollends hingerissen.

Sie gingen aufeinander zu, so dass sie sich mitten im Raum trafen. Er fuhr ihr mit den Fingern durchs Haar, strich es ihr aus dem Gesicht, senkte die Lippen auf ihren Mund, ganz langsam. Heute Abend würde er alles in seiner Macht Stehende tun, um all ihre Schwächen zu erkunden.

Sie gab nach, weich ergab sich ihr Körper dem Kuss. Wärme legte sich auf Wärme, eine Schicht über die andere, in Erwartung gehülltes Verlangen. Als Jack sie hochhob, um sie zum Bett zu tragen, wurden ihre dunklen Augen verträumt.

»Ich will dich anfassen, an all den Stellen, von denen ich bisher nur geträumt habe.« Langsam ließ Jack die Hand unter ihr Kleid gleiten, an ihrem Schenkel entlang. »Überall.«

Er küsste sie erneut, mit einem Hauch von Gier jetzt, von Besitzergreifen, während seine Finger federleicht über ihre Haut strichen, über die Spitze, die sie kaum bedeckte. Sie bäumte sich auf unter seiner Berührung, bot ihm mehr an.

Seine Lippen wanderten wispernd an ihrer Kehle herunter, während er ihr den Pullover von den Armen zog. Dann drehte er sie um, in einer raschen, heftigen Bewegung, um mit den Zähnen über ihre Schulter zu streifen. Als er sich rittlings auf sie setzte, um den Reißverschluss im Rücken ihres Kleides zu öffnen, warf sie einen Blick über die Schulter. Ihr Lächeln war voller Geheimnisse.

»Brauchst du Hilfe?«

»Ich glaube, ich hab's.«

»Ich glaube auch. Da ich gerade nicht in der Lage bin, es selbst zu tun, zieh dein Hemd aus.«

Unter Emmas Blicken knöpfte er es auf und schälte sich heraus. »Ich habe dich immer gern angeschaut, wenn du im Sommer hier ohne Hemd rumgelaufen bist. Das hier gefällt mir noch besser.« Emma rollte sich wieder herum. »Zieh mich aus, Jack, fass mich an. Überall.«

Sie bewegte sich unter ihm, träge, aufreizend, während er ihr rasch das Kleid über den Kopf zog, und sie spürte die prickelnde Lust, als seine Blicke über sie wanderten.

»Du siehst atemberaubend aus.« Er zeichnete die Ränder der roten Spitze nach, die kleinen schwarzen Blütenblätter. »Das kann eine Weile dauern.«

»Nur keine Eile.«

Als er die Lippen wieder auf ihren Mund senkte, ließ sie sich hineinziehen in das Gefühl, erobert zu werden.

Zentimeter für Zentimeter, hatte er gesagt, und er war jemand, der sein Wort hielt. Er berührte, er schmeckte, er verweilte, bis aus ihrem Erschauern ein Beben wurde und die duftgeschwängerte Luft schwerer wurde.

Üppige Kurven, golden schimmernde Haut im Kerzenschein, ihr Haar ausgebreitet in dicken Ringeln aus schwarzer Seide. Er hatte sie schon immer schön gefunden, doch heute Abend war sie eine herrliche Tafel, die ihm erlauben wollte, ein Festmahl an ihr zu halten.

Jedes Mal, wenn er zu diesen vollen, weichen Lippen zurückkehrte, gab sie ihm ein bisschen mehr. Er führte sie empor, ganz langsam, spürte, wie ihre Erregung stieg und stieg, den Höhepunkt erreichte und brach.

Empfindungen überschwemmten sie, süß, heiß und wundervoll.

»Jetzt bin ich dran.« Sie setzte sich auf, um ihm die Arme um den Hals zu schlingen, die Lippen auf seinen Mund zu pressen.

Sie bewegte sich und drehte ihn so, dass er auf dem Rücken lag. Jetzt erkundete sie – starke Schultern, muskulöse Brust, fester Bauch. Und zog seinen Reißverschluss herunter, um ihn zu befreien.

»Ich sollte lieber …«

»Ich mach das schon.«

Sie nahm ein Kondom aus ihrem Nachtschränkchen und bereitete ihm ausgiebig Lust, während sie ihm den Schutz überstreifte. Ihre Hände, ihre Lippen brachten jeden Muskel zum Erzittern, bis Jack ihr ins Haar griff und sie hochzerrte. »Jetzt.«

»Jetzt.«

Sie glitt herunter, bog sich ein wenig hoch. Und nahm ihn in sich auf.

Der Schauder rann durch sie, hell, mit silbernen Rändern, ein Schimmern im Blut, als sie begann, sich zu bewegen. Langsam, um jeden Tropfen Lust auszukosten, mit ihrem Blick auf seinem.

Er packte ihre Hüften, kämpfte darum, sie das quälende Tempo bestimmen zu lassen. Als ihre Hände in wunderbarer Selbstvergessenheit an ihrem Körper herunterwanderten, schmerzte ihn ihr bloßer Anblick. Ihre Haut glühte wie Goldstaub, der in Flammen aufgeht, und ihre schwarzen Samtaugen schimmerten im flackernden Licht. Sein Puls hämmerte einen wilden Rhythmus, während sie sich nahm, was sie brauchte. Bis sie die Fäuste um ihn schlang und erschauernd über den Scheitelpunkt bebte.

Er stemmte sich hoch und rollte sie wieder auf den

Rücken, schob ihre Knie hoch, dass sie nach Luft schnappte. »Ich bin dran.«

Dann gab er seine Selbstbeherrschung auf.

Die schläfrige, schimmernde Wollust wich dem Rausch. Unter seinen schnellen, kraftvollen Stößen schrie Emma auf. In fiebriger Erregung begegnete sie Jacks hemmungslosem Drängen, Stoß für Stoß. Der Orgasmus zerriss sie, erfüllte sie und ließ sie wie ausgehöhlt zurück.

Hilflos lag sie da, und es bebte noch immer in ihr, während Jack sich mehr nahm und seinen eigenen Höhepunkt erreichte.

Aufgelöst brach er auf ihr zusammen. Er spürte, wie sie unter ihm zitterte, fühlte das Hämmern ihres Herzens, und dennoch hob sie die Hand, um ihm über den Rücken zu streicheln – eine Geste, die so ganz und gar Emma war.

Für einen Augenblick schloss Jack die Augen. Er hatte die Beherrschung verloren, vermutlich auch den Verstand. Er lag da, atmete Emma ein, saugte das Gefühl ihres Körpers ein, der nun völlig entspannt unter seinem lag.

»Also, wir haben uns ja versprochen, aufrichtig zueinander zu sein«, begann er. »Ich muss dir sagen, dass das jetzt nicht so prickelnd war.«

Unter ihm lachte Emma und kniff ihn in den Hintern. »Ja, es ist eine Schande. Ich schätze, zwischen uns stimmt die Chemie einfach nicht.«

Grinsend hob Jack den Kopf. »Überhaupt nicht. Deshalb haben wir auch das Labor in die Luft gejagt.«

»Das Labor? Wir haben das ganze Haus dem Erdboden gleichgemacht.« Mit einem langen, tiefen Seufzer ließ Emma ihre Hände tiefer wandern. »Gott, du hast einen tollen Arsch. Wenn ich das so sagen darf.«

»Darfst du, und danke gleichfalls, Baby.«

Emma lächelte zu ihm auf. »Jetzt sieh dir uns an.«

Jack küsste sie sanft, dann noch einmal sehr zärtlich. »Bist du hungrig? Ich sterbe vor Hunger. Hast du Lust auf kaltes chinesisches Essen?«

»Und wie.«

Sie aßen an Emmas Küchentheke, schaufelten Nudeln, Schweinefleisch süß-sauer und Hühnchen Kung Pao direkt aus den Schachteln in sich hinein.

»Warum isst du so?«, wollte Jack wissen.

»Wie denn?«

»In mikroskopisch kleinen Bissen.«

»Ach so.« Emma verspeiste eine einzelne Nudel, während Jack ihr Weinglas auffüllte. »Am Anfang wollte ich damit nur meine Brüder ärgern, dann wurde es zur Gewohnheit. Immer wenn wir etwas besonders Leckeres bekamen, zum Beispiel Sahne oder Süßigkeiten, haben sie ihren Anteil heruntergeschlungen. Und es hat sie wahnsinnig gemacht, dass ich von meinem noch was übrig hatte. Also habe ich angefangen, noch langsamer zu essen, damit ich *mehr* übrig hatte und sie noch wahnsinniger machte. Auf jeden Fall esse ich so weniger, aber mit mehr Genuss.«

»Das glaube ich gern.« Entschlossen schaufelte Jack sich eine Gabel Nudeln in den Mund. »Deine Familie ist ein Teil deiner Anziehungskraft.«

»Wirklich?«

»Deine Familie ist wahrscheinlich ein Grund dafür, warum du so anziehend bist, aber ich meine, sie sind alle … klasse«, entschied Jack, weil ihm kein besseres Wort einfiel. »Sie sind klasse.«

»Ich habe Glück. Von uns vier – na ja, sechs, wenn man dich und Del mitzählt – bin ich die Einzige, deren Familie noch komplett ist. Die Browns waren wundervoll. Du hast sie nicht sehr gut gekannt, aber ich bin ebenso sehr hier aufgewachsen wie zu Hause. Und sie waren wundervoll. Es war niederschmetternd für uns alle, als sie ums Leben gekommen sind.«

»Del war völlig fertig. Ich mochte sie sehr gern. Sie waren witzige, interessante Menschen. Engagiert. Beide Eltern so plötzlich zu verlieren, aus heiterem Himmel, muss das Schlimmste sein. Scheidung ist schon hart für ein Kind, aber …«

»Ja, Scheidung ist hart. Mac hatte schwer damit zu kämpfen, als wir klein waren, und dann passierte es noch einmal. Und nochmal. Für Laurel kam es, glaube ich, aus dem Nichts. Sie war ein Teenager, und plötzlich trennen sich ihre Eltern. Sie sieht sie kaum noch. Für dich kann es auch nicht einfach gewesen sein.«

»Es war heftig, aber es hätte noch viel heftiger sein können.« Achselzuckend aß Jack weiter. Darüber sprach er nicht gerne. Warum sich mit etwas Schmerzhaftem aufhalten, das man doch nicht ändern konnte? »Meine Eltern haben sich beide wirklich bemüht, kein Tauziehen um mich zu veranstalten, und es ist ihnen gelungen, sich wie zivilisierte Menschen zu benehmen. Am Ende haben sie herausgefunden, wie ein freundlicher Umgang miteinander funktioniert.«

»Sie sind beide nett, und beide lieben dich. Das macht einen Unterschied.«

»Zwischen uns läuft es ganz okay.« Und Jack hatte gelernt, dass »ganz okay« manchmal gut genug sein musste. »Außerdem glaube ich, dass der räumliche Abstand uns guttut. Meine Mutter hat ihre zweite Familie, mein Vater seine.« Jack sagte das leichthin, obwohl er sich nie damit ausgesöhnt hatte, wie leicht seine Eltern getrennte Wege gegangen waren, sich getrennt ein neues Leben aufgebaut hatten. »Alles lief glatter, als ich aufs College gegangen bin. Und noch glatter, als ich beschlossen habe, hier herzuziehen.«

Jack betrachtete Emma prüfend, während er einen Schluck Wein trank. »Deine Familie dagegen ist wie so ein Gummibandball – alle sind miteinander verbunden zu einem festen Kern.« Jack überlegte einen Moment. »Erzählst du ihnen von dem hier?«

Emma blinzelte. »Ach, ich weiß nicht. Wenn sie mich fragen, aber ich wüsste nicht, wieso einer von ihnen das tun sollte.«

»Könnte heikel werden.«

»Sie mögen dich. Und sie wissen, dass ich schon Sex hatte. Vielleicht wären sie überrascht. Ich meine, das bin ich ja selbst. Aber ich glaube nicht, dass es für irgendjemanden ein Problem wäre.«

»Gut. Das ist gut.«

»Die Mädels kommen gut damit klar.«

»Die Mädels?« Die rauchgrauen Augen weiteten sich. »Du hast den anderen erzählt, dass wir miteinander schlafen würden?«

»Wir sind Mädchen, Jack«, sagte Emma trocken.

»Stimmt.«

»Außerdem dachte ich vorher, Mac und du wärt mal zusammen gewesen.«

»Hoppla.«

»Na ja, ich dachte, du hättest mit ihr, und deshalb musste ich ihr was sagen, wegen der Regel. Und als wir das endlich geklärt hatten, wussten alle, dass ich die Wörter Jack und Sex im gleichen Satz dachte.«

»Ich habe nie mit Mac geschlafen.«

»Das weiß ich jetzt auch. Was ich allerdings nicht wusste, ist, dass du Parker geküsst hast.«

»Das ist schon lange her. Und es war eigentlich kein … okay, war es doch, aber es hat nicht funktioniert.« Jack schaufelte sich noch Schweinefleisch auf die Gabel.

»*Und* du hast Mrs G. geküsst. Du Weiberheld.«

»Tja, das hätte eigentlich funktionieren können. Wahrscheinlich haben wir einander nicht genug Zeit gelassen.«

Emma grinste ihn an und spießte ein Stück Hühnchen auf. »Was sagt Del dazu?«

»Dazu, dass ich Mrs Grady geküsst habe?«

»Nein. Zu dir und mir. Zu dem hier.«

»Keine Ahnung. Ich bin kein Mädchen.«

Emma wollte gerade ihr Glas zum Mund führen, hielt jedoch auf halbem Wege inne. »Du hast nicht mit ihm darüber gesprochen? Er ist dein bester Freund.«

»Mein bester Freund wird mir am liebsten in den Hintern treten wollen, weil ich daran gedacht habe, dich anzufassen – und erst recht für das, was wir gerade oben gemacht haben.«

»Aber er weiß auch, dass ich schon Sex hatte.«

»Da bin ich mir nicht so sicher. Er schiebt das in eine andere Dimension. Die Emma aus der anderen Dimension hatte Sex.« Jack schüttelte den Kopf. »Du nicht so sehr.«

»Wenn wir weiter miteinander ins Bett gehen, habe ich nicht vor, das wie eine verbotene Affäre zu behandeln. Er wird es herausfinden. Besser, du sagst ihm vorher was davon. Wenn du das nämlich nicht tust und er es rauskriegt, dann tritt er dir wirklich in den Hintern.«

»Ich denke drüber nach. Aber da ist noch etwas, wo wir gerade dabei sind. Da wir jetzt so zusammen sind, wüsste ich gern, dass da niemand anderes ist, mit dem wir so zusammen sind. Ist das ein Problem?«

Emma nippte an ihrem Wein und fragte sich, warum er das überhaupt fragen musste. »Blutschwur oder kleiner Finger?« Als er lachte, trank sie noch einen Schluck. »Wenn ich mit einem Mann schlafe, treffe ich mich mit keinem anderen. Das ist nicht nur unfein und gegen meine Prinzipien, es ist auch einfach zu kompliziert.«

»Gut. Also nur du und ich.«

»Nur du und ich«, wiederholte Emma.

»Um sieben muss ich draußen vor Ort sein.«

Jetzt kommt's, dachte sie. Ich muss morgen früh raus, Baby. War super mit dir. Ich ruf dich an.

»Irgendwelche Einwände, wenn ich hierbleibe? Ich müsste gegen fünf aufstehen.«

Emmas Mundwinkel hoben sich. »Keine Einwände.«

Als sie endlich in den Schlaf glitten, entdeckte Jack, dass Emma ein Kuscheltier war. Die Art Frau, die sich eingräbt und an einen schmiegt.

Er war eher jemand, der Platz brauchte. Platz bewahrte einen Mann davor, sich in etwas zu verheddern – wörtlich und im übertragenen Sinne.

Doch er stellte fest, dass es ihm unter diesen Umständen eigentlich nichts ausmachte.

Emma schlief ein wie ein Stein, der in einen Teich plumpst. Im einen Moment war sie noch wach und regte sich, im nächsten war sie abgetaucht. Er dagegen sank langsam in den Schlaf, spulte vor seinem inneren Auge den Film mit den Ereignissen des vergangenen und des kommenden Tages ab, während sein Körper zur Ruhe kam.

Also sank er langsam, während Emma den Kopf in seine

Halsbeuge schmiegte, ihm den Arm um die Taille geschlungen und ein Bein zwischen seine geschoben hatte.

In beinahe der gleichen Position erwachte er ungefähr sechs Stunden später, als der Wecker seines Handys piepte. Und als er den Duft von Emmas Haar wahrnahm, war sie sein erster bewusster Gedanke.

Sein Versuch, sich davonzustehlen, ohne sie zu wecken, endete damit, dass sie sich enger an ihn kuschelte. Obwohl sein Körper begeistert darauf reagierte, bemühte er sich, sie sanft von sich zu schieben.

»*Hm?*«, brummte sie.

»Tut mir leid. Ich muss los.«

»Wie spät?«

»Kurz nach fünf.«

Emma seufzte erneut und hob den Mund, um seine Lippen zu streifen. »Ich hab noch ne Stunde. Schade, dass du weg musst.«

Es gelang ihm, sie umzudrehen, so dass sie einander gegenüber lagen und ihre Hand langsam und träge über seinen Hintern kreiste.

»Es gibt zwei Dinge, die ich im Moment echt praktisch finde.«

»Was?«

»Mein eigener Herr zu sein, also nicht gefeuert zu werden, wenn ich zu spät komme. Und mehr noch meine Angewohnheit, immer ein paar extra Arbeitsklamotten im Kofferraum zu haben. Wenn ich direkt von hier aus hinfahre, habe ich noch fast eine Stunde.«

»Praktisch. Willst du Kaffee?«

»Das auch«, sagte Jack und rollte sich auf sie.

10

Während Tiffany einen weiteren Auftrag fertig machte, vollendete Emma den dritten handgebundenen Strauß. Sie liebte die Kombination aus Fransentulpen mit Ranunkeln und Hortensien. Und auch wenn ihre Finger beim Einbinden des Drahts mit den Kristallen litten, wusste sie, dass dieser Vorschlag richtig gewesen war. Ebenso wie die Streifen aus Spitze und die perlenbesetzten Nadeln zum Fixieren der Blumenstängel.

Die einzelnen Schritte, die Details, die erforderliche Präzision waren der Grund dafür, dass sie trotz ihrer Erfahrung für jeden Strauß fast eine Stunde brauchte. War sie nicht ein Glückspilz, dachte sie, dass sie jede Minute davon genoss?

Für sie gab es auf der ganzen Welt keinen schöneren Job. Und gerade jetzt, als sie mit der sorgfältigen Zusammenstellung der Zutaten für den nächsten Strauß begann, während Tiffany still am anderen Ende des Arbeitstisches werkelte und Musik und Blumendüfte in der Luft lagen, gerade jetzt fand Emma, dass sie die glücklichste Frau auf Erden war.

Sie drehte die Blumen in ihrer Hand, fügte Tulpen in verschiedener Höhe hinzu, rückte zurecht, setzte die Ranunkeln dazwischen, um die gewünschte Form zu erhalten. Beim Einbinden der Perlen freute sie sich an den glitzernden Akzenten, und die Zeit verging wie im Flug.

»Soll ich jetzt mit den Centerpieces anfangen?«

»Hm?« Emma schaute auf. »Oh. Entschuldige, ich war gerade ganz woanders. Was hast du gesagt?«

»Die sind echt schön. Die verschiedenen Materialien.« Während sie Emmas Arbeit bewunderte, kippte Tiffany ein Glas Wasser hinunter. »Danach musst du nur noch einen machen. Ich würde ja damit anfangen, aber im Sträußebinden bin ich nicht so gut. Ich könnte allerdings mit den Centerpieces loslegen. Ich habe die Liste und den Entwurf.«

»Nur zu.« Mit einem Kabelbinder fixierte Emma die Stiele und knipste das überstehende Stück mit ihrem Drahtschneider ab. »Tink müsste schon da sein ... Sie ist spät dran, sie müsste schon da sein.« Emma tauschte die Schere gegen eine Knipszange und begann, die Stängel zu kürzen. »Wenn du die Centerpieces übernimmst, lasse ich Tink mit den stehenden Arrangements anfangen.«

Emma wickelte Spitze um die Stiele und fixierte sie mit perlenbesetzten Stecknadeln. Sobald der Strauß in einer Vase im Kühlhaus stand, wusch sie sich – erneut – die Hände, rieb sie mit antiseptischer Salbe ein und machte sich daran, den letzten Strauß zu binden.

Als Tink hereinkam und dabei in großen Schlucken aus einer Flasche Mountain-Dew-Limonade trank, zog Emma nur die Augenbrauen hoch.

»Du bist spät«, sagte Tink. »Bla, bla, bla. Ich bleibe länger, wenn du mich brauchst.« Sie gähnte. »Bin erst um drei ins Bett, also zum Schlafen gekommen. Dieser Typ – Jake? Er ist Iron Man, in jedem positiven Sinne. Und heute Morgen ...« Sie brach ab, pustete sich eine pinkfarbene Strähne aus den Augen und legte den Kopf schräg. »Jack, oder? He, Jake und Jack. Cool.«

»Mir ist es gelungen, die glückliche Blumenfee zu werden

und vier handgebundene Sträuße fertig zu machen. Wenn du genug schaffen willst, um dich weiter mit Mountain Dew einzudecken, solltest du lieber anfangen.«

»Kein Problem. Ist er so gut, wie er aussieht?«

»Ich beklage mich nicht, oder?«

»Wer ist Jack?«, wollte Tiffany wissen.

»Du kennst ihn. Der Jack mit dem klasse Hintern und den rauchigen Augen.« Tink ging zum Waschbecken, um sich die Hände zu waschen.

»*Der* Jack?« Mit einer Hortensie in der Hand hielt Tiffany inne und bekam den Mund nicht mehr zu. »Wow. Wo bin ich nur gewesen?«

»Es ist brandneu, du bist also ziemlich auf dem Laufenden. Holst du dir noch mehr?«, wandte Tink sich an Emma.

»Arbeiten«, brummelte Emma. »Wir arbeiten hier.«

»Sie holt sich noch mehr«, folgerte Tink daraus. »Schöner Strauß«, fügte sie hinzu. »Die Tulpen sehen aus, als kämen sie vom Planeten Zorth, aber auf romantische Art. Was mache ich zuerst?«

»Die stehenden Arrangements für die Terrassen. Du brauchst …«

»Hortensien, die Tulpen, Ranunkeln«, begann Tink, und als sie auch die übrigen Blumen- und Blättersorten herunterrasselte, wusste Emma wieder, warum sie Tink behielt.

Um fünf ließ sie Tiffany gehen. Während sie Tink weiter mit Blumen zaubern ließ, machte sie eine Pause, um ihre Hände auszuruhen und einen klaren Kopf zu bekommen. Sie trat nach draußen, um zu Macs Studio hinüberzuschlendern.

Ihre Freundin kam mit einer Kameratasche über der Schulter und einer Dose Diät-Cola in der Hand heraus.

»Halb sechs Probe«, rief Emma ihr zu.

»Dorthin will ich gerade.« Mac machte einen Schlenker auf Emma zu.

»Du kannst der Braut sagen, die Blumen für morgen sind umwerfend, auch wenn ich das selbst sage.« Als sie sich auf halbem Wege trafen, blieb Emma stehen und reckte sich. »Ein langer Tag, und es kommt ein noch längerer.«

»Ich habe läuten hören, Mrs Grady macht Lasagne. Riesenkähne voller Lasagne. Carter und ich haben vor, uns den Bauch vollzuschlagen.«

»Ich bin dabei. Der Gedanke an Lasagne beflügelt mich sogar. Tink macht ihren Anteil noch fertig. Ich helfe dir und Parker bei der Probe, lasse mich verwöhnen und schiebe später am Abend noch ein, zwei Stündchen ein.«

»Guter Plan.«

Emma warf einen Blick auf ihre Arbeitskluft. »Wie schlimm sehe ich aus?«

Mac musterte sie, während sie ihre Cola in einem Zug austrank. »Du siehst aus wie eine Frau, die einen langen Tag hinter sich hat. Die Braut wird hingerissen sein.«

»Ich sage mal, du hast Recht. Ich will mich nicht groß säubern und mich später wieder umziehen müssen.« Emma hakte sich an Macs freiem Arm ein, und zusammen gingen sie zum Haupthaus. »Weißt du, was ich heute gedacht habe? Ich bin die glücklichste Frau auf der Welt.«

»War Jack so gut?«

Mit einem prustenden Lachen stieß Emma Mac mit der Hüfte an. »Ja, aber auch sonst. Ich bin müde, mir tun die Hände weh, aber ich habe den ganzen Tag mit einer Arbeit zugebracht, die ich liebe. Heute Nachmittag habe ich einen Anruf bekommen, nachdem meine Blumen bei der externen Feier angekommen waren. Bei der Babyparty. Es sprudelte nur so aus der Kundin heraus. Sobald sie die Blumen gesehen hatte, musste sie mich einfach sofort anrufen, um mir zu sagen, wie wundervoll sie wären. Wer bekommt schon, was wir bekommen, Mac?« Aufseufzend hob sie das Gesicht der Sonne entgegen. »Wir haben solche Glücksjobs.«

»Im Großen und Ganzen sehe ich das auch so, aber weißt du, was ich an dir so mag? Du kannst all die Monsterbräute einfach vergessen oder ignorieren, all die durchgeknallten Mütter, die besoffenen Freunde des Bräutigams, die zickigen Brautjungfern. Du erinnerst dich nur an die schönen Seiten.«

»Unser Job hat fast nur schöne Seiten.«

»Stimmt. Trotz des Alptraums von einem Shooting für Verlobungsfotos, den ich heute erlebt habe. Das glückliche Paar hat sich total gezofft, noch ehe ich das erste Bild gemacht hatte. Mir klingen immer noch die Ohren.«

»So was hasse ich.«

»Du? Geschrei, Tränen, rausstürmen, wieder reinstürmen. Anschuldigungen, Drohungen, Ultimaten. Mehr Tränen, Entschuldigungen, ruiniertes Make-up, Scham und entsetzliche Verlegenheit. Das hat mir den Tag echt gründlich versaut. Außerdem mussten wir wegen roter, geschwollener Augen den Termin verschieben.«

»Trotzdem machen Dramen den Tag interessant. Und dann gibt es so was.« Emma deutete auf den Bräutigam des morgigen Tages, der seine Braut auf dem Weg zum Haus hochhob und herumwirbelte.

»Mist. Sie sind früh dran. Nicht aufhören, nicht aufhören«, murmelte Mac, während sie Emma die Coladose in die Hand drückte und ihre Kamera aus der Tasche zerrte.

»Sie warten ungeduldig darauf, dass es losgeht«, sagte Emma leise. »Und sie sind glücklich.«

»Und echt hinreißend«, fügte Mac hinzu, als es ihr

gelang, das Paar für einige Schnappschüsse heranzuzoomen. »Apropos hinreißend, schau mal, wer da gerade parkt.«

»Oh.« Als Emma Jacks Wagen erspähte, strich sie sich instinktiv übers Haar.

»Er hat dich schon viel schlimmer gesehen.«

»Vielen Dank. Wir hatten beide einen ziemlich vollen Tag, deshalb dachte ich nicht ...«

Er sah so gut aus, heute in Khakihosen und frischem Nadelstreifenhemd, was bedeutete, dass er eher Kundenbesprechungen und Büroarbeit als Außentermine hinter sich hatte. Der lässige Gang, das glatte Haar, das in der Sonne glänzte, das rasche Killerlächeln, all das machte ihn ... so anziehend.

»In der Hose sieht mein Hintern fett aus«, zischte Emma Mac zu. »Das ist mir egal, weil sie für die Arbeit ist, aber ...«

»Dein Hintern sieht darin nicht fett aus. Sonst würde ich es dir sagen. Die rote Sweathose mit den kurzen Beinen, darin sieht er fett aus.«

»Erinnere mich daran, dass ich sie verbrenne.« Emma gab Mac die Coladose zurück und knipste ihr Lächeln an, als Jack zu ihnen herüberkam.

»Meine Damen.«

»Mann«, erwiderte Mac. »Ich muss an die Arbeit. Später.« Damit eilte sie davon.

»Probe«, erklärte Emma.

»Bist du auch dabei?«

»Nur zur Unterstützung. Bist du fertig für heute?«

»Ja. Ich musste noch bei einem Kunden vorbei, nicht weit von hier, deshalb bin ich ... Störe ich?«

»Nein, nein.« Nervös rückte Emma erneut ihr Haar zurecht. »Ich wollte gerade eine Pause machen und war auf dem Weg zur Probe, für den Fall, dass sie mich für irgendwas brauchen.«

Jack schob die Hände in die Hosentaschen. »Wir gehen nicht normal miteinander um.«

»Gott. Ja. Stimmt. Schluss damit. Hier.« Emma stellte sich auf die Zehenspitzen und küsste Jack energisch. »Ich freue mich, dass du vorbeikommst. Ich bin seit acht an der Arbeit und wollte mal Pause machen. Mrs G. macht Lasagne. Willst du mitessen?«

»Oh, ja.«

»Dann geh doch mal zu ihr und lass deinen Charme spielen, trink ein Bier, und wir sehen uns drinnen, wenn ich fertig bin.«

»Wird gemacht.« Jack fasste sie am Kinn und beugte sich zu ihr herab, um sie erneut zu küssen. »Du riechst wie deine Arbeit. Schön. Wir sehen uns im Haus.«

Als sie auseinandergingen, blühte Emmas Lächeln auf.

Emma trat ins Haus, wo es köstlich nach Abendessen duftete und Mrs Gradys dröhnendes Gelächter ertönte. Diese Kombination gab ihrer ohnehin guten Laune noch einen Kick. Sie hörte, wie Jack anscheinend den Schluss einer Anekdote von der Arbeit erzählte.

»Als sie es endlich geschnallt hat, sagt sie: ›Oh, hm. Können Sie nicht einfach die Tür versetzen?‹«

»Nee, oder?«

»Würde ich Sie etwa belügen?«

»Klar, jeden Tag, und sonntags sogar zweimal. Und, versetzt ihr die Tür?«

»Wir versetzen die Tür, was sie ungefähr doppelt so viel kosten wird wie der Kleiderschrank, in den sie sich verguckt hat. Aber der Kunde ist König.«

Jack trank einen Schluck Bier, und sein Blick fiel auf Emma, die gerade hereinkam. »Wie war's?«

»Locker und leicht, was immer ein gutes Zeichen für den Ernstfall ist. Sie vertrauen ihrem Glück und der Wettervorhersage, dass der für morgen angesagte Regen bis zum späten Abend auf sich warten lässt und sie ohne Zelte auskommen. Drücken wir also die Daumen.«

Genau wie sie es zu Hause tun würde, holte Emma sich ein Weinglas aus dem Schrank. »Jetzt sind sie zum Probedinner gefahren. Aber ich glaube, wir kriegen hier was Besseres.« Sie schnupperte. »Es riecht köstlich, Mrs G.«

»Der Tisch ist gedeckt.« Mrs Grady mischte einen Salat durch. »Ihr esst im Speisezimmer wie zivilisierte Menschen.«

»Parker und Mac kommen sofort. Laurel habe ich nicht gesehen.«

»Sie hantiert in ihrer Küche, aber sie weiß, wann ich das Essen auftrage.«

»Ich sag ihr Bescheid.«

»Na schön. Jack, da du schon Essen schnorrst, mach dich mal nützlich und stell den Salat auf den Tisch.«

»Jawohl, Madam. Hallo, Carter.«

»Hallo, Jack. Sie sind direkt hinter mir, Mrs G.«

Mrs G. warf Carter einen eisigen Blick zu. »Haben Sie Ihren Schülern heute etwas Gescheites beigebracht?«

»Das hoffe ich doch.«

»Haben Sie sich die Hände gewaschen?«, verlangte Mrs G. Rechenschaft.

»Ja, Madam.«

»Dann nehmen Sie den Wein da und gehen Sie sich setzen. Und es wird nichts stibitzt, bevor nicht alle sitzen.«

In dem großen Speisezimmer mit der hohen Decke und den großzügigen Fenstern trug sie das Essen zwanglos in

Schüsseln zum Selbstbedienen auf. Da dies zu ihren Regeln gehörte, waren alle Handys ausgeschaltet, und Parker ließ ihren BlackBerry in der Küche.

»Die Tante der Braut von Sonntag ist vorbeigekommen«, begann Parker. »Sie hat die Chuppah, den Traubaldachin gebracht, mit dem sie erst gestern Abend fertig geworden ist. Ein Kunstwerk. Ich bewahre ihn oben auf. Emma, vielleicht möchtest du einen Blick darauf werfen, für den Fall, dass du an den Blumenarrangements noch etwas ändern willst. Carter, du unterrichtest den älteren Sohn der Schwägerin der Tante. David Cohen.«

»David? Ein cleverer Kerl, der seine Kreativität derzeit vor allem einsetzt, um im Unterricht herumzukaspern. Erst letzte Woche hat er im Stil eines Stand-up-Comedians ein Referat über *Von Mäusen und Menschen* gehalten.«

»Was hat er dafür gekriegt?«, wollte Mac wissen.

»Ich bin mir nicht sicher, wie es Steinbeck gefallen hätte, aber ich habe ihm eine Eins gegeben.«

»Das Buch ist so traurig. Warum müssen wir in der Schule so viele traurige Bücher lesen?«, fragte Emma.

»Mit meinen Anfängern lese ich gerade *Die Brautprinzessin* von William Goldman.«

»Warum hatte ich keine Lehrer wie dich? Ich mag fröhliche Bücher mit Happy End. Und sieh dich nur an, mit deiner ganz persönlichen Butterblume.«

Mac verdrehte die Augen. »Ja, das bin ich. Ich bin eine echte Butterblume. Die Feier von morgen hat aber schon etwas Märchenhaftes. All die Lichterketten und Kerzen und weißen Blumen.«

»Tink hat sich schon beschwert, sie würde schneeblind. Aber sie sind schön. Noch ein paar Stündchen heute Abend, und alles ist fertig. All das Binden und Verdrahten von

Hand macht das Ganze sehr arbeitsintensiv. Außerdem …«, Emma hielt eine Hand mit neuen Schrammen und Kratzern hoch. »Autsch.«

»Floristin würde man gar nicht für einen gefährlichen Beruf halten.« Jack nahm ihre Hand und betrachtete sie eingehend. »Aber du hast echte Kriegsnarben.« Er küsste ihre Fingerknöchel.

Ein langes Schweigen entstand, forschende Blicke.

»Stopp«, befahl Jack mit einem halben Lachen.

»Damit musst du rechnen.« Ohne die Augen von ihnen zu wenden, spießte Laurel die Gabel in ihren Salat. »Wir versuchen gerade, uns umzustellen. Ich finde, du solltest Emma küssen. Wenn wir es sehen, haben wir weniger Anpassungsschwierigkeiten.«

»Wartet! Wartet!« Mac winkte energisch. »Ich hole meine Kamera.«

»Reicht mir mal die Lasagne«, bat Jack.

Parker lehnte sich zurück und nippte an ihrem Wein. »Soweit ich das sehe, amüsieren sich die beiden gerade auf unsere Kosten. Sie tun so, als hätten sie was miteinander, und dann lachen sie hinter unserem Rücken, wenn wir darauf reinfallen.«

»Ooh«, murmelte Mac. »Du bist gut.«

»Klar«, pflichtete Parker ihr bei. »Aber ehrlich, es ist doch nicht so, dass einer der beiden schüchtern wäre. Jedenfalls nicht zu schüchtern für einen kleinen öffentlichen Liebesbeweis, und das auch noch unter Freunden.« Sie zuckte die Achseln, während ein Lächeln auf ihren Lippen erschien. »Ich neige also dazu, das Ganze für einen Schabernack zu halten.«

»Küss das Mädel«, sagte Mrs Grady zu Jack. »Sonst lässt das Pack dich nicht in Frieden.«

»Und gibt dir keine Lasagne«, entschied Laurel. »Küssen!« Sie klatschte in die Hände. »Küssen!«

Mac fiel in den Rhythmus ein. Carter schüttelte hingegen nur den Kopf, selbst als sie ihn mit dem Ellbogen anstieß.

Jack gab auf, wandte sich der lachenden Emma zu, zog sie zu sich herüber und gab ihr einen Kuss, der ihm Jubel und Beifall der Tischrunde einbrachte.

»Sieht aus, als würde hier eine Party gefeiert und man hätte vergessen, mich einzuladen.«

Der Lärm verstummte, als alle sich zur Tür wandten, in der Del stand. Er starrte Jack an und hob eine Hand, um Parker am Aufstehen zu hindern.

»Was zum Teufel geht hier vor?«

»Wir essen zu Abend«, entgegnete Laurel betont gleichgültig. »Wenn du was willst, musst du dir einen Teller holen.«

»Nein, danke«, erwiderte Del ebenso gleichgültig. »Parker, ich muss ein bisschen Papierkram mit dir durchgehen. Wir machen das ein andermal, da du ja offenbar mitten bei etwas bist, das mich nichts angeht.«

»Del …«

»Du und ich«, fiel er seiner Schwester ins Wort, ohne den Blick von Jack zu wenden. »Wir sprechen uns später.«

Als er hinauseilte, stieß Parker einen tiefen Seufzer aus. »Du hast es ihm nicht gesagt.«

»Ich habe immer noch überlegt, wie … Nein«, verbesserte sich Jack. »Nein, habe ich nicht. Ich muss zu ihm und das klären«, sagte er zu Emma.

»Ich komme mit. Ich kann …«

»Nein, lieber nicht. Es kann eine Weile dauern, also … Ich ruf dich morgen an.« Er schob seinen Stuhl zurück. »Entschuldigt.«

Als er gegangen war, schaffte Emma beinahe zehn Sekunden. »Ich muss es wenigstens versuchen.« Damit sprang sie auf und hastete Jack nach.

»Er sah ziemlich geladen aus«, stellte Mac fest.

»Natürlich ist er geladen. Sein perfektes Gleichgewicht ist durcheinandergeraten.« Laurel zuckte die Achseln, als Parker ihr einen giftigen Blick zuwarf. »Das gehört dazu. Und es ist nur schlimmer dadurch geworden, dass Jack ihm nichts gesagt hat. Es ist sein gutes Recht, geladen zu sein.«

»Ich könnte ihnen nachgehen«, bot Carter sich an. »Versuchen, zu vermitteln.«

»Vermittler bekommen oft von beiden Parteien die Faust ins Gesicht.«

Carter schenkte Mac ein sarkastisches Lächeln. »Wäre ja nicht das erste Mal.«

»Nein, lass sie das unter sich ausmachen.« Parker seufzte erneut. »Freunde machen das so.«

Weil Emmas Besorgnis ihn noch gut zehn Minuten aufhielt, schaffte Jack es nicht mehr, Del noch auf dem Gelände des Brown Estate einzuholen. Doch er wusste, wo Del hinfahren würde. Nach Hause, wo er in aller Ruhe fluchen, schimpfen und grübeln konnte.

Er klopfte und zweifelte nicht daran, dass Del ihm aufmachen würde. Erstens hatte er einen Schlüssel, und sie wussten beide, dass er ihn notfalls auch benutzen würde. Und was noch schwerer wog, Del war nicht der Typ, der einer Konfrontation aus dem Weg ging.

Als Del die Tür aufriss, sah Jack ihm in die Augen. »Wenn du mir eine knallst, schlage ich zurück. Dann haben wir beide blutige Nasen, aber nichts geklärt.«

»Leck mich, Jack!«

»Leck du mich, Del. Es war voll daneben, wie du …«

Er nahm den Faustschlag ins Gesicht hin, weil er ihn nicht hatte kommen sehen, und schlug zurück. Mit blutenden Lippen standen sie in der Haustür.

Jack wischte sich über den Mund. »Willst du, dass wir uns drinnen oder draußen vermöbeln?«

»Ich will wissen, warum zum Teufel du deine Finger an Emma hattest.«

»Willst du das drinnen oder draußen hören?«

Del drehte sich um und stapfte zurück in sein großes Zimmer, um sich ein Bier zu nehmen. »Wie lange machst du dich schon an sie ran?«

»Ich habe mich nicht an sie rangemacht. Wenn überhaupt, haben wir uns beide aneinander rangemacht. Um Himmels willen, Del, sie ist eine erwachsene Frau, sie trifft ihre eigenen Entscheidungen. Es ist nicht so, dass ich meinen Schnurrbart gezwirbelt und ihr die Jungfräulichkeit geraubt hätte.«

»Vorsicht«, warnte Del. Dann wurde sein Blick tödlich. »Du hast mit ihr geschlafen?«

»Lass mich das erklären.« Kein guter Anfang, Cooke, dachte er. »Lass es mich einfach erklären.«

»Ja oder nein, verdammt?«

»Ja, verdammt. Ich habe mit ihr geschlafen und sie mit mir. Wir beide miteinander.«

Etwas Mörderisches blitzte in Dels Augen auf. »Ich sollte dich windelweich prügeln.«

»Du kannst es versuchen. Dann landen wir beide in der Notaufnahme. Und wenn ich wieder rauskomme, werde ich immer noch mit ihr schlafen.« Etwas ähnlich Tödliches funkelte in Jacks Blick. »Und das geht dich einen Scheißdreck an.«

»Von wegen.«

Da er das Gefühl hatte, mehr Schlagfehler begangen zu haben als Del, nickte Jack. »Okay, in Anbetracht der Umstände geht es dich etwas an. Aber du hast kein Recht, einem von uns vorzuschreiben, mit wem wir zusammen sein dürfen.«

»Wie lange?«

»Es ist einfach passiert. Es ist so über mich, über uns gekommen. In den letzten Wochen oder so.«

»In den letzten Wochen.« Del betonte jede Silbe. »Und du hast mir nichts davon gesagt.«

»Nein, und zwar vor allem, damit ich keine reingehauen kriege.« Jack riss den Kühlschrank auf und nahm sich ein Bier. »Ich wusste, es würde dir nicht gefallen, und ich wusste noch nicht, wie ich es dir erklären sollte.«

»Bei allen anderen hattest du offenbar keine Erklärungsschwierigkeiten.«

»Nein, aber bei den anderen bestand auch keine Gefahr, dass sie mir die Faust ins Gesicht rammen, weil ich mit einer schönen, interessanten, *willigen* Frau geschlafen habe.«

»Es ist nicht irgendeine Frau. Es ist Emma.«

»Das weiß ich auch.« Allmählich gewann Jacks Frust die Oberhand über seinen Zorn. »Ich weiß, wer sie ist, und ich weiß, was sie dir bedeutet. Was alle vier Mädels dir bedeuten. Deshalb habe ich auch die Finger von ihr gelassen, bis … vor kurzem«, schloss er und hielt die kalte Flasche an sein pochendes Kinn. »Ich hatte schon immer eine Schwäche für sie, aber das habe ich verdrängt. ›Finger weg, Jack.‹ Weil es dir nicht gefallen hätte, Del. Du bist mein bester Freund.«

»Du hattest eine Schwäche für eine Menge Frauen.«

»Das ist wahr«, erwiderte Jack knapp.

»Emma ist nicht der Typ, mit dem man schläft, bis man etwas Besseres kennenlernt. Sie ist eine Frau, der man Versprechen macht, mit der man Pläne schmiedet.«

»Um Himmels Willen, Del, ich gewöhne mich gerade daran …« Jack hatte bisher weder Pläne noch Versprechen gemacht, noch nie. Pläne veränderten sich, oder? Versprechen wurden gebrochen. Unverbindlich zu bleiben war aufrichtiger.

»Wir waren eine Nacht zusammen. Wir wissen selbst noch nicht, wohin das führt. Außerdem, jetzt gib mir mal eine kleine Chance. So viele Frauen ich auch gehabt habe, ich habe sie nie belogen und bin ihnen nie mit etwas anderem begegnet als mit Respekt.«

»April Westford.«

»Mein Gott, Del, damals waren wir auf der Uni, und sie hat mir nachgestellt. Sie war verrückt. Sie hat versucht, in unser Haus einzubrechen. Sie hat mein Auto mit dem Schlüssel zerkratzt. Und deins.«

Del schwieg und trank einen Schluck Bier. »Na gut, ein Punkt für dich. Emma ist anders. Sie ist anders.«

»Die kleine Chance, Del? Ich weiß, dass sie anders ist. Denkst du, sie liegt mir nicht am Herzen? Dass es nur um Sex geht?« Unfähig, still zu stehen, tigerte Jack auf und ab. Es machte ihn nervös, wie sehr Emma ihm am Herzen lag. Das Ganze war schon kompliziert genug, auch ohne dass sein bester Freund von Versprechen faselte und davon, dass Emma anders war.

»Emma hat mir immer am Herzen gelegen. Alle vier Mädels. Das weißt du. Das weißt du ganz genau.«

»Hattest du mit den anderen auch Sex?«

Jack trank einen großen Schluck und dachte, verdammt, was soll's. »Ich habe deine Schwester geküsst. Parker, da du ja im Augenblick alle vier als deine Schwestern betrachtest. Damals auf dem College, als wir uns auf einer Party über den Weg gelaufen sind.«

»Du hattest was mit Parker?« Jetzt sprühte aus Dels Augen nicht mehr der Zorn, sondern das blanke Entsetzen. »Kenne ich dich überhaupt?«

»Ich hatte nichts mit ihr. Wir haben nur geknutscht. Damals schien das gerade das Richtige zu sein. Weil es sich aber anfühlte, als würde ich meine Schwester küssen, und weil es Parker ziemlich ähnlich ging, haben wir darüber gelacht, und damit war die Sache gegessen.«

»Hast du als Nächstes Mac ausprobiert? Oder Laurel?«

Jacks Blick wurde hart und hitzig, und es juckte ihn in den Fingern, die Hand erneut zur Faust zu ballen. »Oh, ja, ich habe sie alle vernascht. So bin ich eben. Ich vernasche Frauen, als wären sie Chipstüten und schmeiße den übrig gebliebenen Müll auf die Straße. Verdammt, wofür hältst du mich eigentlich?«

»Im Moment weiß ich das auch nicht. Du hättest mir sagen sollen, was für Gedanken an Emma du hattest.«

»O ja, das sehe ich ein. ›He, Del, ich hätte so gerne Sex mit Emma. Wie findest du das?‹«

Jetzt spiegelte sich in Dels Gesicht weder Zorn noch Schock, sondern eisige Kälte. Für Jack war das noch schlimmer.

»Versuchen wir es mal so. Wie hättest du dich gefühlt, wenn du heute Abend in die Runde geplatzt wärst? Versuch das mal, Jack.«

»Ich wäre sauer. Ich würde mich verraten fühlen. Du willst von mir gerne hören, dass ich das vermasselt habe? Okay, ich habe es vermasselt. Aber von welcher Seite ich es auch betrachte, es läuft alles auf das Gleiche hinaus. Denkst du, ich weiß nicht, wie das für dich ist? Die Position, die du nach dem Tod deiner Eltern eingenommen hast? Und was sie alle dir bedeuten? Jede Einzelne. Ich habe das doch mit dir durchgestanden, Del.«

»Das hat überhaupt nichts damit zu tun, dass …«

»Alles hat damit zu tun, Del.« Jack hielt einen Augenblick inne, sprach dann ruhiger weiter. »Ich weiß, es spielt keine Rolle, dass Emma eine Familie hat. Sie ist dein Schützling.«

Das Eis schmolz ein wenig. »Vergiss das nicht. Und vergiss noch etwas nicht. Wenn du ihr wehtust, bist du dran.«

»Das ist fair. Ist die Sache damit geritzt?«

»Noch nicht ganz.«

»Sag mir Bescheid, wenn es so weit ist.« Jack stellte das halb ausgetrunkene Bier ab.

Emma blieb nichts anderes übrig, als sich in die Arbeit für die Feier am Freitag zu knien, damit sie fertig wurde. Zeitig am Freitagmorgen begannen sie und ihr ganzes Team mit dem Entwurf und dem Vorbereiten der Blumen für die anderen Wochenendveranstaltungen.

Spät am Nachmittag fing sie an, Blumen aus dem Kühlhaus zu holen und andere hineinzustellen. Sie lud den Transporter voll, damit ihre Leute mit dem Schmücken von Haus und Terrassen beginnen konnten.

Sobald der Empfang losging, würde sie zurückkommen und die übrige Arbeit allein beenden.

Knapp vor der Ankunft der Braut füllten sie und Beach riesige weiße Hortensien in die Vasen auf dem Säulenvorbau. »Wunderbar. Perfekt. Geh rein und hilf Tiffany im Foyer. Ich arbeite mit Tink hinten weiter.«

Sie stürmte los, überschlug die Zeit, kontrollierte auf dem

Weg weitere Kübel und Blumenarrangements. Auf der Terrasse kletterte sie auf die Leiter, um die weiße Rosenkugel in der Mitte der Pergola aufzuhängen.

»Ich dachte nicht, dass mir die gefallen würde.« Tink schleppte die Bodengestecke an ihren Platz. »Weiß ist so, na ja, so *weiß*. Aber es sieht echt interessant aus, irgendwie voller Magie. Hallo, Jack. Wer hat dir denn eine verpasst?«

»Del und ich haben uns gegenseitig eine reingehauen. Ab und zu machen wir das.«

»Mein Gott.«

Falls er erwartet hatte, dass Emma ihn wegen seines ramponierten Kinns bedauerte, wurde er enttäuscht. Ihr Zorn zeigte sich in jeder Bewegung, als sie die Leiter herunterstieg und die Hände in die Hüften stemmte. »Warum denken Männer eigentlich, es würde alles wieder gut, wenn sie einander verprügeln?«

»Warum denken Frauen, es würde alles wieder gut, wenn sie Schokolade essen? Das ist das Tier im Manne.«

»Tink, lass uns die Girlanden fertig machen. Schokolade essen ist wenigstens schön«, sagte Emma, während sie ihre Arbeit fortsetzte. »Eine Faust im Gesicht aber nicht. Und, ist dadurch jetzt alles wieder gut?«

»Noch nicht ganz. Aber es ist ein Anfang.«

»Ist Del okay?« Emma presste die Lippen zusammen und warf Jack einen Blick zu. »Ich weiß, dass Parker versucht hat, ihn anzurufen, aber er war den ganzen Tag im Gericht.«

»Er hat mich zuerst geschlagen.« Jack nahm ihr die Leiter ab, stellte sie an den Platz, den sie ihm zeigte und betupfte seine geschwollene Lippe. »Autsch.«

Emma verdrehte die Augen und küsste ihn ganz zart. »Ich habe gerade keine Zeit, dich zu bemitleiden, aber ich verspreche, es mir später einzurichten, falls du bleiben willst.«

»Ich wollte nur kurz vorbeischauen, um dir zu berichten, dass alles … noch nicht ganz wieder gut ist. Dann will ich dir hier nicht länger im Weg stehen. Ich weiß, dass dein ganzes Wochenende dicht ist.«

»Stimmt, und du findest bestimmt etwas Besseres, als hier herumzuhängen.«

Er würde sich schuldig fühlen, ein wenig elend, auch immer noch ein bisschen sauer, dachte sie. Das schrie in ihren Augen nach Freunden und Familie.

»Aber … du könntest trotzdem hierbleiben. Oder bei Carter, oder bei mir zu Hause. Wenn du willst. Während des Empfangs verdrücke ich mich, um ein paar Sachen für morgen fertig zu machen.«

»Lass uns doch einfach improvisieren.«

»Ja, gut.« Emma trat einen Schritt zurück, musterte die Pergola und hakte sich dann bei Jack unter. »Wie findest du es?«

»Ich wusste gar nicht, dass es so viele weiße Blumen gibt. Es sieht zugleich elegant und fantasievoll aus.«

»Genau.« Sie drehte sich zu ihm um, strich ihm mit den Fingern durchs Haar und mit den Lippen über den Rand des lädierten Mundes. »Ich muss im Großen Saal und im Ballsaal nach dem Rechten sehen.«

»Vielleicht gucke ich mal, ob Carter zum Spielen rauskommt.«

»Wir sehen uns später, falls …«

»Falls«, bekräftigte Jack und nahm den Schmerz eines innigeren Kusses in Kauf. »Okay. Bis später.«

Lachend eilte Emma ins Haus.

11

Am Ende des Abends war Emmas Kühlhaus voll mit Sträußen, Centerpieces und Gestecken für den Rest des Wochenendes, und sie wusste genau, dass sie um sechs Uhr wieder aufstehen musste, um weitere Arrangements fertig zu machen. Sie schaffte es gerade noch bis zum Sofa, bevor sie zusammenbrach.

»Und das Ganze machst du morgen noch einmal«, sagte Jack. »Zweimal.«

»Hm-hm.«

»Und nochmal am Sonntag.«

»Nee. Am Sonntag muss ich nochmal gut zwei Stunden ran, morgens, bevor ich für die erste Feier schmücke. Aber meine Leute können den Rest für Sonntag fertig machen, während ich mich um die Sachen für Samstag kümmere. Für beide Samstagsfeiern.«

»Ich habe schon ein paarmal ausgeholfen, aber mir war nie wirklich klar ... Ist das jedes Wochenende so?«

»Im Winter ist es etwas ruhiger.« Emma rollte sich ein wenig zusammen und wackelte die Schuhe von den Füßen. »April bis Juni sind die Hauptmonate. Im September und Oktober kommt noch eine Hochsaison. Aber im Grunde? Ja, jedes Wochenende.«

»Während du gearbeitet hast, habe ich einen Blick in dein Kühlhaus geworfen. Das zweite brauchst du unbedingt.«

»O ja. Als wir angefangen haben, hätte keine von uns gedacht, dass wir so groß werden würden. Nein, das stimmt nicht. Parker hat damit gerechnet.« Bei der Erinnerung musste Emma lächeln. »Parker hat immer daran geglaubt. Ich dachte bloß, ich könnte halbwegs von einer Arbeit leben, die mir Spaß macht.« Während sie sich Stückchen für Stückchen entspannte, krümmte sie ihre schmerzenden Zehen. »Aber ich dachte nie, dass wir einmal einen Punkt erreichen würden, an dem wir alle mit Terminen, Pflichten, Kunden und Mitarbeitern jonglieren würden. Wahnsinn.«

»Du könntest mehr Hilfe gebrauchen.«

»Wahrscheinlich. Das Gleiche gilt auch für dich, oder?« Als Jack ihre Füße auf seinen Schoß zog und die verkrampften Zehen und müden Fußrücken massierte, fielen ihr langsam die Augen zu. »Ich weiß noch, wie du deinen Betrieb eröffnet hast. Damals warst das praktisch nur du. Heute hast du Mitarbeiter und Geschäftspartner. Wenn du nicht an Entwürfen sitzt, bist du draußen vor Ort oder triffst dich mit Kunden. Wenn es um den eigenen Betrieb geht, ist das was ganz anderes, als wenn man die Stechuhr bedient.«

Sie schlug die Augen wieder auf und begegnete seinem Blick. »Und jedes Mal, wenn du jemanden einstellst – auch wenn es das Beste, das Richtige für dich und dein Geschäft ist –, fühlt es sich an, als würdest du ein kleines bisschen davon aufgeben.«

»Genau aus diesem Grund habe ich mich ein Dutzend Mal dafür und wieder dagegen entschieden, Chip einzustellen. Bei Janis war es das Gleiche, dann bei Michelle. Jetzt habe ich für den Sommer einen Praktikanten eingestellt.«

»Super. Gott, macht uns das nicht zur älteren Generation? Das ist gar nicht so einfach.«

»Er ist einundzwanzig. Gerade eben. Beim Vorstellungsgespräch habe ich mich uralt gefühlt. Um wie viel Uhr musst du morgen anfangen?«

»Lass mich überlegen … Um sechs, schätze ich. Vielleicht halb sieben.«

»Dann sollte ich dich mal schlafen lassen.« Unbewusst streichelte er über ihre Wade. »Dein Wochenende ist ziemlich vollgepackt. Wenn dir danach ist, können wir am Montag ausgehen.«

»Aus? Da draußen hin?« Emma wedelte mit der Hand durch die Luft. »Dorthin, wo einem Leute was zu essen bringen und es womöglich noch Unterhaltung gibt?«

Jack lächelte. »Abendessen und Kino, klingt das gut?«

»Abendessen und Kino? Das klingt nach eimerweise Genuss.«

»Dann schnappe ich mir einen Eimer und hole dich am Montag gegen halb sieben ab?«

»Das passt mir. Das passt mir gut. Ich habe eine Frage.« Emma reckte sich genüsslich, als sie sich aufsetzte. »Du hast bis nach Mitternacht hier ausgeharrt, und jetzt willst du nach Hause fahren, nur damit ich schlafen kann?«

»Du hattest einen langen Tag.« Jack drückte kurz ihre Wade. »Du bist bestimmt müde.«

»Nicht so müde«, entgegnete Emma, krallte die Hand in sein Hemd und zog ihn mit sich zurück aufs Sofa.

Am Montagabend brachte Laurel ihre Kunden, die zu einem Beratungsgespräch bei ihr gewesen waren, zur Tür. Das Brautpaar vom kommenden September nahm einen Karton mit einer Auswahl an Mustertorten mit, doch sie wusste, dass die beiden sich für die italienische Buttercremetorte entschieden hatten. Ebenso wie sie wusste, dass die Braut zu ihrem »Royal Fantasy«-Design neigte und der Bräutigam zu »Mosaic Splendor«.

Die Braut würde gewinnen, daran zweifelte sie nicht, doch es war schön, dass sich auch einmal ein Mann ernsthaft für die Details interessierte.

Außerdem würde sie die Braut überreden, sie eine Bräutigamstorte im Mosaik-Design anfertigen zu lassen, als Ergänzung zur Hochzeitstorte.

So gewinnen alle, dachte sie.

»Sagen Sie mir einfach Bescheid, wenn Sie sich entschieden haben, und machen Sie sich keine Sorgen, wenn Sie es sich nochmal anders überlegen. Es ist noch reichlich Zeit.« Sie lächelte weiter ungezwungen und blieb den Kunden gegenüber locker, selbst als sie Del den Weg heraufkommen sah.

Er war ganz der erfolgreiche Anwalt, dachte sie, in seinem perfekt geschnittenen Anzug, mit der perfekten Aktenmappe und den schicken Schuhen.

»Parker ist in ihrem Büro«, informierte sie ihn. »Ich glaube, sie ist frei.«

»Okay.« Er trat ein und schloss die Tür. »He«, sagte er, als sie die ersten Treppenstufen hinaufging. »Sprichst du nicht mit mir?«

Sie warf ihm einen raschen Blick zu. »Hab ich doch gerade.«

»Kaum. Ich bin der Einzige, der hier sauer sein sollte. Du hast keinen Grund, bockig zu sein.«

»Ich bin bockig?« Sie blieb stehen und wartete, bis er bei ihr angekommen war.

»Von meinen Freunden und meiner Familie erwarte ich, dass sie mich nicht anlügen, auch nicht, indem sie mir etwas verschweigen. Und wenn sie es tun …«

Laurel bohrte ihm energisch einen Finger in die Schulter

und hielt ihn dann in die Luft. »Erstens, ich wusste nicht, dass *du* es nicht wusstest. Das Gleiche gilt für Parker, Mac und Carter. Für Emma im Übrigen auch. Das ist also eine Sache zwischen dir und Jack. Zweitens«, fuhr sie fort und piekte ihn erneut, als er etwas sagen wollte, »bin ich ganz deiner Meinung.«

»Wenn du mir mal kurz … du bist meiner Meinung?«

»Ja. An deiner Stelle wäre ich auch verletzt und sauer gewesen. Jack hätte dir sagen müssen, dass zwischen ihm und Emma was läuft.«

»Hm, okay. Danke – oder entschuldige. Was dir lieber ist.«

»Trotzdem.«

»Mist.«

»Trotzdem«, wiederholte Laurel. »Vielleicht fragst du dich mal, warum dein bester Freund dir nichts erzählt hat. Vielleicht denkst du auch nochmal darüber nach, wie du dich gestern Abend benommen hast – wie ein engstirniger Moralapostel, der sich in den Schmollwinkel verzieht.«

»Moment mal.«

»So sehe ich das, ebenso wie ich verstehe – nicht billige –, warum Jack dir nichts gesagt hat. Du hättest ganz den Delaney Brown raushängen lassen.«

»Was soll das heißen?«

»Wenn du es nicht kapierst, nützt es auch nichts, wenn ich es dir erkläre.«

Del ergriff ihre Hand, als sie weiterging. »Das ist Drückebergerei.«

»Na schön. Delaney Brown missbilligt etwas. Delaney Brown weiß es am besten. Delaney Brown manipuliert und dirigiert dich so lange herum, bis er dich dort hat, wo er dich haben will – zu deinem eigenen Besten.«

»Du bist eiskalt, Laurel.«

Laurel seufzte, wurde weicher. »Nein, bin ich nicht. Nicht wirklich. Weil dir das Wohlergehen deiner Freunde und deiner Familie wirklich am Herzen liegt. Aber du bist dir immer so verdammt sicher, Del, dass du weißt, was am besten für sie ist.«

»Willst du mir etwa sagen, du glaubst, was zwischen Emma und Jack läuft, wäre das Beste für einen der beiden?«

»Ich weiß nicht.« Laurel erhob die Hände, die Handflächen nach oben gerichtet. »Ich gebe nicht vor, das zu wissen. Ich weiß nur, dass sie es im Moment genießen, zusammen zu sein.«

»Und das bringt dich kein bisschen aus der Fassung? Hast du nicht das Gefühl, du wärst in einer anderen Wirklichkeit gelandet?«

Laurel musste lachen. »Eigentlich nicht. Es ist ein wenig …«

»Es ist … was, wenn ich mich auf einmal an dich ranmachen würde? Ich beschließe einfach, he, ich hätte gern Sex mit Laurel.«

Laurels Miene wurde wieder härter, ihr Lachen erstarb. »Du bist so ein Idiot.«

»Was? *Was?*«, rief Del ihr nach, als sie die Treppe hinaufstürmte. »Es ist doch eine andere Wirklichkeit«, murmelte er und stieg die restlichen Stufen zum Büro seiner Schwester empor.

Sie saß an ihrem Schreibtisch, wie erwartet, und sprach in ihr Headset, während sie gleichzeitig am Computer arbeitete. »Das ist genau richtig. Ich wusste, dass ich auf Sie zählen kann. Die Kunden brauchen zweihundertfünfzig. Sie können sie mir hierherliefern, dann übernehme ich den Rest. Vielen herzlichen Dank. Ihnen auch. Wiederhören.«

Sie zog sich das Headset herunter. »Ich habe gerade zweihundertfünfzig Quietscheentchen bestellt.«

»Warum?«

»Die Kundin will, dass sie bei ihrer Hochzeit im Pool schwimmen.« Parker lehnte sich zurück, trank aus ihrer Wasserflasche und sah Del mitfühlend an. »Wie geht's?«

»War schon mal besser, war aber auch schon schlimmer. Laurel hat gerade gesagt, sie findet ebenfalls, dass es mies von Jack war, mir nichts zu erzählen, aber anscheinend liegt das an mir, weil ich Delaney Brown bin. Manipuliere ich die Leute?«

Parker musterte ihn genau. »Ist das eine Fangfrage?«

»Verdammt.« Del ließ seine Aktenmappe auf den Schreibtisch fallen und ging zu Parkers Kaffeemaschine.

»Okay, eine ernst gemeinte Frage. Ja, natürlich tust du das. Genau wie ich. Wir sind Problemlöser und gut darin, Lösungen und Antworten zu finden. Und wenn wir sie gefunden haben, tun wir, was wir können, um die Leute davon zu überzeugen.«

Del wandte sich wieder zu ihr um und sah ihr ins Gesicht. »Manipuliere ich dich, Parks?«

»Del, wenn du mich, was unser Anwesen angeht, nach Mamas und Papas Tod nicht in gewissem Maße nach deinen Wünschen manipuliert hättest, dann hätte ich gerade keine zweihundertfünfzig Quietscheentchen bestellt. Ich hätte mein Geschäft nicht. Keine von uns.«

»So was meine ich nicht.«

»Würdest du oder hast du mich je zu irgendwas gedrängt, das ich nicht wollte, wirklich nicht wollte? Hast du mich trotzdem gedrängt, weil *du* es wolltest? Nein. Es tut mir leid, auf welche Weise du das von Jack und Emma erfahren hast. Aber ich denke, die Situation ist für uns alle ein bisschen seltsam. Keiner von uns hat das kommen sehen. Ich glaube, nicht einmal Jack und Emma.«

»Ich kann mich nicht daran gewöhnen.« Del schlürfte seinen Kaffee. »Bis ich so weit bin, ist es wahrscheinlich sowieso schon wieder vorbei.«

»Mann, bist du romantisch.«

Del zuckte die Achseln. »Jack hat es noch nie mit einer Frau ernst gemeint. Er ist nicht gerade ein Windhund, aber auch nicht der Typ für längere Beziehungen. Er würde ihr nicht absichtlich wehtun. So ist er nicht. Aber …«

»Vielleicht solltest du ein bisschen mehr Vertrauen in deine beiden Freunde haben.« Parker lehnte sich wieder zurück und drehte sich mit ihrem Stuhl hin und her. »Ich glaube, wenn zwischen zwei Menschen etwas läuft, hat das einen Grund. Sonst könnte ich meinen Job nicht machen. Manchmal funktioniert es, manchmal nicht, aber einen Grund gibt es immer.«

»Damit willst du mir sagen, ich soll nicht so knallhart sein, sondern einfach der Freund.«

»Ja.« Parker lächelte ihm zu. »Das ist meine Antwort, meine Lösung, und dazu will ich dich manipulieren. Wie findest du mich dabei?«

»Ganz gut. Ich sollte wohl mal bei Emma vorbeigehen.«

»Das wäre nett.«

»Lass uns zuerst diese Papiere durchgehen.« Del öffnete seine Aktenmappe.

Zwanzig Minuten später klopfte er rasch an Emmas Tür und schob sie auf. »Em?«

Er hörte die Musik – die er für ihre Arbeitsmusik hielt, Harfen und Flöten. Daher ging er nach hinten zu ihrem Arbeitsbereich. Sie saß am Arbeitstisch und arrangierte kleine rosa Rosenknospen in einem weißen Körbchen.

»Em.«

Sie zuckte zusammen und fuhr herum. »Hast du mich erschreckt. Ich habe dich nicht gehört.«

»Weil ich dich störe.«

»Ich fange nur schon mal mit den Sachen für eine Babyparty diese Woche an. Del.« Sie stand auf. »Wie wütend bist du auf mich?«

»Null. Weniger als null.« Er merkte, wie es ihn beschämte, dass sie etwas anderes für möglich gehalten hatte. »Bei Jack bin ich auf ungefähr sieben von zehn, aber auch das ist schon eine Verbesserung.«

»Wenn Jack mit mir schläft, schlafe ich auch mit ihm – daran sollte ich dich wohl erinnern.«

»Vielleicht könnten wir zuerst ein Codewort dafür finden. Zum Beispiel, dass du und Jack zusammen einen Roman schreibt oder im Labor arbeitet.«

»Bist du sauer, weil wir im Labor arbeiten, oder weil wir dir nichts davon erzählt haben?«

»Er hat mir nichts gesagt. Aber es ist wohl eine Mischung. Ich versuche, mit der Laborarbeit klarzukommen, und ich bin sauer, weil er mir nicht gesagt hat, dass du und er …«

»Die Reagenzgläser aufgestellt haben? Die Petrischalen beschriftet haben?«

Stirnrunzelnd schob Del die Hände in die Taschen. »Das mit dem Code gefällt mir doch nicht. Ich will einfach nur, dass es dir gutgeht und du glücklich bist.«

»Es geht mir gut. Ich bin glücklich. Obwohl ich weiß, dass ihr beiden euch deswegen geprügelt habt. Vielleicht macht mich das sogar noch glücklicher. Es ist immer schmeichelhaft, wenn sich Typen meinetwegen eine reinhauen.«

»Das war im Affekt.«

Emma trat auf ihn zu, legte ihm die Hände ans Gesicht und streifte seinen Mund leicht mit den Lippen. »Versuch mal, das nicht wieder zu tun. Dabei sind zwei meiner Lieblingsgesichter im Spiel. Komm, setzen wir uns hinten auf die Veranda – lass uns Limonade trinken und wieder Freunde sein.«

»Okay.«

Währenddessen nahm Jack in Macs Studio Platz und rollte die Entwürfe für den geplanten Anbau auseinander.

»Es ist derselbe Entwurf, den ich dir gemailt habe, nur detaillierter und mit den paar Änderungen versehen, die du wolltest.«

»Sieh mal, Carter! Du bekommst ein eigenes Zimmer.«

Carters Finger tanzten über Macs hellen Haarschopf. »Ich hatte irgendwie gehofft, wir würden uns weiterhin eins teilen.«

Lachend beugte sich Mac dichter über die Pläne. »Schau dir nur mein Ankleidezimmer an! Na ja, das meiner Kunden. Und, Gott, wie herrlich viel Platz wir auf der Terrasse bekommen. Willst du ein Bier, Jack?«

»Nein, danke. Hast du was Alkoholfreies?«

»Klar. Diät-Cola.«

»Mist. Dann Wasser.«

Als Mac in die Küche ging, wies Jack Carter auf einige Details hin. »In diesen Einbauschränken kannst du jede Menge Regalbretter für Bücher unterbringen, oder wofür du willst. Für Akten, für Büromaterial.«

»Was ist das? Ein Kamin?«

»Eine von Macs Änderungen. Sie sagte, jeder Professor, der seinen Titel verdient, sollte einen Kamin in seinem

Arbeitszimmer haben. Es ist ein kleiner, gasbetriebener Kamin, der auch eine zusätzliche Wärmequelle für den Raum ist.«

Carter warf Mac einen Blick zu, als sie mit einer Wasserflasche und zwei Bier zurückkam. »Du hast mir einen Kamin organisiert.«

»Stimmt. Das muss Liebe sein.« Sie küsste ihn leicht und bückte sich, um ihre dreibeinige Katze Triad hochzuheben.

Muss es wohl, dachte Jack, als sie sich setzte und die Katze sich auf ihrem Schoß zusammenrollte.

Während sie Einzelheiten besprachen und über Materialien diskutierten, fragte sich Jack, wie es wohl war, so eine Verbindung zu einem anderen Menschen, so eine Sicherheit zu spüren.

Sie haben keinerlei Zweifel daran, sinnierte er, dass sie den Richtigen beziehungsweise die Richtige gefunden haben. Mit dem sie sich ein Zuhause schaffen, eine Zukunft aufbauen, vielleicht Kinder haben wollen. Mit dem sie eine Katze haben.

Woher wussten sie? Oder warum glaubten sie zumindest fest genug daran, um das Risiko einzugehen?

Für ihn war dies eines der großen Rätsel des Lebens.

»Wann können wir anfangen?«, wollte Mac wissen.

»Ich stelle morgen den Bauantrag. Habt ihr an einen bestimmten Bauunternehmer gedacht?«

»Hm ... das Unternehmen, das den ursprünglichen Umbau für uns gemacht hat, war gut. Gibt es das noch?«

»Ich habe das kurz mit dem Chef durchgesprochen. Ich kann ihn morgen kontaktieren und ihn um einen Kostenvoranschlag bitten.«

»Du bist klasse, Jack.« Mac knuffte ihn freundschaftlich in den Arm. »Willst du zum Essen bleiben? Wir machen

Nudeln. Ich kann Emma anrufen und fragen, ob sie auch Interesse hat.«

»Danke, aber wir gehen aus.«

»Oh.«

»Stopp.« Doch er schüttelte den Kopf und lachte.

»Ich kann mir nicht helfen, aber ich finde es toll, wenn meine Freunde sich so näherkommen.«

»Wir gehen irgendwo was essen und dann ins Kino.«

»Oh.«

Wieder lachte Jack. »Ich haue ab. Wir sehen uns beim Pokerabend, Carter. Mach dich darauf gefasst, dass du verlierst.«

»Ich könnte dir das Geld jetzt schon geben, um Zeit zu sparen.«

»Verlockend, aber ich ziehe das Vergnügen vor, dich am Tisch auszunehmen. Ich besorge euch den Kostenvoranschlag«, fügte er hinzu, als er zur Tür ging. »Das Exemplar des Entwurfs könnt ihr behalten.«

Er hörte Macs »Ah-oh« einen Moment, bevor er Del erblickte.

Etwa anderthalb Meter voneinander entfernt blieben sie stehen.

»Wartet!«, rief Mac. »Wenn ihr euch wieder prügeln wollt, hole ich meine Kamera.«

»Ich sorge dafür, dass sie die Klappe hält«, versprach Carter.

»He! Warte! Das war mein Ernst«, protestierte Mac, als er sie zurück ins Haus zog.

Jack rammte die Hände in die Hosentaschen. »Das hier ist einfach zu blöd.«

»Vielleicht. Wahrscheinlich.«

»Hör mal, wir haben uns eine reingehauen und uns die

Meinung gesagt. Wir haben ein Bier zusammen getrunken. Den Regeln zufolge müsste das einigermaßen reichen.«

»Wir haben uns noch nicht sportlich gemessen.«

Jack spürte, wie ein Teil der Spannung aus seinen Schultern wich. Das war schon eher der alte Del. »Können wir das morgen machen? Ich habe ein Date.«

»Was ist aus dem ›Bruder geht vor Luder‹ geworden?«

Auf Jacks Gesicht breitete sich ein liebenswürdiges Lächeln aus. »Hast du Emma gerade ein Luder genannt?«

Del öffnete den Mund und schloss ihn wieder, fuhr sich dann mit der Hand durchs Haar. »Siehst du, wie kompliziert das ist? Gerade habe ich Emma ein Luder genannt, weil ich sie nicht mehr als Emma betrachte, und ich war ein Klugscheißer.«

»Tja, ich weiß. Ansonsten hätte ich dir schon wieder eine reinhauen müssen. Die Yankees haben morgen Abend ein Heimspiel.«

»Du fährst.«

»Nee. Wir engagieren Carlos. Ich lasse den Mietwagen springen, du das Trinkgeld und das Bier. Wir teilen uns die Kosten.«

»Geht klar.« Del überlegte einen Moment. »Würdest du mir ihretwegen eine reinhauen?«

»Hab ich doch schon.«

»Das war nicht ihretwegen.«

Kapiert, dachte Jack. »Keine Ahnung.«

»Gute Antwort«, entschied Del. »Bis morgen.«

Da die Kombination aus Abendessen im Bistro plus Kino – Actionfilm – so gut funktionierte, machten sie ein zweites offizielles Montagabenddate aus. Volle Terminkalender verhinderten, dass sie dazwischen nennenswerte Zeit miteinander verbringen konnten, doch es reichte für einen netten Anruf, den sie als telefonisches Schäferstündchen bezeichneten, und für ein paar aufreizende E-Mails.

Emma war sich nicht sicher, ob in ihrer derzeitigen Beziehung der Sex oder die Freundschaft die Hauptrolle spielte, doch sie hatte das Gefühl, sie versuchten, eine gute Balance zwischen beidem zu finden.

Sie war beinahe fertig angezogen für den Abend, als Parker hereinkam und die Treppe herauf rief.

»Bin gleich unten. Die Blumen, die du wolltest, habe ich hinten in einer Vase. Obwohl mir immer noch nicht klar ist, wieso du Leuten dabei zuschauen musst, wie sie Gastgeschenke für die Hochzeitsfeier vorbereiten.«

»Die BM will, dass ich vorbeikomme und einen kurzen Blick darauf werfe. Also komme ich vorbei und werfe einen kurzen Blick darauf. Es dürfte nicht lange dauern.«

»Ich hätte dir ja die Zeit erspart und dir die Blumen gebracht, aber meine letzte Beratung heute hat länger gedauert.« Emma stürmte nach unten, blieb stehen und drehte sich einmal wie auf dem Laufsteg. »Wie sehe ich aus?«

»Umwerfend. Was anderes erwartet man bei dir auch nicht.«

Emma lachte. »Die hochgesteckten Haare sind okay, oder? Gerade ein bisschen verstrubbelt und bereit, runtergelassen zu werden.«

»Die Haare sind okay. Genau wie das Kleid. Dieses Dunkelrot steht dir echt gut. Und wenn ich eins hinzufügen darf, das Fitnesstraining zahlt sich aus.«

»Ja. Auch wenn ich das hasse, weil es bedeutet, dass ich damit weitermachen muss. Stola oder Pulli?«, fragte Emma und hielt von beiden ein Exemplar hoch.

»Wohin geht ihr?«

»Vernissage. Hiesige Künstlerin, modern.«

»Die Stola sieht mehr nach Künstlerin aus, und bist du nicht clever?«

»Wieso?«

»Die meisten Leute werden in Schwarz kommen, so dass dein rotes Kleid richtig hervorstechen wird. In so was könntest du Unterricht geben.«

»Wenn ich mich schon aufbrezele, will ich ja wenigstens auffallen, oder? Was ist mit den Schuhen?«

Parker betrachtete die zehenfreien Stilettos mit den sexy Knöchelriemchen. »Echte Killer. Kein Mensch mit einem Y-Chromosom wird einen Blick auf die Gemälde werfen.«

»Ich dachte da nur an ein bestimmtes Y-Chromosom.«

»Du siehst glücklich aus, Emma.«

»Kein Wunder, das bin ich ja auch. Ich bin mit einem interessanten Mann zusammen, der mich zum Lachen bringt *und* bei dem ich Schmetterlinge im Bauch spüre, mit einem, der mir wirklich zuhört und der mich so gut kennt, dass ich ganz ich selbst sein kann, ohne Filter. Und das Gleiche gilt für ihn. Ich weiß, dass er witzig ist und was auf dem Kasten hat, dass er keine Angst vor der Arbeit hat, dass ihm seine Freunde wichtig sind und er sportbesessen ist. Und ... na ja, all die Dinge, die man eben weiß, wenn man ein Dutzend Jahre so engen Kontakt zu jemandem hatte wie wir.«

Sie ging voran zu ihrem Arbeitsbereich. »Manche Leute denken vielleicht, dadurch gäbe es nichts mehr zu entdecken und es wäre nicht mehr aufregend, aber das stimmt nicht. Es gibt immer etwas Neues, und es gibt der Sache Stabilität, dass wir einander wirklich verstehen. Bei Jack kann ich gleichzeitig entspannt und erregt sein.« Emma deutete auf die Blumen. »Ich habe mich für die rosa Tulpen und Zwergiris entschieden. Das ist fröhlich, weiblich, frühlingshaft.«

»Ja, perfekt.« Parker wartete, während Emma die Blumen aus der Vase nahm und das hauchzarte weiße Band zurechtrückte.

»Ich könnte noch etwas Lisianthus dazu tun, wenn du es üppiger möchtest.«

»Nein, es ist super. Genau richtig, Emma«, begann Parker, als ihre Freundin den Strauß in Klarsichtfolie einschlug. »Sag mal, weiß einer von euch, dass du Jack liebst?«

»Was? Nein, ich habe ihm nie gesagt … Natürlich liebe ich Jack. Wir *alle* lieben ihn.«

»Aber wir ziehen nicht alle rote Kleider und sexy Schuhe an, um einen Abend mit ihm zu verbringen.«

»Ach, das ist doch nur … ich gehe eben aus.«

»Es ist nicht nur das, Em. Du gehst mit Jack aus. Du schläfst mit ihm. Was ja auch schon etwas ist, dachte ich zumindest. Aber ich habe dir eben zugehört und dein Gesicht beobachtet. Und ich kenne dich, Schätzchen. Du bist ernsthaft verliebt.«

»Warum musst du das sagen?« Aus Emmas Miene sprach Verzweiflung. »Genau so etwas macht mich befangen, und dann wird das Ganze zäh und unangenehm.«

Mit hochgezogenen Brauen legte Parker den Kopf schräg. »Seit wann denkst du, verliebt zu sein wäre zäh und unangenehm?«

»Seit Jack. Mir geht es gut damit, wie es gerade läuft. Es geht mir sogar besser als gut. Ich habe eine aufregende Beziehung zu einem aufregenden Mann, und ich … ich erwarte überhaupt nichts anderes. Weil das nicht Jack wäre. Er ist nicht der Typ, der darüber nachdenkt, was wir in fünf Jahren wohl machen. Oder in fünf Wochen. Es ist … nur das Hier und Jetzt.«

»Irgendwie komisch, dass du und Del, die ihr ihm näher

steht als irgendjemand sonst, beide so wenig Vertrauen in ihn habt.«

»Das ist es nicht. Es ist nur, dass Jack gerade in dem Punkt ... nichts Dauerhaftes anstrebt.«

»Was ist mit dir?«

»Ich will den Augenblick genießen«, sagte Emma mit entschiedenem Nicken. »Ich verliebe mich nicht in ihn, weil wir beide wissen, was sonst passiert. Dann sehe ich alles in romantischem Licht – unsere Beziehung, ihn, uns – und wünsche mir, er würde ...«

Sie brach ab und presste die Hand auf den Bauch. »Parker, ich weiß, wie es ist, wenn jemand so für mich empfindet, ich aber nicht für ihn. Das ist genauso schlimm für den, der verliebt ist, wie für den, der es nicht ist.«

Sie schüttelte den Kopf. »Nein, da will ich nicht hin. So wie jetzt sind wir erst seit kurzer Zeit zusammen. Und da will ich nicht hin.«

»Ist ja gut.« Beruhigend strich Parker ihr über die Schulter. »Wenn du glücklich bist, bin ich es auch.«

»Bin ich.«

»Ich sollte besser los. Danke für den Strauß.«

»Immer wieder gerne.«

»Wir sehen uns morgen. Folgeberatung für die Seaman-Hochzeit.«

»Steht in meinem Kalender. Ich weiß, dass sie durch die Gärten gehen wollen. Sie möchten sie jetzt sehen, um zu planen, was sie im kommenden April dort haben wollen. Ich bestücke ein paar der Bodenvasen mit blauen Gartenhortensien, die ich im Gewächshaus gehätschelt habe. Sie sind üppig und müssten sich prächtig machen. Außerdem habe ich noch ein paar andere Trümpfe im Ärmel«, fügte Emma hinzu, als sie mit Parker zur Tür ging.

»Wie immer. Viel Spaß heute Abend.«

»Werde ich haben.«

Emma schloss die Tür und lehnte sich von innen dagegen.

Sie konnte sich etwas vormachen, gestand sie sich ein. Jack konnte sie erst recht etwas vormachen. Aber niemals Parker.

Natürlich war sie verliebt in Jack. Wahrscheinlich war sie das schon seit Jahren und hatte sich einfach eingeredet, es wäre Begehren. Das mit dem Begehren war schon schlimm genug gewesen, aber Liebe? Tödlich.

Sie wusste genau, was sie von der Liebe erwartete – von der Liebe, die einem in den Knochen steckte, die aus dem Herzen kam, die einen mit Haut und Haar packte. Die sollte ewig währen.

Sie wollte den Alltag, Tag für Tag, Nacht für Nacht, Jahr für Jahr, das Zuhause, die Familie, den Streit, die Unterstützung, den Sex, alles.

Sie hatte immer gewusst, was sie von einem Partner, einem Lover, dem Vater ihrer Kinder erwartete.

Aber warum musste es Jack sein?

Wenn sie endlich all das empfand, worauf sie ihr Leben lang gewartet hatte, warum musste es ausgerechnet für einen Mann sein, den sie so gut kannte? Gut genug um zu begreifen, dass er seinen Freiraum brauchte, seinen eigenen Weg gehen wollte, und dass Heiraten für ihn ein Glücksspiel mit geringen Gewinnchancen bedeutete?

Sie wusste all das von ihm, und doch hatte sie sich verliebt.

Wenn er das wüsste, wäre er dann … entsetzt? Nein, das war vermutlich übertrieben. Er wäre betroffen, bekümmert – was noch schlimmer war. Er würde nett zu ihr sein und den Stecker sanft herausziehen.

Wie demütigend.

Es gab keinen Grund dafür, dass er es erfahren sollte. Es würde nur dann ein Problem, wenn sie es eins werden ließ.

Also, kein Problem, entschied sie.

Im Umgang mit Männern war sie ebenso geschickt wie im Umgang mit Blumen. Sie würden weitermachen wie bisher, und wenn sie an einen Punkt gelangten, an dem es ihr wehtat, anstatt ihr Freude zu machen, würde sie diejenige sein, die den Stecker zog.

Dann würde sie darüber hinwegkommen.

Sie stieß sich von der Tür ab, um sich in der Küche ein Glas Wasser zu holen. Ihre Kehle fühlte sich ausgetrocknet und ein bisschen rau an.

Sie würde über ihn hinwegkommen, versicherte sie sich. Doch wozu sollte sie sich jetzt darüber Gedanken machen, während sie noch zusammen waren?

Oder ... sie konnte ihn dazu bringen, sich in sie zu verlieben. Wenn sie wusste, wie sie einen Mann davon abhielt, sich in sie zu vergucken – oder wie sie ihn wieder davon abbrachte, wenn er dachte, er wäre in sie verknallt –, warum konnte sie dann nicht einen dazu bringen, sich zu verlieben?

»Halt, ich bringe mich ganz durcheinander.«

Sie atmete tief durch und trank einen Schluck.

»Wenn ich ihn dazu bringe, sich in mich zu verlieben, ist das dann echt? Gott, ich grübele einfach zu viel. Ich gehe auf eine Vernissage. Das ist alles.«

Das Klopfen an der Tür erlöste sie. Jetzt konnte sie aufhören, sich den Kopf zu zerbrechen.

Sie würden ausgehen. Sie würden Spaß miteinander haben. Und was dann passierte, würde eben passieren.

12

Befriedigung eignete sich bestens, um Bedenken zu zerstreuen, dachte Emma. Jacks Blick, als sie die Tür öffnete, war genau, worauf sie aus gewesen war.

»Ich brauche einen Augenblick Ruhe«, sagte er, »um meinen Dank auszusprechen.«

Emma schenkte ihm ein verführerisches Lächeln. »Gern geschehen. Willst du reinkommen?«

Jack trat näher und strich ihr mit den Fingern über die Schulter, an ihrem Arm herunter. Die rauchigen Augen blieben fest auf ihre geheftet. »Mir kommt gerade der Gedanke, ich könnte einfach reinkommen, und wir lassen die Vernissage sausen.«

»O nein.« Emma schob ihn von sich und trat vors Haus. Sie reichte ihm die Stola und kehrte Jack den Rücken zu, warf jedoch einen Blick über die Schulter, als er sie ihr umlegte. »Du hast mir seltsame Gemälde, miserablen Wein und durchgeweichte Kanapées versprochen.«

»Wir könnten einfach wieder reingehen.« Jack beugte sich herab, um an ihrem Hals zu schnuppern. »Ich mache ein paar erotische Zeichnungen, wir trinken guten Wein und bestellen uns Pizza.«

»Immer diese Entscheidungen«, sagte Emma, als sie zu seinem Wagen gingen. »Erst Vernissage, dann erotische Skizzen.«

»Wenn's sein muss.« Doch am Auto blieb Jack stehen, um Emma für einen ausgiebigen Kuss an sich zu ziehen. »Du siehst klasse aus. Umwerfend.«

»Genau das war meine Absicht.« Sie strich über den schiefergrauen Pullover, den er unter der Lederjacke trug. »Du siehst auch klasse aus, Jack.«

»Da wir also so gut aussehen, gehen wir wohl besser, um gesehen zu werden.« Als er sich hinters Steuer setzte, warf er ihr ein unbefangenes Lächeln zu. »Wie war das Wochenende?«

»Vollgepackt, wie erwartet. Und erfolgreich, weil Parker die Kunden überredet hat, für Samstag doch die Zelte zu mieten. Als es geregnet hat, sind alle trocken geblieben. Besser noch, wir haben schnell noch mehr Kerzen und meinen Notvorrat an Blumen rausgekramt, so dass wir gedämpftes Licht und Blumenduft hatten, während der Regen auf das Zelt prasselte. Es war echt schön.«

»Ich habe mich schon gefragt, wie das ausgegangen ist. Ich war am Samstagnachmittag draußen auf einer Baustelle, und bei uns hat es nicht geklappt. Das Trockenbleiben, meine ich.«

»Ich mag Frühlingsregen. Wie er sich anhört, wie er riecht. Das geht nicht allen Bräuten so, aber bei dieser ist es uns gelungen, sie richtig glücklich zu machen. Und wie war der Pokerabend?«

Stirnrunzelnd blickte Jack nach vorn auf die Straße, wo seine Scheinwerfer das Dunkel durchschnitten. »Darüber will ich nicht reden.«

Emma lachte. »Ich habe gehört, Carter hat dich vernichtend geschlagen.«

»Der Typ hat uns mit seinen Sprüchen übers Ohr gehauen – von wegen ›Ich bin kein großer Kartenspieler‹ –, und mit seinem offenen, ehrlichen Gesicht. Er ist ein Gauner.«

»O ja, Carter ist voll der Betrüger.«

»Du hast mit ihm noch nicht Karten gespielt. Glaub mir.«

»Schlechter Verlierer.«

»Stimmt genau.«

Amüsiert lehnte Emma sich zurück. »Erzähl mir ein bisschen über die Künstlerin.«

»Ah … ja. Das sollte ich wohl.« Jack schwieg kurz und trommelte mit den Fingern aufs Lenkrad. »Eine Freundin eines Kunden. Ich glaube, das habe ich schon erwähnt.«

»Hast du.« Emma hatte eigentlich die Kunst selbst gemeint, doch Jacks Ton machte sie misstrauisch genug, um näher darauf einzugehen. »Und eine Freundin von dir?«

»So ähnlich. Wir sind ein paarmal zusammen ausgegangen. Wenige Male. Vielleicht einige Male.«

»Ah, verstehe.« Obwohl ihr Interesse geweckt war, blieb Emmas Tonfall gelassen. »Sie ist eine Ex.«

»Nicht wirklich. Wir waren nicht … Es war eher so, dass ein paar Wochen lang was zwischen uns lief. Vor über einem Jahr. Fast schon zwei. Es war nur ein Techtelmechtel, dann war es vorbei.«

Emma fand es zugleich interessant und schmeichelhaft, wie er sich wand. »Wenn du das als gefährliches Terrain betrachtest, Jack – das brauchst du nicht. Ich habe mir schon gedacht, dass du mit anderen Frauen geschlafen hast.«

»Stimmt. Hab ich. Und Kellye – sie schreibt sich mit einem ›e‹ am Ende – ist eine davon. Sie ist … interessant.«

»Und künstlerisch begabt.«

Es machte sie neugierig, wie es um seinen Mund zuckte. »Das musst du selbst beurteilen«, sagte er.

»Und warum hat das Techtelmechtel aufgehört, eins zu sein, oder ist dir die Frage zu unangenehm?«

»Das Ganze wurde mir ein bisschen zu intensiv. Bei Kellye geht alles sehr tief, und sie ist sehr anspruchsvoll.«

»Hat sie zu viel Aufmerksamkeit gefordert?«, erkundigte sich Emma mit dem Hauch eines frostigen Untertons.

»*Gefordert* ist ein guter Begriff dafür. Wie dem auch sei, das Techtelmechtel war dann zu Ende.«

»Aber ihr seid noch befreundet.«

»Eigentlich nicht. Aber vor ein paar Monaten bin ich ihr über den Weg gelaufen, und da war es okay. Dann hat sie sich wegen ihrer Vernissage bei mir gemeldet, und ich dachte, es kann ja nicht schaden, hinzugehen. Vor allem, weil du dabei bist, um mich zu beschützen.«

»Brauchst du öfters den Schutz von Frauen?«

»Ständig«, erwiderte Jack, worüber Emma sich wieder amüsierte.

»Keine Sorge.« Sie tätschelte seine Hand auf dem Schalthebel. »Ich bin bei dir.«

Als Jack geparkt hatte, liefen sie durch den kühlen Frühlingsabend. Ein frischer Wind ließ die Enden von Emmas Stola flattern. Die kleinen Läden, in denen sie gern herumstöberte, waren schon geschlossen, doch in den Bistros herrschte reger Betrieb. Einige Gäste trotzten der Kälte und aßen draußen, wo Kerzen auf den Tischen flackerten.

Emma roch Rosen und rote Sauce.

»Weißt du, was ich noch nicht für dich gemacht habe?«, begann sie.

»Da habe ich eine Liste, aber ich dachte, ich arbeite mich zu den interessanteren Stichpunkten vor.«

Emma knuffte ihn mit dem Ellbogen. »Kochen. Ich bin

eine gute Köchin, wenn ich Zeit habe. Ich muss dich mal mit meinen Fajitas verführen.«

»Wann und wo immer du willst.« Vor der Galerie blieb Jack stehen. »Da sind wir. Bist du sicher, dass du nicht lieber kochen willst?«

»Kunst«, erwiderte Emma und trat forsch ein.

Nein, nicht wirklich, dachte sie sofort. Das Erste, was sie – abgesehen von ein paar Leuten, die herumstanden und angestrengt guckten – sah, war eine große weiße Leinwand, in deren Mitte von oben nach unten ein breiter, verschwommener schwarzer Strich verlief.

»Ist das eine Reifenspur? Eine einzelne Reifenspur auf einer weißen Straße, oder ein Trennstrich zwischen ... irgendwas?«

»Es ist ein schwarzer Strich auf einer weißen Leinwand. Und wir brauchen was zu trinken«, entschied Jack.

»Hm-hm.«

Als er ging, um etwas aufzutreiben, spazierte Emma herum. Sie betrachtete ein weiteres Gemälde, das eine verhedderte schwarze Kette mit zwei zerbrochenen Gliedern zeigte. Es trug den Titel *Freiheit.* Auf einem anderen schien man einige schwarze Punkte zu sehen, die sich bei genauerem Hinsehen als verstreute Kleinbuchstaben erwiesen.

»Faszinierend, oder?« Ein Mann in dunkel gerahmter Brille und schwarzem Rolli trat neben sie. »Diese Emotion, das Chaos.«

»Hm-hm.«

»Mit minimalistischen Mitteln wird Intensität und Verwirrung erreicht. Das ist genial. Dieses Bild könnte ich stundenlang anschauen und jedes Mal etwas anderes sehen.«

»Kommt darauf an, wie man die Buchstaben sortiert.«

Er strahlte sie an. »Exakt! Ich bin Jasper.«

»Emma.«

»Hast du schon *Geburt* gesehen?«

»Nicht direkt.«

»Meiner Meinung nach ihre beste Arbeit. Es hängt dort drüben. Ich würde zu gern wissen, wie du es findest.«

Bei seiner Geste berührte er sie leicht am Ellbogen – ein Test, wie sie wusste. »Kann ich dir ein Glas Wein holen?«

»Oh ... ich bekomme gerade schon welchen«, sagte Emma, als Jack sich zu ihnen gesellte und ihr ein Glas reichte. »Jack, das ist Jasper. Wir haben gerade *Babel* bewundert«, ergänzte sie, als sie den Titel gefunden hatte.

»Eine Sprachverwirrung«, vermutete Jack und legte Emma leicht eine besitzergreifende Hand auf die Schulter.

»Ja, natürlich. Wenn ihr mich entschuldigt.«

»Da ist seine Seifenblase zerplatzt«, stellte Jack fest, als Jasper sich trollte. Während er den miserablen Wein probierte, betrachtete er das Gemälde. »Sieht aus wie solche Magneten, die manche Leute für ihren Kühlschrank kaufen.«

»Gott sei Dank. Gott sei Dank. Ich dachte schon, du würdest etwas darin erkennen.«

»Oder als hätte jemand die Scrabble-Steine fallen lassen.«

»Hör auf.« Emma musste tief einatmen, um ihr Lachen zu unterdrücken. »Jasper findet, es ist genial in seinem minimalistischen Chaos.«

»Tja, typisch. Sollen wir nicht einfach ...«

»Jack!«

Als Emma sich umdrehte, erblickte sie eine eins achtzig große Rothaarige, die sich mit ausgestreckten Armen durch die Menge drängte. Sie trug eng anliegende schwarze Klamotten, die endlos lange Beine und einen bleistiftdünnen

Körper zeigten. Davon hoben sich hohe, feste Brüste ab, die fast aus dem U-Ausschnitt ihres Oberteils quollen. An ihrem Arm klimperten ein Dutzend silberne Armreife.

Sie mähte Emma beinahe nieder, als sie die Arme um Jack warf, um ihm die mörderischen roten Lippen auf den Mund zu pressen.

Das Beste, was Emma tun konnte, war, sich Jacks Weinglas zu schnappen, bevor es zu Bruch ging.

»Ich wusste, dass du kommen würdest.« Ihre Stimme war tief und fast ein Schluchzen. »Du weißt nicht, wie viel mir das bedeutet. Das kannst du nicht wissen.«

»Äh«, sagte Jack.

»Die meisten Leute hier, sie *kennen* mich nicht. Sie waren nicht *in* mir.«

Jesus Christus. »Okay. Lass uns einfach …« Jack versuchte sich zu befreien, doch die Arme schlangen sich wie ein Würgeisen um seinen Hals. »Ich wollte nur kurz vorbeischauen und dir gratulieren. Darf ich dir jemanden vorstellen … Kellye, du drückst mir die Luft ab.«

»Du hast mir *gefehlt*. Und der heutige Abend bedeutet mir so viel, jetzt noch so viel mehr.« Dramatische Tränen glitzerten in Kellyes Augen, und ihre Lippen zitterten vor Ergriffenheit. »Ich weiß, jetzt kann ich den Abend durchstehen, dem Stress und den *Anforderungen* standhalten, weil du da bist. O Jack, Jack, bleib dicht bei mir. Ganz dicht.«

Noch dichter, dachte er, und er wäre in ihr. »Kellye, das ist Emmaline.« Energisch packte Jack nun Kellyes Handgelenke, um sie von seinem Hals zu lösen. »Emma …«

»Wie reizend, Sie kennenzulernen«, rief Emma überschwänglich und streckte fröhlich die Hand aus. »Sie müssen …«

Kellye stolperte zurück, als hätte man auf sie eingestochen; dann ging sie auf Jack los. »Wie kannst du es wagen! Wie konntest du? Du bringst *sie* hierher? Hältst mir *sie* unter die Nase? Dreckskerl!« Damit ergriff sie die Flucht, bahnte sich den Weg durch die faszinierte Menge.

»Okay, das hat Spaß gemacht. Gehen wir.« Jack ergriff Emmas Hand und zog sie zur Tür. »Fehler. Großer Fehler«, sagte er, nachdem er die frische Luft tief eingesogen hatte. »Ich glaube, sie hat mir mit der Zunge die Mandeln durchbohrt. Du hast mich nicht beschützt.«

»Ich habe dich hängenlassen. Ich schäme mich so.« Jack kniff die Augen zusammen, während er sie den Gehsteig entlangzog. »Und das findest du witzig.«

»Ich bin auch eine Zicke. Kaltherzig. Schande über mich.« Emma konnte nur noch stehen bleiben und losprusten. »Gott, Jack! Was hast du dir dabei gedacht?«

»Wenn eine Frau die Macht hat, einem Mann mit der Zunge die Mandeln zu durchbohren, hört er auf zu denken. Sie beherrscht auch diesen Trick, bei dem sie ... Und das hätte ich beinahe laut gesagt.« Jack fuhr sich mit der Hand durchs Haar und betrachtete Emmas glühendes Gesicht. »Wir sind schon zu lange befreundet. Das ist gefährlich.«

»Im Geist der Freundschaft gebe ich dir einen Drink aus. Den hast du verdient.« Sie nahm seine Hand. »Ich habe dir nicht geglaubt, als du gesagt hast, das mit ihr wurde dir zu intensiv und so. Ich habe gedacht, das wären bloß Sprüche eines Typen, der sich nicht binden will. Aber *intensiv* ist ein viel zu schwaches Wort für sie. Außerdem ist ihre Kunst lächerlich. Sie sollte echt mit Jasper anbandeln. Er würde ihr zu Füßen liegen.«

»Lass uns für den Drink auf die andere Seite der Stadt fahren«, schlug Jack vor. »Ich will nicht riskieren, ihr zufällig nochmal zu begegnen.« Er hielt Emma die Wagentür auf. »Dir war das Ganze überhaupt nicht peinlich.«

»Nein. Ich habe eine hohe Peinlichkeitsschwelle. Wenn sie auch nur annähernd aufrichtig gewesen wäre, hätte sie mir leidgetan. Aber sie ist eine ebensolche Mogelpackung wie ihre Kunst. Und wahrscheinlich ebenso schräg.«

Jack überlegte, während er um den Wagen herum zur Fahrerseite ging. »Warum sagst du das? Dass sie eine Mogelpackung ist?«

»Es ging ihr nur um das Drama und darum, dass sie im Mittelpunkt stand. Kann sein, dass sie was für dich empfindet, aber für sich selbst empfindet sie eine ganze Menge mehr. Und sie hat mich gesehen, bevor sie dir an den Hals gesprungen ist. Sie wusste, dass du mit mir gekommen warst, also hat sie eine Show abgezogen.«

»Und sich vorsätzlich blamiert? Warum sollte sie das tun?«

»Sie war nicht verlegen, sie war voll in Fahrt.« Emma legte den Kopf schräg und schaute Jack in die verdutzten Augen. »Männer sehen das echt nicht so, oder? Das ist so interessant. Jack, sie war der Star ihrer eigenen Liebestragödie, und sie hat jeden Augenblick genossen. Ich wette, wegen dieser Geschichte verkauft sie heute Abend mehr von diesem Schrott, den sie Kunst nennt.«

Als Jack schweigend weiterfuhr, zuckte es in Emmas Gesicht. »Und all das hat dein Ego ganz schön niedergemacht.«

»Angekratzt, oberflächlich. Das wäge ich gerade gegen die Frage ab, ob ich ihr nicht irgendwie ein falsches Signal gegeben und damit die unterhaltsame Show verdient habe.« Er zuckte die Achseln. »Ich nehme den Kratzer.«

»Damit bist du besser dran. So … gibt's noch mehr Ex-Techtelmechtel, die du mir vorstellen willst?«

»Bloß nicht.« Er warf ihr einen Blick zu, und die Straßenlampen ließen die Gold- und Brauntöne in seinem Haar aufschimmern. »Aber ich möchte doch sagen, dass die meisten Frauen, mit denen ich mal was hatte, zurechnungsfähig waren.«

»Das spricht für dich.«

Sie entschieden sich für ein kleines Bistro und teilten sich einen Teller Pasta Alfredo.

Emma hatte eine entspannende Wirkung auf ihn, dachte Jack, was merkwürdig war, da er sich schon immer für ziemlich entspannt gehalten hatte. Doch wenn er mit ihr Zeit verbrachte und sich mit ihr über alles unterhielt, was ihnen in den Sinn kam, verschwanden alle Probleme oder Sorgen, die ihn in irgendeinem Winkel seines Gehirns beschäftigten.

Noch merkwürdiger war es, dass eine Frau ihn gleichzeitig erregte und entspannte. Er konnte sich nicht erinnern, diese Kombination schon einmal für jemanden außer Emma empfunden zu haben.

»Wie kommt es«, wunderte er sich, »dass du in all den Jahren, seit ich dich kenne, noch nie für mich gekocht hast?«

Emma wickelte eine einzelne Nudel auf ihre Gabel. »Wie kommt es, dass du in all den Jahren, seit ich dich kenne, noch nie mit mir ins Bett gegangen bist?«

»Aha. Du kochst also erst für Männer, wenn du Sex kriegst.«

»Ist ne gute Strategie.« Emma lächelte, und ihre Augen lachten, als sie an der Nudel knabberte. »Ich betreibe einigen Aufwand, wenn ich koche. Das muss sich lohnen.«

»Wie wär's mit morgen? Ich sorge auch dafür, dass es sich lohnt.«

»Das glaube ich gern, aber morgen geht es nicht. Keine Zeit, auf den Markt zu gehen. Bei meinen Zutaten bin ich pingelig. Mittwoch ist ein bisschen eng, aber …«

»Am Mittwochabend habe ich einen Geschäftstermin.«

»Okay. Nächste Woche ist ohnehin besser. Im Gegensatz zu Parker schleppe ich meinen Terminkalender nicht im Kopf mit mir herum, unterstützt durch den BlackBerry in der Hand, aber ich glaube … Oh. Cinco de Mayo. Es ist fast schon der fünfte Mai, der mexikanische Nationalfeiertag. Großes Familientreffen – weißt du noch? Du warst schon mal dabei.«

»Die rauschendste Party des Jahres.«

»Das hat bei den Grants Tradition. Aber zurück zum Kochen. Lass mich in meinen Kalender schauen, und dann machen wir was aus.«

Emma lehnte sich mit ihrem Wein zurück. »Es ist fast schon Mai. Das ist der beste Monat.«

»Zum Heiraten?«

»Dafür ist er super, aber ich dachte eher allgemein. Azaleen, Pfingstrosen, Flieder, Glyzinien. Alles beginnt zu knospen und zu blühen. Und ich kann anfangen, die einjährigen Pflanzen zu setzen. Mrs G. legt ihren kleinen Küchengarten an. Alles beginnt von neuem oder kommt wieder. Welcher ist dein Lieblingsmonat?«

»Der Juli. Ein Wochenende am Strand – Sonne, Sand, surfen. Die Baseball-Saison ist in vollem Gange. Lange Tage, rauchendes Grillfeuer.«

»Hm, auch alles gut. Alles sehr gut. Der Duft des Rasens, direkt nachdem du ihn gemäht hast.«

»Ich brauche keinen Rasen zu mähen.«

»Stadtpflanze.« Emma zeigte mit dem Finger auf ihn.

»Da gehöre ich hin.«

Als sie beide gedankenverloren mit den Nudeln herumspielten, beugte Emma sich vor. »Hast du jemals daran gedacht, nach New York zu ziehen?«

»Gedacht schon. Aber mir gefällt es hier. Zum Leben und zum Arbeiten. Und ich bin nahe genug dran, um mir die Yankees, die Knicks, die Giants, die Rangers anzusehen.«

»Ich habe gehört, dort soll es auch Ballett, Oper, Theater geben.«

»Wirklich?« Jack sah sie übertrieben erstaunt an. »Das ist ja komisch.«

»Oh, Jack, du bist so ein Kindskopf.«

»Schuldig.«

»Ich glaube, ich habe dich noch nie danach gefragt: Warum Architektur?«

»Meine Mutter behauptet, ich hätte schon mit zwei Jahren angefangen, Doppelhäuser zu bauen. Davon ist wahrscheinlich was hängengeblieben. Ich male mir gern aus, wie man Räume nutzen oder bestehende Strukturen verändern kann. Wie kann man sie besser nutzen? Will jemand in einem Raum leben, arbeiten, spielen? Was gibt es drum herum, wozu soll das Ganze dienen? Welche Materialien sind am besten und interessantesten? Wer sind die Kunden, und was wollen sie wirklich? In gewisser Weise unterscheidet sich das gar nicht so sehr von deinem Job.«

»Deine Werke sind nur beständiger.«

»Ich muss gestehen, es würde mir schwerfallen, mit anzusehen, wie meine Arbeiten dahinschwinden und vergehen. Macht dir das nichts aus?«

Emma zupfte sich ein Bröckchen Brot ab. »Das Vergängliche hat auch was, könnte man sagen. Dass meine Werke nicht lange Bestand haben, macht sie auch unmittelbarer, persönlicher. Eine Blume blüht, und du denkst, oh, hübsch. Oder du entwirfst und bindest einen Strauß und denkst, oh, Wahnsinn. Ich bin mir nicht sicher, ob der Effekt der Gleiche wäre und du ebenso begeistert wärst, wenn du nicht wüsstest, dass der Strauß nicht lange hält. Ein Gebäude muss Bestand haben, seine Gärten ihrem Kreislauf folgen.«

»Was ist mit Landschaftsgestaltung? Hast du daran schon mal gedacht?«

»Wahrscheinlich noch kürzer als du an New York. Ich arbeite gern im Garten, an der frischen Luft, in der Sonne. Ich liebe es, zu sehen, wie etwas, das ich gepflanzt habe, im nächsten Jahr wiederkommt oder den ganzen Frühling und Sommer hindurch blüht. Aber jedes Mal, wenn ich eine Lieferung von meinem Großhändler bekomme, ist es, als gäbe man mir eine ganze Kiste mit neuem Spielzeug.«

Emma bekam einen verträumten Gesichtsausdruck. »Und jedes Mal, wenn ich einer Braut ihren Strauß überreiche, wenn ich ihre Reaktion sehe oder beobachte, wie Hochzeitsgäste den Blumenschmuck anschauen, muss ich denken: Das habe ich gemacht. Und selbst wenn ich ein Gesteck vorher schon einmal angefertigt habe, ist es nie genau das Gleiche. Es ist immer wieder neu, jedes Mal.«

»Und es wird nie langweilig. Bevor ich dich kennengelernt habe, dachte ich, Floristinnen stellen in erster Linie Blumen in Vasen.«

»Bevor ich dich kennengelernt habe, dachte ich, Architekten sitzen in erster Linie am Zeichenbrett. Wie viel wir doch dazulernen.«

»Noch vor wenigen Wochen hätte ich mir niemals träumen lassen, dass wir einmal so hier sitzen würden.« Jack legte die Hand leicht auf Emmas und sah ihr in die Augen.

»Und dass ich, noch bevor der Abend zu Ende wäre, herausfinden würde, was sich unter diesem Wahnsinnskleid befindet …«

»Vor wenigen Wochen …« Unter dem Tisch strich Emma langsam mit dem Fuß an Jacks Bein hinauf. »Hätte ich mir niemals träumen lassen, dass ich dieses Kleid einmal nur anziehen würde, damit du es mir wieder ausziehst. Deshalb …«

Sie beugte sich weiter vor, so dass das Kerzenlicht golden in ihren Augen tanzte, ihre Lippen die seinen beinahe streiften. »Ist darunter auch gar nichts.«

Jack starrte ihr nur weiter in die Augen, in die Wärme und das Verruchte. Dann schoss seine freie Hand nach oben. »Check!«

Er musste sich sehr auf das Fahren konzentrieren, vor allem, da er versuchte, den Landgeschwindigkeitsrekord zu brechen. Emma machte ihn verrückt – wie sie ihren Sitz nach hinten rückte und diese umwerfenden nackten Beine übereinander schlug, so dass das Kleid verlockend an ihren Schenkeln hochrutschte.

Sie beugte sich vor – o ja, absichtlich, das war ihm klar –, damit er in der Sekunde, die er den Blick von der Straße abzuwenden wagte, einen traumhaften Ausblick auf ihre Brüste genießen konnte, die sich unter dem sexy Rot abzeichneten.

Sie spielte am Radio herum, legte den Kopf lange genug schräg, um ihm ein katzenhaftes, weibliches Lächeln zu schenken, lehnte sich wieder zurück. Schlug ihre Beine anders herum übereinander. Das Kleid rutschte noch einen Zentimeter höher.

Jack hatte Angst, er würde anfangen zu sabbern.

Was immer sie im Radio einstellte, zu ihm drangen nur die Bässe durch. Stampfende, pulsierende Bässe. Der Rest war ein statisches weißes Rauschen im Gehirn.

»Du bringst hier Leben in Gefahr«, sagte er, doch sie lachte nur.

»Ich könnte es noch gefährlicher machen. Ich könnte dir sagen, was du am liebsten mit mir machen sollst. Wie ich will, dass du mich nimmst. Ich bin in Stimmung dazu, mich nehmen zu lassen. Benutzen zu lassen.« Emma fuhr mit einem Finger an ihrem Leib auf und ab. »Hättest du dir vor wenigen Wochen – oder noch früher – träumen lassen, mich zu nehmen, Jack? Mich zu benutzen?«

»Ja. Das erste Mal war nach dem Morgen, an dem ich dich am Strand gesehen hatte. Aber als ich mir das vorstellte, war Nacht, und ich ging runter und zog dich ins Wasser, in die Brandung. Ich konnte deine Haut und das Salz schmecken. Ich hielt deine Brüste in den Händen, im Mund, während die Wogen über uns zusammenschlugen. Die Wellen brachen sich krachend, und ich nahm dich auf dem nassen Sand, bis du nur noch meinen Namen sagen konntest.«

»Das ist lange her«, sagte Emma mit belegter Stimme. »So lange hast du dir das nur vorgestellt. Aber ich weiß eins. Wir müssen unbedingt zurück an den Strand.«

Das Lachen hätte seinen Schmerz eigentlich lindern müssen, doch es machte ihn nur schlimmer. Noch ein erstes Mal, dachte Jack: Eine Frau, die ihn zugleich zum Lachen bringen und ihn verbrennen konnte.

Rasant lenkte er den Wagen von der Straße und in die lange Zufahrt zum Brown Estate.

Im dritten Stock des Haupthauses brannte Licht, in beiden Flügeln, ebenso in Macs Studio. Und dort, Gott sei

Dank, war der Schein von Emmas Außenbeleuchtung auf der Veranda, und der Schimmer des Lichts, das sie heruntergedimmt im Haus hatte brennen lassen.

Jack drückte schon auf den Schnapper an seinem Gurt, während er noch auf die Bremse trat. Bevor Emma ebenfalls ihren Gurt lösen konnte, gelang es Jack, sich zu ihr zu drehen, sie zu packen und über ihren Mund herzufallen.

Er umschloss ihre Brüste mit den Händen und strich dann genießerisch an ihren Beinen hinauf, unter dieses verführerische Rot.

Sie hielt seine Zunge mit den Zähnen fest, eine rasche erotische Falle, und kämpfte mit dem Reißverschluss seiner Hose.

Gerade war es Jack gelungen, eine Schulter ihres Kleids herunterzuziehen, als er sein Knie gegen den Schalthebel rammte.

»Autsch.« Emma lachte atemlos. »Wir brauchen wohl nicht nur Ellbogenschützer, sondern auch Knieschoner.«

»Das blöde Auto ist zu klein. Gehen wir lieber rein, bevor wir uns verletzen.«

Sie packte ihn an der Jacke und riss ihn an sich für einen letzten heißen Kuss. »Schnell.«

Sie schoben sich aus dem Wagen, einer rechts, einer links, und stürzten sofort wieder aufeinander zu. Noch ein atemloses Lachen, ein verzweifeltes Aufstöhnen durchbrachen die Stille. Sie stolperten, tasteten und grabschten, bis ihre Lippen sich trafen.

Emma riss Jacks Jacke herunter, als sie wie ein verrücktes Tanzpaar den Weg hinaufwirbelten. Am Eingang angekommen stieß sie Jack einfach gegen die Tür. Ihr Mund rang mit seinem und ließ nur von ihm ab, damit sie seinen Pullover hochziehen konnte. Ihre Nägel kratzten über seine Haut, bevor sie den Pulli beiseite schleuderte.

Durch die Absätze und ihre Position war ihr Mund auf der Höhe seines Kinns. Sie biss hinein, während sie mit Schwung den Gürtel aus seiner Hose zog und ebenfalls zur Seite warf.

Jack fummelte hinter sich nach dem Türknauf, und beide torkelten ins Haus. Jetzt schob Jack Emma gegen die Tür, riss ihr die Arme über den Kopf, und seine Finger umklammerten ihre Handgelenke wie ein Paar Handschellen. Während er sie so gefangen hielt, schob er ihren Rock hoch und fand sie. Nur sie, schon heiß für ihn, schon feucht. Und ihr Keuchen endete in einem Aufschrei, als er sie hart und schnell zum Höhepunkt brachte.

»Wie viel kannst du verkraften?«, wollte er wissen.

Mit keuchendem Atem und noch zuckendem Körper begegnete Emma seinem Blick. »Alles, was du hast.«

Wieder brachte er sie in Fahrt, während sie stöhnte und schrie, stürmte ihren Leib mit seinen Händen, seinem Mund. Sie wurde in Glut gehüllt, die über ihre Haut rann, als Jack das Kleid herunterzog, um ihre Brüste zu befreien, darüber herzufallen. Alles, was sie wollte, mehr, als sie sich vorstellen konnte – wild und drängend benutzte er ihren Körper, beutete ihn aus.

Besaß er sie, dachte Emma. Wusste er das? Konnte er es wissen?

Begehren war genug, so zu begehren, so begehrt zu werden. Sie würde dafür sorgen, dass es genug war. Von ihrem Verlangen überwältigt stützte sie sich an der Tür ab und schlang ihm ein Bein um die Taille.

»Gib mir mehr.«

Sie machte ihn fertig. Wie sie ihn ansah, wie sie sich anfühlte, wie sie schmeckte in dem Moment, bevor er in sie eindrang, das machte ihn fertig. In neuer Raserei nahm er sie gegen die Tür gedrängt, traktierte sie beide mit seinen Stößen, während Emma das Haar aus den Haarnadeln rutschte und sie wieder und wieder seinen Namen rief.

Die Erlösung war brutal und wundervoll.

Jack war sich nicht sicher, ob er noch auf den Beinen stand oder ob sein Herz je wieder normal schlagen würde. Es hämmerte weiter wie wild in seiner Brust und machte ganz normales Atemholen zu einer Herausforderung.

»Leben wir noch?«, brachte er heraus.

»Ich … ich denke schon, sonst könnte ich mich nicht so fühlen. Aber ich glaube, an einer Stelle zog mein ganzes Leben vor meinen Augen an mir vorüber.«

»War ich dabei?«

»In jeder Szene.«

Jack gönnte sich noch eine Minute, dann löste er sich von ihr. Er stand tatsächlich noch auf den Beinen. Genau wie sie – erhitzt und glühend und nackt bis auf ein Paar himmelhoher sexy High Heels.

»Gott, Emma, du … Mir fehlen die Worte.« Jack musste sie erneut anfassen, diesmal jedoch beinahe ehrfürchtig. »Wir schaffen es noch nicht bis nach oben.«

»Okay.« Als er sie an den Hüften packte und sie hochhob, reckte sie sich, um ihm beide Beine um die Taille zu schlingen. »Kommst du denn bis zur Couch?«

»Ich versuch's mal.« Jack trug sie dorthin, wo sie ineinander verknäuelt niedersinken konnten.

Zwei Stunden später, als sie es endlich nach oben schafften, schliefen sie ebenso verknäuelt ein.

Emma träumte, und in ihrem Traum tanzten sie im Garten, im Mondschein. Die Frühlingsluft war mild und duftete nach Rosen. Mond und Sterne übergossen die Blumen, die überall blühten, mit silbernem Schimmer. Ihre Finger verschränkten sich mit seinen, als sie dahinglitten und sich drehten. Dann führte er ihre Hand an die Lippen, um sie zu küssen.

Als sie aufsah, ihn anlächelte, las sie die Worte in seinen Augen, noch bevor er sie aussprach.

»Ich liebe dich, Emma.«

Im Traum erblühte ihr Herz wie die Blumen.

13

Vor der Seaman-Besprechung bestückte Emma die großen Kübel am Eingang mit ihren Hortensientöpfen. Das intensive Blau war so ein Knaller, dachte sie – es war dramatisch, romantisch und ein Blickfang. Da die Farben der Braut Blau und Pfirsichrosa waren, hoffte sie, die Hortensien würden einen guten ersten Eindruck machen.

Summend ging sie zurück zu ihrem Transporter, um die Töpfe mit weißen Tulpen – den Lieblingsblumen der Braut – auszuladen, die später die Treppe säumen würden. Ein lieblicheres Bild als das leuchtende Blau, sanfter, zarter. In Emmas Augen eine schöne Mischung verschiedener Texturen, Formen und Stilrichtungen.

Ein Vorgeschmack auf das Kommende.

»Em!«

Den Arm voller Tulpen und gebückt zwischen den Kübeln stehend wandte Emma den Kopf. Und Mac drückte auf den Auslöser. »Sieht gut aus.«

»Die Blumen schon. Ich sehe hoffentlich bei der Beratung besser aus. Für unsere bisher besten Kunden müssen wir alles sorgfältig zurechtmachen.« Sie stellte die Töpfe an ihren Platz. »Rundherum.«

In einem Hosenanzug von demselben leuchtenden Grün wie ihre Augen stand Mac mit gegrätschten Beinen fest auf dem Boden. »Nicht mehr viel Zeit, um dich aufzuhübschen.«

»Bin fast fertig. Das sind die Letzten.« Von den Blumen und Düften berauscht holte Emma tief Luft. »Gott, was für ein herrlicher Tag.«

»Du bist ziemlich aufgekratzt.«

»Gestern Abend hatte ich ein echt gutes Date.« Nachdem sie einen Schritt zurückgetreten war, um den Säulenvorbau zu mustern, hakte Emma sich bei Mac ein. »Es war alles dabei. Komödie, Drama, Gespräche, Sex. Ich fühle mich energiegeladen.«

»Und hast ganz leuchtende Augen.«

»Kann sein.« Emma lehnte kurz den Kopf an Macs Schulter. »Ich weiß, es ist noch zu früh und wir reden noch gar nicht – noch lange nicht – von einer festen Beziehung. Aber ... Mac, du weißt doch, wie ich immer von der mondhellen Nacht und den Sternen geschwärmt habe ...«

»Davon, im Garten zu tanzen.« Instinktiv schlang Mac Emma den Arm um die Taille. »Klar, schon seit wir Kinder waren.«

»Letzte Nacht habe ich davon geträumt, und der Mann in meinem Traum war Jack. Ich habe mit Jack getanzt. Das ist das erste Mal, dass ich in diesem Traum oder dieser Fantasie wusste, mit wem ich tanze. Glaubst du nicht, das hat was zu bedeuten?«

»Du bist in ihn verliebt.«

»Das hat Parker gestern Abend gesagt, bevor ich ausgegangen bin. Und ich natürlich so: Nein, nein, bin ich nicht. Aber natürlich hat sie Recht, wie immer. Bin ich verrückt?«

»Hat irgendjemand behauptet, Verliebte wären richtig im Kopf? Das ist doch irgendwie nichts Neues für dich.«

»Irgendwie nicht«, stimmte Emma zu. »Ich wollte schon oft verliebt sein, habe gehofft, es zu sein. Aber jetzt bin ich es, und es ist mehr, als ich mir vorgestellt hatte. Dabei habe ich mir schon eine Menge vorgestellt.« Emma trat einen Schritt zur Seite, stellte sich auf die Zehenspitzen und drehte eine Pirouette. »Es macht mich glücklich.«

»Sagst du es ihm?«

»O Gott, nein. Er würde ausflippen. Du kennst doch Jack.«

»Ja«, erwiderte Mac bedächtig. »Ich kenne Jack.«

»Es macht mich glücklich«, wiederholte Emma und legte sich die Hand aufs Herz. »Das genügt mir fürs Erste. Jack empfindet auch was für mich. Man merkt ja, wenn ein Mann was für einen empfindet.«

»Allerdings.«

»Also bin ich erst mal glücklich und glaube daran, dass er sich auch noch in mich verliebt.«

»Emma, willst du die Wahrheit hören? Ich weiß nicht, wie er dir widerstehen soll. Ihr passt gut zusammen, das ist leicht zu erkennen. Wenn du glücklich bist, bin ich es auch.«

Doch Emma kannte Macs Ton, ihre Miene, ihr Herz. »Du hast Angst, dass er mir wehtut. Das höre ich dir an. Weil, na ja, wir kennen ja Jack. Mac, du wolltest dich auch nicht in Carter verlieben.«

»Jetzt hast du mich erwischt.« Lächelnd zupfte Mac an Emmas Haarspitzen herum. »Ich wollte nicht, aber es ist trotzdem passiert, also sollte ich lieber nicht so zynisch sein.«

»Gut. Aber jetzt darf ich nicht länger herumstehen, sondern muss mich in Businessklamotten schmeißen. Sag Parker, ich bin fertig und komme in zwanzig Minuten.«

»Mach ich.« Mit nun unverhohlener Besorgnis schaute Mac ihrer davoneilenden Freundin nach.

Eine Stunde später übernahm Emma – in adrettem Kostüm und flachen Schuhen – die Führung, als sie mit der zukünftigen Braut, der adleräugigen Brautmutter und deren faszinierter Schwester durch die Gärten gingen.

»Sie können sehen, was hier im nächsten Frühjahr blühen wird. Mir ist klar, dass die Gärten noch nicht so üppig sind, wie Sie es brauchen oder gern hätten.«

»Sie können einfach nicht bis Mai oder Juni warten«, klagte Kathryn Seaman.

»Lass uns nicht schon wieder davon anfangen, Mama.«

»Das Frühjahr ist jedoch die Hochsaison für Tulpen, die Sie ja, wie ich weiß, am liebsten mögen«, wandte Emma sich an Jessica. »Diesen Herbst setzen wir noch mehr, weiße und pfirsichfarbene – Sie bekommen ein ganzes Tulpenmeer, dazu blaue Hyazinthen. Das Ganze füllen wir auf mit Kübeln voller pfirsichfarbener Rosen, Rittersporn, Löwenmäulchen, Levkojen und den Hortensien. Alles in Ihren Farben, aus denen das Weiß hervorsticht. In diesem Bereich hier möchte ich ein Rankgitter voller Rosen aufstellen.«

Lächelnd wandte Emma sich an Kathryn. »Ich verspreche Ihnen, es wird wie ein Fantasiegarten, so üppig und romantisch, wie Sie es sich für die Hochzeit Ihrer Tochter nur wünschen können.«

»Ich habe ja Ihre Arbeiten gesehen, also nehme ich Sie beim Wort.« Kathryn nickte Mac zu. »Die Verlobungsfotos waren genau, wie Sie es versprochen hatten.«

»Es hilft, wenn man dabei zwei Menschen hat, die bis über beide Ohren verliebt sind.«

»Und wir hatten so viel Spaß dabei.« Jessica strahlte Mac

an. »Außerdem habe ich mich gefühlt wie eine Märchenprinzessin.«

»So sahst du auch aus«, sagte ihre Mutter. »Gut, sprechen wir über die Terrassen.«

»Wenn Sie sich an die Skizzen unseres Angebots erinnern«, begann Emma und ging voraus.

»Ich habe ebenfalls Ihre Arbeiten gesehen.« Adele, die Tante der Braut, ließ den Blick über die Terrassen schweifen. »Ich war schon auf drei Hochzeiten hier, und alle waren wunderschön gestaltet.«

»Danke.« Parker lächelte höflich.

»Was Sie hier aufgebaut haben, hat mich sogar dazu inspiriert, Pläne für etwas Ähnliches zu schmieden. Wir verbringen immer einen Teil des Jahres in Jamaika. Ein beliebtes Hochzeitsziel. Und ein perfekter Standort für eine gute, gehobene Hochzeitsagentur, die sich um alles kümmert.«

»Ist das dein Ernst?«, wollte Kathryn wissen.

»Ich habe mit dem Gedanken gespielt und befasse mich jetzt ernsthafter damit. Mein Mann geht in den Ruhestand«, wandte Adele sich wieder an Parker. »Und wir haben vor, noch mehr Zeit in unserem Winterquartier dort drüben zu verbringen. Es wäre eine ausgezeichnete Investition, denke ich, und es würde Spaß machen.«

Mit amüsiertem Lächeln zwinkerte sie Emma zu. »Wenn ich Sie mit der Aussicht auf eine unendliche Fülle tropischer Blumen und auf laue Inselüftchen von hier weglocken könnte, hätte ich den Grundstein gelegt.«

»Verlockend«, gab Emma ebenso amüsiert zurück, »aber durch Centerpiece hier bei Vows habe ich genug zu tun. Wenn Ihre Pläne weiter vorangeschritten sind, beantworten wir alle Ihnen bestimmt gerne sämtliche Fragen, die vielleicht auftauchen. Also, in diesem Bereich …«

Nach dem Termin ließen sich alle vier Freundinnen im Salon fallen.

»Puh.« Laurel streckte die Beine aus. »Die Frau weiß echt, wie sie einen auf die Probe stellen kann. Ich fühle mich, als hätten wir die Hochzeit schon hinter uns, anstatt sie nur durchzusprechen. Wieder einmal.«

»Wenn niemand was dagegen hat, würde ich gerne den Freitag und Sonntag vor und nach der Feier freihalten. Diese Hochzeit ist so ein Riesending, dass sie den dadurch entstehenden Verlust mehr als wettmacht. Außerdem bringen uns Publicity und Mund-zu-Mund-Propaganda auch noch mehr ein.« Parker streifte ihre Schuhe ab. »Damit könnten wir uns die ganze Woche ausschließlich auf diese Hochzeit konzentrieren.«

»Gott sei Dank.« Emma stieß einen erleichterten Seufzer aus. »Bei der Menge an Blumen und Gartenarbeiten, den verschiedenen Sträußen und Arrangements, Tischgestecken, Kränzen, Girlanden und Formschnittbäumen müsste ich sonst mehr Floristen einstellen. Aber wenn ich vor der Veranstaltung die ganze Woche habe, können wir, glaube ich, bei unserem üblichen Team bleiben. Zum eigentlichen Schmücken kann ich notfalls noch jemanden hinzunehmen, aber es wäre mir wirklich lieber, möglichst viel davon persönlich zu übernehmen oder von den Leuten machen zu lassen, die ich kenne.«

»Ich bin ganz einer Meinung mit Emma«, sagte Laurel. »Die Torten, das Dessertbuffet, die personalisierten Schokoladen gehören alle zu den anspruchsvolleren, arbeitsintensiven Sachen. Wenn ich die ganze Woche nur dafür zur Verfügung hätte, könnte ich sogar ein paar Stündchen schlafen.«

»Ich bin die Dritte im Bunde.« Mac hob die Hand. »Sie

wollen den gesamten Probelauf samt Essen fotografisch dokumentiert haben. Wenn wir also am Freitag noch eine Veranstaltung hätten, müsste ich einen Fotografen dafür einstellen, weil ich mich ja um die Seamans kümmern muss. Ich habe ohnehin schon zwei Leute für die Hochzeit eingestellt, dazu zwei Videofilmer. Wenn wir uns den Sonntag freihalten, brauchen wir uns und unsere Helfer nicht mit dem Abbauen und Wiederaufbauen zu stressen.«

»Womit wir aber nicht einmal angesprochen haben, was sie von dir erwarten«, sagte Emma zu Parker.

»Also sind wir uns einig. Und«, fügte Parker hinzu, »ich lasse die BM wissen, dass wir uns die Hochzeitswoche freihalten, damit wir unsere Zeit, Aufmerksamkeit und unser Können ganz der Hochzeit ihrer Tochter widmen können. Das wird ihr gefallen.«

»Wir gefallen ihr«, erklärte Emma. »Das Konzept eines Betriebs, den vier Frauen gegründet haben und leiten, spricht sie an.«

»Und ihre Schwester. Wen hat die raffinierte Adele noch versucht, nach Jamaika zu locken?«, fragte Laurel.

Alle vier hoben die Hand.

»Und sie hat nicht mal gemerkt, dass das unhöflich war«, stellte Parker fest. »Es ist *unser* Geschäft. Wir sind schließlich keine Angestellten. Uns gehört der Betrieb.«

»Unhöflich, ja, aber ich glaube nicht, dass sie es böse gemeint hat.« Emma zuckte die Achseln. »Ich betrachte es als Kompliment. Sie findet meine Blumen traumhaft, Laurels Torten und Gebäck ausgezeichnet, Parkers Organisation unübertroffen. Und Mac hat sie mit den Verlobungsfotos sowieso vom Hocker gehauen.«

»Stimmt«, bestätigte Mac. »Stimmt genau.«

»Nehmen wir uns also einen Moment Zeit, um uns dazu zu gratulieren, dass wir so genial und talentiert sind.« Parker erhob ihre Wasserflasche. »Dann arbeiten wir weiter.«

»Wenn wir uns einen Moment Zeit nehmen, würde ich Emma gern für die Unterhaltung von gestern Abend danken.«

Emma starrte Laurel verständnislos an. »Bitte?«

»Vor dem Schlafengehen habe ich gestern Abend zufällig auf der Terrasse frische Luft geschnappt, als mir auffiel, wie ein Wagen die Einfahrt heraufraste. Im ersten Augenblick dachte ich, ah-oh, es ist was passiert. Aber nein, noch nicht ganz.«

»O mein Gott.« Emma schlug sich die Hände vor die Augen. »O mein Gott.«

»Als nicht gleich ein blutüberströmter Insasse ausstieg, oder überhaupt ein Insasse, wollte ich schon runterlaufen und Erste Hilfe leisten. Aber plötzlich flogen beide Türen des Wagens auf. Emma kam aus der einen, Jack aus der anderen.«

»Du hast uns *beobachtet?*«

Laurel schnaubte. »Logisch.«

»Mehr«, verlangte Mac. »Wir müssen mehr wissen.«

»Sofort. Sie sind übereinander hergefallen wie die Tiere.«

»Oh ... ja, das stimmt«, erinnerte sich Emma.

»Dann folgte der Klassiker, mit dem Rücken gegen die Tür.«

»Oh, das hatte ich schon so lange nicht mehr«, sagte Parker mit leisem Schauder, um ihre Worte zu betonen. »Viel zu lange.«

»Soweit ich es sehen konnte, beherrschte Jack sein Handwerk perfekt. Und auch sein Mundwerk. Aber unser Mädel hat sich auch gut gehalten. Oder eher seinen?«

»Mann, Laurel!«

»Sie hat ihm die Jacke runtergezerrt und sie beiseite geschleudert. Reißt ihm den Pulli runter und schmeißt ihn weg.«

»Junge, Junge, Junge«, sagte Mac.

»Aber die Goldmedaille kriegt sie für den Gürtel. Sie zieht ihn mit Schwung raus.« Zur Veranschaulichung peitschte Laurel mit dem Arm durch die Luft. »Dann lässt sie ihn einfach fliegen.«

»Ich glaub, ich brauch noch ne Flasche Wasser.«

»Leider, Parker, sind sie dann reingegangen.«

»Spielverderber«, maulte Mac.

»Der Rest blieb meiner sehr … schlüpfrigen Fantasie überlassen. Also möchte ich unserer lieben Emmaline für den Ausblick aus meiner Loge danken. Schwester, steh auf und verbeug dich.«

Unter tosendem Applaus tat Emma genau das. »Jetzt überlasse ich euch und unsere kleine Spannerin euren wollüstigen Gedanken. Ich gehe arbeiten.«

»Mit dem Rücken gegen die Tür«, murmelte Parker. »Ich bin klein genug, um neidisch zu sein.«

»Wenn ich klein genug wäre, dann wäre ich immer neidisch auf Emma, ganz egal, wogegen sie dabei ihren Rücken hätte. Aber ist schon okay, schließlich habe ich mir eine Sexabstinenz verordnet.«

»Eine Sexabstinenz?«, wiederholte Mac, an Laurel gewandt.

»Sehr richtig. Eine Sexabstinenz, und deshalb kann ich auch in Sachen Dates abstinent bleiben: In den letzten Monaten waren meine Dates einfach nur nervig.« Laurel zog die Schultern hoch und ließ sie wieder fallen. »Und warum soll ich was machen, was mich nur nervt?«

»Wegen dem Sex?«, schlug Mac vor.

Laurel kniff die Augen zu Schlitzen zusammen, und ihr Finger schoss in Macs Richtung. »Das sagst du nur, weil du regelmäßig flachgelegt wirst.«

»Ja.« Mac überlegte und nickte. »Ja, das werde ich allerdings.«

»Es ist nicht nett, damit vor uns zu prahlen, die wir dieses Vergnügen nicht haben«, kritisierte Parker.

»Aber ich werde flachgelegt und geliebt.« Das letzte Wort zog Mac so in die Länge, dass Laurel lachen musste.

»Jetzt wirst du echt ekelhaft.«

»Ich bin nicht die Einzige, jedenfalls nicht, was die eine Seite betrifft. Emma hat gesagt, du hättest Recht, Parks. Sie ist in Jack verliebt.«

»Natürlich ist sie das«, fiel Laurel ihr ins Wort. »Sonst hätte sie nicht mit ihm geschlafen.«

»Hm, ich nehme dir nur ungern deine Illusionen, Blauäuglein, aber Emma hatte durchaus schon Sex mit Männern, in die sie nicht verliebt war. Und«, fügte Mac hinzu, »hat dazu bei mehr Männern dankend abgelehnt als wir drei zusammen.«

»Meine Rede. Was passiert, wenn wir vier zum Beispiel zusammen in einen Club gehen? Vier echt scharfe Mädels? Natürlich landen wir ein paar Treffer. Aber Emma? Auf sie stürzen sich die Männer wie die Wespen auf die Marmelade.«

»Ich verstehe nicht ...«

»Ich schon.« Parker nickte. »Emma braucht mit keinem zu schlafen, nur weil sie ihn attraktiv findet. Sie kann auswählen, und das tut sie auch. Sie ist eher wählerisch, als wahllos mit jedem zu gehen. Wenn es nur um sexuelle Befriedigung ginge, könnte und würde sie sich an jemand anders halten. Mit Jack ist das nämlich kompliziert und riskant.«

»Weshalb sie auch so lange gewartet hat«, gab Mac zu bedenken. »Aber ich verstehe nicht ... Doch«, korrigierte sie sich. »Verdammt, ich hasse es, wenn ich keine Chance habe, Recht zu haben, bevor du Recht hast.«

»Jetzt hat sie kapiert, was ich ihr schon vor Wochen hätte sagen können. Und ich bin gespannt, was sie als Nächstes macht.«

»Sie hatte ihren Traum vom Tanzen im Garten«, berichtete Mac. »Und darin hat sie mit Jack getanzt.«

»Okay, es ist also was Ernstes. Sie ist nicht nur verknallt«, stellte Laurel fest. »Sie liebt ihn wirklich.«

»Damit kommt sie gut klar. Sie will den Augenblick genießen.«

Keiner sagte etwas.

»Ich glaube«, begann Parker vorsichtig, »zu lieben ist nie verkehrt. Ob für den Augenblick oder für immer.«

»Wir alle wissen, dass Emma stets das ›Für immer‹ wollte«, warf Mac ein.

»Aber das kann man nicht haben, wenn man den Augenblick nicht genießt.«

»Und wenn es nicht funktioniert?« Laurel sah ihre beiden Freundinnen an. »Dafür sind wir dann da.«

In ihrem Büro arbeitete Emma Papierkram auf, während sie eine tiefenreinigende, feuchtigkeitsspendende Gesichtsmaske einwirken ließ. Wie viele Frauen hatten das Glück, sich gleichzeitig um ihre Hautpflege kümmern *und* Rechnungen schreiben zu können? Und das barfuss und zur sanften Stimme von Norah Jones?

Und wie viele von denen, die so glücklich waren, hatten

in der vergangenen Nacht heißen Sex mit einem umwerfenden Mann gehabt – zweimal?

Nicht viele, schätzte sie. Ganz und gar nicht viele.

Während die Maske ihre Wunder wirkte, machte sie eine Bestellung an ihren Lieferanten für Blumensteckschaum, Plastikschnüre, Draht, klare und bunte Steine fertig. Dann stöberte sie nach eventuellen Sonderangeboten und fügte Flüssigschaum, Schaumstoffplatten und drei Dutzend Glühbirnenfassungen hinzu.

Das würde für eine Weile reichen, dachte sie, schickte die Bestellung ab und rief die Seite ihres Kerzengroßhändlers auf, um zu sehen, was er zu bieten hatte.

»Klopf, klopf! Emmaline! Bist du zu Hause?«

»Mama? Hier oben.« Emma speicherte ihren Einkaufswagen, bevor sie sich vom Schreibtisch wegschob. Sie traf ihre Mutter auf der Treppe. »Hallo!«

»Hallo, mein Schatz. Dein Gesicht ist ganz rosa.«

»Ich … Oh, habe ich ganz vergessen.« Lachend tupfte Emma an ihre Wange. »Das muss runter. Ich habe angefangen, nach Kerzen zu suchen, und bin dabei hängengeblieben.« Sie machte einen Schlenker ins Bad, um die Maske abzuwaschen. »Machst du blau?«

»Ich habe heute Morgen gearbeitet und bin jetzt frei wie ein Vogel. Also dachte ich mir, ich gehe mal meine Tochter besuchen, bevor ich heimfahre.« Lucia griff zum Tiegel der Schönheitsmaske. »Ist die gut?«

»Sag du es mir. Ich habe sie zum ersten Mal ausprobiert.« Emma spritzte sich ein letztes Mal kaltes Wasser ins Gesicht und tupfte es trocken.

Lucia schob die Lippen vor. »Du bist so schön, dass ich nicht sagen kann, ob es an den guten Genen liegt, die du von mir hast, oder an der Maske.«

Emma grinste. Während sie prüfend ihr Gesicht im Spiegel über dem Waschbecken betrachtete, betastete sie Wangen und Kinn. »Fühlt sich jedenfalls gut an. Das ist ein Pluspunkt.«

»Du strahlst irgendwie«, ergänzte Lucia, während Emma sich Gesichtswasser aufsprühte und anschließend Feuchtigkeitscreme auftrug. »Aber nach allem, was ich höre, liegt das auch nicht an der Maske.«

»An den guten Genen?«

»Jedenfalls an irgendwas Gutem. Deine Cousine Dana war heute Morgen in der Buchhandlung. Anscheinend hat ihre gute Freundin Livvy ... Du kennst Livvy flüchtig.«

»Ja, flüchtig.«

»Livvy war mit einem neuen Freund aus zum Essen, und wen hat sie in einem ruhigen Eckchen auf der anderen Seite des Raumes entdeckt? Jemanden, der mit einem gewissen gut aussehenden Architekten in Wein, Pasta und vertrauliche Gespräche vertieft war?«

Emma klimperte mit den Wimpern. »Wie viel Mal darf ich raten?«

Lucia zog kurz die Augenbrauen hoch.

»Lass uns runtergehen und was trinken. Kaffee oder was Kaltes?«

»Was Kaltes.«

»Jack und ich waren auf einer Vernissage«, begann Emma, als sie nach unten gingen. »Auf einer echt schrecklichen Vernissage, was eigentlich eine interessante Geschichte ist.«

»Die kannst du später erzählen. Erst will ich von Wein und Pasta hören.«

»Wein und Pasta hatten wir, nachdem wir von der Vernissage weggegangen waren.« In der Küche holte Emma Gläser aus dem Schrank und gab Eis hinein.

»Du weichst aus.«

»Ja.« Lachend schnitt Emma eine Zitrone in Scheiben. »Was albern ist, da du ja offenbar schon herausgefunden hast, dass Jack und ich zusammen sind.«

»Weichst du aus, weil du denkst, ich wäre dagegen?«

»Nein. Vielleicht.« Emma öffnete das Mineralwasser mit Kohlensäure, das ihre Mutter mochte, goss es über das Eis und fügte Zitronenscheiben hinzu.

»Bist du glücklich? Ich sehe dir die Antwort schon an, aber du kannst mit Ja oder Nein antworten.«

»Ja.«

»Warum sollte ich gegen irgendetwas sein, das dich glücklich macht?«

»Aber es ist doch irgendwie komisch, oder? Nach all der langen Zeit?«

»Manche Dinge brauchen Zeit, andere nicht.« Lucia ging ins Wohnzimmer und setzte sich aufs Sofa. »Ich liebe diesen kleinen Raum. All die Farben, die Düfte. Ich weiß, dass dieses Zimmer dich auch glücklich macht.«

Emma setzte sich neben ihre Mutter. »Stimmt.«

»Deine Arbeit macht dich glücklich, dein Leben, dein Zuhause. Und das lässt eine Mutter – auch die Mutter einer erwachsenen Tochter – nachts gut schlafen. Wenn du also mit einem Mann glücklich bist, den ich zufälligerweise schrecklich gern mag, bin ich auch glücklich. Du musst ihn mal zum Abendessen mitbringen.«

»Oh, Mama. So fest sind wir nicht zusammen.«

»Aber er war schon früher zum Essen bei uns.«

»Ja, ja. Dels Freund Jack war schon zum Essen da, zu Grillpartys, zu Partys im Haus. Aber du forderst mich nicht auf, Dels Freund zum Essen einzuladen.«

»Verträgt er plötzlich mein Essen nicht mehr, oder kann

er mit deinem Vater kein Bier mehr trinken? Weißt du, *niña*, ich verstehe, was zusammen sein in diesem Fall bedeutet.«

»Ja.«

»Er sollte zum Cinco de Mayo kommen. Alle unsere Freunde sollten kommen. Wir legen das Schwein auf den Grill, nicht Jack.«

»Okay. Ich bin in ihn verliebt, Mama.«

»Ja, Schätzchen.« Lucia zog Emmas Kopf an ihre Schulter. »Ich kenne dein Gesicht.«

»Aber er nicht in mich.«

»Dann ist er nicht so schlau, wie ich dachte.«

»Ich bedeute ihm viel. Das weißt du. Ich bedeute ihm viel, und da ist wirklich große Zuneigung. Auf beiden Seiten. Aber er ist nicht in mich verliebt. Noch nicht.«

»So ist es recht«, sagte Lucia.

»Glaubst du, es ist … hinterlistig, wenn man versucht, einen Mann dazu zu bringen, sich in einen zu verlieben?«

»Willst du dafür lügen, ihm etwas vorgaukeln, was du nicht bist, ihn reinlegen, Versprechen machen, die du nicht hältst?«

»Nein. Natürlich nicht.«

»Warum sollte es dann hinterlistig sein? Wenn ich deinen Vater nicht dazu gebracht hätte, sich in mich zu verlieben, säßen wir heute nicht in deinem hübschen kleinen Zimmer.«

»Du … Echt?«

»Oh, ich war so verliebt. Hoffnungslos – dachte ich zumindest. Er sah so gut aus, war so nett, so süß und witzig seinem kleinen Jungen gegenüber. So einsam. Er hat mich gut behandelt, mit Respekt, mit Anstand – und als wir einander besser kannten, auch wie eine Freundin. Aber ich wollte, dass er mir den Boden unter den Füßen wegzieht, mich als Frau sieht, mit mir ins Bett geht, und wenn auch nur für eine Nacht.«

In ihrer Brust begann Emmas romantisches Herz förmlich zu schweben. »Oh, Mama.«

»Was? Denkst du etwa, du hättest das erfunden? Das Begehren, die Sehnsucht? Ich war jung, und er stand im Rang über mir. Sein Reichtum, seine Stellung, das waren Hindernisse – jedenfalls glaubte ich das. Aber träumen konnte ich. Und vielleicht noch ein bisschen mehr«, fügte Lucia mit verschwörerischem Lächeln hinzu. »Ich habe mich möglichst hübsch zurechtgemacht, Essen gekocht, das er besonders mochte, zugehört, wenn er einen Freund brauchte. Das alles konnte ich. Und wenn er ausging, habe ich dafür gesorgt, dass seine Krawatte nie ganz gerade war – selbst wenn sie es war –, damit ich sie geraderücken musste. Das mache ich heute noch«, murmelte sie. »Will es immer noch. Ich wusste, dass da was war – ich konnte es fühlen und in seinen Augen lesen. Da war mehr als die Verbindung über den kleinen Jungen, den wir beide liebhatten, mehr als Freundschaft und Respekt. Alles, was ich tun konnte, war, ihm durch kleine Zeichen zu zeigen, dass ich ihm gehörte.«

»Mama, das ist so ... Das hast du mir noch nie erzählt.«

»Brauchte ich ja auch nie. Dein Papa war ganz behutsam mit mir, hat so aufgepasst, dass er meine Hand nicht zu lange berührte, mir nicht zu lange in die Augen sah. Bis zu dem Tag, an dem ich unter den Kirschblüten stand und ihn auf mich zukommen sah. Ich sah ihn auf mich zukommen, sah, was in seinen Augen war. Mein Herz.«

Lucia presste die Hand darauf. »Ah! Es fiel ihm direkt zu Füßen. Wie konnte er das nicht merken? Und als er es merkte, fiel seins direkt daneben.«

»Genau das will ich auch.«

»Natürlich.«

Emma musste ein paar Tränen fortzwinkern. »Ich glaube nicht, dass es damit getan ist, Jacks Krawatte zurechtzurücken.«

»Die kleinen Dinge, Emma. Die Gesten, die Augenblicke. Und die großen. Ich habe ihn mein Herz sehen lassen. Ich habe es ihm geschenkt, als er noch glaubte, er könne oder wolle es nicht annehmen. Ich habe es ihm trotzdem gegeben – als Geschenk. Auf die Gefahr hin, dass er es mir brechen würde. Ich war sehr mutig. Liebe ist sehr mutig.«

»Ich bin nicht so mutig wie du.«

»Ich glaube, da irrst du dich.« Lucia legte Emma den Arm um die Schultern, um sie an sich zu ziehen. »Sehr sogar. Aber es ist alles noch ganz frisch, oder? Neu und strahlend und glücklich. Genieße es.«

»Mach ich.«

»Und bring Jack zu der Party mit.«

»Na gut.«

»So, jetzt fahre ich nach Hause, damit du weiterarbeiten kannst. Hast du ein Date?«

»Nicht heute Abend. Wir hatten heute eine lange Beratung – die Seaman-Hochzeit.«

Lucias Augen tanzten. »Ah, das *Mordsding.*«

»Das Mordsding. Und ich muss heute Abend noch Papierkram erledigen, Bestellungen aufgeben, Sachen planen. Morgen habe ich einen vollen Tag. Jack hat morgen Abend einen geschäftlichen Termin, aber er versucht, danach noch vorbeizukommen und …«

»Ich weiß, was *und* ist«, sagte Lucia lachend. »Dann sieh zu, dass du heute Nacht gut schläfst.« Sie tätschelte Emmas Knie und stand auf.

»Ich bin so froh, dass du vorbeigekommen bist.« Im Stehen umarmte Emma ihre Mutter fest. »Gib Papa einen Kuss von mir.«

»Von dir und mir. Ich glaube, er führt mich heute Abend zum Essen aus – zu Wein, Pasta und vertraulichen Gesprächen. Um zu zeigen, dass wir es noch nicht verlernt haben.«

»Ihr doch nicht.«

Emma lehnte sich an den Türrahmen und winkte ihrer Mutter zum Abschied. Anstatt danach gleich zurück an die Arbeit zu gehen, ließ sie die Tür für die Frühlingsluft offen und machte einen Rundgang durch die Gärten.

Feste Knospen, frische Blüten, zarte Triebe. Der Beginn eines neuen Zyklus, dachte sie. Sie wanderte nach hinten zu ihren Gewächshäusern und genoss es, dort ein wenig herumzuwerkeln. Aus den Samen, die sie im Lauf des Winters gesät hatte, waren nun junge Pflanzen geworden, die gut gediehen. In den nächsten Tagen würde sie anfangen, sie abzuhärten, beschloss sie.

Sie machte wieder kehrt und bückte sich, um in den Vogelhäuschen, die sie sich mit Mac teilte, Futter nachzufüllen. Als sie zurück ins Haus ging, war es bereits kühler geworden. Wenn die Sonne unterging, würde es kalt werden.

Einer spontanen Eingebung folgend holte sie einen Topf heraus. Dann zerkleinerte sie, zerhackte, goss Flüssigkeit hinzu und warf Kräuterwürfel hinein, die sie im vorigen Sommer eingefroren hatte. Als die Suppe leise köchelte, ging sie zurück nach oben, um ihre Bestellungen fertig zu machen.

Eine Stunde später kam sie zurück nach unten, um die Suppe umzurühren. Als sie einen Wagen hörte, sah sie zum Fenster. Überrascht und erfreut eilte sie zur Tür, um Jack zu begrüßen.

»Ja, hallo.«

»Ich hatte eine Besprechung und habe es geschafft, sie zeitig zu beenden. Ich habe schon wieder meine Jacke hier vergessen, daher dachte ich, ich komme schnell vorbei, wenn ich nach ... Du kochst?«

»Ich bin spazieren gegangen, und es wurde kühl. Dadurch bekam ich Lust auf Gemüseeintopf. Es ist genug da, falls du was willst.«

»Eigentlich wollte ich ... Heute Abend ist ein Baseballspiel, daher ...«

»Ich habe einen Fernseher.« Emma trat auf ihn zu und rückte mit verschwörerischem Lächeln seine Krawatte zurecht. »Ich erlaube ihm die Ausstrahlung von Baseballspielen.«

»Wirklich?«

Sie zupfte kurz an seiner Krawatte. »Du kannst die Suppe probieren. Wenn sie dir nicht schmeckt, hole ich deine Jacke und du kannst das Spiel zu Hause anschauen.«

Sie verschwand, um erneut in der Suppe zu rühren. Als Jack ihr folgte, warf sie einen Blick über die Schulter. »Vorbeugen und Mund auf.«

Als Jack gehorchte, hielt Emma ihm den Probierlöffel an die Lippen.

»Schmeckt gut.« Überrascht zog Jack die Augenbrauen hoch. »Schmeckt verdammt gut. Warum habe ich nie erfahren, dass du Suppe kochen kannst?«

»Du bist nie vorbeigekommen, um deine Jacke zu holen, nachdem du eine Besprechung zeitig beendet hattest. Willst du zum Essen bleiben?«

»Ja. Danke.«

»Es dauert noch ungefähr eine Stunde. Warum machst du nicht eine Flasche Cabernet auf?«

»Okay.« Jack beugte sich herab, um sie zu küssen. Hielt inne, küsste sie wieder, sanft, lange. »Ich bin froh, dass ich vorbeigekommen bin.«

»Ich auch.«

14

Die Farben der mexikanischen und amerikanischen Flagge wehten stolz, als Emmas mexikanische Mutter und ihr amerikanischer Vater zur Feier des Cinco de Mayo ihre Kulturen mixten.

Wie jedes Jahr wurden auf dem weitläufigen Gelände Spiele angeboten, von Rasenbowling und Badminton bis zu Hüpfburgen und Wasserrutschen. Freunde, Verwandte und Nachbarn spielten mit- und gegeneinander, während andere sich an Picknicktischen drängten und über Platten mit Schweinefleisch und Geflügel herfielen, über warme Tortillas, Schüsseln mit roten Bohnen oder Chili, Guacamole oder Salsa, die so scharf war, dass sie einem die Kehle verbrannte.

Es gab literweise Limonade, Negra Modelo, Corona, Tequila und eisgekühlte Margaritas, um das Feuer zu löschen.

Immer wenn er es geschafft hatte, am fünften Mai bei den Grants vorbeizuschauen, hatte Jack darüber gestaunt, wie viele Leute sie verköstigen konnten. Und über die Auswahl an Fajitas und Burgern, schwarzen Bohnen mit Reis oder Kartoffelsalat. Flan oder Apfelkuchen.

Für ihn war das Essen einfach ein Symbol dafür, wie vollkommen Philip und Lucia sich ergänzten.

Er nippte an seinem Bier und sah zu, wie einige Gäste zu dem Trio von Gitarren und Marimbas tanzten.

Neben ihm trank Del ebenfalls ein Bier. »Super Party.«

»Sie lassen es richtig krachen.«

»Und, ist es komisch, dieses Jahr mit dem kleinen Mädchen der Gastgeber hier zu sein?«

Jack wollte die Frage schon aus Prinzip verneinen. Aber zum Kuckuck, es war Del. »Ein bisschen. Aber bisher hat noch niemand meinen Kopf gefordert.«

»Es ist noch früh.«

»Du bist mir echt ein Trost, Brown. Kommt es mir nur so vor, oder sind doppelt so viele Kinder hier wie letztes Jahr? Vor zwei Jahren«, verbesserte er sich. »Letztes Jahr habe ich es nicht geschafft.«

»Kann sein. Ich glaube nicht, dass es alles Verwandte sind. Aber ich habe gehört, Celia ist wieder schwanger.«

»Ja, das hat Emma erwähnt. Bist du allein hier?«

»Ja.« Del grinste. »Man weiß ja nie, oder? Guck mal die Blonde in dem blauen Kleid. Ein prächtiges Fahrgestell hat die.«

»Ja. Ich habe schon immer gedacht, dass Laurel schöne Beine hat.«

Del verschluckte sich an seinem Bier. »Das ist doch nicht … Oh«, brachte er heraus, als sie sich lachend umdrehte, so dass er sie besser sehen konnte. »Bin wohl nicht daran gewöhnt, sie in einem Kleid zu sehen.« Er wandte sich demonstrativ ab. »Egal, jedenfalls sind hier auch jede Menge scharfe Brünette, kühle Blonde und ein paar Rotschöpfe. Von denen viele ohne Anhang sind. Aber ich nehme an, du schaust dich nicht mehr nach Bräuten um.«

»Ich bin mit Emma zusammen, aber ich bin weder blind noch tot.« Bei dem Gedanken juckte es Jack zwischen den Schulterblättern.

»Wo ist Em?«

»Sie wollte irgendjemandem bei irgendwas in Sachen Essen helfen. Wir sind nicht an der Hüfte zusammengewachsen.«

Del zog eine Augenbraue hoch. »Okay.«

»Ich habe Freunde, sie hat Freunde, und manche davon haben wir gemeinsam. Aber auf einer Party müssen wir nicht im Gleichschritt gehen.«

»Stimmt.« Nachdenklich trank Del noch einen Schluck Bier. »Hm ... Ist der Typ, den sie gerade auf den Mund küsst, ihr Freund, deiner oder ein gemeinsamer?«

Jack fuhr herum und sah gerade noch das Ende eines Kusses zwischen Emma und einem Typen, der wie ein nordischer Gott aussah. Sie lachte und gestikulierte ausdrucksvoll mit den Händen, bevor sie Thor bei der Hand nahm und ihn zu einer Gruppe von Leuten zog.

»Sieht so aus, als wäre es keiner von deinen«, bemerkte Del.

»Halt doch die ...« Jack brach ab, als Lucia vor ihnen stehen blieb. »Ihr beiden solltet etwas essen, anstatt bloß hier herumzustehen und gut auszusehen.«

»Ich überlege noch«, erklärte Del. »Das sind wichtige Entscheidungen, bis hin zur Frage: Apfelkuchen oder Flan?«

»Es gibt auch Erdbeertörtchen und Empanadas.«

»Sehen Sie? Das ist nicht so einfach.«

»Ihr solltet alles probieren und euch dann entscheiden. Seht mal!« Strahlend streckte sie die Hände aus, als Mac und Carter auf sie zukamen. »Mackensie, du hast es geschafft.«

»Entschuldigung, dass wir so spät sind. Das Shooting hat etwas länger gedauert, als ich gehofft hatte.« Mac küsste Lucia auf die Wange.

»Du bist da, das zählt. Und du auch!« Lucia umarmte Carter überschwänglich.

Carter hob sie ein Stückchen hoch, eine Geste, die zeigte, dass sie sich schon lange kannten und mochten.

»Du bist schon jahrelang nicht mehr zum Cinco de Mayo gekommen.«

Carter grinste. »Ist um einiges größer geworden.«

»Weil wir jetzt mehr sind. Deine Eltern sind hier, mit Dianes Kindern. Sherry und Nick sind auch da. Diane und Sam müssten bald kommen. Mac, deine zukünftige Schwiegermutter sagt, mit den Hochzeitsplänen läuft es gut.«

»Nach und nach geht es voran.«

»Zeig mir nochmal deinen Ring. Ah!« Lächelnd zwinkerte sie Carter zu, nachdem sie den Diamanten an Macs Hand betrachtet hatte. »Sehr hübsch gearbeitet. Komm, Celia hat ihn noch nicht gesehen. Carter«, rief sie, während sie Mac mit sich zog, »hol dir was zu essen und zu trinken.«

Stattdessen blieb Carter stehen, wo er war. »Wie lange war ich nicht mehr auf einer dieser Feiern – es muss zehn Jahre her sein. Ich hatte ganz vergessen, was für ein Karneval das ist.«

»Der beste weit und breit«, erklärte Del. »Die Grants sind mit allen Leuten bekannt oder verwandt. Offenbar auch mit unserem Automechaniker und Pokerfreund. Hallo, Mal.«

»Hallo.« In abgetragenen Jeans, schwarzem T-Shirt und mit dunkler Sonnenbrille schlenderte Malcolm auf sie zu. In der Hand hielt er zwei Bierflaschen am Flaschenhals. »Willst du eins, Maverick?«, fragte er Carter.

»Klar. Ich wusste gar nicht, dass du die Grants kennst.«

»Seit sechs, acht Monaten bringen sie mir ihre Wagen zur Inspektion oder zur Reparatur. Ehe du dich's versiehst, erzählst du Lucia deine ganze Lebensgeschichte, isst ihr Maisbrot und wünschst dir, sie würde ihren Mann sitzenlassen und mit dir nach Maui durchbrennen.«

»Das kannst du laut sagen«, bekräftigte Jack.

»Sie hat gesagt, ich soll nach der Arbeit vorbeikommen, kleine Feier hinter dem Haus zum Cinco de Mayo. Ich dachte, das wär eine Grillparty, vielleicht ein bisschen gehobener und dem Anlass entsprechend mit mexikanischem Bier und Tortillas.« Er schüttelte den Kopf. »Ist eigentlich irgendjemand nicht hier?«

»Ich schätze, sie haben alle eingeladen.«

»Tut mir leid, dass es so lange gedauert hat.« Mit einem Margarita in der Hand eilte Emma herbei. »Es ist noch was dazwischengekommen.«

»Ja, einen der Gründe habe ich gesehen.«

Nach einem verwirrten Lächeln für Jack wandte Emma sich Malcolm zu. »Hallo. Ich bin Emmaline.«

»Sie sind der Cobalt.«

»Ich ...« Emma sah ihn erst mit großen Augen an, dann zerknirscht. »Ja. Sie müssen Malcolm sein.«

»Mal.« Er musterte sie ausgiebig, von Kopf bis Fuß. »Sie haben Glück, dass Sie wie Ihre Mutter aussehen, die ich hoffentlich einmal heiraten werde. Sonst würde ich Sie noch einmal so runterputzen wie Ihre Partnerin, die ich für Sie gehalten habe.«

»Verdient hätte ich es. Obwohl ich meine Lektion gelernt habe und viel gewissenhafter geworden bin. Sie haben das super gemacht. Sie sind echt begabt. Ob Sie wohl Zeit hätten, meinen Transporter durchzuchecken, wenn ich ihn nächste Woche bringe?«

»Sie sehen nicht nur aus wie sie, oder?«

Lächelnd nippte Emma an ihrem Margarita. »Sie brauchen einen Teller«, erklärte sie, »mit einer Menge zu essen.«

»Dann zeigen Sie mir doch, wo …« Mal brach ab, als er Jacks warnenden Blick bemerkte und sah, wie er Emma mit der Hand eines Besitzers beiläufig übers Haar strich. »Gut. Vielleicht gehe ich einfach was futtern.«

»Ich auch«, beschloss Carter.

Um Dels Mund zuckte es. »Sieht so aus, als würde ich allein gelassen.« Er wackelte mit der Bierflasche. »Em, wer ist die große Brünette? Pinkfarbenes Top, enge Jeans.«

»Ah … Paige. Paige Haviller.«

»Single?«

»Ja.«

»Bis später.«

»Er hätte mich fragen sollen, ob sie was in der Birne hat«, sagte Emma, als Del davonschlenderte. »In spätestens einer halben Stunde langweilt er sich.«

»Kommt drauf an, was sie in der halben Stunde machen.«

Lachend sah Emma zu Jack auf. »Da dürftest du Recht haben.« Sie schob die Hand in seine, um sie zu drücken. »Ein schöner Tag, oder?«

»Ich kapiere nie, wie sie das managen.«

»Sie arbeiten wochenlang und engagieren ein ganzes Heer für den Aufbau der Spielgeräte. Und Parker hilft bei der Organisation. Apropos, ich …«

»Wer war der Typ?«

»Der Typ? Davon sind hier ziemlich viele. Beschreib ihn genauer.«

»Der, den du vorhin geküsst hast.«

»Noch genauer.«

Das stachelte Jack noch mehr an. »Er sah aus wie der Prinz von Dänemark.«

»Der Prinz von … Oh, du meinst sicher Marshall. Einer der Gründe dafür, warum ich so lange nicht zurückgekommen bin.«

»Das habe ich gesehen.«

Emma legte den Kopf schräg, und eine ganz leichte Falte erschien zwischen ihren Augenbrauen. »Er ist sehr spät gekommen. Mit seiner Frau und ihrem neugeborenen kleinen Jungen. Nachdem er rausgekommen war, um mich zu begrüßen, bin ich ins Haus gegangen und habe das Baby bewundert. Schlimm?«

»Nein.« Idiot. »Del hat mich damit aufgezogen, und ich bin drauf reingefallen. Fangen wir nochmal von vorn an. Du hattest gesagt, apropos?«

»Vor ein paar Jahren sind wir ein paarmal zusammen ausgegangen, Marshall und ich. Dann habe ich ihn seiner Frau vorgestellt. Vor ungefähr anderthalb Jahren haben wir ihre Hochzeit ausgerichtet.«

»Verstanden. Entschuldigung.«

Emma lächelte fein. »Er hat mir nicht an den Hintern gegrabscht, wie eine gewisse durchgeknallte Künstlerin es bei dir getan hat.«

»Sein Pech.«

»Sollen wir mal zu den anderen gehen?«

»Gute Idee.«

»Oh«, sagte Emma, als sie losgingen. »Apropos, mir kam ein Gedanke. Ich muss morgen Verschiedenes in der Stadt erledigen. Wenn ich bei dir übernachten würde, wäre ich schon mal da. Parker ist mit mir hergefahren, weil wir beide früh zum Helfen hier sein mussten, aber Laurel kann sie mit zurücknehmen. Dann müsste ich nicht hin- und herfahren.«

»Bei mir übernachten?«

Emma runzelte die Stirn und warf Jack einen kühlen

Blick zu. »Ich kann auch auf der Couch kampieren, wenn du keine Gesellschaft willst.«

»Nein. Ich dachte nur, dass du nach dem hier nach Hause müsstest. Normalerweise fängst du morgens ziemlich früh an.«

»Morgen fange ich in der Stadt an, und nicht ganz so früh. Aber wenn es ein Problem ist …«

»Nein.« Jack blieb stehen und drehte Emma zu sich um. »Es ist okay. Es ist schön. Aber brauchst du nicht ein paar Sachen – für morgen?«

»Ich habe schon was ins Auto gelegt, als ich die Idee hatte.«

»Also dann, abgemacht.« Er beugte sich herab, um sie zu küssen.

»Siehst so aus, aus bräuchtest du noch ein Bier.« Jack zuckte zurück, als er die Stimme von Emmas Vater hörte.

Phillip lächelte. Ungezwungen, so wie es aussah, dachte Jack. Es sei denn, man war derjenige, der gerade plante, mit seiner Tochter zu schlafen.

»Negra Modelo, stimmt's?« Phillip reichte ihm eins.

»Ja, danke. Klasse Party, wie immer.«

»Meine liebste im ganzen Jahr.« Phillip legte Emma den Arm um die Schultern. Beiläufig, liebevoll. Besitzergreifend. »Mit der Tradition haben wir in dem Frühjahr angefangen, als Lucia mit Matthew schwanger war. Freunde, Familie, Kinder. Jetzt sind unsere Kinder groß und gründen ihre eigenen Familien.«

»Du wirst sentimental.« Emma legte den Kopf in den Nacken und streifte mit den Lippen sein Kinn.

»Ich sehe immer noch vor mir, wie du mit deinen Freundinnen über den Rasen gerannt bist, wie du darum gekämpft hast, beim Ringewerfen einen Preis zu gewinnen oder eine der Piñatas zu zerbrechen. Wie deine Mutter – du bringst Farbe und Leben ins Haus.«

»Papa.«

Nun sah Phillip Jack direkt in die Augen. »Wohl dem, der so viel Farbe und Leben geschenkt bekommt. Und wenn er klug ist, weiß er das zu schätzen.«

»Papa«, wiederholte Emma, nun mit warnendem Unterton.

»Die Schätze, die ein Mann im Leben bekommt, sind gezählt«, sagte er und tippte ihr mit dem Finger auf die Nase. »Ich sehe mal nach dem Grill. Deinen Brüdern oder Onkeln möchte ich ihn nicht lange anvertrauen. Jack«, fügte er mit einem Nicken hinzu, bevor er davonging.

»Tut mir leid. Er kann nicht anders.«

»Schon okay. Hab ich mein Hemd durchgeschwitzt?«

Lachend schlang Emma ihm den Arm um die Taille. »Nein. Komm, wir zeigen den Kindern mal, wie man eine Piñata zerbricht.«

Später lümmelten sie sich auf dem Rasen herum, um einigen der Teenager bei einem spontanen Fußballspiel zuzuschauen. Parker schloss sich ihnen an, streifte die Sandalen ab und strich den Rock ihres Sonnenkleids herunter.

»Nachtfußball«, bemerkte Jack. »Untypisch für dich.«

»Spielst du?«, fragte Emma.

»Nicht mein Sport. Gib mir einen Schläger, einen Football, einen Basketballkorb. Aber ich schaue es mir trotzdem gern an.«

»Du schaust dir alles gern an, was mit Bällen zu tun hat.« Mac ließ sich neben sie fallen und zog Carter zu sich herunter. »Ich habe viel zu viel gegessen. Es war einfach immer noch was da.«

»O nein, so doch nicht«, kritisierte Emma, als der Ball abgefangen wurde. »Denkt er, der Ball hat Augen oder einen Radar?«

»Magst du Fußball?«

Sie warf Jack einen kurzen Blick zu. »Mädchen-Schulmannschaft an der Academy. Meisterschaften der Landesbesten.«

»Im Ernst?«

»Co-Kapitäne.« Emma wackelte mit dem Daumen zwischen sich und Parker hin und her.

»Sie waren gnadenlos.« Laurel kniete sich neben Parker ins Gras. »Mac und ich sind immer zu den Spielen gegangen und haben die Gegner bemitleidet. Na los.« Sie knuffte Parker mit dem Ellbogen. »Geh raus und lass es krachen.«

»Hm. Magst du?«, wandte Emma sich an Parker.

»Das ist zehn Jahre her, Em.«

Emma schob sich auf die Knie hoch, so dass sie die Hände in die Hüften stemmen konnte. »Willst du damit sagen, wir sind zu alt, um es mit Losern und lahmen Enten aufzunehmen? Willst du damit sagen, du hast – keinen – Mumm – mehr?«

»Ach, was soll's. Ein Tor.«

»Auf geht's.«

Wie Parker schlüpfte auch Emma aus ihren Sandalen.

Fasziniert sah Jack zu, wie die beiden Frauen in ihren hübschen Frühlingskleidern aufs Spielfeld zogen.

Es gab Diskussionen, etwas Gejohle, vereinzelte Buhrufe.

»Was ist los?« Mal schlenderte herbei und musterte die beiden Gruppen.

»Emma und Parker wollen es beim Fußball krachen lassen«, erklärte Laurel.

»Ernsthaft? Das dürfte interessant werden.«

Im Flutlicht bezogen sie auf dem Rasen Position. Emmas und Parkers Team war bereit zur Ballannahme. Die Frauen warfen sich einen Blick zu, und Emma hielt drei Finger hoch, dann zwei. Parker zuckte lachend die Achseln.

Der Ball segelte durch die Luft. Emma kickte ihn energisch zu Parker, die ihn aufprallen ließ, annahm und sich damit an drei Gegnern vorbeikämpfte, mit einer gewandten Beinarbeit, die sämtliche vorherigen Buhrufe in Beifall verwandelte.

Sie drehte sich, täuschte an und jagte den Ball dann quer übers Feld, wo Emma ihn annahm. Blitzschnell versenkte sie ihn mit einem platzierten Schuss im Tor, so dass dem Torwart vor Staunen der Mund offen stand.

Einmütig rissen sie und Parker die Arme hoch und jubelten.

»So haben sie es immer gemacht«, berichtete Mac den anderen. »Überhaupt keine Bescheidenheit. Los, Wanderdrosseln!«

»Die Mädchen-Fußballmannschaft«, erklärte Carter. »Die Wanderdrossel ist der Staatsvogel von Connecticut.«

Als Parker vom Platz gehen wollte, packte Emma sie am Arm. Jack hörte sie sagen: »Nur noch eins.«

Parker schüttelte den Kopf, doch Emma ließ nicht locker. Parker griff an ihren Rock und breitete ihn aus, und was immer Emma darauf auch antwortete, es brachte ihre einstige Co-Kapitänin zum Lachen.

Sie verteidigten sich gegen einen Gegner, der nun erheblich größeren Respekt vor ihnen hatte. Sie kämpften, blockten ab, spielten den Gegner aus und drängten ihn zurück.

Jacks Grinsen wurde breiter, als Emma mit der Schulter in einen Gegner reinging. Umwerfend sah sie dabei aus – und nur ein bisschen verbissen. Neues Begehren durchzuckte seinen Körper, als sie den Spieler angriff, der in Ballbesitz war. Ihre Blutgrätsche – du lieber Himmel! – brachte den Teenager bei seinem Querpass aus dem Gleichgewicht.

Parker hielt sich bereit, sprang beim nächsten harten, hohen Schuss in die Luft, dass ihr Rock flog, und führte einen präzisen Kopfball aus.

»Sieh an, sieh an«, murmelte Mac.

»Abgefangen«, rief Laurel, als Emma den Ball sicher annahm. »Juhu!«

Die Versuche des Gegners, den Ball zurückzuerobern, blockte Emma durch einen raschen Richtungswechsel. Mit einem Fallrückzieher beförderte sie den Ball zurück zu Parker, die ihn zwischen den Beinen des Torwarts durchschoss.

Hände in die Luft, ein Schrei, und Parker schlang Emma den Arm um die Schultern.

»Fertig?«

»Oh, fix und fertig.« Emma holte tief Luft. »Keine siebzehn mehr, aber trotzdem. Hat sich gut angefühlt.«

»Gehen wir als Gewinner vom Platz.« Sie reckten ihre ineinander verschränkten Hände hoch, verbeugten sich zu ihrem Applaus und verließen das Spielfeld.

»Baby!« Jack packte Emmas Hand, um sie wieder zu sich auf den Rasen zu ziehen. »Du bist ja ein Killer.«

»O ja.« Emma griff zu der Wasserflasche, die Mac ihr anbot. Doch bevor sie trinken konnte, hatte ihr Mund mit Jack zu tun.

Für den Kuss bekamen sie noch mehr Applaus.

»Ich bin der Sklave einer Frau«, murmelte er an ihren Lippen, »die einen akkuraten Fallrückzieher hinkriegt.«

»Echt?« Emma kratzte mit den Zähnen leicht über seine Unterlippe. »Du müsstest erst mal meinen Vollspannschuss sehen.«

»Wann und wo immer du willst.«

Am Spielfeldrand stellte Mal sich Parker in den Weg und bot ihr eine der beiden Bierflaschen an, die er in der Hand hielt. »Wollen Sie?«

»Nein, danke.«

Sie ging um ihn herum und zog eine Flasche Wasser aus einem Kühler.

»In welches Fitness-Studio gehen Sie? Ins *Legs*?«

Parker öffnete die Flasche. »In mein eigenes.«

»Das sieht man. Sie bewegen sich klasse. Spielen Sie sonst noch was?«

Parker trank einen Schluck. »Klavier.«

Als Parker davonschlenderte, sah Mal ihr nach und trank dabei einen ausgiebigen Schluck Bier.

Später saß Laurel auf den Stufen der Veranda vor dem Haus der Grants, auf die Ellbogen gestützt, die Augen halb geschlossen. Die Stille überrollte sie, ebenso wie der Duft des Grases, des Vorgartens. Der Himmel war voller Frühlingssterne.

Sie hörte die Schritte, ließ jedoch die Augen zu. Und hoffte, dass der Gast, der gerade aufbrach – wer immer es auch war – weitergehen und sie in Ruhe lassen würde.

»Alles in Ordnung?«

Kein Glück, dachte sie und schlug die Augen auf, um Del anzusehen. »Ja. Ich sitze nur hier.«

»Das sehe ich.«

Er setzte sich neben sie.

»Ich habe schon Tschüss gesagt. Parker ist noch drinnen – oder draußen – und macht ihren Check-up, ob auch wirklich nichts mehr zu tun ist. Ich habe zu viel Tequila getrunken, um mir darüber Gedanken zu machen.«

Del musterte sie genauer. »Ich fahre dich nach Hause.«

»Ich habe Parker meinen Schlüssel gegeben. Sie fährt uns beide heim. Keine Rettungsmaßnahmen erforderlich, Sir.«

»Okay. Ich habe gehört, die Wanderdrosseln haben vorhin ihr Comeback gefeiert. Schade, dass ich das verpasst hab.«

»Sie waren überlegen, wie immer. Ich nehme an, du warst anderweitig beschäftigt.« Mit übertriebenen Bewegungen schaute Laurel hinter sich und nach beiden Seiten. »Allein, Delaney? Bei so vielen Gelegenheiten? Ich kann gar nicht glauben, dass die Wanderdrosseln gepunktet haben und du nicht.«

»Bin nicht dazu gekommen.«

»Pffft.« Laurel knuffte ihn.

Sein Mund verzog sich zu einem widerwilligen Lächeln. »Du hast einen im Tee, Schätzchen.«

»Stimmt. Morgen werde ich sauer auf mich sein, aber im Moment? Fühlt sich gut an. Weiß gar nicht mehr, wann ich das letzte Mal zu viel Tequila oder zu viel von irgendwas getrunken hab. Ich hätte punkten können.«

»Bitte?«

»Ich meine nicht beim Fußball.« Laurel schüttete sich aus vor Lachen und knuffte Del erneut. »Ein echt süßer Typ namens ... sowieso hat mich angemacht. Aber ich lebe ja gerade sexuell absi ... absti ... Warte. Sexuell ab-sti-nent«, erklärte Laurel.

Immer noch lächelnd schob Del ihr eine sonnengelbe Haarsträhne hinters Ohr. »Tatsächlich?«

»Ja. Ich habe einen im Tee, und ich bin das, was ich gerade gesagt hab. Das muss ich jetzt nicht nochmal sagen.« Laurel schüttelte das Haar zurück, das Del ihr gerade glattgestrichen hatte, und schenkte ihm ein beschwipstes Lächeln. »Du hast doch nicht vor, mich anzumachen?«

Dels Lächeln verschwand. »Nein.«

»Pffft«, schnaubte Laurel erneut, lehnte sich zurück und wedelte mit der Hand, um Del zu verscheuchen. »Und tschüss.«

»Ich bleibe nur hier sitzen, bis Parker rauskommt.«

»Mr Brown, Delaney Brown, werden Sie es eigentlich jemals leid, Leute zu retten?«

»Ich rette dich nicht. Ich sitze nur hier.«

Ja, dachte Laurel, du sitzt nur hier. An einem schönen Frühlingsabend, an dem der Himmel voller Sterne ist und der Duft der ersten Rosen in der Luft liegt.

Emma parkte ihren Wagen hinter Jacks und griff zu ihrer überdimensionalen Handtasche. Sie stieg aus, öffnete den Kofferraum und holte lächelnd ihr Übernachtungsköfferchen heraus.

»Kein Kommentar dazu, was in dem Ding drin ist?«

»Ehrlich gesagt dachte ich, es wäre viel schwerer.«

»Hab mich am Riemen gerissen. Ich habe dich noch gar nicht gefragt, um wie viel Uhr du morgen rausmusst.«

»Ungefähr um acht. Nicht allzu früh.«

Emma verschränkte ihre Finger mit seinen und schwenkte übermütig seinen Arm. »Zum Dank für deine Gastfreundschaft mache ich Frühstück. Falls du was zum Frühstückmachen da hast.«

»Wahrscheinlich schon.« Sie gingen die Treppe zur Hintertür der Wohnung hinauf, die über Jacks Büro lag.

»Es ist praktisch, direkt an seinem Arbeitsplatz zu wohnen, oder? Obwohl ich manchmal denke, dass wir am Ende mehr arbeiten, als wir es bei einer klareren Trennung tun würden. Dieses Haus gefällt mir so gut. Es hat Charakter.«

»Ich war sofort hin und weg davon«, gestand Jack, während er die Tür aufsperrte.

»Es passt zu dir. Das stilvolle, traditionelle Äußere, die klaren Linien und die ausgewogene Raumaufteilung im Inneren«, ergänzte Emma, als sie in die Küche traten.

»Apropos klare Linien und Raumaufteilung, ich finde immer noch keine Worte über eure Fußballdarbietung.«

»Über diese spontane Aktion werden meine Oberschenkelmuskeln wahrscheinlich morgen heulen.«

»Ach, das verkraften die schon. Habe ich dir schon gesagt, dass ich eine Schwäche für sportliche Frauen habe?«

Emma ging mit ihm gemeinsam ins Schlafzimmer. »Nicht nötig. Ich weiß ja, dass du eine Schwäche für Frauen und eine Schwäche für Sport hast.«

»Nimm beides zusammen, und ich bin erledigt.«

»Und ein Sklave des weiblichen Fallrückziehers.« Emma stellte sich auf die Zehenspitzen um Jack flüchtig auf den Mund zu küssen. »Du hättest mich mal in meinem Fußballtrikot sehen müssen.«

»Hast du es noch?«

Lachend stellte Emma ihr Köfferchen aufs Bett und öffnete den Reißverschluss. »Allerdings.«

»Da drin?«

»Leider nicht. Aber ich habe das hier …« Sie zog etwas ganz Hauchzartes, sehr Knappes und Schwarzes heraus. »Falls es dich interessiert.«

»Ich glaube, das hier geht als perfekter Tag in die Geschichte ein.«

Am Morgen machte Emma Arme Ritter und gab irgendetwas Knuspriges, leicht Gesüßtes auf einen Apfel, den sie in Spalten geschnitten hatte.

»Schmeckt super. Blumenkünstlerin, Fußballchampion und Kochgenie.«

»Ich habe viele Seiten.« Emma setzte sich Jack gegenüber in die Nische, die er als Essplatz nutzte. Sie dachte, dass hier Blumen fehlten, irgendwas Buntes, Leuchtendes in einer Kupfervase. »Und du hast jetzt keine Eier und fast keine Milch mehr. Ich gehe heute noch einkaufen, wenn du also welche brauchst, oder irgendwas anderes ...«

»Nein, nicht nötig. Ich muss diese Woche ohnehin noch los. Was machen die Oberschenkel?«

»Gut.« Emma befahl sich, kein Drama daraus zu machen, dass sie für Jack nicht einmal eine blöde Schachtel Eier kaufen durfte. »Wahrscheinlich wirkt der verdammte Elliptical Trainer doch. Wie hältst du dich in Form?«

»Ich gehe drei-, viermal die Woche ins Fitness-Studio, spiele Basketball, solche Sachen.«

Emma kniff die Augen zusammen und starrte ihn vorwurfsvoll an. »Ich wette, du magst das. Das Fitness-Studio.«

»Ja, schon.«

»Parker auch. Ich finde, ihr seid beide krank.«

»Sich in Form zu halten ist krank?«

»Nein, aber das zu *mögen*, was dazu führt, dass man in Form bleibt, das ist krank. Ich mach das auch, aber ich würde es als lästige Pflicht, als notwendiges Übel bezeichnen. Wie Rosenkohl.«

Jacks Augen blitzten amüsiert auf. »Rosenkohl ist ein Übel?«

»Ja, klar. Das weiß doch jeder, auch wenn viele es nicht zugeben. Das ist das Böse in Form kleiner grüner Kugeln. So wie Kniebeugen eine Art der Folter sind, die sich Leute ausgedacht haben, die keine Kniebeugen nötig haben. Voll gemein.«

»Deine Philosophie in Sachen Fitness und Ernährung ist faszinierend.«

»Aufrichtigkeit kann faszinierend sein.« Genüsslich trank Emma den letzten Schluck ihres Kaffees. »Wenn der Sommer kommt, kann ich wenigstens im Pool trainieren. Das ist vernünftig und macht Spaß. Aber jetzt sollte ich mal nach oben gehen und duschen. Schließlich habe ich hier am heißen Ofen geschuftet, während du geduscht hast. Ich beeile mich, damit ich dich nicht aufhalte.« Sie warf einen Blick auf die Uhr über dem heißen Ofen. »Ich beeile mich sehr.«

»Hm … hör mal, du brauchst dich nicht abzuhetzen. Zieh einfach die Hintertür zu, wenn du gehst.«

Emma lächelte erfreut. »Dann trinke ich erst noch einen Kaffee.«

So konnte sie noch ein bisschen trödeln, beim Kaffeetrinken, beim Duschen. In ein Handtuch gewickelt cremte sie sich ein und öffnete dann die Feuchtigkeitscreme für ihr Gesicht.

Als sie mit dem Make-up begann, sah sie Jack hereinkommen, sah im Spiegel, wie sein Blick über ihre Ansammlung von Tuben und Tiegeln auf der Ablage wanderte. Er zögerte kaum merklich, doch das Unbehagen in seinem Blick war unverkennbar – ebenso wie der Stich, den Emma dabei empfand.

»Ich muss los.« Das Streicheln seiner Hand über ihr Haar war zärtlich, genau wie sein Kuss. »Sehen wir uns später?«

»Klar.«

Allein schminkte und frisierte sie sich fertig. Sie zog sich an und packte ihre Sachen.

Danach ging sie zurück ins Bad, um das Waschbecken und die Ablage gründlich zu schrubben, bis sie sicher war, dass sie in seinem Bereich keine Spuren von sich oder ihren Sachen zurückließ.

»Kein Grund zur Panik, Jack«, murmelte sie. »Alles rein. Alles dein.«

Auf dem Weg hinaus blieb sie stehen und hinterließ ihm auf der Tafel in seiner Küche eine Nachricht.

Jack – habe vergessen, dass ich heute Abend einen Termin hab. Wir sprechen uns später. Emma.

Sie brauchte eine Pause.

Sie kontrollierte die Hintertür, um sich zu vergewissern, dass sie auch richtig zu war, und trug ihr Köfferchen zu ihrem Wagen. Kaum saß sie am Steuer, klappte sie ihr Handy auf und rief Parker an.

»Hi, Emma. Ich spreche auf der anderen Leitung mit ...«

»Geht ganz schnell. Können wir heute einen Mädelsabend machen?«

»Was ist los?«

»Nichts. Ehrlich. Ich brauche nur einen Mädelsabend.«

»Zu Hause oder auswärts?«

»Zu Hause. Ich will nicht ausgehen.«

»Ich kümmere mich drum.«

»Danke. In ein paar Stündchen komme ich heim.«

Emma klappte das Handy zu.

Freunde, dachte sie. Freundinnen. Sie ließen einen nie im Stich.

15

»Ich habe überreagiert.«

Nach einem vollen Arbeitstag, an dem sie Dutzende von Jack-Details hatte Revue passieren lassen, setzte Emma sich gemütlich hin.

»Das werden wir beurteilen.« Laurel machte es sich im Wohnzimmer im dritten Stock bequem und biss in ein Stück von Mrs Gradys einzigartiger selbstgebackener Pizza.

»Er hat nichts falsch gemacht. Nicht mal was Falsches gesagt. Ich ärgere mich über mich selbst.«

»Okay, aber du hast ja einen Hang dazu, dich über dich selbst zu ärgern statt über andere. Selbst wenn die anderen es verdient hätten.« Mac schenkte sich ein Glas Wein ein und hielt Laurel die Flasche hin.

»Nee. Ich entgifte noch von einer Überdosis Tequila. Das kann ein paar Tage dauern.«

»Stimmt ja gar nicht.« Emma schmollte über ihrer Pizza. »Das hört sich an, als wäre ich ein Waschlappen.«

»Bist du nicht. Du bist nur tolerant und hast ein mitfühlendes Wesen.« Da Emma ihr Glas hochhielt, schenkte Mac es voll. »Wenn du dich über jemanden ärgerst, meinst du das auch so.«

»Ich bin kein Umfaller«, erklärte Emma.

»Nur weil du nicht so gemein bist wie wir, bist du noch lange kein Umfaller«, pflichtete Laurel ihr bei.

»Ich kann auch gemein sein.«

»Stimmt«, bestätigte Mac und klopfte Emma aufmunternd auf die Schulter. »Du hast das Zeug dazu. Meistens fehlt dir nur die Courage.«

»Ich …«

»Von Natur aus freundlich zu sein ist kein Charakterfehler«, mischte Parker sich ein. »In meinen Augen sind wir das alle.«

»Außer mir.« Laurel hob ihre Diät-Cola.

»Ja, außer dir. Warum erzählst du uns nicht einfach, worüber du dich aufgeregt hast, Emma?«

»Es hört sich bestimmt albern an, vielleicht sogar kleinkariert.« Grüblerisch starrte Emma in ihr Weinglas, dann auf den bonbonrosa Nagellack auf ihren Zehen, während die Freundinnen warteten. »Es ist nur, dass für Jack sein Bereich, seine eigene Wohnung, so heilig ist. Er sagt zwar nichts, aber da ist so eine unsichtbare Grenze um sein Reich. Er hat nur früher mal davon gesprochen. Weißt du noch, Mac?«

»Gib mir einen Tipp.«

»Als du letzten Winter beschlossen hast, dein Schlafzimmer neu zu gestalten. Das mit dem Kleiderschrank. Es hat dich kirre gemacht, dass Carter ein paar von seinen Sachen bei dir gelassen hat. Und Jack kam vorbei und war ganz deiner Meinung. Er hat davon geschwafelt, was passiert, wenn man zulässt, dass jemand, mit dem man zusammen ist, sich bei einem breitmacht.«

»Das war doch nicht ernst gemeint. Größtenteils. Du bist stinksauer geworden«, erinnerte sich Mac. »Bist rausgerannt.«

»Er hat gesagt, es fängt damit an, dass die Frauen ihren Krempel auf der ganzen Ablage im Bad verteilen, und dann wollen sie eine Schublade. Und ehe man sich's versieht, sind sie am Ruder. Als ob man, wenn man eine Zahnbürste dalässt, als Nächstes zu Tiffany rennen wollte.«

»Er hat Theater gemacht, weil du eine Zahnbürste bei ihm lassen wolltest?«, vergewisserte sich Laurel.

»Nein. Ja. Nicht ganz, weil ich überhaupt nichts von einer Zahnbürste gesagt hab. Also, das ist so. Wenn wir ausgehen, kommen wir danach immer hierher, auch wenn es zu seiner Wohnung näher wäre. Gestern Abend habe ich gefragt, ob ich bei ihm übernachten könnte, weil ich am nächsten Morgen sowieso in die Stadt musste, und er ... er hat gezögert.«

»Vielleicht war seine Wohnung nicht im Zustand für Damenbesuch«, schlug Mac vor. »Er musste überlegen, ob schmutzige Socken oder Pornomagazine herumliegen oder ob er in den letzten zehn Jahren mal die Bettwäsche gewechselt hat.«

»Das war es nicht. Bei ihm ist es immer ordentlich, was vielleicht ein Teil des Problems ist. Er hat es am liebsten, wenn alles an seinem Platz ist. Wie Parker.«

»He.«

»Stimmt doch«, sagte Emma, aber mit einem zugleich liebevollen und entschuldigenden Lächeln. »So seid ihr eben. Die Sache ist nur, für dich wäre es okay, wenn ein Typ bei dir schlafen und vielleicht seine Zahnbürste dalassen würde. Du würdest die Zahnbürste einfach an einen passenden Platz legen.«

»Was für ein Typ? Kann ich den Namen haben, die Adresse, ein Foto?«

Emma war jetzt locker genug, um zu lachen. »Nur theoretisch. Jedenfalls habe ich beim Frühstück erwähnt, dass ich noch auf den Markt wollte, und habe Jack angeboten, ihm Eier und Milch mitzubringen, weil er keine mehr hatte. Und da war es wieder. Das gleiche Ah-oh vor dem nein, danke. Aber der Hammer war, als er raufkam. Ich war gerade dabei, mich zu schminken und, ob ihrs glaubt oder nicht, ich hatte meine Sachen auf der Ablage ausgebreitet. Und er hat so geguckt. Genervt und … misstrauisch. Ich habe euch doch gesagt, es würde sich albern anhören.«

»Tut es gar nicht«, widersprach Parker. »Es hat dir das Gefühl gegeben, nicht willkommen zu sein, ein Eindringling.«

»Ja.« Emma schloss die Augen. »Genau. Ich glaube nicht, dass das seine Absicht war oder dass er sich dessen überhaupt bewusst ist, aber …«

»Das spielt keine Rolle. Unbewusste Kränkungen sind sogar schlimmer.«

»Ja!«, wiederholte Emma und warf Parker einen dankbaren Blick zu. »Danke.«

»Was hast du dann gemacht?«, wollte Laurel wissen.

»Gemacht?«

»Ja, Em. Hast du ihm zum Beispiel gesagt, er soll sich wieder einkriegen, es ist nur eine Zahnbürste oder ein Mascarafläschchen?«

»Er ist zur Arbeit gegangen, und ich habe eine halbe Stunde damit verbracht, dafür zu sorgen, dass ich auch nicht einen Krümel von besagter Mascara in seinem kostbaren Privatbereich zurücklasse.«

»Na, das wird ihm bestimmt eine Lehre sein«, sagte Laurel. »Ich hätte meinen BH ausgezogen und ihn über seiner Dusche hängen lassen; dann hätte ich ihm mit Lippenstift einen sarkastischen Liebesgruß an den Spiegel geschrieben. Oh, und ich wäre losgezogen und hätte eine Sparpackung Tampons gekauft. Die hätte ich auf seiner Ablage stehen lassen. *Dann* hätte er es kapiert.«

»Aber würde ihn das nicht in seinen Argumenten bestärken?«

»Nein, weil er keine hat. Ihr schlaft miteinander. In wessen Bett auch immer, der jeweils andere braucht ein paar grundlegende Dinge. Flippst du aus, wenn Jack seine Zahnbürste oder seinen Rasierer bei dir lässt?«

»Das macht er nicht. Bis jetzt.«

»Ach, komm. Erzähl mir nicht, dass er nie vergisst …«

»Niemals.«

»Du meine Güte.« Laurel ließ sich nach hinten plumpsen. »Bisschen zwanghaft, was?«

Mac hob die Hand und lächelte verlegen. »Ich wollte nur sagen, dass ich irgendwie genauso war. Okay, nicht so zwanghaft. Ich habe schon Sachen bei Carter vergessen oder dagelassen, und er bei mir. Aber das war bei mir auch der Auslöser an dem Tag, von dem du sprichst, Em. Sein Jackett, sein Rasierzeug, sein was auch immer lag zwischen meinen Sachen. Es waren nicht die Sachen, es war die Bedeutung des Ganzen. Er ist hier. Er ist wirklich hier, und es geht nicht nur um Sex. Es ist nichts Oberflächliches. Es ist ernst.« Achselzuckend breitete Mac die Hände aus. »Ich habe Panik gekriegt. Da war so ein wundervoller Mann in mich verliebt, und ich bekam Angst. Wahrscheinlich geht es Jack so ähnlich.«

»Ich habe gar nichts von Liebe gesagt.«

»Vielleicht solltest du das.« Parker rutschte herum, um die Beine hochzulegen. »Wenn die Karten auf dem Tisch liegen, ist es leichter, damit zu spielen. Wenn er nicht weiß, was du empfindest, Emma, wie soll er dann auf deine Gefühle Rücksicht nehmen?«

»Ich will nicht, dass er auf meine Gefühle Rücksicht nimmt. Ich will, dass er fühlt, was er fühlt und ist, der er ist.

Wäre er das nicht, hätte ich mich gar nicht erst in ihn verliebt.« Emma seufzte und trank einen Schluck Wein. »Warum habe ich bloß gedacht, verliebt zu sein wäre ganz toll?«

»Das ist es, wenn man erst mal den Dreh raus hat«, versicherte Mac.

»Das Problem ist ja auch, dass ich ihn schon so gut kenne, dass ich an jeder Kleinigkeit …« Emma atmete hörbar aus und trank noch mehr Wein. »Ich glaube, ich darf nicht so empfindlich sein und muss aufhören, alles durch eine rosarote Brille zu sehen.«

»Du musst fühlen, was du fühlst, die sein, die du bist.«

Als Parker ihr die eigenen Worte an den Kopf warf, blinzelte Emma. »Das tue ich doch, oder? Wahrscheinlich sollte ich mal mit Jack darüber reden.«

»Mir gefällt meine Idee mit der Sparpackung Tampons besser. Dafür braucht es keine Worte.« Laurel zuckte die Achseln. »Aber wenn du unbedingt so erwachsen damit umgehen willst.«

»Eigentlich nicht, aber ich bin es leid, immer den halben Tag schlechte Laune zu haben. Ich kann ebenso gut ausprobieren, was ein vernünftiges Gespräch bringt. Nächste Woche, denke ich. Vielleicht brauchen wir beide ein bisschen Abstand.«

»Wir sollten einmal im Monat einen männerfreien, arbeitsfreien Abend einlegen«, schlug Laurel vor.

»Das tun wir doch in etwa«, erinnerte Mac sie.

»Aber nur, weil es sich so ergibt, was auch gut ist. Aber nun da die Hälfte von uns eine feste Beziehung zu einem Mann hat, sollten wir eine feste Regel für ein Östrogen-Revival aufstellen.«

»Ohne Männer, ohne Arbeit.« Emma nickte. »Das klingt …«

Parkers Telefon klingelte. Sie warf einen Blick aufs Display. »Willow Moran, erster Samstag im Juni. Dürfte nicht lange dauern. Hallo, Willow!«, sagte sie fröhlich, während sie aufstand und hinausging. »Nein, überhaupt kein Problem. Dafür bin ich da.«

»Na ja, fast keine Arbeit. Und noch mehr Pizza für mich.« Laurel nahm sich ein zweites Stück.

Trotz ein paar Unterbrechungen war der Abend genau das gewesen, was sie gebraucht hatte, dachte Emma. Ein bisschen Abstand, ein bisschen Zeit mit Freundinnen. Angenehm müde schloss sie ihre Haustür auf. Auf dem Weg nach oben ging sie ihre Termine für die nächsten Tage durch. Sie würde kaum Zeit zum Luftholen haben. Und auch das war genau, was sie brauchte.

Sie ging quer durchs Zimmer und griff zu ihrem Handy, das sie absichtlich zu Hause gelassen hatte. Als sie sah, dass auf ihrer Mailbox eine Nachricht von Jack war, zuckte sie innerlich kurz zusammen. Nur ganz kurz, redete sie sich ein, damit sie das Telefon wieder hinlegte. Es konnte nichts Dringendes sein, sonst hätte er im Haupthaus angerufen.

Es konnte bis morgen warten.

Wem wollte sie eigentlich etwas vormachen?

Sie setzte sich auf die Bettkante, um zu lauschen.

Hallo. Schade, dass ich dich verpasst hab. Hör zu, Del und ich gehen aus, um weiter daran zu arbeiten, Carter zu verderben und ihn am Sonntag zu einem Spiel zu schleifen. Ich dachte, ich könnte irgendwann am Samstag vorbeikommen. Vielleicht kann ich dir ein bisschen helfen. Ich könnte mich auch für heute Morgen revanchieren und Frühstück machen, bevor wir Carter entführen. Ruf mich an, wenn du Zeit hast. Ich arbeite jetzt an ein paar Zeichnungen für dein Reich, also … Ich denk an dich.

Was hast du an?

Emma musste lachen. Er konnte sie immer zum Lachen bringen, dachte sie. Es war eine schöne Nachricht. Einfühlsam, zärtlich, witzig.

Was wollte sie mehr?

Alles, gestand sie sich ein. Sie wollte alles.

Sie ließ die Sache schleifen. Sie redete sich ein, für so ein erwachsenes Gespräch einfach zu beschäftigt zu sein. Der Mai bedeutete volles Programm – Hochzeiten, Brautpartys, Muttertag. Wenn sie gerade nicht bis zum Hals in Blumen steckte, saß sie an neuen Entwürfen.

Aufgrund ihrer vielen Termine war es einfach sinnvoller, wenn Jack zu ihr kam, sofern sie beide es einrichten konnten. Sie sagte sich, sie müsse dankbar sein, mit einem Mann zusammen zu sein, der sich nicht darüber beschwerte, dass sie am Wochenende und bis spätabends arbeiten musste – und auf dessen Hilfe man zählen konnte, wenn er da war.

An einem stürmischen Nachmittag saß sie allein an der Arbeit. Gott sei Dank. Von Tinks und Tiffanys Gequassel hatten ihr die Ohren geklingelt, doch jetzt besänftigte sie das Donnergrollen und das Rauschen von Regen und Wind.

Sie machte den Strauß der ersten Brautjungfer fertig und stand für einen Moment auf, um sich zu recken. Als sie sich umdrehte, fuhr sie wie ein aufgescheuchtes Kaninchen zusammen, als sie Jack da stehen sah.

Entgeistert schrie sie auf und schlug sich dann lachend mit der Hand aufs Herz. »Gott! Du hast mich erschreckt.«

»Tut mir leid. Ich habe geklopft und gerufen, aber bei diesem Zorn Gottes draußen hört man kaum was.«

»Du bist klatschnass.«

»Wahrscheinlich vom Regen.« Jack fuhr sich mit der Hand durchs Haar, dass die Tropfen flogen. »Hat mir meinen letzten Ortstermin vermasselt, also habe ich die Gelegenheit genutzt, um vorbeizukommen. Hübsch«, fügte er mit einem Nicken zu dem Strauß hinzu.

»Ja, nicht? Ich wollte ihn gerade ins Kühlhaus bringen und mit dem Brautstrauß anfangen. Nimm dir doch einen Kaffee und trockne dich ein bisschen ab.«

»Genau das hatte ich zu hören gehofft.« Jack kam zu ihr, um sie zu küssen und ihr über den Rücken zu streichen. »Ich habe dir die Entwürfe zur Ansicht mitgebracht. Falls du dazu kommst. Wenn es das Wetter erlaubt, fangen sie am Montagmorgen bei Mac an. Früh. Mach dich drauf gefasst.«

»Wie aufregend. Wissen sie Bescheid?«

»Ich habe erst kurz im Studio reingeschaut. Willst du Kaffee?«

»Nein, danke.«

Emma machte ihren Gang zum Kühlhaus und zurück und ließ sich dann mit den Blumen, ihrem Werkzeug und ihrer Vorstellung von dem Strauß, den sie binden wollte, an ihrem Arbeitsplatz nieder.

Sie sah auf, als Jack wieder hereinkam. »Bei dieser Arbeit habe ich dich noch nie gesehen. Störe ich dich?«

»Nein. Setz dich. Sprich mit mir.«

»Heute habe ich deine Schwester gesehen.«

»Ja?«

»Wir sind uns in der Stadt über den Weg gelaufen. Brauchst du kein Foto oder eine Skizze?«

»Oft verwende ich beides, aber dieser Strauß ist …« Emma tippte sich mit dem Finger an die Schläfe. »Weiße Sprayrosen, dieser helle Schneeball, um Akzente zu setzen.

Leichte Kaskadenform, was süß und romantisch aussehen wird, wenn ich diese Majolika-Rosen zu voller Blüte bringe.«

Jack sah zu, wie sie schnitt und verdrahtete, während draußen der Donner grollte. »Ich dachte, das wird ein Strauß.«

»Wird es auch.«

»Wozu dann die Vase?«

»Ich habe den Steckschaum eingeweicht und einen Halter daran befestigt. Siehst du dieses Teil?« Sie angelte nach der Vase. »Das verankere ich in der Vase, so dass ich die Blumen einarbeiten und dem Strauß die richtige Form, den richtigen Fall geben kann.«

»Was machst du, wenn die anderen mit dir hier arbeiten?«

»Hm?«

»Was, ihr sitzt hier alle in einer Reihe? Wie am Fließband?«

»Ja und nein. Wir sitzen schon in einer Reihe, aber jede arbeitet an dem Arrangement, das ich ihr zugewiesen habe. Es ist nicht so, dass ich einen Teil mache und das Ganze dann an Tink weitergebe.«

Sie arbeitete weiter in der Stille, die von Donner und Regen durchbrochen wurde.

»Du brauchst hier einen L-förmigen Arbeitsplatz.« Jack schaute sich erneut im Raum um, betrachtete die Werkzeuge, die Blumengefäße. »Vielleicht ist ein U noch besser. Mit Abfalleimern und Schubladen über und unter der Arbeitsfläche. Als ich diesen Bereich damals entworfen habe, warst du in erster Linie allein tätig. Du bist hier rausgewachsen. Außerdem brauchst du unter dem Tisch Platz, um einen Rollcontainer für deinen Kompost unterzubringen, und einen zweiten für nicht kompostierbare Abfälle. Kommen manchmal Kunden hierher, wenn du oder eine der anderen an der Arbeit sitzt?«

Emma lutschte an ihrem Daumen, in den sie sich mit einem vereinzelten Dorn gestochen hatte. »Manchmal, klar.«

»Okay.«

Stirnrunzelnd sah Emma ihm nach, als er aufstand und hinausging.

Dann kam er – schon wieder klatschnass – mit einem Notizbuch zurück, das er wohl aus dem Auto geholt hatte. »Arbeite ruhig weiter«, sagte er. »Ich will nur ein paar Änderungen an meinem früheren Entwurf skizzieren. Wir wollen bestimmt diese Wand versetzen.«

»Versetzen?« Emmas Aufmerksamkeit flog ihm zu. »Die Wand?«

»Um deinen Arbeits- und Ausstellungsbereich zu erweitern. Das ist harmonischer und effizienter. Zu viel für einen allein, aber … Entschuldige.« Er sah von seiner Zeichnung auf. »War nur laut gedacht. Ich habe dich gestört.«

»Nein, schon okay.« Und ein bisschen seltsam, dachte Emma, dass sie an einem stürmischen Nachmittag gemeinsam arbeiteten.

Eine Zeit lang setzten sie ihre Arbeit schweigend fort, obwohl Emma feststellte, dass Jack mit dem Stift in der Hand ständig vor sich hin murmelte. Das störte sie nicht; es überraschte sie nur, dass es an ihm doch noch etwas Neues zu entdecken gab.

Als sie fertig war, hielt sie den Strauß von sich und drehte ihn, um ihn von allen Seiten zu betrachten. Und ertappte Jack dabei, wie er sie beobachtete. »Er wird voller und weicher aussehen, wenn die Rosen aufgehen.«

»Du arbeitest schnell.«

»Diese Sorte ist nicht besonders arbeitsintensiv.« Emma

stand auf und wandte sich zu dem bodentiefen Spiegel. »An dem Kleid sind viele Details, sehr aufwändig, so dass dieser schlichtere, weichere Strauß gut dazu passt. Keine Bänder, nichts Herabhängendes, nur die dezente Kaskade. Hier gehalten, in Taillenhöhe, mit beiden Händen. Das wird …«

Im Spiegel begegnete sie Jacks Blick und entdeckte darin leise Bedenken. »Keine Angst, Jack. Ich übe hier nicht.«

»Was?«

»Ich muss den Strauß ins Kühlhaus bringen.«

Als sie die Blumen nach hinten trug und an ihren Platz stellte, sprach Jack von der Tür her. »Ich dachte eben, dass das Weiß gut zu dir passt – dir gut steht? Wie auch immer. Aber dir steht alles. Und dass du nie Blumen trägst. Wahrscheinlich ist das zu klischeehaft für dich. Vielleicht habe ich also einen Fehler gemacht.«

Emma stand inmitten der Blumen und ihrem Duft. »Einen Fehler?«

»Ja. Bin gleich zurück.«

Emma schüttelte den Kopf, als er schon wieder verschwand. Sie trat vor die Tür und verschloss das Kühlhaus. Jetzt musste sie noch ihren Arbeitsplatz saubermachen und dann ihre Notizen für den folgenden Tag durchgehen.

»Ich probiere die Sträuße immer aus«, erklärte sie, als sie Jack zurückkommen hörte, »um sicherzugehen, dass sie sich bequem tragen lassen, dass Form, Farben und Materialien zusammenpassen.«

»Klar. Das verstehe ich. Ich greife auch bei jedem Projekt mindestens einmal zum Hammer, nur um ein Gefühl für das Gebäude zu bekommen. Das verstehe ich, Emma.«

»Dann ist es ja gut. Ich wollte nur …« Sie brach ab, als sie sich umdrehte und die lange, schmale Schachtel in seiner Hand entdeckte. »Oh.«

»Ich hatte eine Besprechung in der Stadt und habe das hier gesehen. Es schrie förmlich aus dem Schaufenster, ›He, Jack, Emma braucht mich.‹ Und ich dachte, ja, stimmt. Also ...«

»Du hast mir ein Geschenk mitgebracht«, sagte sie, als er es ihr reichte.

»Du hast doch gesagt, du bekommst gern Blumen.«

Emma öffnete die Schachtel. »Oh, Jack.«

Das Armband sprühte vor Farben – jeder einzelne der leuchtend bunten Steine war wie eine kleine, perfekte Rose geformt.

»Aber du trägst keine Blumen.«

Überrascht und hingerissen schaute Emma auf. »Von jetzt an schon. Es ist schön. Einfach schön.« Sie nahm es heraus und legte es um ihr Handgelenk. »Ich bin platt.«

»Das Gefühl kenne ich. Komm, der Juwelier hat mir gezeigt, wie das geht. Der Verschluss wird hier reingeschoben, so dass man ihn nicht sieht.«

»Danke. Es ist ... oh, sieh dir meine Hände an.«

Jack ergriff ihre Hände, die von der Arbeit schmutzig und zerkratzt waren, und führte sie an die Lippen. »Mach ich. Sehr oft sogar.«

»Ich zicke rum, und du schenkst mir Blumen.« Emma schmiegte sich in seine Arme. »Ich muss wohl öfter rumzicken.« Seufzend schloss sie die Augen. »Der Regen hat aufgehört«, murmelte sie, dann beugte sie sich zurück. »Ich muss noch ein bisschen aufräumen und dann bei der Probe heute Abend mithelfen. Aber danach könnten wir was trinken, vielleicht draußen auf der Terrasse was essen. Wenn du bleiben möchtest.«

»Möchte ich.« Jacks Augen wurden plötzlich intensiv und dunkel, als er ihr forschend ins Gesicht sah. »Emma.

Ich glaube, ich habe dir noch nicht deutlich genug gesagt, wie viel du mir bedeutest.«

»Das weiß ich doch.« Emma reckte sich, um ihn zu küssen. »Ich weiß.«

Später, als Emma zum Haupthaus hinübergegangen war, stöberte Jack in ihren Vorräten und fand alles Nötige, um eine schnelle Mahlzeit zuzubereiten. Es war nicht so, dass er nicht kochen konnte, wenn es sein musste, dachte er. Oder dass er erwartete, Emma würde kochen, wenn sie nicht ausgingen.

Was immer öfter der Fall war.

Er konnte sogar ein ziemlich leckeres Essen zaubern, was er einer ehemaligen Affäre mit einer stellvertretenden Küchenchefin verdankte.

Ein wenig Knoblauch und Olivenöl, ein paar Kräuter und gehackte Tomaten, dazu würden sie Nudeln essen. Nichts Bombastisches.

Er hatte ihr auch vorher schon Frühstück gemacht, oder?

Einmal.

Warum hatte er plötzlich das Gefühl, Emma auszunutzen, sie nicht genügend zu schätzen, wie er es oft von anderen gedacht hatte?

Er wusste, warum. Er wusste genau, warum, gestand er sich ein, während er schnippelte und kleinhackte.

Ihr Gesichtsausdruck, als ihre Blicke sich im Spiegel begegnet waren, dieser Schmerz für den Bruchteil einer Sekunde, bevor der Ärger die Oberhand gewann.

Ich übe hier nicht.

Er *hatte* an die Blumen gedacht, an das Armband. Doch Emmas Gefühl hatte sie nicht ganz getrogen. Irgendwie hatte er ein leises … Unbehagen verspürt. Oder … verdammt, wenn er das wüsste. Doch beim Anblick von Emma mit dem Brautstrauß war er – zusammengezuckt, musste er zugeben. Nur ganz kurz.

Er hatte ihr wehgetan, ihre Gefühle verletzt. Und das war das Allerletzte, was er wollte.

Sie würde ihm verzeihen oder das Ganze auf sich beruhen lassen oder es verdrängen. Nicht wegen des Armbands, dachte er. Sie war nicht der Typ dafür, nach Geschenken zu angeln oder wegen einer Kränkung zu schmollen.

Sie war ... Emma.

Vielleicht hatte er sie hier und da nicht genügend wertgeschätzt. Das würde aufhören, nun da es ihm bewusstgeworden war. Er würde achtsamer sein, das war alles. Nur weil sie jetzt so lange zusammen waren, seit ...

Vor Schreck schnitt er sich in den Daumen. Seit sieben Wochen. Nein, fast acht, was so gut wie zwei Monate waren. Und das war praktisch eine ganze Saison.

Ein Vierteljahr.

Es war schon sehr lange her, dass er die Zeit, die er am Stück mit einer einzigen Frau zusammen gewesen war, in Monaten ausdrücken konnte.

In ein paar Wochen würden sie den ganzen Frühling über zusammen gewesen sein, bis in den Sommer hinein.

Und das war okay für ihn. Mehr als okay.

Es gab keine andere, mit der er zusammen sein wollte.

Es fühlte sich gut an. Was immer das auch bedeutete, es fühlte sich gut an, zu wissen, dass sie bald zurückkommen würde und sie draußen auf ihrer Terrasse zusammen essen würden.

Jack schenkte sich ein Glas Wein ein, als er begann, den Knoblauch anzubraten. »Auf den Rest des Frühlings«, prostete er sich selbst zu. »Und den ganzen Sommer.«

»Alarmstufe Rot!« Emma, die mit einem Arm voll zarter Blumenkränze oben auf der Leiter stand, reckte den Hals, um das Display des Piepsers an ihrem Hosenbund zu erkennen. »Mist. Mist. Alarmstufe Rot. Beach, du musst die Kränze fertig machen. Tiff, du die Girlanden. Tink, du hast das Kommando.«

Als sie von der Leiter stieg, trat Jack hinzu, um sie zu beobachten. »Vorsichtig. Es ist kein nationaler Notstand.«

»Doch, wenn Parker Alarmstufe Rot meldet. Komm mit. Manchmal sind zwei Hände mehr – vor allem männliche – sehr nützlich. Wenn es nur eine Frauensache ist, könntest du vielleicht hierher zurückkommen und mithelfen, Stühle zu beziehen. Verdammt. Ich war genau in der Zeit.«

»Du schaffst das.«

Wie der Blitz eilte Emma über die Terrasse, die Treppe hinauf – die noch geschmückt werden musste – und durch die Tür in den Flur vor der Suite der Braut.

Mitten hinein in die Hysterie.

Die Diele war voller Leute, die alle unterschiedlich weit angezogen waren. Stimmen erreichten eine Tonhöhe, die nur noch Hunde hören können. Tränen flossen in Strömen wie Wein.

Mittendrin stand Parker wie ein Fels in der Brandung. Emma merkte ihr jedoch einen Hauch von Verzweiflung an.

»Alle mal herhören! Alles wird gut. Aber Sie müssen sich beruhigen und mal zuhören. Bitte, Mrs Carstairs, bitte setzen Sie sich hierher. Setzen Sie sich, atmen Sie tief durch.«

»Aber mein Baby, mein Baby.«

Carter drängte sich tapfer durch die Menge und nahm die weinende Frau am Arm. »Kommen Sie, setzen Sie sich.«

»Es muss etwas geschehen, es muss etwas geschehen.«

Emma erkannte die Brautmutter. Sie weinte nicht – noch nicht –, doch ihr Gesicht nahm allmählich die Farbe reifer roter Bete an. Gerade als Emma hinging, um sich um sie – oder wen auch immer – zu kümmern und Parker zu entlasten, ertönte ein schriller Pfiff, worauf erschrockenes Schweigen folgte.

»Okay, an alle: Schluss jetzt!«, befahl Laurel. Sie trug eine bekleckste weiße Latzschürze; die Flecken sahen nach Himbeersauce aus.

Parker nutzte die Gelegenheit. »Mr Carstairs, setzen Sie sich doch einen Moment zu Ihrer Frau. Pete, wenn Sie und Ihr Gefolge zurück in Ihre Suite gehen würden. Carter hilft Ihnen. Mrs Princeton, Laurel bringt Sie und Ihren Mann nach unten. Sie bekommen einen Tee. Geben Sie mir eine Viertelstunde. Jack, könntest du mit Laurel gehen? Wir bringen Mr und Mrs Carstairs einen Tee hierher.«

»Haben Sie vielleicht einen Scotch?« erkundigte sich Mrs Princeton.

»Selbstverständlich. Sagen Sie Jack einfach, was Sie möchten. Emma, dich könnte ich in der Suite der Braut gebrauchen. Eine Viertelstunde Pause für alle. Bleiben Sie ganz ruhig.«

»Was ist passiert?«, wollte Emma wissen.

»Kurzes Update. Zwei der Brautjungfern sind total verkatert. Eine der beiden hat soeben im Bad gründlich gekotzt. Die Mutter des Bräutigams hat einen Nervenzusammenbruch erlitten, als sie zu ihrem Sohn in die Suite des Bräutigams gegangen ist. Darüber hat sich die BM geärgert – sie verstehen sich nicht besonders gut. Es kam zu einem Wortgefecht, die Gemüter erhitzten sich, und das noch mehr, als die beiden Frauen zankend in die Suite der Braut hinübergingen. Die ganze Aufregung hat offenbar bei der EBJ, die im achten Monat schwanger ist, Wehen ausgelöst.«

»O mein Gott. Sie hat Wehen? Jetzt?«

»Nur Vorwehen.« Parkers Gesicht war eine Studie in fester Entschlossenheit und unbeugsamem Willen. »Es sind sicher nur Vorwehen. Ihr Mann hat den Arzt gerufen, und die EBJ hat ihn überredet, uns vorerst die Abstände zwischen den Kontraktionen messen zu lassen. Mac und die Braut sind bei ihr, und auch die übrigen Brautjungfern, die gerade nicht kotzen oder jammern. Sie und die Braut sind die Einzigen, die einen kühlen Kopf bewahren. Außer Mac. So.«

Parker holte tief Luft und öffnete die Tür zur Suite der Braut.

Die EBJ lag von Kissen gestützt auf dem kleinen Sofa, bleich, aber offenbar gefasst. Die Braut kniete neben ihr – mit einem Frisierumhang über ihrem Korsett und den Strumpfhaltern. Am anderen Ende des Zimmers reichte Mac gerade einer der Brautjungfern eine kalte Kompresse.

»Wie geht es Ihnen?«, fragte Parker, während sie auf die Schwangere zueilte. »Möchten Sie Ihren Mann bei sich haben?«

»Nein. Lassen Sie ihn bei Pete. Es geht mir gut, wirklich. In den letzten zehn Minuten habe ich nichts mehr gespürt.«

»Fast schon zwölf«, erklärte die Braut und hielt die Stoppuhr hoch.

»Maggie, es tut mir so leid.«

»Hör auf damit.« Die Braut strich ihrer Freundin über die Schulter. »Alles wird gut.«

»Du solltest dein Haar und dein Make-up fertig machen. Du solltest …«

»Das kann warten. Alles kann einfach warten.«

»Ja, das ist eine gute Idee.« Parker gelang es, gleichzeitig forsch, geschäftsmäßig und fröhlich zu klingen. »Wenn es Ihnen hier zu unbequem ist, Jeannie, können wir Sie auch in mein Zimmer bringen. Da ist es ruhiger.«

»Nein. Ich fühle mich hier wohl, wirklich. Und ich würde gern zuschauen. Ich glaube, er ist wieder eingeschlafen.« Sie tätschelte ihren Bauchberg. »Ehrlich gesagt ist unsere Jan schlechter dran als ich.«

»Ich bin ein Idiot.« Die Brautjungfer mit dem grünlichbleichen Gesicht schloss die Augen. »Maggie, erschieß mich einfach.«

»Ich lasse ein bisschen Tee und Toast raufbringen. Das müsste helfen. In der Zwischenzeit sind Emma und Mac hier, um euch beizustehen. Ich bin in zwei Minuten zurück. Wenn sie nochmal Kontraktionen hat«, sagte Parker leise zu Emma, »pieps mich an.«

»Worauf du dich verlassen kannst. Kommen Sie, Maggie, machen wir Sie richtig hübsch.« Emma zog Maggie auf die Beine und übergab sie der Friseurin. Mit der Stoppuhr in der Hand ließ sie sich dann bei der werdenden Mutter nieder. »Es wird also ein Junge, Jeannie?«

»Ja, unser erster. Ich habe noch vier Wochen. Am Donnerstag war ich zur Vorsorgeuntersuchung. Alles in Ordnung. Alles bestens mit uns. Wie geht es meiner Mutter?«

Es dauerte einen Augenblick, bis Emma wieder einfiel, dass Jeannie die Schwester des Bräutigams war. »Gut. Natürlich ist sie aufgeregt und aufgewühlt, aber …«

»Sie ist fix und fertig.« Jeannie lachte. »Ein Blick auf Pete in seinem Smoking, und sie zerfließt in Tränen. Wir haben ihr Schluchzen bis hierher gehört.«

»Was natürlich meine Mutter auf die Palme gebracht hat«, sagte Maggie von ihrem Frisierstuhl aus. »Dann sind sie aufeinander losgegangen wie Pitbulls, während Jan im Bad gereihert hat und Shannon zusammengekrümmt dalag.«

»Ist jetzt besser.« Shannon, eine kleine Brünette, die gerade an etwas nippte, das aussah wie Ginger-Ale, winkte von ihrem Stuhl aus.

»Chrissy ist fit, deshalb ist sie mit den Kindern ein bisschen rausgegangen. Sie sollten eigentlich schon zurück sein.«

Da Emma zu dem Schluss kam, dass hier alles unter Kontrolle war, warf sie Maggie einen Blick zu. »Sieht so aus, als hätten wir mit dem Baby die Fünfzehn-Minuten-Grenze überschritten. Wenn Shannon sich das zutraut, kann sie die Stoppuhr übernehmen. Dann kann ich Chrissy und die Kinder suchen gehen. Brautjungfer, Blumenmädchen, Ringträger?«

»Bitte. Vielen, vielen Dank. Das ist alles total verrückt.«

»Wir hatten schon Schlimmeres.« Emma reichte Shannon die Stoppuhr und warf einen letzten Blick auf Jeannie. Sie hatte wieder Farbe bekommen und sah völlig gelassen aus. »Mac, hältst du die Stellung?«

»Kein Problem. He, lasst uns ein paar Fotos machen!«

»Sie sind grausam«, brummelte Jan.

Emma flitzte hinaus. Sie erspähte die Mutter des Bräutigams auf der Terrasse, wo sie in ein Taschentuch schluchzte, während ihr Mann ihr die Schulter tätschelte. »Reiß dich zusammen, Edie. Um Himmels willen.«

Sie schwenkte um und steuerte auf die Haupttreppe zu. Parker stürmte gerade schon wieder nach oben. »Wie sieht's aus?«

»Ich denke, wir sind runter auf Gelb. Keine Kontraktionen mehr, ein Kater auf dem Wege der Besserung, der andere – schwer zu sagen. Die Braut kriegt die Haare gemacht, und ich bin unterwegs, um die letzte Brautjungfer und die Kinder zusammenzutrommeln.«

»Die sitzen bei Keksen und Milch in der Küche. Wenn du das Blumenmädchen und den Ringträger übernehmen kannst, schick die BJ nach oben. Mrs G. richtet Tee und Toast her. Ich will mal nach dem Bräutigam sehen und dem werdenden Vater Bescheid sagen, dass alles okay ist.«

»Bin schon unterwegs. Die Mutter des Bräutigams ist auf der Terrasse und heult sich die Augen aus.«

Parker machte ein entschlossenes Gesicht. »Ich kümmere mich drum.«

»Viel Glück.« Emma eilte nach unten und bog zur Küche ab, gerade als Jack aus der Richtung des Großen Saals in die Diele kam.

»Bitte, sag mir, dass da oben keine Frau ist, die gerade ein Kind kriegt.«

»Diese Krise scheint vorbei zu sein.«

»Na, Gott sei Dank.«

»Und die BE?«

»Wie?«

»Die Brauteltern?«

»Carter ist bei ihnen. Offenbar unterrichtet er einen ihrer Neffen. Und die Mutter repariert ihr Make-up oder so.«

»Ich muss noch die letzte BJ finden und hochschicken und mich dann um Blumenmädchen und Ringträger kümmern.«

Jack runzelte die Stirn, dann gab er es auf, den Code verstehen zu wollen. »Ganz wie du meinst.«

Emma hielt inne und sah ihn nachdenklich an. »Du kannst doch gut mit Kindern umgehen, wenn ich mich recht entsinne.«

»Ganz okay. Sie sind bloß klein.«

»Wenn du dich für eine Viertelstunde um den Ringträger kümmern könntest – er ist fünf –, würde uns das helfen. Sobald wir das Zeichen bekommen, kannst du ihn in die Suite des Bräutigams bringen. Ich bringe das Mädchen nach oben und helfe ihr beim Ankleiden.« Als Emmas Piepser sich meldete, warf sie einen besorgten Blick darauf. Dann atmete sie erleichtert auf. »Weiterhin Stufe Gelb. Gut.«

»Haben diese Kinder keine Eltern?«, fragte Jack, als er ihr zur Küche folgte.

»Doch, und beide gehören zur Hochzeitsgesellschaft. Sie sind Geschwister, Zwillinge. Die Brautjungfer, die bei ihnen ist, ist ihre Mama. Der Papa gehört zum Gefolge des Bräutigams, also kannst du den Jungen in zehn, fünfzehn Minuten hochbringen. Warte einfach ein paar Minuten, bis sich alles noch mehr beruhigt hat. Sobald ich das Blumenmädchen untergebracht habe, muss ich wieder raus und die Außendeko fertig machen. Also …«

Sie brach ab und setzte ein breites, fröhliches Lächeln auf, bevor sie in die Küche stürmte.

Binnen einer Stunde waren Braut und Brautjungfern schön zurechtgemacht und der Bräutigam samt Gefolge wie aus dem Ei gepellt. Während Mac die einzelnen Parteien für formale Fotos aufstellte und Parker die jeweiligen Mütter auf Abstand hielt, beendete Emma die Dekoration im Außenbereich.

»Suchst du einen Job?«, fragte sie Jack, der gerade half, die letzte Reihe Stühle zu beziehen.

»Nicht unbedingt. Ich weiß nicht, wie du das jedes Wochenende schaffst.«

Emma befestigte kegelförmige Halter mit ganz zartrosa Pfingstrosen an bestimmten Stühlen. »Es ist nie langweilig.

Tink, ich muss nach Hause flitzen und mich umziehen. Die Gäste kommen.«

»Hier ist alles klar.«

»Parker schätzt, dass wir nur etwa zehn Minuten Verspätung haben, was ein Wunder ist. Für euch alle steht was zu essen in der Küche, wenn wir fertig sind. In fünfzehn Minuten bin ich wieder da. Jack, geh einen trinken.«

»Genau das habe ich vor.«

Sie schaffte es in zwölf Minuten und kam in einem schlichten schwarzen Hosenanzug statt der Arbeitsklamotten zurück. Dann befestigte sie Ansteckst räußchen, während Parkers Stimme aus ihrem Headset tönte. »Wir sind startbereit in der Suite der Braut. Musik zur Aufstellung der Prozession. Die Platzanweiser sollen mit der Eskorte beginnen.«

Emma lauschte auf den Countdown, während sie Jackettaufschläge abbürstete und mit dem Bräutigam scherzte. Sie erspähte Parker, die gerade die Eltern des Brautpaars aufstellte, und Mac, die sich zum Fotografieren in Position brachte.

Sie nahm sich einen Moment Zeit, nur einen Moment, um einen bewundernden Blick nach draußen zu werfen. Die makellosen weißen Stuhlhussen bildeten den perfekten Hintergrund für die Blumen. All die Grün- und Rosatöne, von zart bis leuchtend, blühten vor dem Schimmer von Tüll und Spitze.

Dann war der Moment vorüber, als der Bräutigam seinen Platz einnahm und die Mütter – die eine mit feuchten Augen, die andere vielleicht ein bisschen beschwipst vom Scotch – zu ihren Stühlen geleitet wurden.

Emma wandte sich ab, um zu den Sträußen zu greifen und sie zu verteilen, während Parker die Damen aufstellte.

»Sie sehen alle so fantastisch aus. Geht es noch, Jeannie?«

»Er ist wach, aber ganz brav.«

»Maggie, Sie sehen einfach umwerfend aus.«

»Oh, nicht.« Die Braut wedelte mit der Hand vor ihrem Gesicht. »Ich hätte nicht gedacht, dass ich so einen Kloß im Hals haben würde, aber ich bin kurz davor, loszuheulen. Gleich werde ich meiner neuen Schwiegermutter für ihr Geld richtig was bieten.«

»Einmal tief einatmen und wieder aus«, befahl Parker. »Langsam und locker.«

»Okay. Okay. Parker, wenn ich jemals einen Krieg führen muss, werden Sie mein General. Emma, die Blumen sind … Einatmen, ausatmen. Papa.«

»Fang bloß nicht an.« Er drückte ihr die Hand. »Willst du etwa, dass ich dich zum Altar bringe und dabei heule wie ein Baby?«

»Ganz ruhig bleiben.« Parker griff unter den Schleier und tupfte sanft Maggies Augen ab. »Kopf hoch und lächeln. Okay, Nummer eins, los geht's.«

»Wir sehen uns auf der anderen Seite, Mags.« Jan, die immer noch ein bisschen blass war, aber strahlte, marschierte los.

»Und zwei … Los.«

Da Emma im Moment nichts mehr zu tun hatte, trat sie in den Hintergrund, während Parker das Regiment führte.

»Ich muss zugeben«, sagte Jack neben ihr, »ich hätte nicht gedacht, dass ihr das hinkriegt. Nicht so glatt. Ich bin nicht nur beeindruckt, ich bin geradezu von Ehrfurcht ergriffen.«

»Wir hatten schon viel Schlimmeres.«

»Ah-oh«, sagte er, als ihre Augen sich mit Tränen füllten.

»Ich weiß. Manchmal überkommt es mich einfach. Ich glaube, es liegt daran, wie die Braut mit allem fertiggeworden ist, mit einer Krise nach der anderen, und in ihrem großen Augenblick beginnt sie zu wanken. Aber sie hält sich tapfer. Sieh dir dieses Lächeln an. Und sieh nur, wie er sie anschaut.« Sie seufzte. »Manchmal überkommt es mich einfach«, wiederholte sie.

»Ich glaube, das hast du verdient.« Jack reichte ihr ein Glas Wein.

»Oh, Mann, echt. Danke.«

Sie hakte sich bei ihm ein, lehnte den Kopf an seine Schulter. Und schaute sich die Hochzeit an.

16

Nach der Feier nahmen sie sich einen Augenblick Zeit, um im gemeinsamen Wohnzimmer abzuschalten. Emma genoss jeden Moment und trank ihr zweites Glas Wein für diesen Abend.

»Keine sichtbaren Schwierigkeiten.« Sie ließ die Schultern kreisen, beugte und streckte die bloßen Zehen. »Und das zählt. Wahrscheinlich erzählen die Hochzeitsgäste noch wochenlang Geschichten von üblen Katern, zankenden Müttern und Babyalarm. Aber diese Sachen machen eine Hochzeit zu etwas Einzigartigem.«

»Ich hätte nicht geglaubt, dass jemand fast sechs Stunden lang nahezu ohne Pause heulen kann.« Laurel warf sich zwei Aspirin ein und spülte sie mit Sprudelwasser hinunter. »Man hätte meinen können, es wäre die Beerdigung ihres Sohnes, nicht seine Hochzeit.«

»Bei den Fotos der Mutter des Bräutigams werde ich mit dem Photoshop ganz schön wüten müssen. Und selbst dann …« Mac zuckte die Achseln. »Echt tapfer von der Braut, eine Schwiegermutter auf sich zu nehmen, die während des ›Ja, ich will‹ regelrecht gejault hat.«

Mac warf den Kopf in den Nacken und legte eine erschreckend gekonnte Parodie von Mrs Carstairs Winseln hin.

»Mein Kopf«, jammerte Laurel. »Mein Kopf.«

Carter, der auf der Armlehne des Sofas hockte, lachte Mac zu, auch wenn er gleichzeitig Laurel tröstend auf die Schulter klopfte. »Ich weiß nicht, wie es euch ergangen ist, aber mir hat diese Frau Angst gemacht.«

»Ich glaube, zum Teil lag das an dem Enkelchen, das bald auf die Welt kommt. Es war einfach zu viel für sie.«

»Dann hätte ihr jemand eine Valium einflößen müssen«, sagte Laurel zu Emma. »Und das ist nicht wirklich ein Scherz. Ich habe nur darauf gewartet, dass sie sich auf die Hochzeitstorte wirft – als wäre sie ein Scheiterhaufen.«

»Oh Mann, was für ein Foto hätte das gegeben.« Mac seufzte. »Zu schade.«

»Carter, Jack.« Parker erhob ihre Wasserflasche. »Ihr wart eine große Hilfe. Wenn ich gewusst hätte, dass die Mutter des Bräutigams so eine Heulboje ist, hätte ich vorher entsprechende Maßnahmen eingeleitet, aber bei der Probe war sie normal. Sogar fröhlich.«

»Ich wette, ihr hat jemand Drogen untergejubelt«, sagte Laurel.

»Was für Maßnahmen?«, wollte Jack wissen.

»Oh, da gibt es alle möglichen Tricks.« Parker lächelte wissend. »Ich hätte sie vielleicht nicht davon abhalten können, während der ganzen Zeremonie zu flennen, aber ich hätte verhindert, dass sie das Brautpaar beim Ankleiden durcheinanderbringt. Hätten Pete und Maggie keinen kühlen Kopf bewahrt, wäre das eine Katastrophe geworden. Wenn man die übersentimentalen Gäste beschäftigt und ihnen kleine Aufgaben zuweist, klappt das normalerweise.«

»Genau, deshalb habe ich auch nicht geheult«, erklärte Jack.

»Morgen müssen wir aber ohne unsere Reservisten klarkommen.« Mac versetzte Carter einen freundschaftlichen Tritt. »Sie lassen uns wegen der Yankees sitzen.«

»Apropos morgen, ich gehe hoch und falle ins Bett, damit ich für die nächste Hochzeit wieder fit bin.« Laurel stand auf. »Nacht, Kinder.«

»Das ist unser Stichwort. Packen wir's, Professor. Gott, meine Füße bringen mich um.«

Carter wandte Mac den Rücken zu und deutete darauf. Lachend sprang Mac auf. »Das ist wahre Liebe«, sagte sie und küsste ihn schmatzend aufs Haar. »Seinerseits, weil er mir das anbietet, und meinerseits, weil ich darauf vertraue, dass Professor Obergeschickt nicht ausrutscht und mich fallen lässt. Bis morgen. Hüa!«

»Sind die süß.« Emma sah ihnen lächelnd nach. »Nicht einmal Linda die Schreckliche kann ihren Glanz trüben.«

»Sie hat Mac heute Morgen angerufen«, berichtete Parker.

»Verdammt.«

»Hat ihr gesagt, sie hätte es sich anders überlegt. Jetzt verlangt sie doch, dass Mac und Carter nächste Woche zu ihrer Hochzeit in Italien anreisen. Sie hat das übliche Theater gemacht und Mac Schuldgefühle eingeredet, als die ihr sagte, sie könne unmöglich so kurzfristig nach Italien fliegen.«

»Davon hat Mac mir gar nichts erzählt.«

»Sie wollte nicht, dass die Veranstaltung darunter leidet. Linda hat natürlich genau dann angerufen, als Mac gerade ihre Sachen für die Hochzeit am Vormittag gepackt hat. Aber du hast Recht – der entscheidende Punkt ist, dass sie den Glanz nicht trüben kann. Bevor Carter kam, hätte so ein Anruf Mac total runtergezogen. Heute war es auch nicht schön, aber sie hat es verkraftet und beiseitegeschoben.«

»Carters Macht ist stärker als Lindas. Er hat einen dicken Kuss bei mir gut.«

»Ich sehe ihn morgen, falls du mir den Kuss mitgeben willst«, schlug Jack vor.

Emma beugte sich hinüber und gab ihm ein züchtiges Küsschen.

»Bisschen mickrig.«

»Er ist für einen Freund. Okay, raffen wir uns auf und gehen heim.«

»Besprechung um acht«, erinnerte Parker sie.

»Ja, ja.« Emma unterdrückte ein Gähnen. »Was hältst du von huckepack?«, fragte sie Jack.

»Ich mag es so lieber.« Mit einer schwungvollen Bewegung nahm er sie auf die Arme.

»Wow. Ich auch. Nacht, Parker.«

»Gute Nacht.« Und nur ein bisschen sehnsüchtig sah Parker zu, wie Jack Emma auf den Händen trug, genau wie Rhett Butler seine Scarlett.

»Super Abgang.« Begeistert drückte Emma Jack einen Kuss auf die Wange. »Du brauchst mich aber nicht den ganzen Weg zu tragen.«

»Glaubst du, ich lasse zu, dass Carter mich bloßstellt? Du hast keine Ahnung von echter Rivalität. Es ist schön, Mac so glücklich zu sehen«, fügte Jack hinzu. »Ich war ein paar Mal dabei, wenn Linda sie fertiggemacht hat. Schwer zu ertragen.«

»Ich weiß.« Emma strich mit den Fingern durch Jacks sonnengebleichtes Haar. »Sie ist der einzige Mensch, den ich wirklich bewusst nicht ausstehen kann. Früher habe ich noch versucht, Entschuldigungen für ihr Verhalten zu finden, bis ich merkte, dass es einfach keine gibt.«

»Sie hat mich einmal angebaggert.«

Emma hob ruckartig den Kopf. »Was? Macs Mutter hat dich *angebaggert?*«

»Ist schon lange her. Aber eigentlich hat sie es vor nicht allzu langer Zeit nochmal versucht. Also insgesamt zweimal. Beim ersten Mal war ich noch auf dem College und habe in den Sommerferien ein paar Wochen hier verbracht. Wir sind alle auf eine Party gegangen, und ich sagte, ich komme vorbei und hole Mac ab. Damals hatte sie noch kein Auto. Ihre Mutter kam an die Tür und hat mich so gemustert, wie Mütter es normalerweise nicht tun, und dann hat sie mich irgendwie in die Ecke getrieben, bis Mac runterkam. Es war … interessant und, ja, schrecklich. Linda die Schreckliche. Ein guter Name.«

»Wie alt warst du da – zwanzig? Sie sollte sich schämen. Man sollte sie dafür verhaften, irgendwas. Jetzt kann ich sie erst recht nicht mehr ausstehen. Das hätte ich nicht für möglich gehalten.«

»Ich hab's überlebt. Aber wenn sie es nochmal versucht, verlasse ich mich darauf, dass du mich beschützt. Und zwar besser als bei Kellye der Schrecklichen.«

»Eines Tages werde ich ihr sagen, was ich von ihr halte. Linda, nicht Kellye. Und wenn sie bei Macs Hochzeit aufkreuzt und versucht, was zu drehen, könnte ich gewalttätig werden.«

»Darf ich zuschauen?«

Emma lehnte den Kopf wieder an seine Schulter. »Morgen rufe ich meine Mutter an, nur um ihr zu sagen, dass sie ganz toll ist.« Erneut küsste sie Jack auf die Wange. »Und du auch. Das ist das erste Mal, dass ich im Mondschein so getragen werde.«

»Äh, der Himmel ist aber bewölkt.«

Emma lächelte. »Nicht aus meiner Sicht.«

Jack betrachtete seine verdeckten Karten. Der Pokerabend war für ihn bisher gut gelaufen, doch das Paar Zweier sah nicht gerade vielversprechend aus. Er beschloss zu schieben und wartete, während in der Runde einer nach dem anderen seinen Eröffnungseinsatz nannte. Als Doktor Rod an der Reihe war, erhöhte er auf fünfundzwanzig. Neben ihm stieg Mal aus, Del warf seine Chips auf den Tisch, Landschaftsgärtner Frank ebenso. Anwalt Henry stieg aus.

Nach kurzem Überlegen rückte Jack die fünfundzwanzig heraus.

Del hob die erste Karte vom Stapel ab und legte sie verdeckt hin. Dann drehte er die Gemeinschaftskarten um. Kreuz As, Karo zehn, Karo vier.

Flush oder Straight, beides war möglich.

Jack schob.

Rod setzte noch einmal fünfundzwanzig. Carter stieg aus, Del und Frank gingen mit.

Dämlich, dachte Jack, doch er hatte einfach so ein Gefühl. Manchmal waren solche Gefühle fünfundzwanzig wert.

Er gab Chips in den Pot.

Del verbarg eine Karte, deckte die nächste auf. Karo zwei.

Das war jetzt interessant. Doch da er wusste, wie Rod spielte, schob Jack erneut.

Rod setzte wieder fünfundzwanzig, und Del erhöhte um weitere fünfundzwanzig.

Frank stieg aus. Jack dachte an einen Zweier-Drilling. Doch er hatte immer noch dieses Gefühl.

Er setzte fünfzig.

»Klasse, dass du dich nicht vergraulen lässt. Ich habe vor, hier zu punkten. Brauche mehr Geld im Pot.« Rod grinste. »Ich habe mich gerade verlobt.«

Del warf ihm einen Blick zu. »Im Ernst? Wir fallen ja um wie die Fliegen.«

»Herzlichen Glückwunsch«, sagte Carter.

»Danke. Ich erhöhe um weitere fünfzig. Ich dachte, zum Kuckuck, worauf warte ich noch? Also habe ich den Schritt gewagt. Sie redet ständig davon, dass sie sich bei deiner Schwester alles ansehen will. Vielleicht kannst du mir den Pokerfreunde-Rabatt beschaffen?«

»Keine Chance.« Del zählte Chips ab. »Aber ich gehe mit deinen fünfzig. Da es für dich wahrscheinlich jetzt vorbei ist mit Poker und Zigarren.«

»Mann, Shell ist nicht so. Dein Einsatz, Jack.«

Wahrscheinlich hatte Rod Pocket Aces auf der Hand. Er bluffte nie, und wenn, dann so beschissen, dass man durch ihn hindurchschauen konnte wie durch eine Spiegelglasscheibe. Pocket Aces oder ein paar gute Karokarten. Trotzdem …

»Ich gehe mit. Betrachte es als Verlobungsgeschenk.«

»Sehr nett von dir. Wir haben den kommenden Juni angepeilt. Shell will eine große Sause. Ich dachte, he, wir fliegen einfach übern Winter auf irgendeine Insel, bisschen Sonne, bisschen surfen und nebenbei heiraten. Aber sie will die große Sause.«

»Damit fängt alles an«, sagte Mal mit Grabesstimme.

»Ihr heiratet auch im großen Stil, oder, Carter?«

»Mac arbeitet in der Branche. Sie machen das super. Es wird etwas ganz Besonderes. Sehr persönlich.«

»Nun mach dir mal nicht ins Hemd«, sagte Mal zu Rod. »Du wirst dabei sowieso nichts zu sagen haben. Lern einfach ›Klar, Schatz‹ zu wiederholen, immer wenn sie dich fragt, ob dir was gefällt, ob du was willst oder tun wirst.«

»Du kennst dich ja gut aus. Du warst doch noch nie in der Verlegenheit.«

»Aber fast. Ich habe bloß nicht oft genug ›Klar, Schatz‹ gesagt.« Mal begutachtete die Spitze seiner Zigarre. »Zum Glück.«

»Mir gefällt es bestimmt, verheiratet zu sein.« Rod schob seine Brille auf der Nase hoch. »Mich häuslich niederzulassen, zur Ruhe zu kommen. In die Richtung bewegst du dich wohl auch, Jack.«

»Was?«

»Du bist doch jetzt schon eine ganze Weile mit der scharfen Floristin zusammen. Nicht mehr auf dem Markt.«

Del klemmte die Zigarre zwischen die Zähne. »Spielen wir Poker, oder sollen wir uns lieber darüber unterhalten, wo Rod aufs Standesamt geht? River – drei Spieler sind noch dabei.«

Del drehte die letzte Karte um, doch Jack war zu beschäftigt damit, Rod anzustarren, um es zu bemerken.

»Mein Einsatz. Und ich bin voll dabei.«

»Das ist interessant, Rod.« Mit ausdrucksloser Miene stieß Del Zigarrenrauch aus. »Ich erhöhe gleichfalls. Was ist mit dir, Jack? Gehst du mit, oder steigst du aus?«

»Was?«

»Dein Einsatz, Mann.«

»Richtig.« Nicht mehr auf dem Markt? Was sollte das *heißen?* Jack trank langsam einen Schluck Bier und zwang sich zur Konzentration. Und sah, dass die River Card die Herz zwei war.

»Ich gehe mit.«

»Ich habe drei Bullets abgefeuert.«

»Und bist von einer getroffen worden«, erklärte Del und deckte seine Karten auf. »Weil ich zwei brillante Karos habe, genauso brillant wie der Ring, den du deiner Süßen an den Finger gesteckt hast. King high flush.«

»Mistkerl. Ich dachte, du hättest die Zehner.«

»Falsch gedacht. Jack?«

»Was?«

»Himmel, Jack, zeig deine Karten, oder leg sie auf den Tisch.«

»'tschuldigung.« Jack riss sich zusammen. »Tut mir echt leid um deinen Treffer und die schönen Karokarten. Aber ich habe diese beiden kleinen Zweien, die mit den anderen einen Vierling ergeben. Ich glaube, der Pot gehört mir.«

»Du hast als River Card eine vierte Zwei gezogen?« Rod schüttelte den Kopf. »Du bist ein elender Glückspilz.«

»Ja. Ein elender Glückspilz.«

Als Jack nach dem Spiel den Fünfzig-Dollar-Einsatz jedes Spielers in der Tasche hatte, blieb er mit Del noch auf der Terrasse hinter dem Haus sitzen.

»Du trinkst noch ein Bier – soll das heißen, du willst hier pennen?«

»Ich denk drüber nach«, erwiderte Jack.

»Du machst morgen früh den Kaffee.«

»Ich habe schon zeitig einen Termin, der Kaffee wäre also schon gegen sechs fertig.«

»Gut. Ich habe eine Aussage in einem Scheidungsverfahren. Mann, ich hasse es, wenn eine Freundin mich dazu drängt, ihre Scheidung zu übernehmen. Ich hasse diese elenden Scheidungsfälle.«

»Was für eine Freundin?«

»Du kennst sie nicht. Damals auf der Highschool ging es zwischen uns eine Zeit lang hin und her. Am Ende hat sie diesen Typen geheiratet und ist vor fünf Jahren nach New Haven gezogen. Zwei Kinder.«

Kopfschüttelnd trank Del rasch einen Schluck Bier. »Jetzt haben sie entschieden, dass keiner von ihnen mehr den Anblick des anderen ertragen kann, und sie ist zurück hierhergezogen. Sie wohnt bei ihren Eltern, bis sie sich überlegt hat, was zum Teufel sie eigentlich machen will. Er ist sauer, weil sie wieder hier leben will und das die Besuche der Kinder erschwert.« Del neigte seine Flasche nach links. »Sie ist sauer, weil sie ihre Karriere zugunsten der Mama-Schiene auf Eis gelegt hat.« Dann nach rechts. »Er hat ihr nicht genügend Wertschätzung entgegengebracht, sie hat nicht verstanden, unter welchem Druck er stand. Das Übliche.«

»Ich dachte, du würdest keine Scheidungen mehr übernehmen.«

»Wenn eine Frau in dein Büro kommt, an deren Brüsten du schon rumgefummelt hast, ist es schwer, Nein zu sagen, wenn sie dich um Hilfe bittet.«

»Das stimmt. In meinem Beruf kommt das selten vor, aber es stimmt.«

Über sein Bier grinste Del ihn süffisant an. »Vielleicht habe ich einfach an mehr Brüsten rumgefummelt als du.«

»Wir könnten einen Wettbewerb starten.«

»Wenn du dich an alle Brüste erinnerst, die du schon in der Hand hattest, dann waren es nicht genug.«

Lachend lehnte sich Jack auf seinem Stuhl zurück. »Wir sollten nach Las Vegas fahren.«

»Wegen der Brüste?«

»Wegen ... Vegas. Ein paar Tage in den Casinos, danach eine Stripteasebar. So dass, ja, Brüste mit im Spiel wären. Einfach ein paar Tage abhängen.«

»Du hasst Vegas.«

»*Hassen* ist ein starkes Wort. Nein, besser, wir fahren nach St. Martin oder St. Bart. Irgendwas. Bisschen am Spieltisch zocken, gucken, was am Strand los ist. Hochseeangeln gehen.«

Del zog die Augenbrauen hoch. »Du willst angeln gehen? Soweit ich weiß, hattest du noch nie eine Angel in der Hand.«

»Irgendwann ist immer das erste Mal.«

»Hat dich das Fernweh gepackt?«

»Ich habe nur dran gedacht, für ein paar Tage wegzufahren. Der Sommer kommt. Im Winter habe ich bis zum Hals in Arbeit gesteckt und musste sogar die Woche in Vail auf drei Tage verkürzen. Das könnten wir wieder ausgleichen.«

»Ich könnte wahrscheinlich ein langes Wochenende rausschlagen.«

»Gut. Das machen wir.« Zufrieden trank Jack noch einen Schluck Bier. »Komisch, das mit Rod.«

»Was?«

»Dass er sich verlobt hat. So aus dem Nichts.«

»Er ist schon seit ein paar Jahren mit Shelly zusammen. So ein Nichts ist das nicht.«

»Er hat aber nie was vom Heiraten verlauten lassen«, beharrte Jack. »So hätte ich ihn nicht eingeschätzt. Ich meine, einer wie Carter, ja. Der ist der Typ dafür. Kommt jeden Abend von der Arbeit nach Hause und zieht die Pantoffeln an.«

»Pantoffeln?«

»Du weißt, was ich meine. Nach Hause kommen, ein bisschen was zu essen machen, die dreibeinige Katze streicheln, eine Weile vor der Glotze sitzen, vielleicht mit Mac vögeln, wenn es sich ergibt.«

»Du weißt, dass ich versuche, nicht im gleichen Satz an Mac und Vögeln zu denken.«

»Am nächsten Tag wieder aufstehen, und alles geht von vorne los«, fuhr Jack in einem Ton fort, der leicht aggressiv wurde. »Im Laufe der Zeit kommen ein paar Kinder dazu und vielleicht noch ein einäugiger Hund, der zu der dreibeinigen Katze passt. Das Vögeln wird weniger, weil jetzt die Kinder im Haus herumspringen. Hochseeangeln und Stripteasebars gehören der Vergangenheit an, weil jetzt Alptraumfahrten zum Einkaufszentrum und zur Kita angesagt sind, ein bescheuerter Minivan und Geldanlagen, damit die Kinder aufs College gehen können. Und mein Gott!« Er warf die Hände in die Luft. »Mein Gott, dann bist du vierzig und trainierst in der Little League die Kleinen im Baseball. Wahrscheinlich hast du einen Bauch, weil, wer hat schon Zeit, ins Fitness-Studio zu gehen, wenn er am Markt vorbeifahren muss, um Brot und Milch zu holen? Dann blinzelst du kurz, und schon bist du fünfzig, Mann, und schläfst bei den Wiederholungen von *Law & Order* im Fernsehsessel ein.«

Del sagte zunächst nichts, sah Jack nur weiter forschend an. »Das ist eine interessante Zusammenfassung der nächsten zwanzig Jahre von Carters Leben. Ich hoffe, sie benennen eins der Kinder nach mir.«

»Aber so läuft es doch, oder?« Woher kam diese Panik, dieser Anflug davon in seiner Brust? Er wollte nicht darüber nachdenken. »Das Gute daran ist, dass Mac nicht wegen einer Scheidung zu dir kommen wird, weil es mit den beiden bestimmt gutgeht. Und sie ist keine Frau, die sich aufregt, weil er zum Pokerabend geht, oder die ihm ständig mit ihrem ›mit mir gehst du nie aus‹ auf die Nerven geht.«

»So wie Emma?«

»Was? Nein. Ich rede nicht von Emma.«

»Nicht?«

»Nein.« Jack atmete tief durch und erschrak über sein eigenes Geschwätz. »Mit Emma läuft alles super. Alles bestens. Ich sage das nur so allgemein.«

»Und so allgemein bedeutet Heiraten Fernsehsessel, Minivans und das Ende unseres bisherigen Lebens?«

»Es könnten auch ein Sofa und ein Kombi sein. Ich glaube, die sind wieder im Kommen. Aber der Punkt ist, dass Mac und Carter kein Problem damit haben werden. Also … schön für sie. Aber das klappt nicht bei jedem.«

»Kommt auf die Chemie zwischen den Partnern an.«

»Die verändert sich.« Wie bei seinen Eltern, und es kam Jack immer noch vor, als wäre das über Nacht passiert. An einem Tag noch eine Familie, am nächsten geschiedene Leute. Ohne besonderen Grund, und vor allem ohne jede Logik. So etwas geschah ständig. In der Hälfte der Fälle. »Deshalb machst du auch morgen das Scheidungsverfahren.« Wieder ruhiger zuckte er die Achseln. »Die Menschen verändern sich, und die Umstände, die Situation, das alles entwickelt sich.«

»Ja, stimmt. Und diejenigen, die das genug wollen, arbeiten weiter dran, durch alle Entwicklungen.«

Verdutzt und unerklärlicherweise verärgert warf Jack Del einen finsteren Blick zu. »Bist du auf einmal ein Fan vom Heiraten?«

»Ich war noch nie dagegen. Ich entstamme einer langen Tradition verheirateter Paare. Ich schätze, man braucht eine Menge Mut und blindes Vertrauen, um es zu wagen, und man muss daran arbeiten und enorm flexibel sein, um eine Ehe zu erhalten. Wenn ich mir Mac und Carter und ihre Herkunft ansehe, würde ich sagen, sie hat den Mumm und er das blinde Vertrauen. Eine gute Kombination.«

Del hielt inne und sah nachdenklich in sein Bier. »Liebst du Emma?«

Da war die Panik wieder. Jack spülte sie mit Bier hinunter. »Ich habe doch gesagt, es geht hier nicht um sie. Um uns. Weder noch.«

»Das ist Blödsinn, Jack. Wir sitzen hier und trinken ein letztes Bier nach einem Abend, an dem du der absolute Gewinner warst und ich ziemlich weit unten gelandet bin. Aber anstatt mich aufzuziehen, redest du vom Heiraten und Hochseeangeln. Weder das eine noch das andere hat dich bisher besonders interessiert.«

»Wir fallen um wie die Fliegen. Das hast du selbst gesagt.«

»Klar. Stimmt ja auch. Bei Tony ist es in drei, vielleicht vier Jahren so weit. Frank ist letztes Jahr unter die Haube gekommen, Rod ist verlobt. Dazu noch Carter. Ich habe gerade keine feste Beziehung, und Mal auch nicht, soweit ich weiß. Bleiben noch du und Emma. Da wäre es doch komisch, wenn es nach Rods Worten in deinem Kopf nicht rattern würde.«

»Vielleicht beginne ich mich zu fragen, was sie erwartet, das ist alles. Schließlich arbeitet sie in der Ehe-Branche.«

»Nein, in der Hochzeitsbranche.«

»Okay, Punkt für dich. Sie stammt aus einer großen Familie. Einer großen, eng verbundenen, offenbar glücklichen Familie. Und auch wenn Hochzeit und Ehe zwei verschiedene Dinge sind, führt doch eins zum anderen. Eine ihrer besten Freundinnen aus Kindertagen heiratet. Du weißt, wie die vier sind, Del. Sie sind wie eine Faust. Die Finger bewegen sich einzeln, aber sie sitzen an derselben Hand. Und wie du sagst, dass du und Mal zur Zeit nicht liiert seid, sind es meines Wissens auch Laurel und Parker nicht. Aber Mac? Das verändert alles. Jetzt wird einer meiner Pokerfreunde mit ihnen Hochzeitspläne schmieden. *Das* verändert alles.«

Er fuchtelte mit seinem Bier. »Und wenn *ich* schon daran denke, kannst du wetten, dass sie es auch tut.«

»Du könntest radikal sein und mit ihr darüber sprechen.«

»Wenn man darüber spricht, bringt einen das automatisch einen Schritt näher ran.«

»Oder einen Schritt zurück. In welche Richtung willst du denn gern, Jack?«

»Siehst du, schon fragst du mich.« Um seinen Worten Nachdruck zu verleihen, zeigte Jack mit dem Finger auf Del. »Dann wird sie es erst recht tun. Was soll ich dann sagen?«

»Nochmal radikal sein. Wie wär's mit der Wahrheit?«

»Die kenne ich aber nicht.« Okay, dachte er, daher kommt also die Panik. »Was glaubst du, warum ich so Muffensausen habe?«

»Tja, dann musst du sie wohl rausfinden. Aber du hast die entscheidende Frage noch nicht beantwortet. Liebst du sie?«

»Woher wissen die Leute so was eigentlich? Und vor allem, woher wissen sie, ob das auch so bleibt?«

»Mumm, blindes Vertrauen. Entweder du hast es, oder du hast es nicht. Aber der Einzige, der dir meiner Ansicht nach Druck macht, bist du selbst, Mann.« Del schlug die Füße übereinander und trank sein Bier aus. »Denk mal drüber nach.«

»Ich will ihr nicht wehtun. Ich will sie nicht enttäuschen.«

Hör dich nur an, dachte Del. Du bist geliefert, du weißt es nur noch nicht. »Dagegen habe ich auch was«, sagte er lässig. »Ich würde dir nämlich ungern einen Tritt in den Hintern verpassen.«

»Ungern hättest du erst recht, dass ich dir dann auch einen verpassen würde.«

Bei einem letzten Bier folgten noch weitere solcher Nettigkeiten, die für Jack wieder vertrauteres Terrain waren.

Da er Macs Anbau genau überwachen wollte, versuchte Jack, täglich auf der Baustelle vorbeizuschauen. Dadurch hatte er einen Logenplatz für das Stück »Das Leben von Mac und Carter«.

Wenn er morgens kam, sah er sie immer in der Küche – einer fütterte die Katze, der andere schenkte Kaffee ein – Irgendwann verließ Carter mit seinem Laptop-Köfferchen das Haus, und Mac begab sich zur Arbeit ins Studio.

Kam er am Nachmittag vorbei, sah er Carter manchmal vom Haupthaus herüberkommen – doch ihm fiel auf, dass das nie der Fall war, wenn Mac Kundschaft hatte. Der Kerl muss einen eingebauten Radar haben, schloss Jack daraus.

Gelegentlich kamen einer oder beide heraus, um zu sehen, welche Fortschritte der Anbau machte, um Fragen zu stellen, ihm einen Kaffee oder etwas Kaltes zu trinken anzubieten, je nach Tageszeit.

Dieser Rhythmus faszinierte ihn so, dass er Carter eines Morgens anhielt.

»Die Schule ist aus, oder?«

»Die Sommerfreuden haben begonnen.«

»Mir ist aufgefallen, dass du an den meisten Tagen ins Haupthaus rübergehst.«

»Im Studio ist es gerade ein bisschen voll. Und laut.« Carter warf einen Blick zurück auf die Baustelle, wo Sägen kreischten und Bolzenschussgeräte ratterten. »Ich unterrichte Teenager, also habe ich in Sachen Chaos eine hohe Toleranzschwelle, aber ich kapiere nicht, wie Mac bei dem Lärm arbeiten kann. Es scheint sie nicht zu stören.«

»Und was machst du so den ganzen Tag? Entwirfst du unangekündigte Tests fürs neue Schuljahr?«

»Das Schöne an diesen Tests ist, dass man sie im Laufe der Jahre endlos wiederholen kann. Ich habe Ordner.«

»Das kann ich mir denken. Also?«

»Ich benutze vorübergehend eins der Gästezimmer als Arbeitszimmer. Es ist ruhig, und Mrs Grady sorgt für mein leibliches Wohl.«

»Du arbeitest?«

Carter trat von einem Fuß auf den anderen, was Jack als leichte bis mittlere Verlegenheit interpretierte. »Ich arbeite sozusagen an einem Buch.«

»Ohne Witz?«

»Vielleicht ist es ein Witz. Zum Teil bestimmt. Aber ich dachte, ich nehme mir den Sommer dafür, es rauszufinden.«

»Genial. Und woher weißt du, wenn bei Mac die Luft rein ist – von Kunden? Ruft sie dich an und sagt, jetzt kannst du gefahrlos nach Hause kommen?«

»Solange der Umbau läuft, versucht sie, die Kunden auf die Vormittage zu legen, wenn sie hier ein Shooting macht, und die meisten Beratungen ins Haupthaus zu verlegen. Ich schaue nur in ihren Terminkalender, also komme ich nicht während eines Shootings zurück, um nicht die Stimmung oder ihre Konzentration zu stören. Ein ganz einfaches System.«

»Scheint für euch zu funktionieren.«

»Apropos Arbeit, ich hätte nicht gedacht, dass das alles so schnell geht.« Carter deutete aufs Studio. »Jeden Tag gibt es was Neues.«

»Wenn das Wetter hält und die Bauabnahme glatt läuft, geht es so weiter. Die Truppe ist gut. Sie sollten … Entschuldige«, sagte Jack, als sein Handy klingelte.

»Nur zu. Ich sollte ohnehin besser los.«

Jack zog das Handy heraus, als Carter davonging. »Cooke. Ja, ich bin auf der Brown-Baustelle.« Während er sprach, entfernte Jack sich von dem Lärm. »Nein, wir können nicht einfach … Wenn sie das wollen, müssen wir einen Entwurf von den Änderungen machen und eine neue Baugenehmigung einholen.«

Im Gehen hörte er weiter zu.

Bei seinen beruflichen Besuchen erhielt er auch einen guten Einblick in Emmas tägliche Routine. Am Wochenanfang gaben die Kunden sich die Klinke in die Hand. Mitte der Woche lieferte sie Bestellungen aus, kistenweise Blumen. Daran würde sie jetzt arbeiten, dachte er. Sie hatte zeitig angefangen, allein. Tink oder eine der anderen würde wahrscheinlich später auftauchen und eigene Sachen erledigen.

Wenn sie es einrichten konnte, machte sie gegen Mittag eine Pause und setzte sich auf ihre Terrasse. Wenn er dann gerade auf der Baustelle war, schaufelte er sich etwas Zeit frei, um mit ihr draußen zu sitzen.

Wie konnte ein Mann der in der Sonne sitzenden Emma widerstehen?

Da war sie ja schon, bemerkte er. Nicht auf der Terrasse – sie kniete auf dem Boden, das Haar unter einen Hut geschoben, und wendete Erde mit einer Gartenschaufel.

»Sag ihnen, zwei bis drei Wochen«, entschied Jack, worauf Emma sich umwandte, den Hut an der Krempe hochschob und ihn anlächelte. »In ein paar Minuten fahre ich von hier los. Ich bespreche das mit dem Bauleiter. In ein paar Stunden bin ich wieder im Büro. Kein Problem.«

Er klappte das Handy zu und musterte die Saatkisten voller Pflanzen. »Hast du nicht genug Blumen?«

»Niemals. Ich wollte hier vorne noch ein paar einjährige setzen. Das ist von den Veranstaltungsbereichen aus ein sehr schöner Anblick.« Jack ging in die Hocke und küsste sie. »Du bist auch ein sehr schöner Anblick. Ich dachte, du würdest drinnen arbeiten.«

»Ich konnte nicht widerstehen, und das hier dauert nicht lang. Notfalls hänge ich am Ende des Tages eine Stunde dran.«

»Nach Feierabend willst du noch fleißig sein?«

Emma legte den Kopf schräg und warf ihm unter ihrer Hutkrempe einen Killerblick zu. »Kommt auf das Angebot an.«

»Wie wär's, wenn wir zum Abendessen nach New York fahren? In irgendein Lokal, in dem die Kellner versnobt und die Preise überhöht sind und du so schön aussiehst, dass ich beides nicht bemerke?«

»Dann bin ich definitiv nach Feierabend nicht mehr fleißig.«

»Gut. Ich hole dich ungefähr um sieben ab.«

»Also bin ich um sieben fertig. Und wo du schon einmal da bist.« Sie schlang ihm die Arme um den Hals und küsste ihn hingebungsvoll. »Das müsste dir bis dahin reichen«, murmelte sie.

»Pack eine Tasche.«

»Was?«

»Pack ein, was du zum Übernachten brauchst, und wir nehmen uns in New York eine Hotelsuite. Lass uns über Nacht bleiben.«

»Im Ernst?« Emma vollführte ein rasches Tänzchen auf der Stelle. »Gib mir zehn Sekunden, und ich packe.«

»Abgemacht.«

»Ich muss früh wieder hier sein, aber …«

»Ich auch.« Diesmal küsste er sie, nahm ihr Gesicht zwischen die Hände, zog den Kuss in die Länge. »Das müsste *dir* reichen. Sieben Uhr«, sagte er und erhob sich.

Zufrieden mit seiner Idee und Emmas Reaktion zog er auf dem Weg zu seinem Lastwagen das Handy aus der Tasche und beauftragte seine Sekretärin mit den Reservierungen.

17

»Ich habe ihm gesagt, ich könne in zehn Sekunden meine Sachen packen. Ich bin so eine Lügnerin.« Von Kopf bis Fuß eingecremt und duftend, nachdem sie sich den Arbeitstag vom Leib geschrubbt hatte, faltete Emma eine Bluse in ihre Übernachtungstasche. »Die Klamotten für die Heimfahrt sind natürlich nicht so wichtig, aber ...«

Sie wandte sich um und präsentierte Parker ein weißes Seidenneglige. »Wie findest du das?«

»Traumhaft.« Parker trat einen Schritt vor und strich mit dem Finger über die hauchzarte Spitze am Ausschnitt. »Wann hast du das gekauft?«

»Letzten Winter. Ich konnte nicht widerstehen und habe mir gesagt, ich ziehe es nur für mich an, egal wann. Was ich natürlich nicht getan habe. Dazu gehört ein passender Morgenmantel. Ich liebe diese luxuriösen Hotelbademäntel, aber das hier ist romantisch. Ich habe das Gefühl, heute Abend nach dem Essen will ich was Romantisches anziehen.«

»Dann ist es perfekt.«

»Ich weiß nicht einmal, wohin wir gehen, wo wir übernachten. Ich liebe das. Dieses Gefühl, irgendwohin verschleppt zu werden.« Emma drehte eine rasche Pirouette, dann legte sie das Negligé in ihre Tasche. »Ich will Champagner und Kerzenlicht und irgendein lächerlich üppiges

Dessert. Und ich will, dass er mich im Kerzenschein ansieht und mir sagt, dass er mich liebt. Ich kann nicht anders.«

»Warum solltest du auch?«

»Weil es eigentlich genügen müsste, verschleppt zu werden und mit einem Mann zusammen zu sein, der so einen Abend plant. Er macht mich glücklich. Das sollte doch genügen.«

Während Emma weiter packte, kam Parker zu ihr, um ihr die Schultern zu massieren. »Du setzt dir aber doch wohl keine Grenzen, Emma. Denkst, du müsstest das tun.«

»Nein, mache ich nicht. Glaube ich jedenfalls. Ich weiß, dass ich wegen diesem Punkt schon Höhen und Tiefen erlebt habe, also versuche ich, meine Erwartungen anzupassen. Und zu tun, was ich versprochen habe, als das mit uns angefangen hat.« Emma drückte Parkers Hand auf ihrer Schulter. »Einfach genießen und die Dinge nehmen, wie sie kommen. Ich bin schon so lange in Jack verliebt, aber das ist meine Sache. In Wirklichkeit sind wir erst seit ein paar Monaten zusammen. Kein Grund zur Eile.«

»Emma, solange ich dich kenne – und das ist seit einer Ewigkeit –, hattest du noch nie Angst davor, deine Gefühle zu zeigen. Warum traust du dich nicht, es Jack zu sagen?«

Emma schloss ihre Tasche. »Und wenn er noch nicht bereit dafür ist und er sich durch mein Geständnis genötigt sieht, zurückzurudern, so dass wir wieder nur Freunde sind? Ich glaube, das könnte ich nicht ertragen, Parker.« Emma wandte sich zu ihrer Freundin um. »Ich glaube, ich bin noch nicht bereit, das was wir haben, aufs Spiel zu setzen. Noch nicht. Also genieße ich jetzt unseren Ausflug über Nacht und belaste ihn nicht mit so was. Gott, ich muss mich anziehen. Also, ich bin um acht zurück, spätestens halb neun. Falls wir aber aus irgendeinem Grund im Stau stehen …«

»Dann rufe ich Tink an und scheuche sie aus dem Bett. Das kann ich gut. Sie kann die morgendliche Lieferung entgegennehmen und anfangen, die Blumen zu versorgen.«

»Gut.« Zufrieden zwängte Emma sich in ihr Kleid, denn sie wusste, dass sie sich auf Parker verlassen konnte. »Aber ich werde da sein.« Sie drehte sich um, damit Parker ihr den Reißverschluss zumachen konnte.

»Ich liebe diese Farbe. Zitronengelb. Zu dumm, dass ich genau weiß, wie blass sie mich macht. Dich dagegen bringt sie zum Leuchten.« Als Parker Emmas Blick im Spiegel begegnete, schlang sie den Arm um die Taille der Freundin und zog sie an sich. »Hab eine gute Zeit.«

»Ganz bestimmt.«

Als Emma zwanzig Minuten später die Tür öffnete, sah Jack sie nur kurz an und grinste. »Das ist eine ausgezeichnete Idee. Ich hätte sie schon viel früher haben sollen. Du siehst einfach umwerfend aus.«

»Gut genug für versnobte Kellner und überteuertes Essen?«

»Mehr als das.« Er nahm ihre Hand und küsste sie aufs Handgelenk, an dem das Armband funkelte, das er ihr geschenkt hatte.

Emma fand schon die Fahrt nach New York perfekt, egal, ob sie schnell vorankamen oder in stockenden Verkehr gerieten. Das sanftere Licht der Dämmerung leitete einen lauen Abend ein, und die ganze Nacht, die vor ihr lag.

»Ich denke mir immer, ich müsste öfter in die Stadt fahren«, erzählte sie Jack. »Einfach so, zum Shoppen oder um bei den Floristen und auf den Märkten herumzustöbern. Aber ich mache das längst nicht so oft, wie ich gerne würde. Deshalb ist jede Fahrt in die Stadt aufregend.«

»Du hast nicht einmal gefragt, wohin wir gehen.«

»Das spielt keine Rolle. Ich liebe Überraschungen, Spontaneität. Sonst muss ich mich – genau wie du, im Übrigen – so oft nach einem Zeitplan richten. Aber das hier? Das ist wie ein Miniurlaub. Wenn du versprichst, mir Champagner zu kaufen, bin ich wunschlos glücklich.«

»So viel du willst.«

Als er vor dem Waldorf Astoria anhielt, zog sie die Augenbrauen hoch. »Du hast ja noch mehr ausgezeichnete Ideen.«

»Ich dachte, du magst es traditionell.«

»Da hast du richtig gedacht.«

Sie wartete auf dem Bürgersteig, während der Portier ihr Gepäck nahm, und ergriff Jacks Hand. »Danke schon mal im Voraus für einen wunderschönen Abend.«

»Gern geschehen, ebenfalls im Voraus. Ich checke rasch ein und lasse das Gepäck nach oben bringen. Das Restaurant liegt ungefähr drei Häuserblocks weiter.«

»Können wir zu Fuß gehen? Es ist schön draußen.«

»Klar. Gib mir fünf Minuten.«

Emma spazierte in der Lobby herum, betrachtete die Schaufenster der Geschäfte, die üppigen Blumenarrangements, die Leute, die ein- und ausgingen, bis Jack wieder zu ihr kam. Er strich ihr leicht über den Rücken.

»Fertig?«

»Absolut.« Sie schob erneut die Hand in die seine, um auf die Park Avenue hinauszutreten. »Ich habe eine Cousine, die im Waldorf ihre Hochzeit gefeiert hat – bevor es Vows gab, natürlich. Eine bombastische, supernoble, formale Geschichte, wie so viele Feiern der Familie Grant. Ich war vierzehn und sehr beeindruckt. Ich erinnere mich heute noch an die Blumen. Unmengen von Blumen. In erster Linie gelbe Rosen. Ihre Brautjungfern waren ebenfalls ganz in Gelb und sahen aus, als wären sie aus Butter, aber, oh, die Blumen. Mitten im Ballsaal hatten sie so eine kunstvolle

Laube aus gelben Rosen und Glyzinien. Daran muss ein ganzes Heer von Floristen gearbeitet haben. Aber an diese Laube erinnere ich mich am besten, also muss es das wert gewesen sein.«

Sie lächelte Jack zu. »Was ist dir an einem Gebäude, das so einen Eindruck auf dich gemacht hat, am meisten aufgefallen?«

»Da gab es einige.« Jack bog an der Ecke nach Osten ab und schlenderte weiter, während New York rings um sie pulsierte. »Aber ganz ehrlich? Was mich mit am meisten beeindruckt hat, war, als ich das erste Mal das Brown Estate gesehen habe.«

»Wirklich?«

»In Newport, wo ich aufgewachsen bin, gab es jede Menge Herrenhäuser mit zum Teil unglaublicher Architektur. Aber das Haus der Browns hatte – hat – etwas Besonderes an sich. Seine ausgewogene Linienführung, seine unaufdringliche Pracht, die Art und Weise, wie es selbstbewusst erhabene Eleganz mit fantasievollen Details kombiniert.«

»Das trifft es genau«, bestätigte Emma. »Fantasievolle Eleganz.«

»Wenn man das Haupthaus betritt, merkt man sofort, dass hier Menschen leben. Wirklich leben, und mehr noch: Die Menschen, die dort leben, lieben das Haus und das Grundstück. Alles. Es ist und bleibt einer meiner Lieblingsplätze in Greenwich.«

»Meiner erst recht.«

Jack wandte sich zur Seite, um die Tür des Restaurants zu öffnen. Sobald sie eingetreten war, spürte Emma, wie Lärm und Hektik von ihr abfielen. Selbst die Luft schien zu verstummen.

»Gute Wahl, Mr Cooke«, sagte sie einfach.

Der Oberkellner neigte sein elegantes Haupt. »*Bonjour, mademoiselle, monsieur.*«

»Cooke«, sagte Jack, ohne eine Miene zu verziehen, so dass Emma sich auf die Innenseite der Backe beißen musste, um nicht zu lachen. »Jackson Cooke.«

»Mr Cooke, *bien sûr*, gleich hier entlang.«

Er führte sie zwischen kunstvollen Blumenarrangements und flackernden Kerzen hindurch, um schimmerndes Silber und funkelnden Kristall auf schneeweißem Leinen herum. Mit dem zu erwartenden Pomp wurden ihnen ihre Plätze zugewiesen, und sie bekamen einen Cocktail angeboten.

»Die Dame hätte lieber Champagner.«

»Sehr wohl. Ich sage Ihrem Sommelier Bescheid. Einen schönen Abend.«

»Den habe ich schon.« Emma beugte sich zu Jack hinüber. »Sehr sogar.«

»Als du vorbeigegangen bist, haben sich alle nach dir umgedreht.«

Emma schenkte ihm dieses Lächeln – das sexy, sinnliche Lächeln. »Wir sind ein sehr attraktives Paar.«

»Und jetzt beneidet mich jeder Mann in diesem Lokal.«

»Dann genieße ich den Abend noch mehr. Aber ich wollte dich nicht unterbrechen.«

Jack hob den Blick, als sich der Sommelier näherte. »Lass mich später auf dich zurückkommen.«

Als er eine Flasche bestellt hatte, die den hochnäsigen Beifall des Weinkellners fand, legte Jack seine Hand auf Emmas. »Also, wo war ich?«

»Dabei, mir das Gefühl zu geben, was ganz Besonderes zu sein.«

»Das ist keine Kunst, wenn man bedenkt, was ich für ein Material zur Verfügung habe.«

»Jetzt verdrehst du mir den Kopf. Weiter.«

Lachend küsste er ihr die Hand. »Ich bin so gern mit dir zusammen. Du bereicherst meinen Tag, Emma.«

Was sagte es über sie aus, fragte sich Emma, dass ihr Herz bei seinem »bin so gern mit dir zusammen« einen Sprung machte? »Erzähl mir doch von deinem restlichen Tag.«

»Also, ich habe Carters Geheimnis gelüftet.«

»Gab es da ein Geheimnis?«

»Wohin geht er, was macht er?«, begann Jack und erzählte vom Tagesablauf im Studio, den er beobachtet hatte. »Ich bin immer nur für kurze Zeit dort«, fuhr er fort, »aber das zu verschiedenen Zeiten, von morgens bis spät nachmittags, so dass ich mit meinem wachen Auge verschiedene Abschnitte ihres Tages beobachtet habe.«

»Und zu welchem Schluss bist du gekommen?«

»Zu keinem Schluss, aber ich habe viele Theorien aufgestellt. Hat Carter sich davongestohlen, weil er eine heiße Affäre mit Mrs Grady hat oder an seinem Laptop hoffnungslos in die Fänge der Online-Spielsucht geraten ist?«

»Er könnte auch beides tun.«

»Stimmt, er ist ja sehr tüchtig.« Jack hielt inne, um das Etikett der Flasche zu begutachten, die ihm unter die Nase gehalten wurde. »Die Dame probiert.«

Als das Ritual des Entkorkens begann, beugte Jack sich weiter zu Emma vor. »Und zu Hause schuftet unsere nichtsahnende, vertrauensselige Mackensie. Konnte der scheinbar unschuldige, freundliche Carter Maguire solche schändlichen Geheimnisse hüten? Das musste ich herausfinden.«

»Hast du dich verkleidet und bist ihm zum Haus gefolgt?«

»Den Gedanken habe ich verworfen.« Jack wartete, während der Sommelier ein Schlückchen Champagner in Emmas Glas einschenkte. Sie nippte daran, hielt inne und schenkte dem Mann ein Lächeln, das sein würdevolles Eis schmolz. »Ganz fantastisch. Vielen Dank.«

»Sehr gern, *mademoiselle.*« Gekonnt schenkte er den Rest ein. »Ich hoffe, Sie genießen jeden Schluck. *Monsieur.*« Er stellte die Flasche zurück in den Kühler und zog sich unter Verbeugungen zurück.

»Also, wie hast du Carters Geheimnis gelüftet?«

»Sekunde. Vor lauter Brimborium beim Einschenken habe ich den Faden verloren. Ach ja, meine Methode war genial. Ich habe ihn gefragt.«

»Teuflisch.«

»Er schreibt ein Buch. Was du bereits wusstest«, schloss Jack.

»Ich sehe die beiden jeden Tag, oder beinahe. Mac hat mir davon erzählt, aber deine Methode war viel witziger. Carter schreibt seit Jahren daran, hört immer wieder auf und fängt wieder an, wenn er ein bisschen Zeit dafür hat. Mac hat ihn dazu gedrängt, diesen Sommer daran zu arbeiten, anstatt Ferienkurse zu geben. Ich glaube, er ist gut.«

»Hast du es gelesen?«

»Nicht das, woran er gerade arbeitet, aber er hat schon ein paar Kurzgeschichten und Essays veröffentlicht.«

»Echt? Davon hat er nie erzählt. Noch ein Geheimnis um Carter.«

»Ich glaube, man kann nie alles über jemanden wissen, egal, wie lange oder wie gut man ihn kennt. Es gibt immer noch Geheimfächer.«

»Dafür sind wir wohl der Beweis.«

In Emmas Augen trat ein warmes Lächeln, als sie noch einen Schluck Champagner trank. »Das glaube ich auch.«

»Die Kellner sind nicht versnobt genug. Du hast sie so um den Finger gewickelt, dass sie dir alles recht machen wollen.«

Emma nahm einen kleinen Löffel des Schokoladensoufflés, das sie mit Jack hatte teilen wollen. »Ich finde, sie haben genau den richtigen Grad an Hochnäsigkeit.« Sie schob sich das Soufflé zwischen die Lippen. Ihr leises Aufstöhnen sprach Bände. »Das ist genauso gut wie Laurels, und ihres ist das beste, das ich je probiert habe.«

»*Probiert* ist das treffende Wort. Warum isst du es nicht?«

»Ich genieße.« Emma schaufelte noch ein winziges bisschen auf den Löffel. »Wir hatten fünf Gänge.« Sie seufzte über ihrem Kaffee. »Ich fühle mich, als hätte ich einen kleinen Ausflug nach Paris gemacht.«

Jack strich ihr mit dem Finger über den Handrücken. Sie trug niemals Ringe, dachte er. Wegen ihrer Arbeit, und weil sie keine Aufmerksamkeit auf ihre Hände lenken wollte.

Seltsam, dass sie für ihn mit das Unwiderstehlichste an ihr waren.

»Warst du mal?«

»In Paris?« Emma verzehrte noch ein winziges Häppchen Soufflé. »Einmal, als ich noch so klein war, dass ich mich nicht mehr daran erinnern kann, aber es gibt ein Foto, auf dem Mama mich im Buggy die Champs-Elysées runterschiebt. Dann war ich mit dreizehn nochmal da, zusammen mit Parker und ihren Eltern, Laurel, Mac und Del. In letzter Minute sagte Linda, Mac könnte nicht mitfahren, weil sie wegen irgendwas beleidigt oder verletzt war. Es war schrecklich. Aber Parkers Mama ist zu ihr hin und hat das geklärt. Sie hat nie gesagt, wie. Wir hatten so viel Spaß. Ein paar Tage in Paris und zwei wunderschöne Wochen in der Provence.«

Emma gestattete sich noch einen Löffel voll. »Und du?«

»Ein paarmal. Del und ich haben im Sommer nach unserem ersten Jahr auf dem College die übliche Rucksacktour durch Europa gemacht. Das war ein Erlebnis.«

»Oh, ich erinnere mich. All die Postkarten und Fotos, die witzigen E-Mails aus Internetcafés. Wir wollten das auch machen, wir vier. Aber als die Browns starben ... Es war zu viel, und es musste so vieles geregelt werden. Parker hat sich dann ganz darauf konzentriert, ein Geschäftsmodell für Vows zu entwerfen. Wir sind einfach nie dazu gekommen.«

Emma lehnte sich zurück. »Jetzt schaffe ich wirklich keinen Bissen mehr.«

Jack gab dem Ober ein Zeichen, dass er die Rechnung bringen sollte. »Zeig mir mal eins von deinen Geheimfächern.«

»Geheimfächern?«

»Eine deiner Seiten, die ich noch nicht kenne.«

»Oh.« Lachend nippte Emma an ihrem Kaffee. »Hm, mal sehen. Ich weiß. Dir ist vielleicht nicht bekannt, dass ich mal den Buchstabierwettbewerb von Fairfield County gewonnen habe.«

»Mach Sachen. Wirklich?«

»Ja, echt. Ich bin sogar bis zum Landeswettbewerb gekommen, wo ich so nah dran war ...« Sie hielt Daumen und Zeigefinger ein winziges Stück auseinander. »*So* nah dran zu gewinnen, als ich rausgeflogen bin.«

»Wie hieß das Wort?«

»Autokephal.«

Jack kniff die Augen zusammen. »Gibt es das?«

»Kommt aus dem Griechischen und bedeutet ›unabhängig von einem Oberhaupt‹, vor allem von einem Patriarchen.« Emma buchstabierte. »Aber unter Druck habe ich es mit einem F in der Mitte buchstabiert, und das war's. Ich bin aber immer noch genial beim Scrabble.«

»Ich bin besser in Mathe«, erzählte Jack.

Emma beugte sich vor. »Jetzt zeig mir eins von deinen.«

»Das ist ziemlich gut.« Jack schob seine Kreditkarte in die Ledermappe, die er diskret neben seinen Ellbogen gelegt hatte. »Kommt fast an den Gewinn des Buchstabierwettbewerbs ran.«

»Das beurteile ich selbst.«

»Bei der Schultheateraufführung des Musicals *Oklahoma!* an der Highschool war ich der Curly.«

»Im Ernst?« Emma zeigte mit dem Finger auf ihn. »Ich habe dich schon singen hören. Du bist gut. Aber ich wusste nicht, dass du schauspielerische Interessen hast.«

»Hab ich auch nicht. Ich habe mich nur für Zoe Malloy interessiert, die für die Rolle der Laurey ausgewählt wurde. Ich war verrückt nach ihr. Also habe ich mich beim Vortrag von ›The Surrey with the Fringe on Top‹ mächtig ins Zeug gelegt und die Rolle bekommen.«

»Und Zoe, hast du die auch gekriegt?«

»Ja. Für ein paar wunderbare Wochen. Dann haben wir uns getrennt – anders als Curly und Laurey. Und das war das Ende meiner Schauspielkarriere.«

»Ich wette, du gibst einen super Cowboy ab.«

Jack schenkte ihr ein kurzes, neckisches Grinsen. »Tja, Zoe fand das auf jeden Fall.«

Als die Rechnung beglichen war, stand er auf und streckte ihr die Hand hin.

»Lass uns auf einem Umweg zurückgehen.« Emma verschränkte die Finger mit seinen. »Draußen ist es bestimmt wunderschön.«

Das stimmte. Es war ein warmer, strahlender Abend, an dem sogar der Verkehr, der die Straßen verstopfte, glitzerte und funkelte. Sie schlenderten um die Häuserblocks, bis sie zurück zum großen Haupteingang des Hotels gelangten.

Menschen eilten ein und aus, in Businessanzügen, in Jeans, in Abendgarderobe. »Hier ist immer was los«, stellte Emma fest. »Wie in einem Film, in dem nie jemand ›Schnitt‹ sagt.«

»Möchtest du noch einen Drink, bevor wir nach oben gehen?«

»Hm, nein.« Emma lehnte den Kopf an Jacks Schulter, als sie zu den Fahrstühlen gingen. »Ich bin wunschlos glücklich.«

Im Fahrstuhl schmiegte sie sich in seine Arme und hob ihm das Gesicht entgegen. Ihre Pulsfrequenz stieg mit jedem Stockwerk, das der Fahrstuhl nach oben fuhr, höher, immer höher.

Als Jack die Tür öffnete, trat sie in einen von Kerzenschein erleuchteten Raum. Auf dem Tisch mit der weißen Tischdecke stand ein silberner Getränkekühler mit einer Flasche Champagner. Eine einzelne rote Rose ragte aus einer schlanken Vase, und im ganzen Raum flackerten Teelichter in klaren Glashaltern. Gedämpfte Musik lag in der Luft.

»Oh, Jack.«

»Wie kommt das denn hierher?«

Lachend nahm sie sein Gesicht zwischen die Hände. »Du hast aus dem super Date gerade ein Traumdate gemacht. Das ist der Hammer. Wie hast du das geschafft?«

»Ich habe veranlasst, dass der Oberkellner im Hotel Bescheid sagt, wenn wir die Rechnung bekommen. Planen ist einfach nicht dein Ding.«

»Aber dein Plan gefällt mir.« Emma küsste ihn, dann noch einmal. »Sehr sogar.«

»Das hatte ich im Gefühl. Soll ich die Flasche aufmachen?«

»Aber sicher.« Emma spazierte ans Fenster. »Schau dir diese Aussicht an. Alles ist noch so hell und betriebsam, und wir sind hier drin.«

Der Korken löste sich mit einem eleganten *Plopp!* Als Jack eingeschenkt hatte und neben Emma trat, stieß sie mit ihm an. »Auf die ausgezeichnete Planung.«

»Erzähl mir noch was anderes.« Jack berührte ihr Haar, strich ganz leicht mit den Fingern darüber. »Noch was Neues.«

»Noch ein Geheimfach?«

»Jetzt kenne ich schon die Gewinnerin des Buchstabierwettbewerbs und die geniale Fußballerin. Interessante Facetten.«

»Ich glaube, damit sind meine verborgenen Talente erschöpft.« Emma strich mit einer Fingerspitze an seiner Krawatte hinunter. »Ich frage mich, ob du mit meiner dunklen Seite zurechtkommst.«

»Stell mich auf die Probe.«

»Manchmal, wenn ich abends oder nach einem langen Tag allein bin, vor allem, wenn ich unruhig oder nervös bin ...« Sie brach ab, hob ihr Glas, um einen Schluck zu trinken. »Ich weiß nicht recht, ob ich dir das gestehen soll.«

»Wir sind Freunde.«

»Stimmt. Trotzdem – nicht viele Männer haben Verständnis für manche Bedürfnisse einer Frau. Und manche kommen einfach nicht damit klar, dass es Bedürfnisse gibt, die sie nicht stillen können.«

Jack trank einen ausgiebigen Schluck. »Also, ich weiß nicht, ob ich jetzt Angst haben oder neugierig sein soll.«

»Einmal habe ich einen Mann, mit dem ich zusammen war, gebeten, an einem Abend mit mir dieses Bestimmte zu machen. Es war zu viel für ihn. Danach habe ich nie wieder einen gefragt.«

»Sind dabei Werkzeuge im Spiel? Im Umgang mit Werkzeugen bin ich gut.«

Emma schüttelte den Kopf und schlenderte zum Champagnerkühler, um ihr Glas aufzufüllen. Dann hielt sie einladend die Flasche hoch.

»Also, ich mache Folgendes.« Sie schenkte Jack Champagner nach. »Zuerst nehme ich ein großes Glas Wein mit in mein Schlafzimmer, dann zünde ich Kerzen an. Ich ziehe was Weiches, Bequemes an, worin ich mich wohlfühle. Mich ... weiblich fühle. Dann gehe ich ins Bett, in dem ich alle Kissen zurechtgelegt habe, weil ich ganz für mich allein auf eine Reise gehe. Und wenn ich so weit bin ... wenn ich gerade versinke ... schaue ich mir *Wie verrückt und aus tiefstem Herzen* auf DVD an.«

»Du guckst Pornos?«

»Das ist kein Porno.« Lachend knuffte Emma Jack in den Arm. »Es ist eine wunderbare Liebesgeschichte. Juliet Stevenson ist am Boden zerstört, als der Mann, den sie liebt – Alan Rickman – stirbt. Sie wird vom Schmerz überwältigt. Es tut so weh, das mit anzusehen.« Ergriffen legte Emma die Hand unter ihre Kehle. »Ich heule jedes Mal wie ein Schlosshund. Dann kommt er als Geist zurück. Er liebt sie so sehr. Es zerreißt einem das Herz, und trotzdem muss man lachen.«

»Es zerreißt einem das Herz, und trotzdem muss man lachen?«

»Ja. Männer kapieren das nie. Ich erzähle dir jetzt nicht die ganze Geschichte, nur, dass es ergreifend und hinreißend ist, traurig und Mut machend. Es ist unsagbar romantisch.«

»Und das machst du abends heimlich im Bett, wenn du allein bist.«

»Genau. Hunderte von Malen. Ich musste die DVD schon zweimal ersetzen.«

Offenbar perplex starrte er sie an, während er noch einen Schluck trank. »Ein toter Typ ist romantisch?«

»Hallo? Alan Rickman. Und, ja, in diesem Fall ist es wunderbar romantisch. Wenn ich den Film zu Ende geguckt habe und aufgehört habe zu weinen, schlafe ich wie ein Stein.«

»Was ist mit *Stirb langsam*? Da spielt er auch mit. *Das* ist ein Film, den man hundertmal anschauen kann. Vielleicht sollten wir irgendwann mal ein Double Feature machen. Falls du das verkraftest.«

»Jippie-yeah!«

Jack grinste sie an. »Such dir nächste Woche einen Abend aus, und wir machen das. Aber es muss Popcorn geben. *Stirb langsam* kann man nicht ohne Popcorn gucken.«

»Von mir aus. Dann sehen wir, aus welchem Holz du geschnitzt bist.« Emma streifte mit den Lippen über seinen Mund. »Ich ziehe mich um. Dauert nicht lang. Vielleicht solltest du den Champagner ins Schlafzimmer bringen.«

»Ja, das sollte ich vielleicht.«

Im Schlafzimmer zog er Jackett und Krawatte aus und dachte über Emma nach, über ihre überraschenden Facetten und Schichten.

Es war wirklich seltsam, dass man glaubte, jemanden in-

und auswendig zu kennen, und dann zu merken, dass es noch mehr zu entdecken gab. Und je mehr man entdeckte, desto mehr wollte man wissen.

Spontan nahm er die Rose aus der Vase und legte sie auf ein Kopfkissen.

Als Emma zurück in den Kerzenschein trat, verschlug es ihm den Atem. Schwarzes Haar, das über weiße Seide herabfiel, glatte goldbraune Haut unter weißer Spitze. Und diese Augen, dachte er, dunkel und tiefgründig, die in die seinen blickten.

»Sagtest du nicht was von einem Traumdate?«, brachte er hervor.

»Ich wollte meinen Beitrag dazu leisten.«

Die Seide floss über ihre Kurven, als sie auf ihn zukam, und als sie die Arme hob, um sie ihm auf eine Weise um den Hals zu schlingen, die so ganz und gar Emma war, schwebte ihr Duft in der Luft wie der Kerzenschein.

»Habe ich dir schon für das Abendessen gedankt?«

»Hast du.«

»Tja ...« Sie strich mit den Zähnen über seine Unterlippe – leicht, ganz leicht –, bevor sie ihn küsste. »Nochmal danke. Und der Champagner? Hab ich mich dafür bedankt?«

»Soweit ich mich erinnere.«

»Nur für alle Fälle.« Aufseufzend drückte sie die Lippen auf die seinen. »Und für die Kerzen, die Rose, den langen Spaziergang, die schöne Aussicht?« Ihr Körper drängte sich an seinen, führte ihn zu einem langsam drehenden Tanz.

»Gern geschehen.«

Er zog sie an sich, noch enger, so dass ihr Leib gegen seinen gepresst wurde. Lange kreisten sie so, Mund an Mund, Herz an Herz.

Emma sog seinen Duft ein, seinen Geschmack. So vertraut und doch noch so neu. Ihre Finger wanderten hinauf in sein Haar, das die Sonne vergoldet hatte, wickelten es auf, zogen daran, um ihn noch ein Stückchen näher zu holen.

Zusammen glitten sie auf glatte weiße Laken und in den Duft einer einzelnen roten Rose. Mehr Seufzer nun, mehr traumverlorene Bewegungen. Eine Liebkosung, eine zärtliche Berührung schimmerte über ihre Haut. Sie streichelte sein Gesicht, öffnete sich – mit Leib und Seele –, als sie, zusammen mit ihm, die Leidenschaft unter der romantischen Hülle entdeckte.

Hier war alles, was sie wollte, was sie sich je gewünscht hatte. Die sanfte Zärtlichkeit und die Glut. Und während sie schenkte, mehr und mehr, wurde sie erfüllt, bis ihr vor Liebe schwindelig war.

Seine Haut an ihrer, so warm, schenkte ihr eine stille Freude, während gleichzeitig ihr Puls immer schneller ging. Er presste die Lippen auf ihr Herz, das nur für ihn schlug.

Wusste er es? Konnte er es nicht spüren?

Und als er sie hochzog, ganz langsam, blühte sein Name – nur sein Name – in diesem Herzen auf.

Sie vernebelte ihm die Sinne wie ein silbriger Dunstschleier, prickelte in seinem Blut wie Champagner. Jede verträumte Bewegung, jedes Raunen, jede Berührung verführte, verzauberte.

Als sie sich ihm hingab, ihm entgegenwogte wie eine Welle, hauchte sie seinen Namen. Und lächelte.

Irgendetwas in ihm stolperte.

»Du bist so schön«, murmelte er. »Unglaublich schön.«

»Ich fühle mich schön, wenn du mich anschaust.«

Er strich mit den Fingern über ihre Brust, sah, wie die Lust wieder in ihren Augen aufflammte. Er senkte den

Mund, um sie sanft mit Zähnen und Zunge zu liebkosen, und spürte, wie ihr Körper vor neuem Begehren bebte.

»Ich will dich.« Ihr blieb der Atem weg, als sie sich unter ihm aufbäumte. »Ich will nur dich, Jack.«

Sie umschloss ihn, nahm ihn in sich auf, bewegte sich mit ihm in einem langsamen, genießerischen Rhythmus. So umfangen verlor er sich in ihr.

Als sein Hunger gestillt war, bettete er seine Wange auf ihre Brust und ließ seine Gedanken schweifen.

»Können wir nicht morgen blaumachen und einfach hierbleiben?«

»Hm.« Ihre Finger fuhren ihm durchs Haar. »Diesmal nicht. Aber was für eine schöne Vorstellung.«

»So wie es aussieht, müssen wir bei Tagesanbruch aufstehen.«

»Ich habe gemerkt, dass es mir oft ganz ohne Schlaf bessergeht, als wenn ich ein paar mickrige Stunden geschlafen habe.«

Jack hob den Kopf und lächelte Emma an. »Komisch. Das Gleiche habe ich auch gerade gedacht.«

»Es wäre eine Schande, den Rest Champagner zu vergeuden, und die himmlischen Erdbeeren mit Schokoladenüberzug.«

»Kriminell. Rühr dich nicht vom Fleck. Ich hole sie.«

Emma räkelte sich seufzend. »Ich gehe überhaupt nirgendwohin.«

18

Emma war gerade fünf Minuten wieder zu Hause, als Mac zur Tür hereinkam.

»Ich habe gewartet, bis er weg ist«, verkündete sie, während sie die Treppe heraufstieg. »Das nenne ich übermenschliche Selbstbeherrschung.« Stirnrunzelnd betrat sie Emmas Schlafzimmer. »Du packst aus. Räumst alles weg. Ich hasse diese Pedanterie. Warum kann nicht wenigstens noch eine von uns so schlampig sein wie ich?«

»Du bist nicht schlampig. Du hast eben privat eine entspanntere Einstellung zur Ordnung.«

»He, das gefällt mir. Eine entspanntere Einstellung zur Ordnung. Aber genug von mir. Erzähl mir alles. Ich habe meinen eigenen Lover allein vor seinen Cornflakes sitzen lassen.«

Mit dem Kleid vom Vorabend in den Händen drehte Emma sich verzückt im Kreis. »Es war traumhaft. Jede Minute.«

»Geht es auch etwas genauer?«

»Ein schickes französisches Restaurant, Champagner, eine Suite im Waldorf.«

»Gott, das ist so typisch du. Auch bei Dates immer nobel. Oder ganz lässig: Mondscheinpicknick am Strand, Rotwein, Kerzen in kleinen Muscheln als Kerzenhalter.«

Emma schloss ihren leeren Koffer. »Warum gehe ich eigentlich nicht mit dir?«

»Wir würden ein schönes Paar abgeben, stimmt.« Mac legte Emma den Arm um die Schultern, wandte sich zum Spiegel um und sah kritisch hinein – da war Emma in ihren ordentlichen Jeans und der weichen Bluse, und daneben sie selbst in Jerseyhose und T-Shirt, worin sie geschlafen hatte. »Echt atemberaubend. Tja, wir können es ja im Hinterkopf behalten, für den Fall, dass das andere nicht klappt.«

»Immer gut, wenn man noch was in petto hat. O Gott, Mac, es war echt die perfekte Nacht.« Emma drehte sich zu Mac um und drückte sie fest, bevor sie erneut im Kreis herumwirbelte. »Wir haben nicht geschlafen. Überhaupt nicht. Es ist wirklich erstaunlich, dass wir immer noch über so vieles miteinander reden können und so viel Neues aneinander entdecken. Während des ganzen Abendessens haben wir uns unterhalten, dann einen langen Spaziergang gemacht. In der Zwischenzeit hat er im Hotel Champagner aufs Zimmer bringen, Kerzen anzünden und Musik anstellen lassen.«

»Wow.«

»Wir haben noch mehr Champagner getrunken und geredet und haben uns geliebt. Es war so romantisch.« Emma seufzte genießerisch, schloss die Augen und schlang die Arme um sich selbst. »Dann haben wir wieder geredet und Champagner getrunken und uns wieder geliebt. Dann haben wir bei Kerzenschein gefrühstückt und …«

»Euch wieder geliebt.«

»Genau. Dann sind wir im Wahnsinnsverkehr mit offenem Verdeck nach Hause gefahren, und der Verkehr störte uns kein bisschen. Gar nichts störte uns. Nichts konnte uns irgendwas ausmachen.« Emma schlang erneut die Arme um sich. »Mac? Ich bin wirklich meistens ein Glückspilz.«

»Ja, manchmal nervt das.«

»Ich weiß, aber Pech für euch. Wie auch immer, ich bin

ein Glückspilz, aber ich wusste nicht, dass ich *so* glücklich sein kann. Dass ich mich so fühlen kann. Am liebsten würde ich nur herumhüpfen und tanzen, mich drehen und singen. Wie Julie Andrews auf einem Berggipfel.«

»Okay, aber mach das nicht, das würde nämlich echt nerven.«

»Ich weiß, also mache ich es nur innerlich. Die ganze Zeit, als ich mir vorgestellt habe, wie es sein würde, unsterblich verliebt zu sein, hatte ich keine Ahnung.«

Sie ließ sich aufs Bett fallen und grinste zur Decke hinauf. »Fühlst du dich auch die ganze Zeit so? Mit Carter?«

Mac ließ sich neben sie plumpsen. »Ich hätte nie gedacht, dass ich mich einmal verlieben würde. Nicht ernsthaft. Ich habe es mir nie so ausgemalt wie du oder danach gesucht. Irgendwie kam es so schleichend über mich, und andererseits ist es auf mich gestürzt wie eine Tonne Ziegelsteine. Es verwirrt mich immer noch, dass ich das in mir habe – nicht das mit dem Drehen und Singen, das würde mich nämlich sogar innerlich nerven. Aber das mit dem Rumhüpfen und Tanzen geht mir auch immer noch so. Und jemand anders spürt das Gleiche *meinetwegen*. Irre.«

Emma ergriff Macs Hand. »Ich weiß nicht, ob Jack für mich das Gleiche empfindet wie ich für ihn. Aber ich weiß, dass ich ihm viel bedeute. Ich weiß, dass er Gefühle für mich hat. Und in mir ist so viel, Mac. Ich muss glauben, dass all die Liebe, die ich habe … Wurzeln schlägt. Ich dachte schon vorher, ich würde ihn lieben, aber jetzt glaube ich, das war eher ein Verknalltsein, gemischt mit Begehren. Denn jetzt ist es anders.«

»Kannst du ihm das sagen?«

»Ich hätte Nein gesagt, noch vor ein paar Tagen. Ich will nichts kaputtmachen, will nicht das Zünglein an der Waage sein. Ich habe sogar Nein gesagt, als ich mit Parker darüber gesprochen habe. Aber jetzt glaube ich, dass ich es kann. Und ich denke, ich sollte es auch tun. Ich muss mir nur noch überlegen, wie und wann.«

»Mir hat es Angst gemacht, als Carter mir gesagt hat, dass er mich liebt. Reg dich nicht auf, wenn es ihm ein bisschen Angst macht, jedenfalls zuerst.«

»Ich glaube, wenn man jemandem sagt, dass man ihn liebt, tut man das nicht, weil man was Bestimmtes erwartet. Sondern weil man was zu geben hat.«

»Du packst deine Sachen aus, sobald du von einem Kurztrip nach Hause kommst. Du bist eine Frohnatur. Und du hast weise Erkenntnisse über die Liebe. Erstaunlich, dass wir drei anderen uns noch nicht zusammengetan und dich regelmäßig grün und blau geschlagen haben.«

»Das könnt ihr nicht. Ihr liebt mich.«

Mac drehte sich zu Emma um. »Das stimmt. Wir halten zu dir, Em. Alle drei.«

»Was kann mir also passieren?«

Das Klopfen unterbrach Emma mitten in der Verarbeitung der morgendlichen Lieferung. Mit nur leisem Grummeln ließ sie die Blumen ruhen, zuckte jedoch zusammen, als sie durch die Glasscheibe Kathryn Seaman und ihre Schwester erblickte. Nass und verdreckt konnte man nicht gut wichtige Kunden beeindrucken.

Wohl oder übel setzte sie ein fröhliches Lächeln auf und öffnete die Tür. »Mrs Seaman, Mrs Lattimer, wie schön, Sie zu sehen.«

»Verzeihen Sie, dass wir Sie so überfallen, aber Jessica und ihre Mädchen haben jetzt Kleider für die Brautjungfern ausgesucht. Ich wollte Ihnen eine Stoffprobe bringen.«

»Wunderbar. Bitte, kommen Sie doch rein. Kann ich Ihnen etwas zu trinken anbieten? Vielleicht einen Sonnentee? Es ist warm heute.«

»Ja, gern«, sagte Adele sofort. »Wenn es keine Umstände macht.«

»Überhaupt nicht. Setzen Sie sich doch und machen Sie es sich bequem. Ich bin gleich zurück.«

Tee, dachte Emma, als sie in die Küche eilte. Zitronenscheiben, die guten Gläser. So ein Mist. Ein Tellerchen mit Keksen. Gott sei Dank gab es Laurels Notfalldose. Rasch stellte sie alles auf ein Tablett und schob ihr Haar zurecht.

Sie holte ihr Notfall-Lipgloss aus einer Küchenschublade, trug es auf, kniff sich in die Wangen.

Da sie mehr unter diesen Umständen nicht tun konnte, atmete sie zweimal tief durch, um nicht gehetzt auszusehen. Dann ging sie langsam zurück zu den beiden Frauen, die in ihrem Empfangsbereich umherspazierten.

»Kate hat mir erzählt, was für eine schöne Dekoration sie hier haben. Sie hatte Recht.«

»Danke.«

»Und Ihre Privaträume liegen oben?«

»Ja. Das ist nicht nur praktisch, sondern auch sehr bequem.«

»Mir ist aufgefallen, dass Ihre Partnerin – Mackensie – ihr Studio erweitert.«

»Ja.« Emma schenkte Tee ein und blieb stehen, da offenbar keine der Frauen sich setzen wollte. »Mac heiratet im Dezember, deshalb brauchen sie privat mehr Platz, und so wird auch das Studio vergrößert.«

»Wie aufregend!« Adele nippte an ihrem Tee und wanderte dabei weiter herum, zupfte an Blumen, betrachtete Fotos. »Eine Hochzeit für eine von Ihnen zu planen.«

»Das stimmt. Wir sind schon von klein auf befreundet.«

»Mir ist dieses Foto aufgefallen. Sind das Sie mit zwei Ihrer Partnerinnen?«

»Ja, Laurel und Parker. Wir haben so gern Heiraten gespielt«, erzählte Emma, während sie lächelnd das Foto anschaute. »Ich war an jenem Tag die Braut und Mac in einer Art weiser Voraussicht der offizielle Hochzeitsfotograf. Sie wird Ihnen sagen, dass es dieser Augenblick war – der mit dem blauen Schmetterling – in dem ihr klarwurde, dass sie Fotografin werden wollte.«

»Reizend.« Kathryn wandte sich zu Emma um. »Wir haben Sie bei der Arbeit gestört und nehmen viel zu viel von Ihrer Zeit in Anspruch.«

»Eine unerwartete Pause ist immer schön.«

»Ich hoffe, das meinen Sie ernst«, schaltete Adele sich ein. »Ich würde nämlich zu gern sehen, wo Sie arbeiten. Fertigen Sie heute Gestecke an? Oder Sträuße?«

»Äh … im Moment verarbeite ich gerade eine Lieferung von heute Morgen. Deshalb bin ich auch ein bisschen schmutzig.«

»Ich bin so frei, Sie zu fragen, ob ich mal sehen darf, wo Sie arbeiten.«

»Oh. Natürlich.« Emma warf Kathryn einen Blick zu. »Aber bekommen Sie keinen Schreck.«

»Ich habe Ihren Arbeitsbereich schon gesehen.«

»Ja, aber nicht, während ich dort beschäftigt war«, gab Emma zu bedenken, während sie vorausging. »Blumen zu konservieren ist … Na ja, wie Sie sehen.« Sie deutete auf ihren Arbeitstisch.

»Sieh dir nur diese Blumen an!« Mit vor Aufregung geröteten Wangen stürzte Adele darauf zu. »Oh, und wie die Pfingstrosen duften.«

»Die Lieblingsblumen der Braut«, verriet Emma. »Dieses herrliche satte Rot verwenden wir für ihren Brautstrauß und setzen als Kontrast Rosatöne in Nuancen von kräftig bis ganz zart dagegen. Der Strauß wird handgebunden, mit weinrotem Band und bonbonrosa Schmuckstecknadeln. Die Brautjungfern bekommen kleinere Versionen davon in Rosatönen.«

»Und Sie bewahren die Sträuße in diesen Eimern auf?«

»In einer Nährlösung zum Frischhalten. Es ist sehr wichtig, die Blumen frisch zu halten, damit sie bis nach der Feier halten. Ich bewahre sie im Kühlhaus auf, bis wir mit den Entwürfen beginnen.«

»Und wie machen Sie …«

»Adele.« Kathryn schnalzte mit der Zunge. »Du fängst schon wieder ein Verhör an.«

»Schon gut, schon gut. Ich stelle viele Fragen, ich weiß. Aber es ist mir wirklich ernst damit, auf Jamaika eine Hochzeitsagentur zu gründen.« Mit einem Nicken betrachtete Adele nochmals den Arbeitsbereich. »Sie haben hier offenbar alles perfekt organisiert, so dass ich wenig Hoffnung habe, Sie abwerben zu können.«

»Aber Ihre Fragen beantworte ich gern. Um Ihnen einen Überblick über unser Geschäftsmodell zu geben, wäre Parker allerdings die Richtige.«

»Wir wollen Ihnen nicht länger im Weg herumstehen.« Kathryn griff in ihre Tasche. »Das Stoffmuster.«

»Oh, was für eine schöne Farbe. Als würde man ein frühlingsgrünes Blatt durch einen Tautropfen betrachten. Perfekt für eine Märchenhochzeit.« Emma drehte sich zu ihren Ausstellungsstücken um und wählte eine weiße Seidentulpe aus. »Sehen Sie, wie dieses Weiß vor dem Wassergrün schimmert?«

»Ja. Ja, genau. Sobald wir den letzten Entwürfen zugestimmt haben, schicken wir Ihnen die Zeichnungen. Vielen Dank, Emma, dass Sie sich Zeit genommen haben.«

»Wir alle sind hier, um dafür zu sorgen, dass Jessica den perfekten Tag erlebt.«

»Siehst du.« Adele knuffte ihre Schwester in den Arm. »Genau diese Grundhaltung möchte ich auch anbieten. Ich finde sogar, ›The Perfect Day‹ wäre ein wunderbarer Name für die Agentur.«

»Gefällt mir«, erklärte Emma.

»Falls Sie es sich anders überlegen, Sie haben ja meine Karte«, sagte Adele. »Ich verspreche Ihnen zehn Prozent mehr als Ihr derzeitiges Jahresgehalt.«

»Ich gebe mir Mühe, mich nicht darüber zu ärgern, dass sie versucht hat, dich abzuwerben. Schon wieder.« Nachdem sie zwei komplette Beratungen hinter sich gebracht hatten, streifte Parker die Schuhe von den Füßen.

»Wie viel hat sie dir angeboten, um dich nach Jamaika zu locken?«, wollte Emma wissen.

»Das hat sie meinem Ermessen überlassen. Ich habe ihr gesagt, das sei ein Fehler. Niemand ist eine Blankovollmacht wert, schon gar nicht bei einer Geschäftsgründung.«

»Sie schwimmt im Geld«, erklärte Laurel. »Und, ja, ich weiß, dass das für die praktischen, geschäftlichen Seiten eines Unternehmens keine Rolle spielt. Aber sie ist daran gewöhnt, Geld wie Heu zu haben.«

»Sie hat ein gutes Konzept. Eine exklusive Hochzeitsagentur mit Rundum-Service an einem für Hochzeiten gern gewählten Ort. Und es ist clever, dass sie versucht, sich erfahrene Leute zu angeln. Aber sie muss einen Finanzierungsplan machen und sich daran halten.«

»Warum machen wir das nicht?«, fragte Mac. »Ich meine nicht, dass wir alle unsere Sachen packen und nach Jamaika oder Aruba umziehen, wohin auch immer. Aber eine Zweigstelle von Vows an einem exotischen Schauplatz? Das wäre der Knaller.«

»Ich knalle *dich* gleich ab.« Laurel formte mit Daumen und Zeigefinger eine Pistole und drückte ab. »Haben wir nicht genug zu tun?«

»Ich habe auch schon an so was gedacht.«

Mit offenem Mund starrte Laurel Parker an.

»Nur ganz vage, für die Zukunft.«

»Wenn das Klonen von Menschen perfekt funktioniert.«

»Eher ein Franchiseunternehmen als eine Zweigstelle«, erklärte Parker. »Mit sehr genauen Anforderungen. Aber die Einzelheiten und Kniffe habe ich noch nicht ausgearbeitet. Falls wir so was jemals machen, sprechen wir das zusammen durch. Und wir müssen alle einverstanden sein. Aber vorerst haben wir genug Arbeit, ja. Abgesehen von der dritten Augustwoche. Da haben wir nichts.«

»Das habe ich gesehen. Ich wollte dich schon danach fragen«, bestätigte Emma, während sie sich reckte, um ihr verspanntes Kreuz zu lockern. »Ich dachte, ich hätte vergessen, was einzutragen.«

»Nein, in der Woche haben wir keine Veranstaltung, weil ich sie freigehalten habe. Das kann ich aber ändern, wenn keiner Interesse daran hat, eine Woche am Strand zu verbringen.«

Für einen Moment herrschte verblüfftes Schweigen, dann sprangen drei Frauen auf und vollführten ein Freudentänzchen. Laurel ergriff Parkers Hand und zog sie hoch, damit sie sich anschloss.

»Daraus schließe ich, dass ihr doch Interesse habt.«

»Können wir sofort packen? Können wir? Bitte!«, rief Mac.

»Sonnencreme, einen Bikini und einen Mixer für Margaritas. Was braucht man mehr?« Laurel wirbelte Parker herum. »Ferien!«

»Wo?«, erkundigte sich Emma. »An welchem Strand?«

»Wen interessiert das?« Laurel ließ sich wieder auf die Couch plumpsen. »Hauptsache Strand. Eine Woche ohne Fondant oder Zuckerguss. Mir kommen die Tränen.«

»In den Hamptons. Del hat ein Haus gekauft.«

»Del hat ein Haus in den Hamptons gekauft?« Mac reckte die Fäuste in die Luft. »Spitze, Del.«

»Eigentlich hat die Firma Brown LLC es gekauft. Darum ging es bei einem Teil des Papierkrams, den Del mitgebracht hat. Ein Anwesen stand zum Verkauf. Es ist eine gute Investition. Ich habe bisher nichts gesagt, für den Fall, dass die Sache platzt. Aber jetzt ist alles unter Dach und Fach. Also packen wir Ende August alle unsere Sachen für eine Woche am Strand.«

»Alle?«, echote Laurel.

»Wir vier, Carter, Del und Jack natürlich. Das Haus hat sechs Schlafzimmer und acht Bäder. Reichlich Platz für alle.«

»Weiß Jack davon?«, überlegte Emma.

»Er weiß, dass Del sich das Anwesen angeschaut hat, aber von August weiß er nichts. Wir dachten beide, es bringt nichts, darüber zu reden, solange wir nicht wissen, ob es klappt. Jetzt ist alles klar.«

»Das muss ich sofort Carter erzählen. Jippie!« Mac gab Parker einen schmatzenden Kuss, bevor sie hinausstürmte.

»Ist das klasse. Ich schreibe es in meinen Kalender, mit lauter Herzchen und Sonnen drum herum. Strandspaziergänge im Mondschein.« Emma umarmte Parker. »Das ist fast so perfekt, wie bei Mondschein in einem Garten zu tanzen. Ich rufe gleich Jack an.«

Als sie allein waren, schaute Parker Laurel an. »Stimmt was nicht?«

»Was? Doch. Gott, was sollte denn nicht stimmen. Strand, eine Woche lang. Ich glaube, ich stehe unter Schock. Wir brauchen neue Badeklamotten.«

»Das stimmt allerdings.«

Laurel hievte sich hoch. »Lass uns shoppen gehen.«

Als Emma spontan eine Eingebung hatte, gab sie ihr nach. Dank ein paar Terminverschiebungen und einer Kundin, die flexibel genug war, um eine Stunde früher zu ihrer Beratung zu kommen, gelang es ihr, sich den Montagnachmittag freizuschaufeln.

Sie hatte vor, Jack zu überraschen, indem sie ihr übliches Date am Montagabend etwas anders gestaltete.

Als sie aufbrach, ging sie im Haupthaus vorbei und stöberte Parker in ihrem Büro auf.

Mit dem Headset auf dem Kopf tigerte Parker auf und ab und verdrehte die Augen, als Emma hereinkam.

»Kevins Mutter wollte Sie bestimmt nicht kritisieren oder verletzen. Sie haben vollkommen Recht, es ist Ihre Hochzeit, Ihr Tag, Ihre Entscheidung. Sie haben das Recht, zu ... Ja, er ist wirklich süß, Dawn, und sehr gut erzogen. Ich weiß ... ich weiß.«

Parker schloss die Augen und tat zu Emmas Belustigung so, als wollte sie sich erdrosseln.

»Lassen Sie mich das doch für Sie regeln. Das würde Ihnen und Kevin den Stress ersparen. Und manchmal kann ein Außenstehender besser erklären und ... Das wird sie bestimmt nicht. Ja, natürlich. Ich wäre auch sauer. Aber –

aber … Dawn!« Parkers Ton wurde ein klein wenig schärfer, genug, wie Emma wusste, um jegliche Schimpfkanonade der Braut abzuwürgen. »Sie müssen bei allem, bei jedem Detail, bei allen Komplikationen oder Unstimmigkeiten, daran denken, dass dieser Tag mit allem Drum und Dran Ihnen und Kevin gehört. Und Sie müssen daran denken, dass ich dafür da bin, Ihnen und Kevin den Tag zu bescheren, den Sie sich wünschen.«

Diesmal verdrehte Parker die Augen zur Decke. »Warum gehen Sie und Kevin heute Abend nicht schön essen, nur Sie beide? Ich kann Ihnen einen Tisch reservieren, wo immer … Ich liebe dieses Restaurant.« Parker kritzelte einen Namen auf einen Block. »Sagen wir um sieben? Ich kümmere mich sofort darum. Und heute Abend spreche ich mit seiner Mutter. Morgen ist alles wieder gut. Machen Sie sich keine Sorgen. Ich berichte Ihnen bald davon. Ja, Dawn, dafür bin ich da. Gut. Prima. Hm-hm. Tschüss.«

Sie hielt einen Finger hoch. »Eine Minute noch.« Sobald sie das von der Braut gewählte Restaurant angerufen und einen Tisch reserviert hatte, zog sie ihr Headset herunter.

Dann atmete sie tief durch, stieß einen kurzen, aber enthusiastischen Schrei aus und nickte. »Besser. Viel besser.«

»Dawn hat ein Problem mit ihrer zukünftigen Schwiegermutter?«

»Ja. Seltsamerweise versteht die Mutter des Bräutigams nicht oder ist nicht damit einverstanden, wen die Braut als Ringträger ausgesucht hat.«

»Aber das geht sie doch gar nichts …«

»Es ist Beans, der Boston-Terrier der Braut.«

»Oh, das hatte ich ganz vergessen.« Emma zog die Stirn kraus. »Warte. Wusste ich überhaupt davon?«

»Wahrscheinlich nicht. Sie hat es mir erst vor ein paar Tagen gesagt. Die Mutter des Bräutigams findet das albern, nicht würdevoll und peinlich. Und das hat sie auch sehr deutlich zu verstehen gegeben. Worauf die Braut entschieden hat, dass ihre zukünftige Schwiegermutter eine Hundehasserin ist.«

»Soll er einen Smoking tragen?«

Um Parkers Mund zuckte es. »Bisher ist nur eine Fliege vorgesehen. Sie will den Hund, also kriegt sie ihn auch. Um die Sache aus der Welt zu schaffen, lade ich die Mutter des Bräutigams auf einen Drink ein – so was lässt sich am besten persönlich und mit Alkohol regeln.«

»Viel Glück dabei. Ich fahre in die Stadt. Ich will Jack überraschen – heute Abend für ihn kochen. Ich bin also nicht vor morgen früh zurück. Ich will aber auch schauen, ob du und Laurel in Greenwich noch irgendwelche sexy Sommerklamotten übrig gelassen habt.«

»Es könnte noch ein Neckholder-Bustier da sein. Vielleicht auch ein Paar Sandalen.«

»Die finde ich. Ich gehe auf den Markt und in der Gärtnerei vorbei. Brauchst du noch irgendwas? Ich kann es dir morgen früh vorbeibringen.«

»Schaust du in der Buchhandlung rein?«

»Ich fahre in die Stadt – was würde meine Mutter sagen, wenn ich nicht vorbeischauen würde?«

»Stimmt. Sie hat ein Buch, das ich bestellt habe.«

»Ich hole es für dich ab. Wenn dir noch was einfällt, ruf mich auf dem Handy an.«

»Viel Spaß.« Als Emma gegangen war, warf Parker einen Blick auf ihren BlackBerry. Seufzte. Und hob den Hörer ab, um Kevins Mutter anzurufen.

Emma freute sich, für ein paar Stunden unterwegs zu sein, und hielt zuerst an der Gärtnerei. Bevor sie etwas Bestimmtes auswählte, gönnte sie sich einen Rundgang, um einfach zu genießen.

Sie liebte die Gerüche – nach Erde, Pflanzen, Grünzeug – so sehr, dass sie sich zwingen musste, nicht von allem etwas zu kaufen. Doch sie gelobte, am nächsten Morgen nochmals herzukommen und ein paar Pflanzen für das Brownsche Anwesen mitzunehmen.

Vorerst begutachtete sie Töpfe, während sie sich den Eingang von Jacks hinterer Veranda vorstellte. Sie fand zwei schlanke Kübel in rostbraunem Bronzeton, die sich rechts und links von seiner Küchentür hervorragend machen würden.

»Nina?« Sie gab der Geschäftsführerin ein Zeichen. »Ich nehme diese beiden.«

»Sie sind toll, oder?«

»Ja. Kannst du sie in meinen Wagen laden lassen? Er steht direkt vor der Tür. Und die Pflanzerde? Ich suche nur noch die Pflanzen aus.«

»Lass dir Zeit.«

Sie fand genau, was sie suchte, hielt sich an satte Rot- und Violetttöne mit ein paar goldenen Akzenten.

»Traumhaft«, urteilte Nina, als Emma ihren Wagen zur Kasse schob. »Starke Farben, klasse Texturen. Und der Heliotrop duftet wundervoll. Ist das für eine Hochzeit?«

»Nein, es ist ein Geschenk für einen Freund.«

»Der Glückliche. Es ist alles in deinem Auto.«

»Danke.«

In der Stadt stöberte Emma in den Läden, leistete sich neue Sandalen, einen luftigen Rock und – in Gedanken an den lange zurückliegenden Sommer – ein auffällig bedrucktes Tuch, das sie am Strand als Pareo verwenden konnte.

Dann machte sie einen Schlenker zur Buchhandlung und winkte der Angestellten zu, die an der Kasse gerade ein Buch eintippte.

»Hallo, Emma! Deine Mutter ist hinten.«

»Danke.«

Sie traf ihre Mutter beim Öffnen einer gerade eingetroffenen Lieferung an. Sobald sie Emma sah, ließ sie die Sendung stehen. »Was für eine schöne Überraschung.«

»Ich war in der Stadt und habe Geld ausgegeben.« Emma beugte sich über den Karton, um Lucia auf die Wange zu küssen.

»Meine Lieblingsbeschäftigung. Beinahe. Hast du was gekauft, das dich so glücklich macht, oder ...« Sie tippte auf Emmas Armband. »Bist du einfach nur glücklich?«

»Beides. Ich will heute Abend für Jack kochen, deshalb muss ich noch auf den Markt. Aber ich habe total süße Sandalen gefunden, die ich natürlich sofort anziehen musste.«

Emma drehte eine Pirouette, um sie vorzuführen.

»Die sind wirklich süß.«

»Und ...« Emma tippte mit den Zeigefingern an ihre neuen goldenen Ohrhänger, damit sie schaukelten.

»Oh, hübsch.«

»Dazu noch ein toller Sommerrock voller roter Mohnblumen. Ein paar Tops, einen Schal und ... so weiter.«

»So ist es recht. Heute Morgen habe ich Jack getroffen. Ich meine, er hätte gesagt, ihr wolltet heute Abend ins Kino gehen.«

»Kleine Änderung. Ich will ihm dein Flank Steak machen. Mrs G. hatte noch eins im Eisschrank; das habe ich ihr abgeschwatzt und über Nacht mariniert. Es ist draußen im Auto in einer Kühlbox. Ich dachte, dazu mache ich diese gebackenen Kartoffelspalten mit Rosmarin, vielleicht Spargel und ein leckeres Brot mit Öl zum Dippen. Was hältst du davon?«

»Sehr männlich.«

»Gut, so habe ich mir das gedacht. Ich habe es nicht fertiggebracht, Laurel um ein Dessert zu bitten. Sie erstickt in Arbeit. Ich dachte, vielleicht nur Eiscreme und Beeren.«

»Ein wohlüberlegtes Männeressen. Gibt es einen besonderen Anlass?«

»Zum einen will ich ihm für den unglaublichen Trip nach New York danken, und zum anderen ... Ich will es ihm sagen, Mama. Ich werde ihm sagen, was ich für ihn empfinde, dass ich ihn liebe. Es kommt mir regelrecht falsch vor, all das hier«, sie legte die Hand aufs Herz, »zu haben und nichts davon zu sagen.«

»Die Liebe ist mutig«, erinnerte Lucia sie. »Ich weiß, dass er glücklich aussieht, wenn er deinen Namen sagt. Ich freue mich, dass du mir davon erzählt hast. So kann ich dir – euch beiden – heute Abend gute Gedanken schicken.«

»Angenommen. Ach, und du hast ein Buch für Parker. Ich habe ihr versprochen, es für sie abzuholen.«

»Ich gebe es dir gleich.« Lucia schlang Emma den Arm um die Taille, als sie mit ihr den Lagerraum verließ. »Rufst du mich morgen an? Ich möchte gern wissen, wie dein Abendessen war.«

»Ich ruf dich an, gleich als Erstes.«

»Emma?«

Emma sah auf und schaute lächelnd zu der hübschen Frau mit den braunen Haaren, die sie verzweifelt einzuordnen versuchte. »Hallo«.

»Du bist es! Oh, hallo, Emma!«

Ehe sie sich's versah, fand Emma sich in einer stürmischen Umarmung wieder und wurde von einer Seite zur anderen geschüttelt. Verblüfft deutete sie ebenfalls eine freundliche Umarmung an und warf ihrer Mutter einen fragenden Blick zu.

»Rachel, du bist vom College heimgekommen.« Lucia strahlte, während sie ihrer Tochter kleine Hinweise gab. »Es kommt mir vor, als wäre Emma erst letzte Woche zum Babysitten zu dir gegangen.«

»Ich weiß. Ich kann auch kaum ...«

»Rachel? Rachel Monning?« Emma schob das Mädel von sich und starrte in hellblaue Augen. »O mein Gott. Tatsächlich. Ich habe dich gar nicht erkannt. Du bist ja erwachsen und bildhübsch geworden. Seit wann bist du keine zwölf mehr?«

»Schon eine Weile. Wir haben uns nur so lange nicht mehr gesehen, wegen diesem und jenem und dem College. Oh, Emma, du siehst klasse aus. Wie schon immer. Ich kann gar nicht glauben, dass ich dir so über den Weg laufe. Eigentlich wollte ich dich anrufen.«

»Du gehst jetzt aufs College? Und bist über den Sommer zu Hause?«

»Ja. Noch ein Jahr. Ich arbeite bei Estervil, in der PR-Abteilung. Heute habe ich frei, weil ich ein Buch brauche. Ein Buch über Hochzeitsplanung. Ich bin verlobt!«

Sie streckte die Hand aus, um ihren funkelnden Diamanten vorzuführen.

Emma blieb die Spucke weg. »Verlobt?«, rang sie sich ab. »Aber vor zehn Minuten hast du noch mit deinen Barbies gespielt.«

»Wahrscheinlich eher vor zehn Jahren.« Das Lachen hellte Rachels Gesicht auf. »Du musst Drew kennenlernen. Er ist umwerfend. Natürlich lernst du ihn kennen. Wir heiraten nächsten Sommer, nach meinem Collegeabschluss, und ich wünsche mir, dass du die Blumen machst und, na ja, alles. Meine Mutter sagt, Vows ist *die* Location. Kannst du das glauben? Ich heirate, und du machst meinen Brautstrauß. Früher hast du immer diese Sträuße aus Kleenex-Blumen für mich gemacht, und jetzt wird das Ganze Wirklichkeit.«

Emma spürte den Stich mitten im Bauch, hasste sich dafür, spürte ihn jedoch. »Ich freue mich so für dich. Wann war eure Verlobung?«

»Vor zwei Wochen, drei Tagen und …« Rachel schaute auf die Uhr. »… sechzehn Stunden. Oh, ich wünschte, ich hätte mehr Zeit, aber ich muss das Buch abholen und mich beeilen, sonst komme ich zu spät.« Sie umarmte Emma nochmals. »Ich ruf dich an. Dann sprechen wir über Blumen und Torten und, o Gott, einfach alles. Tschüss! Tschüss, Mrs Grant. Bis bald.«

»Rachel Monning heiratet.«

»Ja.« Lucia klopfte Emma auf die Schulter. »So ist das.«

»Früher beim Babysitten habe ich ihr immer einen französischen Zopf geflochten, und sie durfte bei mir länger aufbleiben. Jetzt mache ich ihre Hochzeitsblumen. Mein Gott, Mama.«

»Ganz ruhig bleiben.« Lucia gab sich keine Mühe, ihr amüsiertes Lachen zu unterdrücken. »Hast du nicht gerade vor, den Abend mit einem wundervollen Mann zu verbringen?«

»Ja. Stimmt. Verstanden. Jeder geht seinen eigenen Weg. Aber … Mein Gott.«

Emma gelang es, die Gedanken an Babysitten und Hochzeiten beiseitezuschieben, um ihre restlichen Einkäufe zu erledigen. Kaum hatte sie den Markt verlassen, wurde sie schon wieder von jemandem gegrüßt.

»*Buenas tardes, bonita!*«

»Rico.« Statt einer Umarmung wurde sie diesmal zärtlich auf beide Wangen geküsst. »Wie geht's?«

»Besser, seit ich dich getroffen habe.«

»Warum fliegst du gerade nicht zu irgendeinem Traumreiseziel?«

»Komme eben von einem Auftrag zurück. Italien. Der Besitzer hat seine Familie zu einem kleinen Erholungsurlaub mitgenommen.«

»Ach, das harte Dasein eines Privatpiloten. Wie geht es Brenna?«

»Wir haben uns vor ein paar Monaten getrennt.«

»Oh, das tut mir leid. Davon wusste ich nichts.«

»Wie es eben so geht.« Rico zuckte die Achseln. »Komm, ich trage das für dich.« Er nahm ihre Einkaufstaschen und spähte hinein, während er sie zum Auto begleitete. »Sieht nach einem guten Essen aus. Viel besser als das Fertiggericht, das bei mir auf dem Programm steht.«

»Oh, du Ärmster.« Lachend schloss Emma die Beifahrertür auf. »Einfach hier rein. Hinten ist es schon ziemlich voll.«

»Das sehe ich«, sagte Rico mit einem Blick auf die Pflanzen und Tüten auf dem Rücksitz. »Sieht so aus, als wärst du heute Abend gut beschäftigt. Falls du es dir aber anders überlegst, würde ich dich zum Essen einladen.« Aufreizend strich er ihr mit dem Finger über den Arm. »Oder besser noch, dir die Flugstunde geben, von der wir immer gesprochen haben.«

»Danke, Rico, aber ich bin mit jemandem verabredet.«

»Der Glückliche sollte eigentlich ich sein. Du darfst – auch in dieser Hinsicht – jederzeit gern deine Meinung ändern und mich anrufen.«

»Falls es dazu kommen sollte, erfährst du es als Erster.« Emma küsste ihn flüchtig auf die Wange, bevor sie um die Motorhaube herum zur Fahrerseite ging. »Erinnerst du dich noch an Jill Burke?«

»Hm ... kleine Blonde, strahlendes Lachen.«

»Ja. Sie ist auch wieder Single.«

»Tatsächlich?«

»Du solltest sie anrufen. Ich wette, sie hätte gern eine Flugstunde.«

Bei Ricos breitem Grinsen blitzten seine Augen auf, und Emma wusste wieder, warum sie gerne Zeit mit ihm verbracht hatte. Sie stieg ein und winkte ihm im Davonfahren zu.

Wegen der Töpfe, Pflanzen und Lebensmittel parkte Emma hinter Jacks Haus, möglichst nahe an der Treppe. Sie legte den Kopf schräg und betrachtete prüfend die kleine Veranda vor der Küche, dann nickte sie. Die Kübel würden sich hier sehr gut machen, wirklich ausgezeichnet.

Da sie es kaum erwarten konnte, anzufangen, ging sie nach vorn zum Haupteingang des Gebäudes. Durch die angeschliffenen Scheiben in der Tür und die großen Fenster fiel ein schönes Licht hinein, das den Empfangsbereich elegant und freundlich wirken ließ. Jack hatte Recht damit gehabt, den Bereich nicht nüchtern, sondern gemütlich zu gestalten. Er strahlte Ruhe und gelassene Würde aus, während, wie sie wusste, in den einzelnen Büros und Arbeitszimmern oft das Chaos regierte.

»Hallo, Michelle.«

»Emma.« Die Frau, die an ihrem penibel aufgeräumten Schreibtisch am Computer arbeitete, hielt inne, um sich mit ihrem Stuhl zu drehen. »Wie geht's?«

»Sehr gut. Und wie fühlst du dich?«

»Neunundzwanzig Wochen, und ich zähle die Tage.« Michelle tätschelte ihren Babybauch. »Uns geht's bestens. Was für schöne Sandalen.«

»Finde ich auch. Hab ich eben gekauft.«

»Echt super. Das Montagabend-Date, oder?«

»Genau.«

»Du bist ein bisschen früh dran, nicht?«

»Ich habe was Neues vor. Ist Jack beschäftigt? Ich habe ihm noch nichts davon erzählt.«

»Er ist noch nicht zurück. Er ist spät dran, wegen einer Panne auf einer Baustelle. Ist gerade nicht sehr glücklich mit seinen Bauarbeitern oder dem neuen Bauinspektor oder, ach, eigentlich mit gar nichts.«

»Oh.« Emma zuckte zusammen. »Unter diesen Umständen ist mein Plan entweder sehr gut oder ganz schlecht.«

»Kannst du mir was verraten?«

»Klar. Ich dachte, ich koche für heute Abend, überrasche ihn damit und mit ein paar Pflanzkübeln für seine hintere Veranda. Abendessen und ein Film zu Hause, statt auszugehen.«

»Falls du meine Meinung hören willst, das ist genial. Jack ist bestimmt begeistert, wenn er nach diesem Tag ein selbst gekochtes Abendessen bekommt. Du kannst anrufen und nachfragen, aber ich schätze, er dürfte gegen drei mit dem Bauinspektor zurückkommen.«

»Lass uns das doch einfach abwarten. Das Problem ist nur, ich habe keinen Schlüssel, Michelle.«

Da war es – für einen Herzschlag, einen kurzen Moment war Michelle überrascht. »Oh, das ist kein Problem.« Sie öffnete eine Schreibtischschublade, um einen Ersatzschlüsselbund herauszuholen.

»Bist du sicher, dass das okay ist?« Und wie demütigend ist es denn, dachte Emma, dass ich danach fragen muss?

»Ich wüsste nicht, warum nicht. Du und Jack seid seit Jahren befreundet, und jetzt seid ihr …«

»Ja, genau«, unterbrach Emma sie betont fröhlich. »Und noch ein Problem – die Pflanzkübel, die ich gekauft habe, wiegen ungefähr einen halben Zentner pro Stück.«

»Chip ist hinten. Ich schicke ihn raus.«

»Danke, Michelle.« Emma nahm die Schlüssel. »Du bist meine Rettung.«

Sie schloss die Hand um den Schlüsselbund, als sie wieder hinters Haus ging. Es brachte nichts, das als Blamage zu empfinden. Es brachte nichts, gekränkt zu sein, weil der Mann, mit dem sie seit fast drei Monaten ins Bett ging – und den sie seit über zehn Jahren kannte –, sich nicht die Mühe gemacht hatte, ihr einen Schlüssel zu geben.

Du liebe Zeit, das hatte keine symbolische Bedeutung. Er schloss sie nicht aus. Er war einfach …

Es spielte keine Rolle. Sie würde trotzdem bei ihren Plänen für den Abend bleiben. Ihm Blumen schenken, ihm Abendessen kochen und ihm sagen, dass sie ihn liebte.

Und, verdammt, sie würde ihn um einen Schlüssel bitten.

19

Emma verbrachte eine sehr angenehme Stunde damit, Einkäufe wegzuräumen, die Sonnenblumen zu arrangieren, die sie aus ihrem Lager für Jacks Küche mitgebracht hatte, und schließlich die Pflanzkübel vorzubereiten.

Sie hatte richtig vermutet, wie ausgezeichnet sie rechts und links der Tür aussehen würden. Satte, leuchtende Farbtupfer, dachte sie, während sie roten Salbei hinter violetten Heliotrop steckte. Die Pflanzenkombination, die sie gewählt hatte, würde Jack bunte Farben schenken und das ganze Jahr über blühen. Wenn erst die Lobelien üppiger wurden und das Steinkraut sich über den Rand des Kübels ergoss.

Ein schöner Willkommensgruß, jedes Mal, wenn Jack die Treppe heraufkam. Und, dachte sie mit feinem Lächeln, eine lebendige Erinnerung an die Frau, von der dieser Gruß stammte.

Sie setzte sich auf die Fersen und betrachtete das Ergebnis. »Klasse, auch wenn ich das selbst sage.«

Nachdem sie die leeren Töpfe und Paletten ineinandergestapelt hatte, wandte sie sich dem zweiten Kübel zu, um dort das gleiche Blumenarrangement einzupflanzen.

Sie fragte sich, ob Jack eine Gießkanne hatte. Vermutlich nicht, dachte sie. Daran hätte sie denken sollen, doch bis er eine hatte, würden sie eben improvisieren. Froh darüber, in der Erde wühlen zu können, summte sie die Musik im Radio mit, das sie angestellt hatte. Jacks Blumen vor dem Haupteingang brauchten auch ein bisschen mehr Pep, überlegte sie, während sie weiterarbeitete. Sie würde versuchen, noch ein paar Sachen dafür aufzutreiben, nächste Woche oder so.

Als sie fertig war, fegte sie die verstreute Erde auf und trug Plastikpaletten, Töpfe und ihre Gartengeräte zum Auto. Dann klopfte sie sich die Hände ab und schaute auf, um ihr Werk zu bewundern.

Blumen, hatte sie immer gedacht, gehörten zu einem Zuhause einfach dazu. Jetzt hatte er welche. Und sie hatte auch immer geglaubt, dass Blumen schöner blühten, wenn sie mit Liebe gepflanzt wurden. Wenn das stimmte, würden diese bis zum ersten strengen Frost geradezu spektakulär sein.

Nach einem Blick auf die Uhr flitzte sie die Treppe hinauf. Sie musste sich waschen und mit dem Essen anfangen, vor allem, da sie beschlossen hatte, dass es zu Beginn des Menüs eine Vorspeise geben sollte.

Schmutzig, verschwitzt und immer noch stinksauer wegen des verschwundenen Installateurs und des arroganten neuen Bauaufsehers bog Jack zum Bereich hinter seinen Büros ab.

Er wollte eine Dusche, ein Bier, vielleicht eine Handvoll Aspirin. Falls der Bauunternehmer den idiotischen Installateur – der zufällig auch noch sein Schwager war – nicht feuerte, würde *er* dem Kunden die Verzögerung erklären müssen. Und *er* konnte sich mit dem Bauinspektor herumschlagen, der den großen Macker markierte, weil eine Türöffnung drei Millimeter zu groß oder zu klein war.

Okay, vielleicht erst das Aspirin, dann die Dusche, dann das Bier.

Vielleicht würde das einen Tag retten, der um sechs Uhr früh mit dem Anruf eines Kunden begonnen hatte, der mit dem Metermaß in der Hand ausrastete, weil das Grundgerüst für seine Hausbar einen Meter dreiundziebzig statt einen Meter dreiundachtzig breit war.

Nicht dass er dem Kunden einen Vorwurf machte. An seiner Stelle wäre er auch ausgerastet. Aus einem Meter dreiundachtzig auf dem Plan hatte auch in Wirklichkeit ein Meter dreiundachtzig zu werden, nicht irgendein Maß, das dem Bauarbeiter gerade einfiel.

Und, dachte Jack, während er versuchte, die schlimmsten Verspannungen in seinen Schultern zu lockern, von dem Punkt an war es an diesem Tag eigentlich nur noch bergab gegangen. Wenn er schon einen Zwölfstundentag einlegte, wollte er am Ende wenigstens das Gefühl haben, etwas geschafft zu haben und nicht nur in der Gegend herumgefahren zu sein, um zu löschen, wo es brannte.

Er fuhr um die letzte Ecke und sagte sich, er solle froh sein, dass er jetzt zu Hause war. Da das Büro bereits geschlossen war, würde hier wohl – bitte, Gott! – keiner von ihm verlangen, irgendeinen Schaden zu beheben, etwas zu klären oder über irgendwas zu diskutieren.

Als er Emmas Wagen entdeckte, bemühte er sich, trotz der Kopfschmerzen zu überlegen. Hatte er etwas durcheinandergebracht? Hatten sie verabredet, sich in der Stadt zu treffen, um von hier aus loszugehen?

Nein, nein, Abendessen, vielleicht einen Film – er hatte vorschlagen wollen, statt auszugehen irgendwo Essen zum Mitnehmen zu holen und vielleicht eine DVD anzuschauen – und das, *nachdem* er die Chance gehabt hatte, sich zu beruhigen und ein bisschen auszuruhen. Nur dass er vergessen hatte, Emma deswegen anzurufen, weil er bis zum Hals in Krisen und Beschwerden gesteckt hatte.

Aber wenn sie irgendwo in der Stadt war, konnte er einfach ...

In seinem Kopf machte es klick, als er sah, dass die Hintertür hinter dem Fliegengitter offen stand, und als er die Blumenkübel daneben bemerkte. Für einen Moment blieb er sitzen, wo er war; dann schmiss er seine Sonnenbrille aufs Armaturenbrett. Als er aus dem Transporter ausstieg, hörte er die Musik, die durch das Fliegengitter drang.

Wo zum Teufel kamen die Blumen her? Neuer Ärger krachte brutal in seine heftigen Kopfschmerzen. Und warum stand seine Tür offen?

Er sehnte sich nach klimatisierten Räumen, einer kühlen Dusche und nur fünf verdammten Minuten, um das Schlimmste dieses Tages abzuschütteln. Stattdessen erwarteten ihn in seinem Haus Blumen, die zu gießen er nicht vergessen durfte, dröhnende Musik und jemand, der seine Aufmerksamkeit forderte und mit ihm reden wollte.

Er schleppte sich die Stufen hinauf, warf einen finsteren Blick auf die Pflanzen und schob das Fliegengitter auf.

Und da war sie und sang lauthals zum Radio, das in seinem schmerzenden Kopf dröhnte. Sie kochte irgendwas auf seinem Herd, und das, wo er doch auf Pizzaservice eingestellt gewesen war. Seine Ersatzschlüssel lagen auf der Theke neben einer Vase mit riesigen Sonnenblumen, bei deren Anblick ihm die Augen wehtaten.

Mit einer Hand schüttelte Emma die Bratpfanne, mit der anderen griff sie zu einem Glas Wein – dann sah sie ihn.

»Oh!« Sie lachte, als ihre Hand am Pfannenstiel zusammenzuckte. »Ich habe dich gar nicht gehört.«

»Kein Wunder, du unterhältst ja auch die ganze Nachbarschaft mit … Himmel, ist das ABBA?«

»Was? Ach, die Musik. Ziemlich laut.« Sie schwenkte die Pfanne nochmals, bevor sie die Hitze darunter drosselte. Mit einem Schritt zur Seite nahm sie die Fernbedienung und drehte die Lautstärke herunter. »Kochmusik. Ich dachte, ich überrasche dich mit einem fix und fertigen Essen. Die Jakobsmuscheln brauchen nur noch eine Minute. Die Sauce ist schon fertig, du kannst also gleich eine Kleinigkeit essen. Wie wär's mit einem Glas Wein?«

»Nein. Danke.« Jack langte über ihren Kopf hinweg, um ein Röhrchen Aspirin aus dem Schrank zu holen.

»Anstrengender Tag.« Mitfühlend strich Emma ihm über den Arm, als er das Röhrchen öffnete. »Michelle hat mir davon erzählt. Setz dich doch einfach kurz hin und komm erst mal zu dir.«

»Ich bin versifft. Ich muss duschen.«

»Tja, da hast du Recht.« Emma stellte sich auf die Zehenspitzen, um ihn leicht auf den Mund zu küssen. »Ich hol dir ein bisschen Wasser mit Eis.«

»Lass nur.« Jack ging an ihr vorbei zum Kühlschrank. »Hat Michelle dir den Schlüssel gegeben?«

»Sie hat gesagt, du hingst auf einer Baustelle fest und hättest einen harten Tag. Ich hatte das Essen draußen im Wagen, deshalb …« Emma schüttelte erneut die Pfanne und stellte die Herdplatte aus. »Ich habe ein Flank Steak eingelegt. Rotes Fleisch müsste gut gegen deine Kopfschmerzen sein. Du kannst dich einfach saubermachen gehen und dich entspannen. Ich kann mit dem Essen auch noch warten, wenn du dich erst mal hinlegen willst, bis es dir bessergeht.«

»Was ist das Ganze hier, Emma?« Selbst die leise Musik

war eine Folter für seine Nerven. Er griff zur Fernbedienung und stellte sie ab. »Hast du die Töpfe hier raufgeschleppt?«

»Chip hat die Schwerarbeit gemacht. Ich brauchte nur das Angenehme zu tun – Pflanzkübel und Blumen aussuchen.« Emma gab eine Mischung aus Koriander, Knoblauch und Limettensaft zu den Jakobsmuscheln und goss die vorbereitete Sauce darüber. »Sie leuchten richtig vor dem Haus, nicht? Ich wollte was tun, um dir für New York zu danken, und als mir die Idee kam, habe ich ein paar Termine verschoben und mich auf den Weg gemacht.«

Sie stellte die leere Schüssel in die Spüle und drehte sich um. Ihr Lächeln erstarb. »Und ich habe mich verrechnet, oder?«

»Ich hatte einen Scheißtag, das ist alles.«

»Wozu ich eindeutig noch beigetragen habe.«

»Ja. Nein.« Jack presste die Finger gegen den Bohrer, der ihm die Schläfe durchlöchern wollte. »Es war ein mieser Tag. Ich muss mich einfach ein bisschen erholen. Du hättest anrufen sollen, wenn du ... so was machen willst.«

Ohne nachzudenken, aus reiner Gewohnheit, nahm er die Ersatzschlüssel und steckte sie in die Tasche.

Er hätte Emma ebenso gut ohrfeigen können.

»Keine Angst, Jack. Ich habe keine Klamotten von mir in den Kleiderschrank gehängt oder in eine Schublade gelegt. Meine Zahnbürste ist auch noch in meiner Tasche.«

»Wovon zum Teufel redest du da?«

»Ich bin nicht weiter als bis in deine Küche eingedrungen, und es wird nicht wieder vorkommen. Ich bin nicht losgegangen, um deine kostbaren Schlüssel nachmachen zu lassen, und ich hoffe, du nimmst es Michelle nicht übel, dass sie sie mir gegeben hat.«

»Nun mach mal halblang, Emma.«

»*Ich* soll mal halblang machen? Weißt du eigentlich, wie demütigend es war, ihr sagen zu müssen, dass ich keinen Schlüssel habe? Dass du kein Vertrauen zu mir hast, obwohl wir seit April miteinander ins Bett gehen?«

»Das hat nichts mit Vertrauen zu tun. Ich habe noch nie …«

»Blödsinn, Jack. Kompletter Blödsinn. Jedes Mal, wenn ich hier übernachte – was selten vorkommt, weil es *dein* Reich ist –, muss ich aufpassen, dass ich nicht einmal eine Haarnadel hierlasse, denn, du lieber Himmel, was würde als Nächstes folgen? Am Ende eine Haarbürste? Oder eine Bluse? Und ehe du dich versiehst, würde ich mich hier willkommen fühlen.«

»Das bist du auch. Sei nicht albern. Ich will nicht mit dir streiten.«

»Ich aber mit dir, so ein Pech. Du bist sauer, weil ich hier bin, weil ich in dein Reich eingedrungen bin und es mir hier bequem gemacht habe. Und das zeigt mir, dass ich meine Zeit vergeude, meine Gefühle. Ich habe nämlich was Besseres verdient.«

»Hör mal, Emma, das alles kam einfach in einem ungünstigen Moment.«

»Es ist nicht der Moment, Jack, nicht nur der Moment. Es ist immer so. Du lässt mich hier nicht rein, weil dir das zu verbindlich ist.«

»Mein Gott, Emma, ich meine es doch ernst mit dir. Es gibt keine andere. Seit ich dich angerührt habe, hat es keine andere mehr gegeben.«

»Es geht nicht um eine andere. Es geht um dich und mich. Es geht darum, dass du mich willst, aber nur zu deinen Bedingungen, nach deinem – Entwurf.« Emma fuchtelte mit den Händen. »Solange wir uns daran halten, kein Problem. Aber das funktioniert für mich nicht mehr. Es funktioniert nicht, wenn ich dir nicht einmal eine Tüte Milch mitbringen oder einen dämlichen Lippenstift auf deiner Ablage im Bad liegen lassen darf. Oder dir ein paar Blumen schenken darf, ohne dass du angepisst bist.«

»Milch? Was für Milch? Himmel, ich habe keine Ahnung, wovon du redest.«

»Es funktioniert nicht, wenn es schon ein Verbrechen ist, mal für dich zu kochen.« Emma schnappte sich den Teller mit den Muscheln und schmiss ihn krachend in die Spüle.

»Okay, das reicht jetzt.«

»Nein, es reicht nicht.« Emma wirbelte herum und stieß Jack mit beiden Händen zurück. Vor Kummer und Zorn kamen ihr die Tränen und vernebelten ihren Blick. Mit erstickter Stimme fuhr sie fort. »Und ich habe nicht vor, mich mit etwas zufriedenzugeben, was mir nicht reicht. Ich liebe dich, und ich will, dass du mich liebst. Ich will mein Leben mir dir verbringen. Heiraten, Kinder kriegen, eine *Zukunft* aufbauen. Aber das hier? Das ist nicht genug, nicht annähernd. Du behältst also doch Recht, Jack. Vollkommen Recht. Gib ihnen den kleinen Finger, und sie nehmen die ganze Hand.«

»Was? Wie? Warte.«

»Aber keine Sorge. Du brauchst nicht die Flucht zu ergreifen. Ich bin für meine Gefühle selbst verantwortlich, für meine Bedürfnisse, meine Entscheidungen. Und hier bin ich fertig. Mit dem hier bin ich fertig.«

»Hör auf.« Jack wunderte sich, dass sein Kopf nicht explodierte. Vielleicht war er das schon. »Warte wenigstens kurz, damit ich überlegen kann.«

»Die Zeit ist abgelaufen. Es gibt nichts mehr zu überlegen. Fass mich jetzt nicht an«, warnte sie, als er auf sie zukam. »Du brauchst gar nicht erst daran zu denken, mich jetzt anzurühren. Du hast deine Chance gehabt. Ich hätte dir alles gegeben, was ich habe. Wenn du noch mehr gebraucht hättest, dann hätte ich es aufgetrieben und dir auch noch geschenkt. Das ist meine Art zu lieben. Anders kann ich es nicht. Aber ich kann nicht geben, wo jemand es nicht will und wertschätzt. Mich nicht will und wertschätzt.«

»Also schön, sei sauer«, fuhr Jack sie an. »Zerdeppere Geschirr. Aber steh nicht hier und sag mir, ich würde dich nicht wollen und wertschätzen.«

»Nicht so, wie ich es brauche und mir wünsche. Und zu versuchen, etwas nicht zu wollen, Jack? Zu versuchen, dich nicht auf meine Art zu lieben, obwohl ich nicht anders kann? Das bricht mir das Herz.« Emma schnappte sich ihre Tasche. »Finger weg von mir.«

Jack schlug gegen die Fliegengittertür, um Emma aufzuhalten. »Ich will, dass du dich hinsetzt. Du bist nicht die Einzige, die was zu sagen hat.«

»Es kümmert mich nicht, was du willst. Ich bin fertig mit kümmern. Finger weg, habe ich gesagt.«

Jetzt sah sie zu ihm auf. In ihren Augen lag kein Zorn, keine Erbitterung. Das hätte er ignoriert, bis sie das hier ausgestanden hätten. Doch gegen ihren Schmerz war er machtlos.

»Emma. Bitte.«

Sie schüttelte nur den Kopf, drängte sich an ihm vorbei und rannte zu ihrem Wagen.

Sie wusste nicht, wie es ihr gelang, die Tränen zurückzuhalten. Sie wusste nur, dass sie durch den Tränenschleier nichts sehen konnte, und dass sie nach Hause musste. Sie brauchte ihr Zuhause. Sie packte das Lenkrad fester, weil ihre Hände zittern wollten. Jeder Atemzug schmerzte. Wie war das möglich? Wie konnte so etwas Einfaches wie Einatmen wehtun? Sie hörte sich stöhnen und presste die Lippen zusammen, um den nächsten Laut zu unterdrücken. Es hörte sich an wie ein verwundetes Tier.

Sie würde diese Gefühle nicht zulassen. Jetzt nicht. Noch nicht.

Sie ignorierte den fröhlichen Klingelton ihres Handys und hielt den Blick auf die Straße geheftet.

Der Damm brach, die Tränenflut überschwemmte sie, als sie in die Auffahrt einbog. Mit einer ungeduldigen Handbewegung wischte sie die Tränen fort, immer wieder, bis sie den Wagen um die Kurve gelenkt und geparkt hatte.

Jetzt kam das Zittern, so dass sie regelrecht schlotterte, als sie aus dem Auto stieg und den Weg hinaufstolperte. Sie schaffte es bis ins Haus, bis sie in Sicherheit war, zu Hause war. Erst dann wurde sie vom ersten Schluchzen geschüttelt.

»Emma?«, erklang Parkers Stimmte von oben. »Warum bist du so früh zurück? Ich dachte, du wärst …«

Durch ihre Tränen sah Emma Parker die Treppe heruntereilen. »Parker.«

Dann schlossen sich Arme um sie, stark und fest. »Oh, Emma. Oh, Baby. Komm her, komm mit mir.«

»Was ist denn hier los? Was … ist sie verletzt?« Auch Mrs Grady eilte herbei.

»Nicht körperlich. Ich nehme sie mit nach oben. Können Sie Mac anrufen?«

»Mache ich. Ganz ruhig, Schätzchen.« Mrs Grady strich Emma übers Haar. »Jetzt bist du zu Hause. Wir kümmern uns um alles. Geh nur mit Parker.«

»Ich kann nicht aufhören. Es hört einfach nicht auf.«

»Du musst auch nicht aufhören.« Mit dem Arm um Emmas Taille führte Parker sie nach oben. »Weine, so viel du willst, so lange, wie du es brauchst. Wir gehen hoch in den Salon. In unseren Raum.«

Als sie sich auf den Weg in den dritten Stock machten, stürmte Laurel herunter. Wortlos schlang sie einfach von der anderen Seite den Arm um Emma.

»Wie konnte ich nur so dumm sein?«

»Das warst du nicht«, murmelte Parker. »Bist du nicht.«

»Ich hole ihr etwas Wasser«, sagte Laurel. Parker nickte und führte Emma zur Couch.

»Es tut weh, es tut so weh. Wie kann man das aushalten?«

»Keine Ahnung.«

Als sie sich setzten, rollte Emma sich zusammen und legte den Kopf auf Parkers Schoß.

»Ich musste nach Hause. Ich musste einfach nach Hause.«

»Da bist du jetzt.« Laurel setzte sich auf den Boden und drückte Emma Papiertaschentücher in die Hand.

Emma vergrub das Gesicht darin und schluchzte den ganzen Schmerz, den ganzen Kummer heraus, der ihr in der Brust pochte und in ihrem Bauch wühlte. Sie weinte so heftig, dass ihr der Hals wund wurde, bis endlich keine Schluchzer mehr kamen. Doch immer noch strömten ihr Tränen über die Wangen.

»Es fühlt sich an wie eine ganz schlimme Krankheit.« Für einen Moment kniff sie fest die Augen zu. »Als würde ich nie wieder gesund.«

»Trink ein bisschen Wasser. Das hilft bestimmt.« Parker half ihr, sich aufzurichten. »Und dieses Aspirin.«

»Es ist wie eine schwere Grippe.« Emma nippte an dem

Wasser und atmete tief durch, bevor sie die Aspirintablette schluckte, die Parker ihr reichte. »So eine, nach der man sich, auch wenn sie eigentlich vorbei ist, immer noch schwach und krank und hilflos fühlt.«

»Hier ist Tee, und Suppe.« Wie Laurel, setzte sich auch Mac auf den Boden. »Hat Mrs G. raufgebracht.«

»Noch nicht. Danke. Noch nicht.«

»Das war nicht nur ein Streit«, sagte Laurel.

»Nein. Nicht nur ein Streit.« Erschöpft lehnte Emma den Kopf an Parkers Schulter. »Findet ihr, es ist schlimmer, weil es meine eigene Schuld ist?«

»Untersteh dich, dir Vorwürfe zu machen.« Laurel drückte Emmas Arm. »Untersteh dich.«

»Ich nehme Jack nicht in Schutz, glaubt mir. Aber ich habe mich selbst in diese Lage gebracht. Und heute Abend, vor allem heute Abend, habe ich mich so darauf versteift, etwas zu wollen – zu erwarten«, korrigierte sie sich, »das nicht geschehen würde. Ich kenne Jack, und trotzdem bin ich von der Klippe gesprungen.«

»Kannst du erzählen, was passiert ist?«, fragte Mac.

»Ja.«

»Trink erst ein bisschen Tee.« Laurel hielt ihr die Tasse hin.

Nach einem Schluck prustete Emma heftig. »Da ist Whiskey drin.«

»Mrs G. hat gesagt, du sollst es trinken. Es hilft.«

»Schmeckt wie Medizin. Wahrscheinlich ist es auch welche.« Emma trank noch einen Schluck. »Ich habe seine Grenzen überschritten, so könnte man es wohl sagen. Ich finde diese Grenzen inakzeptabel. Also sind wir fertig miteinander. Wir müssen es sein, weil ich nicht so empfinden kann.«

»Was für Grenzen sind das?«, fragte Parker.

»Er lässt mir keinen Raum.« Emma schüttelte den Kopf. »Ich wollte etwas für ihn tun. Zum Teil sicherlich auch für mich, aber ich wollte was Besonderes machen. Also bin ich zur Gärtnerei gefahren«, begann sie.

Als sie den Tee austrank, pulsierte der Schmerz schon gedämpfter. »Dann kam der Moment, als ich Michelle sagen musste, dass ich keinen Schlüssel hab. Da ist ein Teil von mir zurückgewichen und hat gesagt: Stopp.«

»Warum das denn?«, wollte Laurel wissen.

»Genau das hat der Rest von mir auch gesagt. Wir waren zusammen, ein Paar. Und außerdem gute Freunde. Was sollte also falsch daran sein, in seine Wohnung zu gehen, um ihn mit einem Abendessen zu überraschen? Aber ich wusste es genau. Dieser andere Teil von mir wusste es. Vielleicht war das Ganze ein Test. Keine Ahnung. Ist mir auch egal. Vielleicht wurde alles auch noch schlimmer dadurch und ist umso heftiger explodiert, weil ich in der Buchhandlung Rachel Monning über den Weg gelaufen bin. Erinnerst du dich an sie, Parker? Früher habe ich bei ihr babygesittet.«

»Ja, dunkel.«

»Sie heiratet.«

»Und du hast bei ihr *babygesittet?*« Laurel warf die Hände in die Luft. »Dürfen jetzt schon Zwölfjährige heiraten?«

»Sie geht aufs College. Macht nächstes Jahr ihren Abschluss, und danach folgt die Hochzeit. Die sie übrigens hier feiern will. Und als ich den ersten Schock überwunden hatte, konnte ich nur denken: Das will ich auch. Ich will das, was dieses Mädel hat, deren Babysitter ich war. Verdammt, ich will, was ich in ihrem Gesicht gesehen habe. Diese Freude, diese Zuversicht, diesen Feuereifer, mit dem Mann, den ich liebe, ein gemeinsames Leben zu beginnen.

Warum sollte ich mir das nicht wünschen? Warum habe ich kein Recht darauf? Heiraten zu wollen ist ebenso legitim, wie nicht heiraten zu wollen.«

»Das brauchst du uns nicht zu erzählen«, erinnerte sie Mac.

»Also, ich will es jedenfalls. Ich will das Versprechen und die Arbeit und die Kinder und alles. Alles. Ich weiß, ich will auch das Märchen. Bei Mondschein im Garten tanzen, aber das ist nur ... es ist wie ein Blumenstrauß oder eine prächtige Torte. Es ist ein Symbol. Ich will das, was es symbolisiert. Und Jack will das nicht.« Emma lehnte sich zurück und schloss für einen Moment die Augen. »Keiner von uns ist im Unrecht. Wir wollen nur einfach nicht dasselbe.«

»Hat er das gesagt? Dass er nicht dasselbe will wie du?«

»Er war genervt, als er mich bei sich zu Hause angetroffen hat«, erwiderte Emma auf Parkers Frage. »Nein, nicht einmal genervt. Schlimmer noch. Er war richtig sauer. Das war anmaßend von mir.«

»Oh, Herrgott nochmal«, murmelte Mac.

»Na ja, ich hatte angenommen, er würde sich freuen, mich zu sehen. Es würde ihm gefallen, dass ich ihn nach einem langen, harten Tag ein bisschen betüddeln wollte. Ich hatte meine DVD von *Wie verrückt und aus tiefstem Herzen* dabei. Wir hatten scherzhaft beschlossen, mal ein Double Feature zu machen, damit Jack sehen könnte, warum ich den Film so liebe. Dazu würden wir *Stirb langsam* schauen.«

»Alan Rickman.« Laurel nickte.

»Genau. Ich hatte Sonnenblumen mitgebracht, und die Blumenkübel – Gott, die sind echt schön. Und ich war fast mit der Vorspeise fertig, als er reinkam. Zuerst habe ich munter drauflos geredet. Komm, ich schenk dir ein Glas

Wein ein, entspann dich ein bisschen. Mein Gott. Ich Vollidiot. Dann hat er mir's gezeigt, klar und deutlich. Er ... hat die Ersatzschlüssel genommen und eingesteckt.«

»Das ist brutal.« In Laurel brodelte die Wut. »Das ist echt brutal.«

»Seine Schlüssel«, stellte Emma fest. »Sein Recht. Also habe ich ihm gesagt, was ich dachte, was ich empfand, und dass ich keine Lust mehr dazu hätte, zu versuchen, *nicht* zu wollen und *nicht* zu fühlen. Ich habe ihm gesagt, dass ich ihn liebe. Und alles, was ihm dazu eingefallen ist, war, ich solle ihm kurz Zeit zum Nachdenken lassen.«

»Da hast du deinen Vollidioten.«

Bei Macs angewidertem Ton musste Emma beinahe lächeln. »Ich wurde mit einem ›war nicht darauf vorbereitet, habe nicht damit gerechnet‹ abgespeist. Sogar mit einem ›war ein ungünstiger Zeitpunkt‹.«

»Mein Gott.«

»Das war, bevor ich ihm gesagt hab, dass ich ihn liebe, aber egal. Also habe ich mit ihm Schluss gemacht und bin gegangen. Es tut weh. Ich glaube, es wird noch ganz schön lange wehtun.«

»Er hat angerufen«, berichtete Mac.

»Ich will nicht mit ihm sprechen.«

»Hab ich mir gedacht. Er wollte nur sichergehen, dass du da bist, dass du heil nach Hause gekommen bist. Ich ergreife keine Partei für ihn, glaub mir, aber er klang ziemlich fertig.«

»Ist mir egal. Ich will, dass mir das egal ist. Wenn ich ihm jetzt verzeihe, wenn ich zurückkehre und mich mit dem abfinde, was er mir geben kann, verliere ich mich. Ich muss zuerst mit der Trennung fertigwerden.« Emma rollte sich wieder zusammen. »Ich muss einfach damit fertigwerden.

Vorher will ich ihn nicht sehen oder mit ihm reden. Zumindest nicht, bis ich mich wieder stärker fühle.«

»Also gar nicht. Ich verschiebe deine Beratungsgespräche von morgen.«

»Oh, Parker ...«

»Du brauchst einen freien Tag.«

»Um meine Wunden zu lecken?«

»Ja. Jetzt brauchst du ein ausgiebiges heißes Bad, und wir machen die Suppe nochmal warm. Wenn du dann die zweite Heulrunde hinter dir hast – kommt die dritte.«

»Ja.« Emma seufzte. »Bestimmt.«

»Danach stecken wir dich ins Bett. Dann schläfst du, bis du wieder aufwachst.«

»Aber wenn ich aufwache, werde ich ihn immer noch lieben.«

»Ja«, bestätigte Parker.

»Und es wird immer noch wehtun.«

»Ja.«

»Aber ich werde ein kleines bisschen stärker sein.«

»Ganz bestimmt.«

»Ich mache die Badewanne fertig. Ich habe ein Geheimrezept.« Mac stand auf, beugte sich dann über Emma, um sie auf die Wange zu küssen. »Wir sind alle bei dir.«

»Ich kümmere mich um die Suppe und bitte Mrs Grady, uns ein paar von ihren fantastischen Pommes zu machen. Ich weiß, das ist ein Klischee.« Laurel drückte erneut Emmas Bein. »Aber ein Klischee mit einem guten Grund.«

»Danke.« Als sie allein waren, schloss Emma die Augen und griff nach Parkers Hand. »Ich wusste, dass ihr bei mir sein würdet.«

»Immer.«

»O Gott, Parker. O Gott, jetzt kommt die zweite Runde.«

»Ist ja gut«, beruhigte Parker sie und strich ihr über den Rücken. »Ist ja gut.«

Während Emma sich ausheulte, klopfte Jack an Dels Tür. Er musste irgendwas tun, sonst würde er zu Emma rüberfahren. Wenn sie ihm nicht klargemacht hätte, dass er nicht mehr erwünscht war – und das hatte sie – so hatte Mac keinen Zweifel daran gelassen.

Del riss die Tür auf. »Was ist los? Mann, Jack, siehst du scheiße aus.«

»Das passt zu dem, wie ich mich fühle.«

Del runzelte die Stirn. »Oh Mann, wenn du gekommen bist, um wegen eines Streits mit Emma hier in dein Bier zu heulen …«

»Es war kein Streit. Nicht … nur ein Streit.«

Del musterte ihn genauer und trat einen Schritt zurück. »Komm, trinken wir ein Bier.«

Jack schloss die Tür hinter sich; dann bemerkte er Dels Jackett und Krawatte. »Du gehst aus?«

»Wollte ich später. Hol schon mal das Bier. Ich muss kurz telefonieren.«

»Jetzt müsste ich sagen, schon gut, es kann warten. Aber das tue ich nicht.«

»Hol das Bier. Ich komme gleich raus.«

Jack holte zwei Bier und ging auf die hintere Veranda hinaus. Doch anstatt sich zu setzen, trat er ans Geländer und starrte in die Dunkelheit. Er versuchte sich zu erinnern, ob er sich jemals so beschissen gefühlt hatte. Abgesehen von dem einen Mal, als er im Krankenhaus mit einer Gehirnerschütterung, einem gebrochenen Arm und ein paar angeknacksten Rippen wieder aufgewacht war, lautete die Antwort Nein.

Und selbst dann war das Beschissenfühlen rein körperlich gewesen.

Nein, dachte er, er hatte sich doch schon einmal so gefühlt, beinahe genauso. Elend und verwirrt und ratlos. Als seine Eltern ihn so höflich gebeten hatten, sich zu setzen, um ihm zu sagen, dass sie sich scheiden ließen.

Es liegt nicht an dir, hatten sie ihm gesagt. Wir haben dich immer noch lieb, und das wird auch so bleiben. Aber …

In diesem Augenblick hatte sich seine ganze Welt auf den Kopf gestellt. Warum also war das hier irgendwie noch schlimmer? Warum war es schlimmer, zu erkennen, dass Emma ihn verlassen konnte und wollte? Konnte und wollte, dachte er, weil er ihr das Gefühl gegeben hatte, *weniger* zu sein, anstatt alles zu tun, um ihr das Gefühl zu geben, dass sie *mehr* wert war.

Er hörte die Tür aufgehen. »Danke«, sagte er, als Del herauskam. »Echt.«

»Ich müsste jetzt sagen, schon gut, aber das tue ich nicht.«

Jack brachte ein schwaches Auflachen zustande. »Gott, Del, ich hab's vermasselt. Ich habe es vermasselt und weiß nicht mal genau, wie. Ich weiß nur, dass ich ihr wehgetan habe. Richtig wehgetan. Du darfst mir also gerne einen Arschtritt verpassen, wie versprochen. Aber du musst warten, bis ich damit fertig bin, mir selber in den Hintern zu treten.«

»Ich kann warten.«

»Sie hat gesagt, sie liebt mich.«

Del trank einen großen Schluck Bier. »Du bist kein Idiot, Jack. Willst du mir ernsthaft erzählen, das hättest du nicht gewusst?«

»Nicht richtig, oder nicht ganz. Das alles ist einfach passiert, und dann … Nein, ich bin kein Idiot, und ich weiß, dass wir auf etwas zusteuern. Auf das. Aber das ist so ein Sprung, und ich bin nicht darauf vorbereitet. Ich komme da nicht mehr mit, habe keine Ahnung, wie ich damit umgehen oder was ich sagen soll. Und dann ist sie so verletzt, so verletzt und angepisst, dass sie mir keine Chance mehr lässt. Sie wird selten wütend. Du kennst sie ja. Es kommt kaum vor, dass sie explodiert, aber wenn, bist du echt verloren.«

»Warum ist sie explodiert?«

Jack ging vom Geländer weg, um sich sein Bier zu holen, setzte sich jedoch immer noch nicht. »Ich hatte echt einen Scheißtag, Del. Ich meine, so einen Tag, gegen den die Hölle wie Disneyland aussieht. Ich bin versifft und genervt und habe von dem Stress wahnsinnige Kopfschmerzen. Ich parke vor dem Haus, und dann ist sie da. Im Haus.«

»Ich wusste gar nicht, dass du ihr einen Schlüssel gegeben hast. Ganz schöner Schritt für dich, Cooke.«

»Hab ich ja gar nicht. Sie hat ihn sich von Michelle geholt.«

»Ah-oh. Klarer Fall von feindlicher Übernahme.«

Jack starrte ihn an. »Bin ich wirklich so? Sag schon.«

»Ja, ganz genau so. Mit Frauen.«

»Und was macht das aus mir – ein Monster? Einen Psycho?«

Del schob eine Hüfte auf das Geländer der Veranda. »Nee. Hat vielleicht was von ’ner Phobie. Und dann?«

»Also, ich bin versifft, und meine Stimmung passt genau dazu. Und dann ist sie da. Sie hat so Blumenkübel für meine Veranda gemacht. Warum lachst du?«

»Ich stelle mir nur vor, wie entsetzt und genervt du warst.«

»Ja, mein Gott, sie kocht, und da sind Blumen, und die

Musik dröhnt, und mir platzt der Kopf. Mann, wenn ich das alles zurücknehmen könnte, würde ich es tun. Ich würde ihr nie wehtun.«

»Ich weiß.«

»Aber jetzt ist sie verletzt und sauer, weil … Ich bin ein Dreckskerl. Keine Frage, aber statt dass wir uns streiten, uns vielleicht anschreien, bis die Luft wieder rein ist, kippt das Ganze.« Da die Kopfschmerzen ihn schon wieder peinigen wollten, rieb Jack mit der kalten Bierflasche über seine Schläfe. »Es kippt, und alles geht den Bach runter. Von wegen, ich würde ihr nicht vertrauen, und sie wäre in meinem Haus nicht willkommen. Und damit würde sie sich nicht zufriedengeben. Sie liebe mich, und sie wolle …«

»Was will sie?«

»Was glaubst du wohl? Heiraten, Kinder, das ganze Programm. Ich versuche, mitzukommen, obwohl mir fast der Kopf von den Schultern fliegt, ich versuche, nachzudenken, aber sie lässt mir keine Zeit. Sie lässt mich überhaupt nicht verdauen, was sie gesagt hat. Sie ist fertig mit mir, mit uns. Ich habe ihr das Herz gebrochen. Sie hat geweint. Sie weint immer noch.«

Vor seinem geistigen Auge tauchte wieder ihr Gesicht auf, bis ihm vor Reue ganz schlecht war. »Ich will einfach nur, dass sie sich mal hinsetzt, dass sie mal kurz wartet und sich hinsetzt. Nur so lange, bis ich verschnauft habe und wieder denken kann. Aber das macht sie nicht. Sie sagt zu mir, ich soll sie nicht anfassen. Mir wäre lieber, sie würde mich erschießen als mich so anzusehen wie in dem Moment, als sie sagte, ich solle sie nicht anfassen.«

»Ist das alles?«, fragte Del nach einem Augenblick.

»Reicht das nicht?«

»Ich habe dich schon einmal gefragt, und du hast mir

keine Antwort gegeben. Ich frage dich nochmal. Diesmal ja oder nein. Liebst du sie?«

»Okay.« Jack trank einen tiefen Schluck Bier. »Ja. Wahrscheinlich brauchte es einen Tritt in den Hintern, um das aus mir rauszuschütteln – trotzdem ja. Ich liebe sie. Aber …«

»Willst du alles wiedergutmachen?«

»Ich habe gerade gesagt, ich liebe sie. Warum sollte ich also nicht alles wiedergutmachen wollen?«

»Willst du wissen, wie?«

»Verdammt nochmal, Del.« Jack trank noch einen Schluck. »Ja, wenn du schon so oberschlau bist. Wie kann ich es wiedergutmachen?«

»Du musst kriechen.«

Jack stieß hörbar den Atem aus. »Das kann ich tun.«

20

Und so begann Jack zu kriechen, gleich am nächsten Morgen. Im Kopf die fertige Rede, an deren Entwurf, Überarbeitung und Erweiterung er fast die ganze Nacht gesessen hatte. Die Kunst würde, soweit er sah, darin bestehen, Emma dazu zu bringen, ihm zuzuhören.

Sie würde zuhören, sagte er sich, als er auf das Gelände der Browns einbog. Sie war Emma. Niemand war freundlicher und großherziger als Emma – und war das nicht nur einer der vielen Dutzend Gründe dafür, dass er sie liebte?

Er war ein Idiot gewesen, und sie würde ihm verzeihen. Sie musste ihm verzeihen, weil … sie Emma war.

Dennoch krampfte sich sein Magen zusammen, als er ihr Auto vor dem Haupthaus stehen sah. Sie war nicht nach Hause gegangen.

Also würde er nicht nur ihr gegenüberstehen, sondern ihnen allen, dachte er mit Angstschweiß im Rücken. Allen vieren, unterstützt von Mrs G.

Sie würden ihm die Eier rösten.

Er hatte es verdient, keine Frage. Aber, lieber Gott, mussten es wirklich alle vier sein? Jawohl, verdammt.

»Auf in den Kampf, Cooke«, murmelte er und stieg aus dem Transporter.

Auf dem Weg zur Tür überlegte er, ob der Verurteilte auf

seinem letzten Gang das gleiche Gefühl des Verdammtseins und der blanken Furcht empfand.

»Reiß dich zusammen, Mann. Umbringen können sie dich nicht.« Vielleicht verstümmeln, mit ziemlicher Sicherheit verbal attackieren. Aber umbringen nicht.

Gewohnheitsmäßig wollte er schon die Tür öffnen, als ihm einfiel, dass er als Persona non grata dazu kein Recht hatte. Er klingelte.

Er dachte, Mrs G. könnte er herumkriegen. Sie mochte ihn, mochte ihn wirklich. Er konnte sich ihrer Gnade ausliefern, dann …

Parker machte auf. Niemand, dachte er, absolut niemand konnte Parker Brown herumkriegen.

»Äh«, sagte er.

»Hallo, Jack.«

»Ich möchte – muss – Emma sehen. Um mich zu entschuldigen für … alles. Wenn ich für ein paar Minuten mit ihr sprechen könnte und …«

»Nein.«

So ein kleines Wörtchen, dachte er, und so kühl rübergebracht. »Parker, ich will nur …«

»Nein, Jack. Sie schläft.«

»Ich kann wiederkommen oder warten, oder …«

»Nein.«

»Ist das alles, was ich von dir zu hören bekomme? Einfach nein?«

»Nein«, sagte Parker wieder, doch ohne einen Hauch von Ironie oder Humor. »Es ist nicht alles, was du von uns zu hören bekommen wirst.«

Mac und Laurel tauchten hinter ihr auf. In Sachen Schlachtplan waren sie wirklich überragend, das musste er zugeben. Ihm blieb nur, sich zu ergeben.

»Was immer ihr mir auch sagen wollt, ich habe es verdient. Ihr wollt, dass ich sage, ich war im Unrecht. Ich war im Unrecht. Dass ich ein Idiot war? Auch das war ich. Dass …«

»Ich dachte eher an egoistischer Scheißkerl«, bemerkte Laurel.

»Das auch. Vielleicht hat es Gründe gegeben oder bestimmte Umstände, aber das spielt keine Rolle. Schon gar nicht für euch.«

»Das stimmt allerdings.« Mac trat einen Schritt vor. »Nicht, wenn du dem feinsten Menschen wehtust, den wir kennen.«

»Ich kann es nicht wiedergutmachen, ich kann den Schaden nicht beheben, wenn ihr mich nicht mit ihr sprechen lasst.«

»Sie will aber nicht mit dir sprechen. Sie will dich nicht sehen«, erklärte Parker. »Nicht jetzt. Und ich kann nicht behaupten, zu bedauern, dass du auch leidest. Ich sehe, dass du es tust, aber ich kann nicht sagen, dass ich das bedaure. Nicht jetzt. Jetzt hast du sie in Ruhe zu lassen. Und das wirst du auch.«

»Für wie lange?«

»Solange wie nötig.«

»Parker, hör mir doch nur …«

»Nein.«

Als er Parker anstarrte, kam Carter aus der Küche durch die Diele. Er warf Jack einen kurzen, mitfühlenden Blick zu, dann drehte er sich um und machte kehrt.

So viel zur Solidarität unter Männern.

»Du kannst nicht einfach die Tür zumachen.«

»Doch, das kann ich, und das werde ich. Aber zuerst sage ich dir noch was, weil ich dich sehr gern habe, Jack.«

»O Gott, Parker.« Warum nicht gleich meine Eier rösten, dachte er. Das könnte auch nicht schlimmer wehtun.

»Ich mag dich sehr gern. Du bist nicht nur *wie* ein Bruder für mich, du *bist* ein Bruder für mich. Für uns. Deshalb sage ich dir was. Irgendwann werde ich dir verzeihen.«

»Da mache ich nicht mit«, wandte Laurel ein. »Ich habe meine Vorbehalte.«

»Ich werde dir verzeihen«, fuhr Parker fort, »und wir werden wieder Freunde sein. Aber entscheidender ist, dass Emma dir verzeihen wird. Sie wird einen Weg finden. Bis dahin, bis sie so weit ist, lässt du sie in Ruhe. Du rufst sie nicht an, meldest dich nicht bei ihr, versuchst nicht, sie zu sehen. Wir sagen ihr nicht, dass du heute Morgen hier warst, es sei denn, sie fragt. Belügen werden wir sie nicht.«

»Du kannst nicht herkommen, Jack.« In Macs Stimme schlich sich eine Andeutung von Mitgefühl. »Wenn es ein Problem oder eine Frage wegen der Arbeit am Studio gibt, klären wir das telefonisch. Aber du kannst nicht herkommen, bis es für Emma okay ist.«

»Woher wollt ihr wissen, wann es so weit ist?«, herrschte Jack sie an. »Sagt sie dann einfach, he, es ist okay für mich, wenn Jack vorbeikommt?«

»Wir werden es wissen«, entgegnete Laurel schlicht.

»Wenn sie dir wirklich etwas bedeutet, lässt du ihr alle Zeit, die sie braucht. Darauf musst du mir dein Wort geben.«

Jack fuhr sich mit der Hand durchs Haar, während Parker wartete. »Na schön. Ihr, ihr alle, kennt sie besser als irgendjemand sonst. Wenn ihr sagt, dass sie das braucht, okay, dann ist das so. Ich gebe euch mein Wort, dass ich sie in Ruhe lasse, bis … bis.«

»Und, Jack«, fügte Parker hinzu, »nimm dir diese Zeit

auch für dich selbst. Zeit, darüber nachzudenken, was du wirklich willst und brauchst. Ich möchte, dass du mir auf noch etwas dein Wort gibst.«

»Soll ich mit Blut unterzeichnen?«

»Ein Versprechen genügt. Wenn Emma so weit ist, rufe ich dich an. Das tue ich für dich – und für sie –, aber nur, wenn du mir versprichst, dass du zuerst herkommst und mit mir redest, bevor du zu ihr gehst.«

»Also gut. Ich verspreche es. Kannst du dich vielleicht ab und zu mal melden und mir berichten, wie es ihr geht? Was sie …«

»Nein. Auf Wiedersehen, Jack.« Parker schloss die Tür, leise, vor seiner Nase.

Auf der anderen Seite der Tür stieß Mac hörbar den Atem aus. »Es ist nicht illoyal, wenn ich sage, dass er mir ein kleines bisschen leidtut. Ich weiß, wie es ist, wenn man in dieser Hinsicht ein Volltrottel ist. Wenn jemand einen liebt und man sich benimmt wie der letzte Arsch.«

Laurel nickte. »Ja, das weißt du. Eine Minute Bedauern für Jack.« Abwartend schaute sie auf die Uhr. »Fertig?«

»Ja, einigermaßen.«

»Ich glaube, ich lege auch so eine Minute ein. Der Kerl sah echt jämmerlich aus.« Laurel schaute zur Treppe hinüber. »Aber Emma hat es noch schlimmer erwischt. Wir sollten mal nach ihr sehen.«

»Ich mach das. Ich glaube, wir sollten so weit wie möglich unsere Routine abspulen«, ergänzte Parker. »Für sie wird es nur schlimmer, wenn sich die Arbeit staut und das Ganze den Betrieb beeinträchtigt. Vorerst arbeiten wir also – und wenn wir nicht mehr im Zeitplan sind oder Probleme auftauchen, versuchen wir, Emma da rauszuhalten, bis sie wieder stabiler ist.«

»Wenn wir zusätzliche Hilfe benötigen, können wir Carter fragen. Mein Schatz ist der Beste.«

»Wirst du es jemals müde, damit zu prahlen?«, fragte Laurel.

Mac überlegte. »Nein, wirklich nicht.« Sie schlang Laurel den Arm um die Schultern. »Wahrscheinlich habe ich deshalb auch ein bisschen Mitleid mit Jack, und noch viel mehr mit Emma. Die Liebe kann einen echt fertigmachen, bis man lernt, damit zu leben. Und wenn man das geschafft hat? Dann fragt man sich, wie man bloß jemals ohne leben konnte. Ich glaube, ich muss nochmal zurück und Carter einen echt hammermäßigen Kuss geben. Ich schau heute Nachmittag nochmal rein«, fügte Mac hinzu, als sie sich auf den Weg in die Küche machte. »Ruft mich an, wenn Emma mich vorher braucht.«

»Die Liebe kann einen echt fertigmachen, bis man lernt, damit zu leben.« Laurel schob die Lippen vor. »Wisst ihr was, das könnten wir auf unsere Webseite stellen.«

»Es hat was.«

»Und in Sachen Carter hat sie Recht. Er ist der Beste. Aber der Mann kommt nicht in meine Küche, wenn ich arbeite. Ich will ihm nicht wehtun müssen, Parker. Sag mir Bescheid, wenn Em noch eine Schulter braucht, oder wenn du an der Front der Brautkriege noch einen Soldaten nötig hast.«

Mit einem Nicken ging Parker die Treppe hinauf.

Oben befahl Emma sich, aus dem Bett aufzustehen, nicht länger herumzuliegen und sich selbst zu bemitleiden. Stattdessen umklammerte sie ein Kissen und starrte an die Decke.

Ihre Freundinnen hatten die Vorhänge zugezogen, so dass

es im Zimmer dunkel und still blieb. Sie hatten sie ins Bett gestopft wie eine Invalide, mit extra Kissen und einer Vase mit Freesien auf dem Nachttisch. Dann hatten sie bei ihr gesessen, bis sie eingeschlafen war.

Sie sollte sich schämen, sagte sie sich. Dafür, dass sie so hilfsbedürftig und schwach war. Doch sie konnte nur dankbar dafür sein, dass die Freundinnen da gewesen waren, dass sie verstanden hatten, was sie brauchte.

Heute aber war ein neuer Tag. Sie musste weiterleben, der Realität ins Auge sehen. Gebrochene Herzen heilten wieder. Vielleicht würden die Sprünge für immer bleiben, wie feine Narben, doch sie würden heilen. Menschen lebten und arbeiteten, lachten und aßen, liefen herum und redeten, und das alles mit solchen Narben.

Für viele verheilten sogar die Narben, und sie konnten wieder lieben.

Doch bei wie vielen von diesen Menschen war derjenige, der ihnen das Herz gebrochen hatte, so sehr mit ihrem Leben verquickt, dass sie ihm immer wieder begegnen mussten? Für wie viele war dieser Mensch wie ein Faden, der so sehr mit dem Teppich ihres täglichen Lebens verwoben war, dass sich alles auflöste, wenn man ihn herauszog?

Sie hatte keine Möglichkeit, Jack aus ihrem Leben zu verbannen. Ihn nie wiederzusehen, oder nur zu bestimmten Zeiten.

Aus diesem Grunde waren Liebschaften im Büro so voller Fallstricke, dachte sie. Wenn es schiefging, musste man sich jeden Tag von neuem dem Schmerz stellen. Von morgens bis abends, fünf Tage die Woche. Oder man kündigte, ließ sich versetzen, zog in eine andere Stadt. Man ergriff die Flucht, damit die Wunde heilen und man weiterleben konnte.

Doch das war für sie ausgeschlossen, weil …

Jamaika. Adeles Angebot.

Nicht nur ein anderes Büro, eine andere Stadt, sondern ein anderes Land. Ein kompletter Neuanfang. Sie konnte die Arbeit weitertun, die sie liebte, aber ein neuer Mensch sein. Ohne komplizierte Beziehungen, ohne irgendwelche Bindungen. Kein Jack, dem sie sich stellen musste, wann immer er vorbeischneite oder wann immer sie zufällig zur gleichen Zeit auf den Markt gingen. Auf die gleiche Party eingeladen waren.

Keine mitleidigen Blicke von den vielen Leuten, die wussten, dass sie diese Narben auf dem Herzen trug.

Sie würde dort gut arbeiten können. All die exotischen Blumen. Ein beständiger Frühling und Sommer. Ein Häuschen am Strand vielleicht, wo sie jeden Abend den Wellen lauschen konnte.

Allein.

Sie regte sich, als sie die Tür aufgehen hörte.

»Ich bin wach.«

»Kaffee.« Parker kam auf das Bett zu und reichte ihr die Tasse mit Untertasse. »Hab ich mal für alle Fälle mitgebracht.«

»Danke, Parker.«

»Wie wär's mit einem kleinen Frühstück?« Mit jetzt energischeren Bewegungen ging Parker zum Fenster, um die Vorhänge aufzuziehen und das Licht hereinzulassen.

»Ich habe keinen Hunger.«

»Okay.« Parker setzte sich auf die Bettkante und strich Emma das Haar aus dem Gesicht. »Hast du geschlafen?«

»Ja, wahrhaftig. Wahrscheinlich war das eine Art Flucht, die ich ergriffen habe. Jetzt fühle ich mich irgendwie benommen und dumpf. Und ich komme mir blöd vor. Ich leide nicht an einer tödlichen Krankheit. Ich habe weder gebrochene Knochen noch innere Blutungen. Es ist niemand gestorben, mein Gott. Und trotzdem bringe ich es nicht fertig, überhaupt aufzustehen.«

»Es ist nicht mal einen Tag her.«

»Du willst mir sagen, ich soll mir Zeit lassen. Es wird schon wieder besser.«

»Wird es auch. Manche Leute sagen, eine Scheidung kann wie der Tod sein. Ich glaube, das stimmt. Und ich glaube, in einem solchen Fall, wenn die Liebe so groß, so tief ist, gilt das Gleiche.« Aus Parkers Augen, warm und blau, strahlte das Mitgefühl. »Das Trauern gehört dazu.«

»Warum kann ich nicht einfach wütend sein? Oder sauer? Der Dreckskerl, der Vollidiot, was auch immer. Kann ich das mit der Trauer nicht überspringen und ihn einfach hassen? Wir könnten alle ausgehen, uns besaufen und kein gutes Haar an ihm lassen.«

»Nicht du, Emma. Wenn ich dächte, du könntest das und es würde dir helfen, würden wir heute alles absagen, uns die Kante geben und sofort auf Jack herumhacken.«

»Das glaube ich gern.« Endlich schaffte Emma es, sich ein Lächeln abzuringen. Sie setzte sich auf, lehnte sich an die Kissen und sah ihre Freundin forschend an. »Weißt du, was ich gedacht habe, als ich hier in meinem Meer aus Selbstmitleid lag, bevor du reinkamst?«

»Was?«

»Dass ich Adeles Angebot annehmen sollte. Ich könnte nach Jamaika gehen, woanders hinziehen, ihr beim Start ihres Betriebs helfen. Das würde mir liegen. Ich weiß, wie man so was aufzieht und in den Griff bekommt. Oder zumindest könnte ich die richtigen Leute auftreiben, um die verschiedenen Zügel in der Hand zu halten. Es wäre ein

Neuanfang für mich, und ich könnte dafür sorgen, dass der Laden läuft. Dass er brummt.«

»Das könntest du.« Parker ging erneut zum Fenster und rückte die Vorhänge zurecht. »Eine schwere Entscheidung, vor allem, solange du so aufgewühlt bist.«

»Ich habe mich gefragt, wie um alles in der Welt ich damit klarkommen soll, Jack andauernd zu sehen? Hier, in der Stadt, bei Veranstaltungen. Er ist ungefähr jeden Monat einmal zu einer unserer Feiern eingeladen. Wir alle haben so viele gemeinsame Bekannte, unsere Leben sind so miteinander verflochten. Selbst wenn ich an den Punkt komme, dass ich wieder an ihn, an uns denken kann, ohne ...«

Emma musste innehalten und rang um Fassung. »Ohne sofort losheulen zu wollen – wie soll ich das alles schaffen? Ich wusste, dass es so kommen könnte, ich wusste es von Anfang an, aber ...«

»Aber.« Parker nickte, wandte sich wieder um.

»Also habe ich hier gelegen und überlegt, das Angebot anzunehmen, ganz neu anzufangen, mir was Neues aufzubauen. Der Strand, das Wetter, eine neue Herausforderung. Ungefähr fünf Minuten habe ich darüber nachgedacht. Nein, wahrscheinlich eher nur drei. Aber das hier ist mein Zuhause, meine Familie, das seid ihr, das sind wir. Das bin ich. Also muss ich zusehen, wie ich damit klarkomme.«

»Ich könnte es Jack echt übelnehmen, dass er dich so weit gebracht hat, auch nur drei Minuten darüber nachzudenken.«

»Aber wenn ich beschlossen hätte, es wäre das Beste für mich, hättest du mich gehen lassen.«

»Ich hätte versucht, es dir auszureden. Ich hätte Tabellenkalkulationen, Stichpunkte, Graphiken, Schaubilder und viele, viele Listen gemacht. Mit einer DVD.«

Emma strömten wieder die Tränen über die Wangen. »Ich habe dich so lieb, Parker.«

Parker setzte sich wieder, legte den Arm um Emma und hielt sie fest.

»Jetzt stehe ich auf, dusche, ziehe mich an. Und dann fange ich an zu überlegen, wie ich damit klarkomme.«

»Okay.«

Emma überstand diesen Tag und den nächsten. Sie fertigte Blumenarrangements an, band Sträuße, traf sich mit Kunden. Sie weinte, und als ihre Mutter vorbeikam, um ihr beizustehen, weinte sie noch ein bisschen mehr. Doch sie trocknete die Tränen wieder und stand den Tag durch.

Sie wurde mit Krisen fertig, auch mit dem ausgesprochenen und unausgesprochenen Mitgefühl ihres Teams, als sie die Dekoration für eine Feier anbrachten. Sie schaute zu, wie Bräute mit *ihren* Blumen in der Hand zu den Männern gingen, die sie liebten.

Sie lebte und arbeitete, lachte und aß, lief herum und redete.

Obwohl in ihr eine Leere war, die nichts auszufüllen vermochte, verzieh sie Jack.

Zur Besprechung in der Wochenmitte kam sie ein paar Minuten zu spät. »Tut mir leid. Ich wollte die Lieferung für die Feier am Freitagabend abwarten. Tiffany versorgt die Pflanzen, aber ich wollte die Callas anschauen. Wir verwenden viele der Sorte Green Goddess, und bevor Tiffany anfängt, wollte ich schauen, ob der Farbton zu den Orchideen passt.«

Sie ging zur Anrichte und nahm sich eine Diät-Pepsi. »Was habe ich verpasst?«

»Noch nichts. Du kannst sogar anfangen«, sagte Parker.

»Da Freitag unsere größte Veranstaltung für diese Woche ist und die Blumen gerade eingetroffen sind. Irgendwelche Probleme?«

»Mit den Blumen nicht. Alles ist gekommen und sieht gut aus. Die Braut wollte es ultramodern, ein bisschen funkig. Grüne Calla-Lilien, Cymbidium-Orchideen – die sind echt cool, in so einem gelblich-grünen Ton – und ein paar weiße Amazonaslilien, um die Farben noch mehr zum Leuchten zu bringen. Das Ganze in einem handgebundenen Strauß. Ihre zehn – ja, zehn – Brautjungfern tragen drei handgebundene Green-Goddess-Callas. Das Blumenmädchen bekommt einen kleinen Strauß aus Amazonaslilien und eine Haarspange mit Orchideen. Statt Ansteckstäußchen oder Tussie-Mussies halten Brautmutter und Mutter des Bräutigams jeweils eine einzelne Orchidee. Beim Abendessen und während des Empfangs stehen für alles Vasen auf den Tischen.«

Emma scrollte den Bildschirm ihres Laptops nach unten. »Für die Vasen am Eingang nehmen wir wieder die Green-Goddess-Callas, dazu Winterschachtelhalm, die Orchideen, Rispen von hängendem Fuchsschwanz und …«

Sie klappte den Deckel des Laptops zu. »Ich muss mal kurz die geschäftliche Ebene verlassen. Zuerst, um euch zu sagen, dass ich euch liebhabe, und ich weiß nicht, was ich in der letzten Woche oder so ohne euch gemacht hätte. Es ist euch bestimmt auf den Keks gegangen, wie ich zuerst Trübsal geblasen und rumgejammert habe …«

»Mir schon.« Laurel hob die Hand und wedelte damit, so dass Emma lachen musste. »Dein Trübsalblasen ist mangelhaft, und auch an deinem Gejammer musst du noch arbeiten. Ich hoffe, das machst du in Zukunft besser.«

»Ich kann mir nur Mühe geben. Aber vorerst bin ich fertig damit. Ich bin okay. Da Jack weder vorbeigekommen ist noch versucht hat, mich anzurufen, mir eine E-Mail zu schicken oder Rauchzeichen zu senden, nehme ich an, ihr habt es ihm verboten.«

»Ja«, bestätigte Parker. »Haben wir.«

»Danke auch dafür. Ich brauchte die Zeit und den Abstand, um mit all dem fertigzuwerden und, na ja, wieder stabiler zu werden. Da ich auch von Del keine Spur gesehen habe, vermute ich, ihr habt ihn ebenfalls aufgefordert, sich vorerst nicht blickenzulassen.«

»Hielten wir für das Beste«, erklärte Mac.

»Wahrscheinlich habt ihr Recht. Tatsache ist jedoch, dass wir alle befreundet sind. Wir sind eine Familie. Und dazu müssen wir wieder zurückkehren. Falls ihr also ein Zeichen zur Entwarnung vereinbart habt, könnt ihr es senden. Jack und ich können bereinigen, was es noch zu bereinigen gibt, und dann können wir alle zur Normalität zurückkehren.«

»Wenn du sicher bist, dass du schon so weit bist.«

Emma nickte Parker zu. »Ja, ich bin sicher. Also, jetzt zum Foyer«, fuhr sie fort.

Jack rutschte in eine Nische im Coffee Talk. »Danke, dass du gekommen bist, Carter.«

»Ich fühle mich wie ein Spion. Wie ein Geheimagent.« Carter schaute in seinen grünen Tee. »Gefällt mir irgendwie.«

»Also, wie geht es ihr? Was macht sie? Was geht ab, Carter? Alles, Carter, einfach alles. Es sind jetzt zehn Tage. Ich kann nicht mit ihr reden, sie nicht sehen, ihr nicht schreiben oder mailen. Wie lange soll ich noch …« Er brach ab und runzelte die Stirn. »Bin das ich?«

»Ja, das bist du.«

»Heiliger Strohsack, ich kann mich selbst kaum ertragen.« Jack schaute zu der Bedienung auf. »Morphium. Eine doppelte Dosis.«

»Ha, ha«, entgegnete sie nur.

»Probier den grünen Tee«, schlug Carter vor.

»So schlimm bin ich nun auch nicht. Noch nicht. Kaffee, normal. Wie geht es ihr, Carter?«

»Sie ist okay. Es gibt gerade viel zu tun. Der Juni ist … eigentlich der Wahnsinn. Sie macht viele Überstunden. Wie alle anderen auch. Und sie verbringt viel Zeit zu Hause. Abends geht meistens eine von den Mädels rüber, wenigstens für eine Weile. Ihre Mutter war auch da, und ich weiß, dass das sehr emotional war. Mac hat es mir erzählt. Mein Part als Geheimagent. Mit mir spricht Emma nicht über diese Dinge. Ich bin nicht gerade der Feind, aber …«

»Verstehe. Ich bin auch nicht in der Buchhandlung gewesen, weil ich nicht glaube, dass Lucia mich sehen will. Ich komme mir vor, als müsste ich ein Hinweisschild tragen.«

Hin- und hergerissen zwischen Verärgerung und Kummer ließ Jack sich auf seinem Platz nach hinten sinken. »Del kann auch nicht hingehen. Anordnung von Parker. Mein Gott, es ist doch nicht so, als hätte ich sie betrogen oder geschlagen oder … Und, ja, ich versuche, mich zu rechtfertigen. Wie kann ich ihr sagen, dass es mir leidtut, wenn ich nicht mit ihr reden darf?«

»Du kannst üben, was du sagen willst, wenn du die Gelegenheit dazu bekommst.«

»Das habe ich schon, sehr oft sogar. Geht es dir genauso, Carter?«

»Na ja, ich darf schon noch mit Mac reden.«

»Ich meine …«

»Ich weiß. Ja, es ist genauso. Sie ist das Licht. Vorher

kannst du im Dunkeln herumfummeln oder versuchen, im Schummerlicht zurechtzukommen. Du weißt nicht mal, dass es schummrig ist, weil es schon immer so war. Aber dann ist sie das Licht. Und alles wird anders.«

»Wenn das Licht ausgeht oder, schlimmer noch, wenn du so dämlich bist, es selbst auszuknipsen, ist es aber verdammt viel dunkler als vorher.«

Carter rutschte ein Stück vor. »Ich glaube, wenn es wieder hell werden soll, musst du ihr einen Grund dafür geben. Was du sagst, ist das Eine, aber was du tust, darauf kommt es an. Finde ich.«

Jack nickte und zog sein Handy hervor, weil es klingelte. »Es ist Parker. Okay. Okay. Ja?«, sagte er ins Telefon. »Ist sie … Was? Entschuldige. Okay. Danke. Parker … Okay. Ich werde da sein.«

Er klappte das Handy zu. »Sie haben die Tür aufgemacht. Ich muss los, Carter. Es gibt einiges, das ich …«

»Geh schon. Ich mach das hier.«

»Danke. Gott, mir ist ein bisschen übel. Du könntest mir einen ganzen Arsch voll Glück wünschen.«

»Einen ganzen Arsch voll Glück, Jack.«

»Ich glaube, das werde ich brauchen.« Jack schob sich aus der Nische und eilte zur Tür.

Genau zur von Parker genannten Zeit kam er beim Haupthaus an. Er wollte sie nicht verärgern. Die Abenddämmerung sank allmählich, süß vom Duft der Blumen. Er hatte schwitzige Hände.

Zum zweiten Mal in mehr Jahren, als er zählen konnte, klingelte er.

Parker öffnete die Tür. Das graue Kostüm und die weiche Haarrolle in ihrem Nacken zeigten ihm, dass sie noch im Businessdress war. Ein Blick auf sie – so adrett, so frisch, so hinreißend – genügte, um ihn spüren zu lassen, wie sehr er sie vermisst hatte.

»Hallo, Parker.«

»Komm rein, Jack.«

»Ich habe mich schon gefragt, ob ich das je wieder von dir hören würde.«

»Sie ist bereit, mit dir zu sprechen, also bin ich bereit, dich mit ihr sprechen zu lassen.«

»Werden du und ich nie wieder Freunde sein?«

Parker sah ihn an, nahm dann sein Gesicht zwischen beide Hände und küsste ihn zart. »Du siehst schrecklich aus. Das halte ich dir zugute.«

»Bevor ich mit Emma rede, will ich dir sagen, dass es mich umgebracht hätte, dich zu verlieren. Dich, Laurel, Mac. Es hätte mich echt umgebracht.«

Diesmal legte sie die Arme um ihn, ließ zu, dass er sie festhielt. »In der Familie verzeiht man sich.« Sie drückte ihn sachte, bevor sie wieder einen Schritt zurücktrat. »Was bleibt uns anderes übrig? Ich gebe dir zwei Möglichkeiten, Jack, und du entscheidest dich, wenn du zu Emma gehst. Die erste. Wenn du sie nicht liebst …«

»Parker, ich …«

»Nein, sag es nicht mir. Wenn du sie nicht liebst, wenn du ihr nicht geben kannst, was sie braucht und sich wünscht – nicht nur für sich, sondern auch für dich –, dann mach einen klaren Schnitt. Sie hat dir schon verziehen, und sie wird das akzeptieren. Versprich ihr nichts, das du ihr nicht geben kannst oder das du nicht willst. Das könnte sie nie verwinden, und ihr würdet niemals glücklich werden. Zweite Möglichkeit. Wenn du sie liebst, wenn du ihr geben kannst, was sie braucht und sich wünscht, nicht nur für sich, sondern auch für dich, dann kann ich dir sagen, was du tun solltest. Was den Unterschied machen wird.«

»Sag es mir.«

Sie arbeitete bis spät und allein, wie derzeit an den meisten Abenden. Das würde bald aufhören müssen, dachte Emma. Sie sehnte sich nach Gesellschaft, Gesprächen, Betriebsamkeit. Nun war sie fast bereit, die Sicherheitszone wieder zu verlassen. Reinen Tisch machen, beschloss sie, sagen, was sie zu sagen hatte, und dann endlich wieder Emma sein.

Denn auch danach sehnte sie sich.

Sie brachte das fertige Werk ins Kühlhaus und kehrte zurück, um ihren Arbeitsplatz zu säubern.

Ein Klopfen unterbrach sie. Schon bevor sie hinausging, wusste sie, dass es Jack war. Niemand war effizienter als Parker.

Er hatte den Arm voll leuchtend roter Dahlien – und ihr Herz krampfte sich zusammen.

»Hallo, Jack.«

»Emma.« Jack atmete hörbar aus. »Emma«, wiederholte er. »Mir ist klar, dass es einfallslos ist, Blumen mitzubringen, um eine Bresche zu schlagen. Aber …«

»Sie sind schön. Danke. Komm doch rein.«

»Es gibt so viel, das ich dir sagen will.«

»Ich muss die Blumen ins Wasser stellen.« Emma drehte sich um, ging in die Küche, um eine Vase zu holen, einen Krug mit der Nährlösung, die sie stets fertig gemixt bereithielt, ihre Pflanzenschere. »Ich kann verstehen, dass du was sagen willst, aber zuerst muss ich was sagen.«

»Geht klar.«

Emma begann, die Stiele unter Wasser abzuknipsen. »Zuerst möchte ich mich entschuldigen.«

»Nicht.« Jack klang ein wenig gereizt. »Lass das doch.«

»Ich möchte mich entschuldigen für mein Verhalten, für meine Worte. Erstens, weil mir, als ich nicht mehr nur mich selbst gesehen habe, klargeworden ist, dass du erschöpft warst, aufgebracht, dass es dir nicht gutging, und ich hatte – mit voller Absicht – eine Grenze überschritten.«

»Verdammt, ich will keine Entschuldigung von dir.«

»Die kriegst du aber, also sieh zu, wie du damit klarkommst. Ich war sauer, weil ich von dir nicht bekommen habe, was ich wollte.« Emma ordnete die Blumen in der Vase, eine nach der anderen. »Ich hätte deine Grenzen respektieren sollen. Das habe ich nicht. Du warst nicht nett zu mir, das geht also auf deine Kappe, aber ich habe dich bedrängt. Das geht auf meine Kappe. Das Wichtigste, worum es hier geht ist aber, dass wir uns versprochen haben, Freunde zu bleiben, und ich habe dieses Versprechen nicht gehalten. Ich habe mein Wort gebrochen, und das tut mir leid.«

Nun sah Emma Jack an. »Das tut mir so leid, Jack.«

»Schön. Bist du fertig?«

»Noch nicht ganz. Ich bin immer noch deine Freundin. Ich habe nur ein bisschen Zeit gebraucht, um wieder an den Punkt zu kommen. Es ist mir wichtig, dass wir immer noch Freunde sind.«

»Emma.« Jack wollte die Hand auf Emmas legen, die auf der Arbeitsplatte ruhte, doch sie entzog sie ihm und machte sich weiter an den Blumen zu schaffen.

»Die sind echt schön. Woher hast du sie?«

»Von deinem Großhändler. Ich habe ihn angerufen und darum gebettelt; habe gesagt, sie wären für dich.«

Emma lächelte, hielt jedoch ihre Hände außer Reichweite. »Na siehst du. Wie könnten wir keine Freunde mehr sein, wenn du so was für mich tust. Ich möchte nicht, dass zwischen uns Groll oder Verbitterung zurückbleiben. Wir mögen uns immer noch sehr. Und das andere haken wir einfach ab.«

»Willst du das wirklich?«

»Ja, genau das.«

»Also gut. Dann kommen wir jetzt zu dem, was ich will. Lass uns ein bisschen spazieren gehen. Ich brauche frische Luft, um anzufangen.«

»Klar.« Stolz auf sich selbst stellte Emma Schere und Krug beiseite.

Sobald sie nach draußen traten, schob sie die Hände in die Taschen. Sie konnte das schaffen, dachte sie. Sie schaffte es, und zwar sehr gut. Doch sie konnte es nicht, wenn er sie anfasste. So weit war sie nicht, noch nicht.

»An jenem Abend«, begann Jack, »war ich erschöpft und stinksauer und all das. Trotzdem war das, was du gesagt hast, nicht falsch. Mir war selbst nicht bewusst, wie ich mich verhalten habe. Nicht wirklich. Dass ich solche Abgrenzungen gezogen oder Einschränkungen gemacht habe. Ich habe seitdem darüber nachgedacht, warum ich das getan habe. Die beste Erklärung, die mir eingefallen ist, hängt mit der Zeit nach der Trennung meiner Eltern zusammen. Ich war bei meinem Vater geblieben, und dann waren da plötzlich Sachen – von anderen Frauen. Im Bad oder irgendwo in der Wohnung. Das hat mich gestört. Sie waren zwar getrennt, aber …«

»Sie waren deine Eltern. Natürlich hat dich das gestört.«

»Ich bin mit ihrer Scheidung nie fertiggeworden.«

»Oh, Jack.«

»Noch ein Klischee, aber so ist es nun mal. Ich war noch ein Kind und völlig ahnungslos, und dann plötzlich … Sie hatten einander mal geliebt, waren glücklich. Und dann nicht mehr.«

»So einfach ist das nie, so eindeutig.«

»So spricht die Logik, die Vernunft. Aber ich habe es anders empfunden. Mir ist erst vor kurzem bewusstgeworden, dass es ihnen gelungen ist, sich zivilisiert zu verhalten, jeder für sich ein gutes, glückliches Leben zu führen, ohne schmutzige Wäsche zu waschen oder das Ganze auf meinem Rücken auszutragen. Und diesen Gedanken habe ich genommen und quasi umgekehrt. Mach keine Versprechungen, bau dir keine Zukunft auf, weil Gefühle sich ändern und aufhören können.«

»Das können sie. Das ist schon richtig, aber …«

»Aber«, fiel Jack ihr ins Wort. »Lass mich es sagen. Lass mich es dir sagen. Aber wenn du dir selbst und deinen eigenen Gefühlen nicht trauen kannst und nicht ein bisschen Mut zum Risiko hast, was soll das Ganze dann überhaupt? Es ist ein großer Schritt, und ich denke, wenn man diesen Schritt tut, wenn man sagt, das ist es, dann muss man es ernst meinen. Man sollte sich schon sicher sein, denn es geht ja nicht nur um einen selbst. Und nicht nur um eine kurze Zeit. Man muss daran glauben, um den Schritt tun zu können.«

»Da hast du Recht. Jetzt verstehe ich besser, warum es … na ja, warum eben.«

»Vielleicht verstehen wir beide es besser. Es tut mir leid, dass ich dir das Gefühl gegeben habe, nicht willkommen zu sein. Dass du das Gefühl hattest, eine Grenze zu überschreiten, als du etwas für mich tun wolltest. Etwas, worüber ich mich hätte freuen sollen. Mich freue«, korrigierte er sich. »Ich habe die Blumenkübel gegossen.«

»Das ist schön.«

»Du warst … Gott, du hast mir so gefehlt. Ich weiß gar nicht mehr, was ich dir alles sagen wollte – ich habe mir so viel zurechtgelegt, so viel geübt. Aber ich kann nicht denken, weil ich dich anschaue, Emma. Du hattest Recht. Ich habe dir nicht genügend Wertschätzung entgegengebracht. Gib mir noch eine Chance. Bitte, gib mir noch eine Chance.«

»Jack, wir können nicht einfach zurückgehen und …«

»Nicht zurück, vorwärts.« Jack nahm ihren Arm und drehte sie so, dass sie einander gegenüberstanden. »Vorwärts. Emma, habe ein bisschen Erbarmen mit mir. Gib mir noch eine Chance. Ich will keine andere als dich. Ich brauche dein … Licht«, sagte er in Erinnerung an Carters Worte. »Ich brauche dein Herz und dein Lachen. Deinen Körper, deinen Geist. Lass mich nicht außen vor, Emma.«

»Aber wenn wir beide verschiedene Wünsche und Bedürfnisse haben … Es wäre für uns beide nicht richtig. Ich kann nicht.«

Als ihr die Tränen in die Augen stiegen, zog er sie an sich.

»Lass mich es tun. Lass mich den Schritt tun, Emma, denn mit dir glaube ich daran. Mit dir geht es nicht nur um das Hier und Jetzt. Es geht um morgen und was immer das auch mit sich bringt. Ich liebe dich. Ich liebe dich.«

Als die erste Träne kullerte, begann Jack sich mit Emma zu bewegen. »Ich liebe dich. Ich bin so verliebt in dich, dass ich das nicht erkannt habe. Ich konnte es nicht erkennen, weil es alles ist. Du bist alles. Bleib bei mir, Emma, sei bei mir.«

»Ich bin bei dir. Ich will … Was machst du?«

»Ich tanze mit dir.« Jack führte ihre Hand, die er hielt, an die Lippen. »Im Garten, im Mondschein.«

Emmas Herz stolperte und schwoll an. Und alle Sprünge und Risse füllten sich. »Jack.«

»Und ich sage dir, dass ich dich liebe. Ich bitte dich, mit mir zusammenzuleben.« Er küsste sie, während sie sich wiegend im Kreis drehten. »Ich bitte dich, mir zu geben, was ich brauche, was ich will, auch wenn ich viel zu lange gebraucht habe, um es herauszufinden. Ich bitte dich, mich zu heiraten.«

»Heiraten?«

»Heiraten.« Der Schritt, der Sprung war so leicht, die Landung sanft und richtig. »Mit mir zu leben. Mit mir aufzuwachen, für mich Blumen zu pflanzen, auch wenn du mich wahrscheinlich ans Gießen erinnern musst. Wir machen Pläne und ändern sie im Laufe der Zeit. Wir bauen uns eine Zukunft auf. Ich gebe dir alles, was ich habe, und wenn du noch mehr brauchst, treibe ich es auf und schenke dir auch das.«

Emma hörte ihre eigenen Worte in der duftenden Nachtluft, im Mondschein, während der Mann, den sie liebte, sie im Walzerschritt herumdrehte.

»Ich glaube, das hast du schon. Du hast mir gerade einen Traum erfüllt.«

»Sag Ja.«

»Bist du sicher?«

»Wie gut kennst du mich?«

Lächelnd blinzelte Emma die Tränen fort. »Ziemlich gut.«

»Würde ich um deine Hand anhalten, wenn ich mir nicht sicher wäre?«

»Nein. Ganz sicher nicht. Wie gut kennst du mich, Jack?«

»Ziemlich gut.«

Emma legte die Lippen auf die seinen, genoss den Augenblick. »Dann kennst du meine Antwort.«

Auf der Dachterrasse im dritten Stock standen die drei Frauen und schauten zu. Sie hatten einander die Arme um die Taille geschlungen, und hinter ihnen stieß Mrs Grady einen Seufzer aus.

Als Mac schniefte, kramte Parker in der Tasche nach einem Päckchen Taschentücher. Sie reichte Mac eins, dann Laurel, Mrs Grady, und schließlich nahm sie sich selbst eins.

»Ist das schön«, brachte Mac heraus. »Sie sind schön. Seht euch das Licht an, diesen silbernen Schein, und die Schatten der Blumen, ihren Schimmer, dazu die Silhouette, die Emma und Jack bilden.«

»Du denkst in Bildern.« Laurel wischte sich die Augen ab. »Das da ist echte Romantik.«

»Nicht nur in Bildern. In Augenblicken. Das ist Emmas Augenblick. Ihr blauer Schmetterling. Wir sollten wahrscheinlich gar nicht zuschauen. Wenn sie uns sehen, verderben wir alles.«

»Sie können gar nichts anderes sehen als sich selbst.« Parker ergriff Macs Hand, dann Laurels, und lächelte, als sie Mrs Gradys Hand auf der Schulter spürte.

Der Augenblick war genau, wie er sein sollte.

Also schauten sie zu, wie Emma an dem lauen Juniabend tanzte, im Mondschein, im Garten – mit dem Mann, den sie liebte.

Werkverzeichnis der im Heyne und Diana Verlag erschienenen Titel von Nora Roberts

© Bruce Wilder

› Zusatzmaterial

HEYNE ‹

Die Autorin

Nora Roberts wurde 1950 in Silver Spring, Maryland, als einzige Tochter und jüngstes von fünf Kindern geboren. Ihre Ausbildung endete mit der Highschool in Silver Spring. Bis zur Geburt ihrer beiden Söhne Jason und Dan arbeitete sie als Sekretärin, anschließend war sie Hausfrau und Mutter. Anfang der Siebzigerjahre zog sie mit ihrem Mann und den beiden Kindern nach Maryland aufs Land. Sie begann mit dem Schreiben, als sie im Winter 1979 während eines Blizzards tagelang eingeschneit war. Nachdem Nora Roberts jedes im Haus vorhandene Buch gelesen hatte, schrieb sie selbst eins. 1981 wurde ihr erster Roman *Rote Rosen für Delia* (Originaltitel: *Irish Thoroughbred*) veröffentlicht, der sich rasch zu einem Bestseller entwickelte. Seitdem hat sie über 200 Romane geschrieben, von denen weltweit über 500 Millionen Exemplare verkauft wurden; ihre Bücher wurden in mehr als 30 Sprachen übersetzt. Sowohl die Romance Writers of America als auch die Romantic Times haben sie mit Preisen überschüttet; sie erhielt unter anderem den Rita Award, den Maggie Award und das Golden Leaf. Ihr Werk umfasst mehr als 195 New-York-Times-Bestseller, und 1986 wurde sie in die Romance Writers Hall of Fame aufgenommen.
Heute lebt die Bestsellerautorin mit ihrem Ehemann in Maryland.

E-Books

Alle Romane in diesem Werkverzeichnis sind auch als E-Book erhältlich.

Besuchen Sie Nora Roberts auf ihrer Website
www.noraroberts.com

1. *Einzelbände*

Licht in tiefer Nacht *(Come Sundown)*
So lange Bodine denken kann, liegt ein Schatten über dem Familienanwesen. Ihre Tante Alice lief mit achtzehn fort und wurde nie wieder gesehen. Was niemand ahnt: Alice lebt. Nicht weit entfernt, ist sie Teil einer Familie, die sie nicht selbst gewählt hat …

Dunkle Herzen *(Divine Evil)*
Eine New Yorker Bildhauerin erlebt in ihren Albträumen eine »Schwarze Messe«, welche in ihrem Heimatort in Maryland stattfindet. Sie erinnert sich an den grauenvollen Tod ihres Vaters und entschließt sich zur Heimkehr in ihr Elternhaus. Dunkle Mächte werden daraufhin wiedererweckt.

Erinnerung des Herzens *(Genuine Lies)*
Eine alleinerziehende Mutter und erfolgreiche Autorin soll für eine Filmdiva die Memoiren verfassen. Sie erhält deshalb immer häufiger Drohbriefe, je mehr sich die Diva in ihren brisanten Informationen öffnet.

Gefährliche Verstrickung *(Sweet Revenge)*
Die schöne Adrianne führt ein Doppelleben: bei Tag elegante Society-Lady, bei Nacht gefürchtete Juwelendiebin. Doch all ihre Einbrüche sind bloß Fingerübungen für ihren größten Coup: Sie will jenen Mann bestehlen, der einst ihrer Mutter das Leben zur Hölle machte. Nur einer könnte ihre Pläne zunichtemachen: Philip Chamberlain, Ex-Juwelendieb und Interpol-Agent …

Das Haus der Donna *(Homeport)*
Eine amerikanische Kunstexpertin wird zu einer wichtigen Expertise über eine Bronzefigur aus der Zeit der Medici nach Flo-

renz eingeladen, doch vorher wird sie überfallen und mit einem Messer bedroht. Die Echtheit der Figur und der Überfall stehen in einem gefährlichen Zusammenhang.

Im Sturm des Lebens *(The Villa)*
Teresa Giambelli legt die Führung ihrer Weinfirma in die Hände ihrer Enkelin Sophia und in die von Tyker, dem Enkelsohn ihres zweiten Mannes, beide charakterlich sehr unterschiedlich. Als vergiftete Weine der Firma auftauchen, erkennen beide, dass sie gemeinsam für ihre Familie und das Weingut kämpfen müssen.

Insel der Sehnsucht *(Sanctuary)*
Anonyme Fotos beunruhigen die Fotografin Jo Hathaway, und deshalb kommt sie nach Jahren zurück in ihr Elternhaus auf der Insel Desire. Dort findet sie ihren Vater und die Geschwister vor. Jo versucht herauszufinden, weshalb ihre Mutter vor langer Zeit verschwand.

Lilien im Sommerwind *(Carolina Moon)*
South Carolina. Tory Bodeen findet keine Ruhe, seit vor achtzehn Jahren ihre beste Schulfreundin Hope ermordet wurde. Heimlich stellt sie Nachforschungen an, unterstützt von Hopes Bruder. Sie stellen fest, dass Hope das erste Opfer einer Mordserie ist.

Nächtliches Schweigen *(Public Secrets)*
Der Sohn eines umjubelten Bandleaders wird entführt und dabei versehentlich getötet. Die Tochter Emma beobachtet die Untat, stürzt dabei und verliert jede Erinnerung an die Täter. Sie quält sich mit Vorwürfen und versucht mithilfe eines Polizeibeamten, ihr Gedächtnis wiederzuerlangen. Dadurch gerät sie in große Gefahr.

Rückkehr nach River's End *(River's End)*
Auf mörderische Weise verliert die kleine Livvy ihre Eltern, ein Hollywood-Traumpaar. Die Großeltern bieten ihr im friedlichen River's End eine neue Heimat. Jahre später kommen die Erinnerungen und damit die Gefahr, dass bedrohlicher Besuch eintreffen könnte.

Der Ruf der Wellen *(The Reef)*
Auf der Suche nach einem geheimnisumwitterten Amulett vor der Küste Australiens wird James Lassiter bei einem Tauchgang ermordet. Dessen Sohn Matthew und sein Onkel sind weiter auf der Suche, zusammen mit Ray Beaumont und dessen Tochter Tate, und entdecken ein spanisches Wrack.

Schatten über den Weiden *(True Betrayals)*
Nach der Trennung von ihrem Mann erhält Kelsey einen Brief von ihrer totgesagten Mutter. Diese widmet sich seit ihrer Entlassung aus dem Gefängnis der Pferdezucht in Virginia. Kelsey entdeckt dort ihre Wurzeln, verliebt sich, beginnt aber auch in der Vergangenheit ihrer Mutter zu forschen: Weshalb wurde ihr ein mysteriöser Mord zur Last gelegt?

Sehnsucht der Unschuldigen *(Carnal Innocence)*
Innocence am Mississippi ist für die Musikerin Caroline Waverly der richtige Ort der Erholung nach einer monatelangen Tournee mit Beziehungskonflikten. Tucker Longstreet, Erbe der größten Farm in Innocence, verliebt sich in Caroline. Drei Frauen werden innerhalb einiger Wochen ermordet, eine von ihnen war die ehemalige Geliebte von Tucker.

Die Tochter des Magiers *(Honest Illusions)*
Roxanne teilt das geerbte Talent für Magie mit Luke, einem früheren Straßenjungen, den ihr Vater, ein Zauberkünstler, einst auf-

nahm. Allerdings erleichtern sie Reiche auch um deren Juwelen. Sie werden Partner in der Zauberkunst und in der Liebe. Ein dunkler Punkt in Lukes Vergangenheit lässt ihn verschwinden – Jahre später taucht er wieder auf …

Tödliche Liebe *(Private Scandals)*
Die erfolgreiche Fernsehmoderatorin Deanna Reynolds hat Glück im Beruf – und in der Liebe mit dem Reporter Finn Riley. Doch eine eifersüchtige Kollegin und anonyme Fanpost machen ihr das Leben schwer.

Träume wie Gold *(Hidden Riches)*
Philadelphia. Die Antiquitätenbesitzerin Dora Conroy kauft eine Reihe von Objekten und gerät damit ins Blickfeld von internationalen Schmugglern. Sie und der ehemalige Polizist Jed Skimmerhorn beginnen, Diebstähle und Todesfälle im Umkreis der geheimnisvollen Lieferung zu untersuchen.

Verborgene Gefühle *(Hot Ice)*
Manhattan. Auf der Flucht vor Gangstern landet der charmante Meisterdieb Douglas Lord im Luxusauto von Whitney. Dabei erfährt sie von Douglas' Plan, im Dschungel von Madagaskar einen sagenhaften Schatz zu suchen.

Verlorene Liebe *(Brazen Virtue)*
Zwei Schwestern. Während Grace unbekümmert alleine als Krimiautorin lebt, arbeitet Kathleen als Lehrerin an einer Klosterschule und verdient sich nebenbei Geld mit Telefonsex für den Scheidungsanwalt. Ein lebensgefährlicher Job, denn Grace findet Kathleen mit einem Telefonkabel erdrosselt.

Verlorene Seelen *(Sacred Sins)*
Washington. Blondinen sind die Opfer eines Frauenmörders, die Tatwaffe immer eine weiße Priesterstola. Mithilfe der Psychiaterin Tess Court versucht Police Sergeant Ben Paris, die Mordserie aufzuklären. Doch nicht nur er hat ein Auge auf Tess geworfen.

Der weite Himmel *(Montana Sky)*
Montana. Der steinreiche Farmer Jack Mercy verfügte in seinem Testament, dass seine drei Töchter aus drei Ehen erst dann ihren Erbteil erhalten, wenn sie ein Jahr lang friedlich zusammen auf der Farm verbringen. Sie versuchen es, doch in dieser Zeit geschehen auf der Farm mysteriöse Dinge.

Tödliche Flammen *(Blue Smoke)*
Reena Hale ist Brandermittlerin und kennt durch ein schlimmes Kindheitserlebnis die Macht des Feuers. Neben Bo Goodnight interessiert sich noch jemand sehr für sie – allerdings verfolgt dieser Unbekannte ihre Spur, um die Macht des Feuers für seinen Racheplan zu benützen.

Verschlungene Wege *(Angels Fall)*
Reece Gilmore ist auf der Flucht: vor der Erinnerung und vor sich selbst. Als sie sich endlich in einem Dorf in Wyoming dem einfühlsamen Schriftsteller Brody anvertraut, glaubt sie, zur Ruhe zu kommen. Doch die Vergangenheit holt sie bald ein.

Im Licht des Vergessens *(High Noon)*
Phoebe MacNamara kennt die Gefahr. Geiselnehmer, Amokläufer – kein Problem für die beim FBI ausgebildete Expertin für Ausnahmezustände. Aber erst die Liebe zu Duncan hat sie unverwundbar gemacht. Glaubt sie. Bis sie von einem Unbekannten brutal überfallen wird. Fortan muss sie um ihr Leben fürchten.

Lockruf der Gefahr *(Black Hills)*
Tierärztin Lilian führt auf ihrer Wildtierfarm in South Dakota ein erfülltes, aber auch abgeschiedenes Leben. Fast zu spät erkennt sie die Gefahr, der sie ausgesetzt ist, als ein Mann sie und ihre Familie bedroht. In letzter Minute nimmt sie die Hilfe ihrer Jugendliebe Cooper an. Kann er sie retten?

Die falsche Tochter *(Birthright)*
Als die Archäologin Callie Dunbrook an den Fundort eines fünftausend Jahre alten menschlichen Schädels gerufen wird, ahnt sie nicht, dass dieses Projekt auch ihre eigene Vergangenheit heraufbeschwören wird.

Sommerflammen *(Chasing Fire)*
Die Feuerspringerin Rowan kämpft jeden Sommer erfolgreich gegen die Brände in den Wäldern Montanas. Doch seit ihr Kollege dabei ums Leben kam, plagen sie Schuldgefühle. Hätte sie Jim retten können?

Gestohlene Träume *(Three Fates)*
Tia Marshs Leben gehört der Wissenschaft. Dass das Interesse für griechische Mythologie ihr einmal zum Verhängnis wird, ahnt sie nicht – bis sie Malachi Sullivan begegnet. Der attraktive Ire ist dem Geheimnis dreier Götterfiguren auf der Spur, und nicht nur er will die wertvollen Statuen um jeden Preis besitzen …

Das Geheimnis der Wellen *(Whiskey Beach)*
Eli Landon wird unschuldig des Mordes an seiner Frau verdächtigt. Im Anwesen seiner Familie an der rauen Küste Neuenglands sucht er Zuflucht. Auch seine hübsche Nachbarin, Abra Walsh, will dort ihre schmerzhaften Erinnerungen vergessen. Doch während sich die beiden näherkommen, holt sie die Vergangenheit ein.

Ein Leuchten im Sturm *(The Liar)*
Nach dem Unfall ihres Mannes erfährt Shelby, dass Richard ein Betrüger war. Der Mann, den sie geliebt hat, ist nicht nur tot – er hat niemals existiert. Shelby flüchtet mit ihrer Tochter zu ihrer Familie nach Tennessee, wo sie Griffin kennenlernt. Doch Richards Lügen folgen ihr und werden zur tödlichen Bedrohung.

Strömung des Lebens *(Under Currents)*
Von außen betrachtet ist das Leben der Bigelows perfekt. Doch hinter den Kulissen tyrannisiert der Vater seine Familie. Als Sohn Zane sich schließlich zur Wehr setzt, kommt das jahrelange Martyrium ans Licht. Fast zwanzig Jahre später findet die junge Landschaftsgärtnerin Darby McCray in Lakeview ein neues Zuhause. Auch Zane kehrt als erfolgreicher Anwalt in seinen Heimatort zurück. Die beiden fühlen sich sofort zueinander hingezogen, doch ihre aufblühende Liebe wird von der Vergangenheit überschattet. Was damals geschehen ist, holt die beiden wieder ein und wird zur gefährlichen Bedrohung ...

Vermächtnis der Dunkelheit *(Legacy)*
Adriana erlebt in ihrer Kindheit Traumatisches, doch sie geht als starke Frau daraus hervor. Schon mit siebzehn gründet sie ein gefeiertes Fitnessunternehmen in New York. Alles scheint perfekt, bis Adriana ein Drohbrief erreicht, dem jedes Jahr ein weiterer folgen wird. Um Abstand zu gewinnen, beschließt sie, nach Traveler's Creek zurückzukehren, wo ihre Großeltern leben. Während Familie und Freunde zusammenrücken und alte Wunden heilen, kommt Adrianas Stalker immer näher. Aber diesmal ist sie bereit, sich zu verteidigen.

2. Zusammenhängende Titel

a) Quinn-Familiensaga

– Tief im Herzen *(Sea Swept)*

Maryland. Der Rennfahrer Cameron Quinn kehrt zurück in die Kleinstadtidylle an das Sterbebett seines Adoptivvaters. Dieser bittet ihn, sich mit den beiden Adoptivbrüdern um den zehnjährigen Seth zu kümmern. Er ist ein ebenso schwieriger Junge, wie es Cameron einst war. Hinzu kommt, dass sich die Sozialarbeiterin Anna Spinelli einmischt, um zu prüfen, ob in dem Männerhaushalt die Voraussetzungen für eine Adoption gegeben sind.

– Gezeiten der Liebe *(Rising Tides)*

Ethan Quinn übernimmt während der Abwesenheit seiner Brüder die Rolle des Familienoberhaupts. Seine Arbeit als Fischer und die Verantwortung für den zehnjährigen Seth binden ihn an die kleine Stadt. Außerdem liebt er Grace Monroe, eine alleinerziehende Mutter, welche den Haushalt der Quinns führt.

– Hafen der Träume *(Inner Harbour)*

Gemeinsam kämpfen die drei Quinn-Brüder um das Sorgerecht für Seth, denn sie wissen, dass Seths Mutter eher am Geld als an dem Jungen gelegen ist. Da kommt die Bestsellerautorin Sybill in die Stadt und will unbedingt verhindern, dass Seth von Philipp und seinen Brüdern adoptiert wird.

– Ufer der Hoffnung *(Chesapeake Blue)*

Seth Quinn hat sich durch die Fürsorge seiner älteren Brüder zu einem erfolgreichen Maler entwickelt. Als er aus Europa nach Maryland zurückkehrt, wird er von seiner leiblichen Mutter mit der Publikation seiner Kindheitsgeschichte erpresst. Seth lernt Drusilla kennen, welche sich auch nicht mehr mit ihrer leiblichen Familie identifizieren kann.

b) Garten-Eden-Trilogie

– Blüte der Tage *(Blue Dahlia)*

Tennessee. Die Witwe Stella Rothchild kehrt mit ihren kleinen Söhnen in ihre Heimat zurück. Die Gartenarchitektin beginnt, sich ein neues Leben in der Gärtnerei Harper aufzubauen, unterstützt von der Hausherrin Rosalind. Alles ist gut, bis Stella dem Landschaftsgärtner Logan Kitridge begegnet. Doch jemand will diese Verbindung verhindern.

– Dunkle Rosen *(Black Rose)*

Rosalind Harper hat sich in die Arbeit gestürzt, um den Tod ihres Mannes zu überwinden. Besonders der Gartenkunst widmet sie sich. Doch in dem harperschen Anwesen geht ein Geist um. Rosalind engagiert den Ahnenforscher Mitchell Carnegie, um zu erfahren, um welche übernatürlichen Kräfte es sich dabei handelt.

– Rote Lilien *(Red Lily)*

Hayley Phillips kommt mit ihrer neugeborenen Tochter Lily zu ihrer Cousine Rosalind Harper und findet dort ein neues Heim. Für Rosalinds Sohn Harper empfindet sie tiefe Gefühle, doch dann ergreift eine dunkle Macht von Hayley Besitz.

c) Der Jahreszeiten-Zyklus

– Frühlingsträume *(Vision in White)*

Gemeinsam mit ihren Freundinnen Parker, Laurel und Emma betreibt Mac eine erfolgreiche Hochzeitsagentur. Sie lebt und arbeitet mit den drei wichtigsten Menschen in ihrem Leben – wozu braucht sie da noch einen Mann? Doch als Mac Carter trifft, gerät ihr so gut ausbalanciertes Leben ins Wanken.

– **Sommersehnsucht** *(Bed of Roses)*
Freundschaft und Liebe – das geht nicht zusammen. Zu dumm nur, dass sich Emmas langjähriger Freund Jack völlig überraschend als ihre große Liebe erweist. Nun steckt Emma in der Klemme, zumal sie weiß, wie sehr Jack an seiner Freiheit hängt.

– **Herbstmagie** *(Savor the Moment)*
Laurel verliebt sich in den smarten Staranwalt Del, den Bruder ihrer Freundin Parker. Er ist für sie die Liebe ihres Lebens, aber sieht der heiß begehrte Junggeselle das ebenso?

– **Winterwunder** *(Happy Ever After)*
Parker ist anscheinend mit ihrem Beruf verheiratet – bis Malcolm in ihr Leben tritt. Aber wie soll sie mit ihm eine Beziehung führen, wenn er sich weigert, über seine Vergangenheit zu sprechen?

d) Die O'Dwyer-Trilogie

– **Spuren der Hoffnung** *(Dark Witch)*
Iona verlässt Baltimore, um sich im sagenumwobenen County Mayo auf die Suche nach ihren Vorfahren zu machen. Als sie den attraktiven Boyle trifft, bietet er ihr an, auf seinem Gestüt zu arbeiten. Schnell spüren beide, dass sie mehr verbindet als die gemeinsame Leidenschaft für Pferde. Doch dann droht ein dunkles Familiengeheimnis das Glück der beiden zu zerstören.

– **Pfade der Sehnsucht** *(Shadow Spell)*
Ionas Cousin Connor O'Dwyer hat die Frau fürs Leben noch nicht gefunden, doch auf wundersame Weise fühlt er sich immer mehr zur leidenschaftlichen Meara hingezogen. Das Glück wird getrübt, als Cabhan, der alte Feind der Familie, Meara benutzt,

um sie alle zu vernichten. Hält der Kreis der Freunde dieser Herausforderung stand?

– Wege der Liebe *(Blood Magick)*

Branna und Fin waren schon mit siebzehn ein Paar, doch dann ist ihre Liebe zerbrochen. Branna liebt Fin zwar noch immer, sie fühlt sich aber von ihm verraten und misstraut ihm seither. Doch sie gehören beide zum magischen Kreis der Freunde und kämpfen gemeinsam gegen Cabhan, den unversöhnlichen Feind des O'Dwyer-Clans. Aber welche Rolle spielt Fin eigentlich in diesem Kampf? Ist er in die Machtspiele seines Vorfahren verwickelt, oder steht er aufseiten von Iona, Connor und Branna?

e) Die Schatten-Trilogie

– Schattenmond *(Year One)*

Lana und Max verbindet eine große und außergewöhnliche Liebe. Als eine weltweite Seuche ausbricht und New York innerhalb kürzester Zeit ins Chaos stürzt, fliehen sie aus der Stadt und gründen mit Gleichgesinnten die Gemeinschaft New Hope. Doch auch hier rückt die Gefahr dem Paar bedrohlich nahe. Lana setzt alles daran, dem Inferno zu entkommen, denn sie trägt inzwischen ein Kind unter dem Herzen, die »Auserwählte«, ihre zukünftige Tochter, die als Einzige in der Lage sein wird, dem Leid der Menschheit ein Ende zu setzen.

– Schattendämmerung *(Of Blood and Bone)*

Fallon trägt eine schwere Verantwortung: Sie wurde mit den Kräften geboren, die notwendig sind, um die postapokalyptische Welt vom Bösen zu befreien. Doch dafür muss sie ihrer geliebten Familie den Rücken kehren und von der kleinen Farmerstochter zur mutigen Kriegerin werden. Gleichzeitig tritt immer wieder Duncan in ihr Leben, mit dem sie etwas Tieferes verbindet, als sie sich eingestehen will. Um den dunklen Mächten und dem Mörder ihres leiblichen Vaters Einhalt zu gebieten, muss das junge Mädchen magische und nichtmagische Wesen zusammenbringen und Hinterhalt und Intrigen enttarnen, die die Gesellschaft noch vor der ersten Schlacht zu unterwandern drohen.

– **Schattenhimmel** *(The Rise of Magicks)*
Die erste Schlacht ist bereits geschlagen, doch der große Kampf um Gut und Böse steht noch bevor: Die junge Fallon führt ihre Armee nach Washington D.C., um die schwarze Magie aus der Welt zu verbannen. Sie ist die Auserwählte, die nach der Apokalypse die Welt wiederaufbauen und ihre Bewohner vereinen soll. Auf der jungen Frau liegt eine große Last, denn die Familie des Mörders ihres Vaters sinnt auf Rache an ihr und ihren Liebsten. Doch ihre große Mission fällt Fallon mittlerweile leichter als die Deutung ihrer Gefühle für Duncan, dessen Schicksal unlösbar mit ihrem verwoben ist.

3. Sammelbände

a) Die Unendlichkeit der Liebe

(Drei Romane in einem Band)

Auch als Einzeltitel erschienen:

– **Heute und für immer** *(Tonight and Always)*
Kasey gewinnt das Herz von Jordan und seiner Nichte Alison, aber jetzt fürchtet Großmutter Beatrice, dass sie die Macht über ihre Familie verliert.

– **Eine Frage der Liebe** *(A Matter of Choice)*
Ein Antiquitätenladen im Herzen Neuenglands. Ohne Jessicas Wissen dient er einer internationalen Schmugglerbande als Umschlagplatz für Diamanten. Zu ihrem Schutz reist der New Yorker Cop James Sladerman nach Connecticut, wo ihm Jessica die Ermittlungen aus der Hand nimmt.

– **Der Anfang aller Dinge** *(Endings and Beginnings)*
Die beiden erfolgreichen Fernsehjournalisten Olivia Carmichael und T.C. Thorpe sind erbitterte Konkurrenten im Kampf um die neuesten Meldungen. Sie kommen sich näher, doch da gibt es einen dunklen Punkt in Olivias Vergangenheit.

b) Königin des Lichts (A Little Fate)

(Drei Fantasy-Kurzromane in einem Band)

– **Zauberin des Lichts** *(The Witching Hour)*
Aurora muss den Königsthron zurückerobern, nachdem Lorcan ihre Eltern getötet und ihre Heimatstadt zerstört hat. Verkleidet gelangt sie an den Hof des Tyrannen. Dort trifft sie auf dessen Stiefsohn Thane und verliebt sich.

– **Das Schloss der Rosen** *(Winter Rose)*
Der schwer verletzte Prinz Kylar wird von Deidre, Königin der Rosenburg, auf welcher ewiger Winter herrscht, gerettet und gepflegt. Dafür will Kylar die Rosenburg von ihrem Fluch befreien.

– **Die Dämonenjägerin** *(World Apart)*
Kadra ist auf der Jagd nach den Bok-Dämonen. Dabei erfährt sie, dass sich der Dämonenkönig Sorak des Tors zu einer anderen Welt bemächtigt hat. Um beide Welten vor dem Untergang zu bewah-

ren, folgt sie Sorak dorthin. Sie landet mitten in New York, in der Wohnung von Harper Doyle. Sie braucht seine Hilfe.

c) **Im Licht der Träume** (A Little Magic)

(Drei Romane in einem Band)

– **Verzaubert** *(Spellbound)*
Der amerikanische Fotograf Calin Farrell begegnet im Schlaf der Hexe Bryna, welche ihn um Hilfe bittet, und wird dazu bewogen, nach Irland zu reisen, ins Land seiner Vorfahren. Dort kommt er dem Rätsel auf die Spur: Die Vorfahren von Calin und Bryna waren vor tausend Jahren ein Paar. Doch der Magier Alasdir hatte ihr Leben zerstört – und er versucht es aufs Neue.

– **Für alle Ewigkeit** *(Ever After)*
Allena aus Boston soll eigentlich ihrer Schwester in Irland helfen. Durch Zufall verbringt sie stattdessen einige Tage im Haus von Conal O'Neil. Die offenbar zufällige Begegnung scheint vom Schicksal vorbestimmt zu sein, denn die beiden fühlen sich stark zueinander hingezogen.

– **Im Traum** *(In Dreams)*
Die Amerikanerin Kayleen landet durch einen Sturm im Haus des Magiers Draidor. Kayleen verliebt sich sofort in Draidor, und er bereitet ihr einen im wahrsten Sinne des Wortes zauberhaften Aufenthalt.

Susanne Rubin

Starke Frauen, tief liegende Familiengeheimnisse und große Gefühle

978-3-453-42546-0
E-Book: 978-3-641-27305-7

978-3-453-42386-2
E-Book: 978-3-641-25069-0

978-3-453-42313-8
E-Book: 978-3-641-23879-7

Leseproben unter **www.heyne.de**

HEYNE

Carly Phillips

Vier starke Frauen – und attraktive Männer, die sie schwach werden lassen: Die neue Reihe der Bestsellerautorin Carly Phillips

978-3-453-42402-9

978-3-453-42403-6

978-3-453-42404-3
Erscheinungstermin Oktober 2022

978-3-453-42405-0
Erscheinungstermin Januar 2023

Leseproben unter **www.heyne.de**

HEYNE

Miriam Covi

**Drei Frauen, drei Brüder,
eine sturmumtoste Insel
und die große Liebe**

978-3-453-42569-9
E-Book: 978-3-641-27603-4

978-3-453-42570-5
E-Book: 978-3-641-27608-9

978-3-453-42571-2
E-Book: 978-3-641-27609-6

Teresa Simon

Emotional und präzise recherchiert: Teresa Simon ist die Meisterin des Familienromans

978-3-453-42406-7

Die Frauen der Rosenvilla
978-3-453-47131-3

Die Holunderschwestern
978-3-453-41923-0

Die Oleanderfrauen
978-3-453-42115-8

Die Fliedertochter
978-3-453-42145-5

Die Lilienbraut
978-3-453-42244-5

Leseproben unter **www.heyne.de**

HEYNE